ANGEL R. ALMAGRO

Au-delà d'une aventure, un bel amour

Introduction

Je remercie Mayra Colado, petite-fille de Genoveva (Geneviève) Penton et de Léon Coupet, mais à l'insu de ce dernier par malchance du destin, pour avoir mis dans mes mains tant de matériels photographiques et biographiques si précieux, lesquels m'ont permis d'écrire ce roman.

De même, je remercie aussi le Musée de l'Air et de l'Espace du Ministère de la Défense de la République Française pour m'avoir fait parvenir si aimablement une copie du livre "Les Souvenirs de Lucien Coupet", ce qui m'a apporté une information remarquablement importante sur la vie de ce Grand Icône de l'Histoire de l'Aviation Mondiale et de la Culture Française. En outre, cependant, je demande pardon si quelqu'un, ayant une certaine relation avec les faits et les personnages dans cet événement, pouvait se sentir vexée spirituellement par ce que je fais connaître dans ce travail littéraire.

Le roman que vous êtes sur le point de lire est un témoignage d'une histoire véridique, avec des simples nuages de fiction littéraire, qui commença en France, la première guerre mondiale ayant lieu, continua dans l'Afrique arabe et finit à Cuba pendant la Présidence du Général de l'Armée Libératrice Cubaine Mario García Menocal, troisième président de la République de Cuba, bien que l'histoire se tienne encore dans la Deuxième Guerre

Mondiale, parce qu'un des personnages du roman mourut dans un camp de concentration allemande.

Les pilotes français qui avaient combattu durant la Première Guerre Mondiale ont été à Cuba au début du XXe siècle. Dans la photo, on voit l'escadrille 25 qui effectua maintes actions pendant la guerre, surtout dans la Bataille de Verdun et dans la ville allemande de Trêve. Debout, de gauche à droite, le troisième, le septième et le huitième, ce sont respectivement, Léon Coupet, Guy de Roig et Camille Jousse. Assis, à gauche, on voit Lucien Coupet. Avec cette photo, on démontre que ces combattants français de la Première Guerre Mondiale ont passé un temps merveilleux à Cuba.

C'est Geneviève. Il paraît qu'elle est en train de lire la Bible.

Une carte promotionnelle de la Compagnie Cubaine d'Aviation.

De droite à gauche Lucien Coupet, Agustin Parla (cubain) et Guy de Roig, les exécutifs de la Compagnie Cubaine d'Aviation.

Léon Coupet et Camille Jousse avec des garçons noirs devant un avion Farman F-40.

Madame Harveux, croit-on, devant un avion Farman F-40.

Virginia, la mère de Geneviève, avec des membres de sa famille, devant un Farman F-40.

Geneviève et Gregorio (Gustave Montalvo) montrant leur moto.

Guy de Roig sur un avion Farman F-40. On voit aussi deux hommes, dont l'un est Agustin Parla, à ce qu'on croit.

Les avions Farman de la Compagnie Cubaine d'Aviation en 1920.

Léon Coupet dans l'aérodrome de Colombia. On t voit des spectateurs qui étaient venus voir le spectacle.

Léon Coupet et Camille Jousse devant un avion Farman F-40.
Camille est assis sur l'avion, et on voit un garçon entre lui et Léon.

Léon Coupet, "Chauvin" avec son chien et "Guerchais" qui montre une annonce attachée contre la porte du hangar où l'on peut lire que les vols sont suspendus.

Léon Coupet et Camille Jousse fumant sa cigarette à sa manière sont photographiés dans le terrain de l'aérodrome.

Léon Coupet et "Guerchais" se font photographier se regardant l'un devant l'autre devant un Farman F-40.

Guy de Roig avec les enfants de Geneviève dans le terrain de Colombia où se trouve l'aérodrome.

XV

Geneviève avec ses enfants. On voit "Chauvin" derrière souriant.

Léon Coupet et "Guerchais" devant un hangar.

Un groupe de cubains de la bourgeoisie naissante.

Léon Coupet et Lucien Coupet denant un avion "Goliath".

Les Français chargés de l'établissement et de l'entretien des avions Farman devant le "Goliath". De droite à gauche "Chauvin", Léon Coupet, Camille avec sa cigarette dans la bouche, Lucien Coupet, Guy de Roig portant un chat dans ses bras et "Guerchais".

La cantinede Gregorio où les Français mangeaient, et dont Geneviève était la cuisinière. On voit les enfants de Geneviève tout près de Lucien Coupet, le premier à droite.

Un groupe de Cubains de la population posent devant un avion Farman F-40.

*Une maison dans le quartier de Buenavista. On y voit Léon Coupet
avec son vélo. À sa droite, son frère Lucien Coupet.*

Rosa Montavo, la fille de Léon, d'après Geneviève, à l'âge de 18 ans.

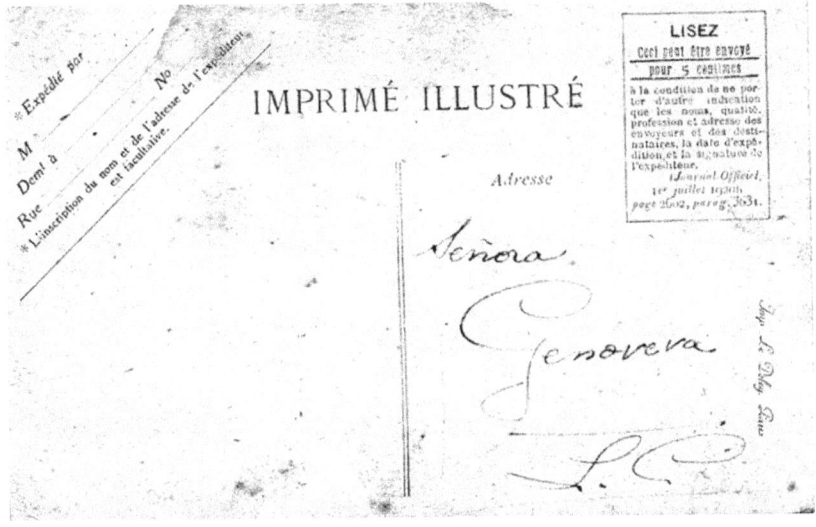

Derrière la carte postale de Léon Coupet avait envoyée à Geneviève où l'on peut distinguer ce que Léon lui avait écrit.

1

.

En 1919, une année après que la guerre était arrivée à sa
fin, en Europe, la France se remettait de cette guerre
envahisseuse qui lui avait été désastreuse par la grande
quantité de victimes qu'elle lui avait causée, une guerre qui avait
vu connu des vrais héros français.

Un jour, par ce temps, un cargo américain, qui avait quitté
le Port du Havre une quinzaine de jours auparavant, et dont
la quille creusait la mer bleue émeraude de Cuba, légèrement
onduleuse, entrait majestueusement dans le Port de La Havane.
Vers sa gauche, juste à l'entrée étroite de la baie, le Phare
majestueux du Château du Morro, éteint à cette heure-ci, lui
donnait la bienvenue à La Havane, ville déjà cosmopolite et
chaleureuse.

Il était déjà trois heures de l'après-midi, mais il ne faisait pas
trop chaud malgré qu'on était au mois de juillet, l'un des deux
mois les plus chauds de l'été cubain, parce que la brise venant du
sud-est apportait une humidité si agréable qu'elle ne permettait
pas que la chaleur se sent trop forte.

Le climat dans la zone côtière de la partie occidentale de Cuba
comprenant les provinces de Pinar del Rio et La Havane était

fraîche presque tous les jours, même pendant ces heures du jour quand le soleil se trouvait dans son zénith dans cette zone du Caraïbe.

Tout au long du trottoir que bordait le mur du littoral de La Havane, aussitôt l'après-midi finie, notamment après seize heures, des hommes et des femmes se promenaient paisiblement en jouissant d'une agréable température très fréquente près de la mer caribéenne. Beaucoup de ces hommes portaient des pantalons "drill cent" et des chemises typiques en étoffe fine. Les pantalons et les chemises en coton ou en lin qu'ils portaient étaient blancs ou beiges. Il y en avait qui portaient des chapeaux panama de fibre fine. Les femmes étaient habillées avec de longues robes blanches en étoffe fraîche et légère. Presque toutes avaient un éventail dont la couleur allait avec celle de leur robe, et on en voyait quelques d'autres qui portaient des ombrelles en dentelle blanche, soit par la chaleur et le soleil du tropique, soit par le snobisme propre des dames distinguées de la moyenne et haute bourgeoisie cubaine qui existaient déjà dans la société cubaine du milieu havanais. Tout en se promenant, ils regardaient le bateau qui portait le pavillon américain se diriger vers le quai. Une grande quantité de ces hommes et de ces femmes saluaient les passagers du cargo qu'on en voyait à bord. Ils les saluaient avec leurs mains, leurs mouchoirs, leurs chapeaux ou leurs éventails.

Invraisemblablement, il y avait d'autres personnes qui fréquentaient aussi le littoral de cette partie de La Havane construite à l'époque de la colonisation espagnole. C'était des gens communs de la population dont la présence dans l'Avenue du Port n'était pas par plaisir, mais par besoin, car le loisir existait à peine pour eux. Ce n'était pas non plus pour attendre le début du soir quand le soleil caribéen atténuait son feu et que la brise augmentait son agréable présence. Ils ne se rendaient guère compte du temps qu'il faisait, sauf quand il allait pleuvoir. La présence de ces autres visiteurs dans l'Avenue du Port n'était que pour leur propre subsistance.

On voyait ces assidus visiteurs, pour la plupart des hommes, dans cette artère de la Havane Coloniale à toute heure du jour. Les uns allaient ou venaient du quai où ils travaillaient ou essayaient de travailler en tant que des dockers. C'était l'un des travaux le mieux payé pour la classe ouvrière portuaire dû à l'essor de l'économie cubaine, surtout celui de l'industrie sucrière dont la splendeur avait accru pendant et après la guerre. Les autres allaient ou revenaient du "Muelle de Luz", le débarcadère où l'on prenait le "Barque de Régla", une sorte de «Bateau Mouche» havanais pour traverser la baie. Par contre, il y avait d'autres gens qui préféraient se rendre au "Muelle de Luz" dans les tramways.

Le Port de La Havane était l'un des piliers de la grandissante économie cubaine, qui permettait que la capitale cubaine soit devenue une grande métropole et carrefour commercial et financier continental, non seulement par le commence sucrier de Cuba, mais aussi par ses traditions historiques et culturales. C'était l'un des beaux lieux qui attiraient tantôt des visiteurs cubains, tantôt des visiteurs étrangers. De là, la fameuse chanson cubaine : *"Connais Cuba d'abord, et l'étranger après"*. En fait, l'endroit où se trouvait le Port de La Havane avec sa structure maritime était un privilège naturel pour l'économie cubaine.

Bien qu'il s'agisse d'un bateau de marchandises, à bord on voyait des passagers parmi lesquels il y en avait qui venaient en accompagnant un chargement singulier. Il s'agissait des premiers avions Farman "Goliath" et "Chouettes", lesquels

3

seraient utilisés non seulement pour des vols de loisir et pour le service de la première compagnie cubaine de courrier aérien, mais surtout pour la première Compagnie d'Aviation Cubaine.

2

Les Avions Farman

Vers la fin du XIXème siècle, le développement du moteur à explosion déclenchait la révolution du transport, ce qui ouvrait la voie aux grandes innovations de l'automobile et de la naissante aéronautique.

En 1890, treize années avant que les frères Wright atteignaient leur exploit en vol aéronautique dans les Etats-Unis, le français Clément Ader avait décollé quelques centimètres et avait volé près de cinquante mètres à bord de son «Eola», propulsé par une machine à vapeur. Clément Ader avait eu l'idée de baptiser son invention avec le nom Avion, acronyme français de la phrase : «Appareil Volant Imitant les Oiseaux Naturels». En prenant la première lettre de chaque mot de la phrase et en les joignant, il avait obtenu le mot «AVION».

Si Clément Ader ne fut pas considéré la première personne qui vola dans un appareil propulsé par un engin à hélice, par le fait que son vol fut trop court pour être considéré comme un exploit, une invention ou une innovation, il fut au moins le pionnier qui démontra qu'un élément plus lourd que l'air pouvait voler par ses propres moyens.

Sans aucun doute, dans ce commencement-là du surgissement

de l'avion, la France était le leader mondial dans la construction aéronautique. D'autre part, il n'en pas moins certain que Louis Blériot avait traversé le Canal de la Manche pour la première fois le 25 Juillet 1909. Les journaux faisaient écho des exploits de ces nouveaux chevaliers de l'air.

A partir de cette même année, le moteur rotatif en étoile s'allègerait et offrirait un refroidissement à l'eau et un fonctionnement améliorés. Cela va s'en dire que sans aucun doute cela aida à ce qu'en 1910, le français Louis Verdet, ingénieur diplômé es Art et Office, réussissait un moteur rotatif pour avion. Deux années plus tard, il produisait un prototype de moteur en étoile avec 7 cylindres qui développait 70 chevaux, et qui pesait 90 kilogramme. Cette même année-là, il créa la «Société de Moteurs Rhône» d'où surgit le célèbre moteur rotatif en étoile de 9 cylindres, lequel équipa de nombreux prototypes d'avions durant la Première Guerre Mondiale. En effet, ce fut la guerre qui avait ouvert les portes au développement aéronautique mondial.

Depuis 1871, l'Europe vivait déjà sous un régime de conflit belliqueux. Jusqu'au début du XXème siècle, le continent européen, alors la première puissance culturelle par son développement économique, scientifique et social, était le centre industriel et financier du monde. A l'intérieur de ses frontières, il y avait des pays qui se débattaient individuellement pour posséder l'hégémonie continentale du point de vue économique et militaire, à la tête desquels se trouvaient l'Angleterre, la France et l'Allemagne. Ce dernier créa même un bloc militaire comprenant l'Allemagne, l'empire Hungaro-autrichien et l'Italie. Ce bloc militaire était connu comme «La Triple Alliance».

La France, en voyant un périr déstabilisateur imminent avec la création de «La Triple Alliance», créa, à son tour, un bloc militaire défensif, «La Triple Entente», comprenant la Russie, le Royaume Uni et la France elle-même, avec l'intention de préserver l'équilibre européen. Il n'en est pas moins vrai que ces blocs militaires créèrent des conditions propices pour le surgissement de tout un marché d'armement, y compris l'industrie aéronautique visant une perspective belliciste. Il va de soi que ce conflit mondial de confrontation militaire obligea la France à développer toute une industrie aéronautique vraiment remarquable. Par ces temps-là, avant que la guerre n'éclate, alors qu'on vivait sous une sorte de «guerre froide», les deux sociétés françaises de fabrication de moteurs d'avions, Gnome et Rhône, se livraient entre elles à une lutte commerciale et industrielle sans répit et acharnée, étant cette lutte, en fait, une concurrence pour un marché nouveau qui permit comme résultat la qualité dans la production de moteurs d'avion. Par là, la France se consolidait comme le leader dans la construction d'avions.

Ainsi, le 23 Septembre 1913, Roland Garros traversait la mer Méditerranée en 5 heures et 53 minutes à bord de son avion Morane-Saulnier avec un moteur rotatif Gnome de 50 chevaux. Deux années après, en 1915, les fabricants des moteurs Gnome et Rhône décidèrent de créer une industrie commune de moteurs Gnome et Rhône, quelque chose qui donna plus de dynamisme à l'industrie aéronautique, et fournit d'excellents moteurs à des fabricants d'avions comme les Frères Farman, qui furent de ces constructeurs dont les avions firent partie d'excellentes escadrilles aériennes pendant la guerre.

Malheureusement, à la fin de la guerre, les avions de combat, leurs moteurs, leurs pilotes et leurs mécaniciens n'avaient pas d'emploi, et, par conséquent, les entreprises de fabrication d'avions devaient faire face à des sérieuses difficultés.

Le dernier prototype Farman fut le bombardement géant Farman F-60, qui vola pour la première fois en 1918, tard déjà alors pour le conflit belliciste dans lequel cet avion ne put pas démontrer sa potentialité et sa capacité de combat, ainsi que son pouvoir en tant que moyen de transport de troupes d'infanterie.

Ces sociétés de construction d'avions se dédiaient par la suite à la fabrication de châssis pour des automobiles et des bicyclettes. Cependant, il y eut des fabricants d'avions qui durent entreprendre la tâche de reconvertir leurs avions de guerre pour les adapter à l'aviation commerciale.

En 1919, plusieurs dizaines de sociétés françaises de transport aérien avaient déjà établie leurs compagnies aériennes en Europe. Il devenait donc nécessaire de penser à un moyen de transport aérien avec une potentialité de locomotion plus efficace par rapport au temps de transportation ; c'est-à-dire il fallait un moyen de transport aérien qui soit meilleur et qui puisse voler plus rapide et plus loin.

Pour atteindre ce but, le bombardement F-50 "Limousine", le premier avion bimoteur Farman, fut transformé en un avion pour cinq passagers, mais dans des mauvaises conditions de transportation, étant donné que quatre personnes devaient voyager assises dans l'endroit qui avait été destiné pour les bombes, et le cinquième voyageur devait aller assis à l'air libre, tout près du pilote.

L'endroit où la mitrailleuse d'avant l'avion avait été installée fut utilisé pour transporter le bagage, tandis que l'endroit où la mitrailleuse d'arrière avait été installée fut utilisé comme toilette. Par contre, le prototype Farman F-60 s'avéra plus convenable pour un avion de passagers par sa taille, ce qui fit qu'on l'appelait «Goliath».

Le «Goliath» était un avion biplan de vingt mètres d'envergure et quinze mètres le long, avec une hauteur de cinq mètres. Ce «Géant ailé» avait une cabine fermée, éclairée par de nombreuses fenêtres, et relativement spacieuse, mais très froide.

Le Farman de type «Goliath» pouvait recevoir une douzaine de passagers dans ses fauteuils d'osier qu'un couloir légèrement étroit séparait. Les toilettes se trouvaient dans la partie arrière du «Goliath».

Construit en bois et en grosse toile, le «Goliath», dont l'équipage était formé par un pilote et un mécanicien, ne pressentait pas, pourtant, un hermétisme parfait, et les passagers devaient se procurer d'un parapluie de façon prudente.

Cet avion, le plus grand construit jusqu'à alors, avait deux moteurs Salmson de 200 chevaux, et dont le refroidissement était à l'eau. Son poids à vide était de deux tonnes et de 4. 52 tonnes avec quatorze personnes et quatre heures de carburant.

C'était un avion robuste et fiable, voire même quand une légère instabilité se présentait. Il montait à 2000 mètres en 23 minutes, et volait à une vitesse de 115 kilomètres à l'heure. A ce moment-là, le «Goliath» était l'avion de la première ligne commerciale de l'histoire de l'aéronautique. Cet avion colossal, le Farman F-60, est encore dès nos jours un orgueil de l'histoire de l'aéronautique française, le premier bimoteur commercial de vol de longue distance du monde.

Pour atteindre ce prestige universel et donc historique, le «Goliath» eut des moments difficiles pendant ses commencements, non pas dans la guerre comme il a été déjà dit. Il va s'en dire, sans le moindre doute, que le «Goliath» aurait été l'hécatombe des troupes de la «Triple Alliance» par sa grande altitude de vol et sa capacité de charge, en dépit des avions allemands «Aviatik» muni d'une mitrailleuse Parabellum sur la tourelle arrière et «Fokker», muni d'une mitrailleuse synchronisée avant par rapport à la rotation de son hélice. Tantôt l'Aviatik comme le Fokker avaient une grande potentialité d'attaque et de défense. Donc, grâce au développement aéronautique provoqué par la nécessité de ne pas être vaincus par le bloc de la «Triple Alliance» pendant la Première Guerre Mondiale, et le «Goliath» ayant démontré sa potentialité comme le premier avion commercial bimoteur de longue distance, la France commença l'ère de l'aviation commerciale.

3

.

Il faudrait dire que la Première Guerre Mondiale non seulement permit l'essor de l'aviation en Europe et aux Etats-Unis, mais celle-ci contribua aussi au fleurissement de l'industrie sucrière cubaine, parce que le sucre cubain devenait alors un produit nécessaire pour les pays industrialisés qui s'étaient engagés dans la guerre. En plus, le développement industriel et du bétail cubain, le pouvoir de financement de la bourgeoisie naissante cubaine, ainsi que l'investissement du capital nord-américain à Cuba, faisaient de l'Île caribéenne un lieu vraiment appétissant pour que des étrangers se hasardent à la connaître et y faire fortune.

En ce moment-là, pendant la deuxième présidence du Major Général Mario Garcia Menocal, Cuba jouissait d'une bonne apogée économique. C'était l'époque connue comme « La Danse des Millions» des années vingt du XIXème siècle.

Quand la Première Guerre Mondiale arrivait à sa fin, l'industrie productrice de sucre de betterave se voyait réduite presque dans la ruine, provoquant donc un grand manque de sucre, ce qui fit que le prix de ce produit monte à plus de vingt centimes la livre en 1920. Comme conséquence du manque de sucre dans le marché mondial, l'industrie sucrière cubaine expérimenta an essor immense. Cet éclatement de l'économie cubaine du premier quart du XXe siècle fit que Cuba soit devenu un pays avec un grand fleurissement économique et culturel, toutefois sa guerre frontale dévastatrice contre l'Espagne depuis 1868 jusqu'à 1898. Sans doute, en vingt ans à peine, Cuba s'était transformé dans un des pays le plus développé d'Amérique. De là qu'entre 1918 et 1920, 25 nouvelles banques environs aient été créées. Une grande quantité de propriétaires de plantations agricoles et du bétail acquièrent des élevés emprunts banquiers tandis que 50 nouvelles sucreries furent construites, et de nouvelles plantations de canne à sucre surgirent dans toute l'Île.

Le bien-être des cubains dans tous les secteurs du pays fut si splendide qu'il fallait des travailleurs agricoles étrangers pour couper la canne à sucre. Apparemment, le peuple cubain, pour la plupart, n'avait pas besoin de travailler dans le coupage de la canne à sucre pour leur subsistance étant donné l'essor économique dont l'on jouissait à Cuba en ce moment-là. D'où cette chanson de l'époque qui disait: «*Je ne tombe pas la canne / que la tombe le vent / sinon Lola / avec son mouvement*».

Alors le Président Menocal fut obligé d'employer la force répressive pour que les gens travaillent, surtout dans la récolte sucrière, ce qui fit qu'une autre chanson populaire surgisse: «*Tombe la canne / et bouge léger / que vient le mayoral / en sonnant le fouet)*».

Cette splendeur sucrière en particulier, et l'économie cubaine en général, firent que des coupeurs de canne à sucre soient venus de la Jamaïque et d'Haïti. C'est par là que de nouveaux riches surgissent à Cuba, et que de grands et fabuleux manoirs et des villas furent construits dans les quartiers Vedado et Miramar et La Havane.

Ainsi, se déroula la période de la « Danse des Millions », période qu'on connaissait aussi comme la « Danse des Grosses Vaches », qui dura jusqu'à l'administration du quatrième président de Cuba Alfredo Zayas qui gouverna l'Île depuis le 21 mai 1921.

On voyait comment Cuba était devenu un pays de splendeur latino-américain, et comment sa localisation géographique avait été toujours enviée, surtout pour l'aviation civile, précisément par cette localisation géographique entre les pays du Nord et du Sud dedans le continent américain.

Ce fut ce carrefour continental qui favorisa dans certaine mesure que Cuba ait été le premier pays latino-américain qui ait créé une compagnie d'aviation commerciale. Les premières tentatives d'avoir une compagnie aérienne cubaine avait eu lieu en 1919 quand cette entreprise avait été créée avec l'idée d'ouvrir des itinéraires nationaux entre La Havane et la Ville de Cienfuegos, et entre La Havane et la Villa de Santiago de Cuba, ainsi que des itinéraires internationaux entre La Havane et Miami, et entre La Havane et New York. Sans doute la vision vers un avenir de progrès prenait déjà racines dans la mentalité d'entreprise et de commerce dans la jeune société libre et démocratique cubaine. Par conséquent, attiré par la croissance de l'économie cubaine, il y eut des gens d'autres nationalités, notamment des européens, qui obligés par la pénurie d'une économie stagnante comme résultat de la guerre, n'hésitaient pas à chercher fortune en Amérique, continent qui, intact du fléau ravageur des conflits bellicistes durant la Première Guerre

Mondiale, offrait de grandes opportunités de confort et d'avenir. Et ainsi, Cuba, vue comme un carrefour stratégique américain, donnait un bien-être non seulement économique, mais social aussi.

4

.

La Compagnie Aérienne Cubaine, créée par le millionnaire Anibal J. Mesa avec un capital de 1, 200,000 dollars,
avait réussi à obtenir de la part du gouvernement de
Mario Garcia Menora que le terrain d'aviation de Columbia,
situé près de la Ville de La Havane, soit ouvert à «la circulation
aérienne publique ». En plus, on avait obtenu une surface de
10,000 mètres carrées pour les installations de la Compagnie.

Le développement économique à Cuba notamment dû à son
industrie sucrière avouait un succès incontestable à l'entreprise
de créer une telle compagnie aérienne cubaine, en plus parce
que l'argent américain n'était pas difficile de l'obtenir à Cuba.
Des gens des continents Américain et l'Européen s'en donnaient
rendez-vous à La Havane, où l'on investissait son argent avec
les yeux fermés. Après la première guerre mondiale, et dans
une grande mesure à cause de celle-ci, Cuba devenait un pays
riche pour ainsi dire. Le capital américain dans le pays caribéen
augmentait vite. De là qu'après la défaite de l'Espagne dans la
guerre pour l'Indépendance Cubaine à la fin de XIXème siècle,
les Etats-Unis d'Amérique soient devenus la nouvelle Métropole
de l'Île.

Et cette présence nord-américaine se voyait quotidiennement dans l'activité portière de La Havane. Il y avait presque toujours des cargos avec le pavillon américain accostés dans les quais du port, que des dockers chargeaient et déchargeaient sans délai. Parfois, on voyait des bateaux de guerre américains au milieu du port ou accostés aux quais du quartier de Casablanca, qui se trouvait dans l'autre rive du port, à côté du quartier de Régla. Pour aller au quartier de Casablanca depuis La Havane, on prenait une barque à vapeur, le « Bateau Mouche » cubain.

Le panorama qu'on voyait depuis ce « Bateau Mouche Cubain » en traversant la baie était beau, surtout en revenant vers La Havane. En face et vers la droite, on voyait les forteresses coloniales espagnoles Le Château de la Force, La Forteresse de San Salvador de la Punta, Le Château des Trois Rois du Moro et La forteresse de San Carlos de la Cabana. Depuis le milieu du port, à bord de cette barque en bois, la vue qu'on apercevait entourée par ces forteresses et châteaux n'en était pas moins majestueuse. Vers la gauche, au loin, on voyait parfois un autre « Bateau Mouche » qui allait à un autre quartier, celui de Régla.

L'activité de Port de La Havane n'était pas seulement si importante du point de vue économique pour le pays par la quantité des gens dont leur revenue dépendait justement du commerce portier, mais aussi politique, parce le siège du gouvernement cubain se trouvait à ses alentours. C'est pourquoi le syndicalisme cubain qui avait commencé dans le secteur du tabac, y compris les fabriques des cigares et des cigarettes, et dans le secteur sucrier, y compris les fabriques du rhum, ait pris des fortes racines dans le secteur portier, parce que les produits de ces fabriques devaient passer par le port pour aller à l'étranger. Et c'étaient le secteur du tabac, du sucre et du port qui donnaient un grand essor à l'économie cubaine, ce qui permettait qu'une compagnie cubaine d'aviation commerciale puisse être créée à Cuba. Le Cubain Agustín Parla fut nommé Directeur Général de La Compagnie d'Aviation Cubaine, tandis que le français Lucien Coupet fut son Directeur Technique.

5

Geneviève

Ainsi, l'essor économique dans la capitale cubaine, La Havane, se tenait si splendide et les possibilités de travail y étaient si haute que pas mal de gens d'autres provinces du pays se rendaient vers cette cité où ils savaient que c'était l'unique et meilleur endroit pour mener à bien leur avenir et atteindre de la prospérité. La plupart y restaient. Même des femmes comme Geneviève étaient venues chercher du travail à La Métropole Cubaine.

Geneviève Penon était née en 1895, dans la municipalité de Saga la Grande, territoire de la province de Santa Clara, l'unique province cubaine qui avait un prénom de femme et qui avait doté Geneviève de si beaux et subjuguant enchantements, et d'une allure si belle que depuis qu'elle était devenue une jeune femme, les hommes l'admiraient assez et les femmes, malgré qu'elles l'admiraient aussi, il n'en est pas moins vrai que l'enviaient, mais sans malice, car certaines parmi celles-ci désiraient devenir ses amies.

La province de Santa Clara avait apporté de grands hommes pour l'Armée «Mambisa», armée d'hommes blancs, noirs et mulâtres; ce qui rendait cette une armée une institution sui generis dans toutes les guerres d'indépendances connues jusqu'alors. Il faut ajouter que l'Armée de Libératrice Cubaine du XIXème siècle avait été l'armée ayant le plus de Généraux Noirs et Mulâtres. Ceci indique que la discrimination qui pourrait avoir lieu à Cuba en ces temps-là n'était pas tout à fait raciale, mais plutôt ethnocentrique ou culturelle, étant donné que la stratification sociale dans la plus grande île du Caraïbe était alors inexistante ou plutôt insipide; c'est à quoi avait aidé la dite guerre d'indépendance cubaine par le fait que, d'une part la composition raciale et ethnique de l'armée libératrice cubaine dont le commandant principal était un dominicain, «Le Généralissime» Maximo Gomez, et le deuxième commandant était un mulâtre cubain dont le père était né en Venezuela, Le Major Général Antonio Maceo. Mais aussi parce qu'il y avait des généraux blancs d'origine espagnole qui commandaient les troupes avec d'autres généraux noirs d'origine africaine, et parce que les cubains suivaient les idées de l'Apôtre de leur indépendance, Le Général José Marti, poète qui écrit le poème «La Rose Blanche», et son proverbe en ce qui concerne la nationalité cubaine: «Homme plus que blanc, plus que noir, plus que mulâtre». Pourtant, il ne faut pas oublier que la religion «Yoruba introduite à Cuba par les esclaves africains était déjà fortement enracinée dans la population multiraciale cubaine, y compris chez les espagnols qui restèrent à Cuba après la guerre.

Virginia, la mère de Geneviève, était née une noire libre alors que la Première Guerre d'Indépendance Cubaine de 1868 se déroulait, conflit révolutionnaire qu'avait commencé Carlos Manuel de Céspedes, un esclavagiste cubain qui avait libéré ses esclaves pour lutter contre l'Armée Espagnole pour l'Indépendance de Cuba. On baptisa le Général Carlos Manuel de Céspedes comme le «Père de la Patrie Cubaine».

Geneviève était la cadette des filles de Virginia qui l'avait eue dans son troisième mariage avec un cubain d'origine chinoise, Juan Penton. Elle avait grandi à Sagua la Grande où elle avait été élevée. Son père était un catholique converti très fervent qui avait donné une bonne éducation à sa fille, bien qu'il ne fasse pas vie commune avec Virginia. Celle-ci avait reçu, par contre, une forte influence religieuse Yoruba de ses ancêtres. C'était une influence d'une croyance africaine qui s'était mêlée avec sa croyance catholique. Virginia était une dévote catholique de la Vierge de la Merci, que les dévotes de la religion yoruba appelaient «Obatala», syncrétisme religieux très enraciné à Cuba.

Puisque que Geneviève était la plus petite des filles de Virginia, elle fut une fille dorlotée et gâtée par ses sœurs qui l'adoraient beaucoup. Quand elle était une petite fille, elle était comme la poupée du foyer. Ses sœurs se disputaient entre elles pour prendre la fille dorlotée de la maison entre leurs bras. Donc, Geneviève eut une enfance heureuse dans son foyer, en dépit des pénuries qui existaient en ces temps-là, au début du XXe, surtout durant le «temps mort», lequel durait jusqu'à l'arrivée de la prochaine récolte sucrière.

Les sœurs de Geneviève s'étaient mariées encore très jeunes et elles étaient allées vivre à La Havane. Geneviève, alors une adolescente rêveuse d'une vie sans misère ni empêchement culturel, était restée à Santa Clara avec Virginia qui allait fréquemment à La Havane pour rendre visite à ses filles. Chaque fois, elle amenait avec elle sa jeune fille Geneviève qui rêvait de plus en plus de de vivre à La Havane.

A la fin de son étape de la puberté, encore qu'elle vivait seule avec Virginia, il lui arriva la période des inquiétudes, vu qu'elle commençait à prendre conscience du monde autour d'elle, le milieu où elle grandissait et devenait une femme. Ella savait qu'elle devait suivre les pas de ses sœurs et quitter son milieu culturel, un monde sans avenir, plein d'impossibilités tantôt économiques que culturelles.

La jeune Geneviève était déjà consciente que s'en aller vivre à La Havane lui permettrait de réaliser le rêve de toute jeune provinciale de fuir l'obscurité de la pauvreté, de l'ignorance et du manque d'opportunités, quelque chose qu'on pouvait uniquement atteindre dans les grandes cités, comme La Havane, laquelle était devenue en ce moment-là l'une des plus importantes cités du continent américain. Elle avait alors seize ans quand elle rêvait de s'en aller vers la capitale, décidée à s'ouvrir un chemin et d'essayer de vaincre tous les obstacles et les préjugés que la société d'alors imposait à la femme par des motifs de sexe et de race.

Vis-à-vis ses sœurs, elle était l'unique qui avait été capable de finir le deuxième enseignement et les classes de couture, ces dernières apprises dans la paroisse de la ville de Sagua la Grande. L'analphabétisme dehors des grandes villes en ces temps-là était trop élevé. C'était donc une société où beaucoup de jeunes femmes qui venaient à la cité avec l'idée de trouver de la prospérité étaient obligées à vivre du marché du sexe où elles étaient impitoyablement exploitées. L'une des raisons pourquoi il y avait des jeunes femmes, presque des adolescentes, qui acceptaient se marier dans un âge précoce par des motifs économiques et d'insécurité sociale. Communément ces mariages ne se réalisaient pas du tout par amour. Dans une certaine mesure, ce fut même le cas de Geneviève. Elle avait connu Gregorio quand elle était très jeune.

Gregorio était né à Marianao, une des villes les plus importantes de La Havane, mais il avait grandi chez ses parents à

Sagua la Grande. Son père, dont le prénom était Gregorio aussi, était né libre, ainsi que sa mère, et il avait été un mambi comme on appelait les membres de l'Armée Libératrice Cubaine. Le jeune Gregorio était fier de son père qui avait fait de son mieux pour que son fils reçoive une bonne éducation et instruction technique. Il avait appris à conduire et il aimait les motos. Dû à l'apogée économique cubaine et à la présence des américains à Cuba depuis leur intervention administrative et militaire suivant Amendement Pratt, on voyait des autos et des motos américaines roulant partout dans La Havane. Gregorio avait acheté une moto avec sidecar.

«Ma fille, Gregorio est un grand homme, très honnête et très aimable, qui t'aime beaucoup», lui disait fréquemment Virginia quand elle avait appris sur les prétentions de celui-ci envers sa fille.

Geneviève éprouvait vraiment un grand sentiment pour Gregorio, un homme qui pourrait l'aider, tant elle comme sa mère Virginia. Elle était sûre que si elle devenait la femme de Gregorio, elle se sentirait protégée en vivant dans une grande ville avec de grands bâtiments, de beaux théâtres, des allées fabuleuses, des tramways. Elle pourrait aller se promener dans le quartier du Vedado, si luxurieux, ou simplement tout au long de «L'Allée du Prado». C'était beaucoup désirer, mais elle en rêvait. Elle pourrait travailler aussi, dans un atelier de couture une fois mariée avec Gregorio.

Pour Geneviève, vivre et progresser à La Havane permettrait que Virginia, sa mère, dont elle ne s'était jamais séparée, puisse demeurer aussi dans la capitale «Havanaise». Sa mère resterait dans la maison pendant que Geneviève travaillerait. Cependant, elle n'était pas si sûre que Gregorio la laisse travailler. Elle était une femme très jolie et très séductrice à son insu. La crainte de ne pas voir son rêve se réaliser obligeait Geneviève à suivre Gregorio vers La Havane où il avait pensé ouvrir une cantine.

Depuis qu'elle était une adolescente de douze ans, Gregorio pensait qu'un jour elle serait sienne. Geneviève avait déjà les attractifs physiques d'une femme toute faite. La puberté avait commencé chez elle très tôt. Quand elle était encore une fille, elle avait senti du respect et de l'admiration envers Gregorio qui avait démontré de la capacité laborieuse et entrepreneuse depuis son enfance. Sa couleur de peau noire ne l'avait pas empêché d'envisager l'avenir positivement.

Pendant toute la république, la participation de la population noire dans la vie culturelle et sociale avait été essentielle dans la formation de l'identité nationale cubaine, et cela avait été dû, dans une grande mesure, par la participation des noirs et des mulâtres dans la guerre d'Indépendance de Cuba. Il y eut beaucoup de noirs et de mulâtres qui avaient abreuvé la terre cubaine avec leur sang.

Ainsi, Geneviève n'hésiterait pas à suivre Gregorio par la nécessité d'avoir une vie économique et sociale différente, car son désespoir de voir sa vie se faner comme celle de beaucoup d'autres jeunes femmes pauvres, surtout par la couleur de la peau, la plongeait dans une désolation sans limites. Elle savait qu'il n'y avait aucune possibilité de prospérité dans la région où elle avait grandi. Elle devait partir pour la Capitale sans plus tarder. Sa famille était pauvre comme beaucoup d'autres familles noires et métisses. Cependant, malgré la pauvreté dans laquelle toute sa famille était plongée, Geneviève avait reçu une bonne éducation laïque et catholique. Tous les dimanches, Virginia l'emmenait à la messe dans la paroisse de la municipalité où elle avait déjà fait le sacrement de la communion et, en plus, elle recevait des classes de catéchisme tous les trois jours.

Jusqu'en ce moment-là, sa vie s'était déroulée soumise dans une profonde monotonie; et ainsi avait passé le temps jour après jour, alors qu'elle avait déjà dix-sept ans. Elle commençait à croire que le rêve d'aller à La Havane n'était que ça, un rêve.

«Bonjour, Geneviève! Ça va bien?» Souvent, Gregorio venait la saluer. Elle lui plaisait bien depuis qu'elle était devenue une femme si belle. Il l'aimait même.

«Oui, ça va!» Elle venait de faire du café. Elle le faisait tous les matins depuis qu'elle avait appris à mettre du feu dans la cuisine à charbon. Elle portait une longue jupe marronne et une blouse beige. Elle avait un mouchoir sur sa tête. «Tu prends une tasse de café? J'y ai mis du sucre brun. Tu en veux quand même?»

«Oui, j'en prends une tasse», il but le café avec délectation. «Je suis venu ici te montrer ma moto et te dire que je m'en vais à La Havane. Je pense ouvrir une fonda c'est-à-dire un petit restaurant là-bas. Si ça te plaît, tu viens avec moi?»

«Tu vas ouvrir une fonda à La Havane, toi?» s'écria-t-elle avec enthousiasme «Tu sais, Virginia m'a appris à faire la cuisine! Je m'y connais bien! Je sais faire des haricots noirs délicieux! Tu m'emmènes avec toi, n'est-ce pas?»

On pouvait deviner combien heureux Gregorio se trouvait. Partir pour La Havane avec Geneviève était son rêve, à lui!

«Bien sûr, ma fille, tu pars avec moi si tu veux bien!» Elle partirait avec lui bien qu'elle ne sache même pas faire un œuf!

«Bien sûr, Geneviève, Bien sûr! Je t'y emmène».

«Ça me fait un plaisir énorme de partir avec toi à La Havane!», finit-elle par lui dire, et ce disant, elle embrassa Gregorio dans la joue, très heureuse!

Geneviève n'a pas hésité un instant à quitter son foyer pour suivre Gregorio à La Havane. Elle prit quelques affaires après que sa mère l'avait bénie en l'embrassant, les yeux mouillés.

«Maman, ne t'en fais pas! Tu me rejoins aussitôt que je me serai établie là-bas. J'ai confiance en Gregorio»

«Prends soin de toi-même, ma fille. N'oublie pas de voir ta marraine Lucrèce pour qu'elle t'illumine. Tu sais où elle habite, n'est-ce pas?».

Geneviève s'en alla habiter à La Havane. Ce n'était pas la première fois qu'elle allait à la Capitale, mais en ce moment elle partit en moto avec Gregorio. Vivre à La Havane! Son rêve allait avoir lieu. Elle n'avait jamais laissé de rêver de vivre à La Havane. Seulement en pensant qu'elle allait y travailler la débordait d'un immense bonheur. Pourtant elle savait que le travail dans une société machiste, où l'unique rôle social pour la femme était d'être servante, à part de celui d'accoucher et prendre soin des enfants, était le patrimoine des hommes. Ella n'avait pas de choix! Il fallait s'y hasarder! Elle se sentait heureuse quand même.

Malgré le bonheur dans lequel elle se sentait plongée, dans son tréfonds il y avait de la crainte quand même. Ce n'était pas une crainte sans fondements. Beaucoup de jeunes femmes étaient invitées à venir à La Havane en leur offrant l'impossible. Une fois dans la grande métropole, elles étaient forcées de se prostituer. Elles préféraient plutôt le martyre de la prostitution à retourner à l'obscurité de la pauvreté dans laquelle elles vivaient dans leurs provinces où le droit à l'instruction appartenait à l'homme. Bibliquement parlant, à la femme n'appartenait que son rôle dans le cadre de la famille en tant que maîtresse de maison, femme de ménage.

«De toute façon», pensa-t-elle «je vais me procurer une machine à coudre. Virginia me disait que dans la rue Muralla on achète des étoffes bon marché. Je crois que nous allons habiter pas si loin de la rue Muralla. Si je ne travaille pas avec Gregorio dans la cantine, je me débrouille avec une machine à coudre et des étoffes bon marché, lesquelles, d'après Virginia, elles sont de bon qualité! Avec la machine à coudre, je ferais même des arrangements de couture. Je vais me débrouiller à La Havane. Il n'est pas question de retourner à Sagua», conclut-elle de penser en faisant allusion à Sagua la Grande, sa ville natale.

Gregorio ne trompa pas Geneviève. C'était un homme honnête, de croyance syncrétique, car il était un fervent catholique et à la fois un dévot yoruba comme l'immense majorité de la population noire cubaine; pourtant, bien que sa famille soit d'origine de la province de Matanzas, il n'avait jamais aimé faire le sacrement d'affiliation de la religion machiste «Abakúa» de racines africaines et dont les membres étaient connus comme *ñañigos*.

Il avait commencé à aimer Geneviève quand celle-ci commençait à peine l'étape de la puberté. Elle était belle et svelte. Son sourire, embelli par des dents dont toute femme aurait envie d'avoir, ajoutait à son visage une touche majestueuse. Avec des sens relativement petits, tentateurs et pleins de sensualité, sa ceinture étroite et ses hanches un tant soit peu larges, elle était une femme mulâtresse d'abondante chevelure châtaigne, avec une peau de couleur cannelle et avec des yeux dont la couleur était comme celle du miel, ou plutôt vert marron parfois.

Il ne rêvait que d'elle, de cette femme dont la beauté et la sensualité dépassait son imagination. Donc, l'allégresse qui l'avait envahi, car Geneviève était venue vivre avec lui à La Havane était si immesurable qu'il se croyait rêver encore.

Il savait combien extraordinaire était la femme qui serait à lui un jour! Cela le motivait à voir le monde futur avec plus d'envie de triompher. Dans sa pensée, il n'abritait pas l'idée qu'une

26

femme de la sorte puisse être partagée avec d'autres hommes comme prostituée pour tout l'or du monde. Il ne la voulait que pour lui avec passion, désire et fierté. C'était le type de ces mulâtresses que tout homme de n'importe quelle race ou culture désirerait posséder. C'était une métisse avec le visage d'une femme blanche selon la norme stéréotypée. Avec sa petite bouche, ainsi que son nez, et de traits légers de femme orientale, plutôt asiatique, autour de ses yeux ; c'était une métisse avec le corps sans égal d'une femme noire avec des fesses et des cuisses inimaginables. Geneviève était l'exemple génuine de l'union d'une cellule sexuelle d'un homme blanc d'origine chinoise avec celle d'une noire authentiquement africaine. Geneviève était une femme de grande finesse et d'érotisme extrême. Il faut ajouter qu'elle était tout sourire, ce qui attirait énormément l'admiration des hommes.

Elle n'aimait tellement pas Gregorio. Elle ne sentait pour lui qu'un grand respect et de la sympathie. Elle savait qu'elle se livrerait à lui un jour. C'était la norme. La femme était dépourvue de droits sociaux et civiques. Pour elle, c'était seulement un devoir et une obédience dans la famille et dans la société. Aider Gregorio dans la cantine était un motif de jouissance, car cela lui permettrait d'établir de la relation sociale du moment où elle ferait connaissance avec d'autres personnes. Elle était convaincue que se livrer à Gregorio dans l'intimité était une sorte de récompense pour l'avoir tirée de l'ignorance et de la pénombre de province. Cela ne lui importait pas combien d'enfants serait le fruit de son union avec lui. Son devoir de dévote catholique était d'aider et de satisfaire l'homme avec qui elle se marierait, et de se laisser féconder des enfants dans ses entrailles. Elle lui était vraiment reconnaissante de lui permettre de venir vivre à La Havane sans la crainte d'être obligée à se prostituer ou de retourner au néant de la vie de province.

Gregorio et Geneviève s'étaient logés dans un Solar, une sorte de logement résidentiel d'appartements à une pièce ou studios à louer bon marché pour des personnes pauvres ou qui auraient besoin d'un logement transitoire comme c'était le cas de Gregorio et Geneviève.

La façade du Solar était jaune, quoiqu'un peu décolorée. La porte d'entrée à deux battants, une sorte de portail pour sa dimension, donnait sur une grande cour, ou plutôt sur un Patio bordé par des larges studios contigus dont le sol était construit quinze centimètres plus élevé que celui du Patio. L'intérieur du Solar était peint en jaune aussi, mais il avait besoin d'une retouche tel qu'à sa façade extérieure. A droite et à gauche de la porte, et à un mètre de par-dessus de celle-ci, Geneviève admira deux lampes pendues qui semblaient lui donner la bienvenue au Solar. L'entrée et sortie des gens dans le Solar était si fréquente qu'on gardait la porte toujours ouverte.

Au milieu du Patio, trois lampadaires illuminaient le Solar plein d'animosité. Deux lampadaires étaient situés dans la cour principale, tandis que le troisième se trouvait dans la cour du fond, Il n'y avait aucun Solar à La Havane sans Patio. C'était le cœur du Solar.

Communément, dans les Solar de La Havane, selon la dimension de ceux-ci, il y avait une ou plusieurs salles de bains, et une ou plusieurs salles de toilettes, toutes situées en dehors des studios, et près de celles-ci, un endroit aménagé avec des lavoirs pour que les résidents fassent la lessive.

Vers le fond du Patio, on voyait un mur. C'était derrière celui-ci qu'on trouvait les toilettes, les salles de bains et les lavoirs. On y accédait par deux entrées ouvertes à droite et à gauche du mur. On accédait aussi à la cour du fond et d'autres studios plus petits au fond du Solar, notamment loués à des gens qui vivaient seuls. Cependant, l'occupant ou les occupants de chaque studio se procuraient un bidon, une grande bassine et un pot à chambre pour faire le ménage, la toilette ou la cuisine dans leur studio. Et pour garantir l'hygiène des résidents du Solar, puisque derrière celui-ci il y avait un petit terrain qui appartenait à son propriétaire, on y avait construit une grande fosse septique où se déversaient, à travers des conduites sous l'immeuble, les eaux usées, vu que le réseau des égouts pour l'évacuation des eaux n'arrivait pas dans toutes les zones de La Havane, comme celle où se trouvait le Solar.

Gregorio avait loué le studio numéro huit. Il mesurait six mètres de largeur, sept mètres de longueur et cinq mètres de hauteur. Geneviève regarda la porte d'entrée en bois de sapin à double battants qui se trouvait au centre de la façade. Sur la porte, par-dessus une petite plaque indiquant le numéro de l'appartement, une lampe aidait à l'éclairage du Patio du Solar dont la vivacité était remarquable.

« Regarde, Gregorio », s'écria-t-elle en regardant vers l'imposte de la porte. « Que c'est beau ! » L'imposte était une sorte de vitrail en verre à carreaux d'ouverture basculante. Elle constata aussi qu'on aidait à la ventilation du studio avec deux fenêtres situées à droite et à gauche de la porte d'entrée. Les fenêtres, qu'on fermait vers l'intérieur avaient deux battants avec des persiennes. Dans la paroi du fond, face à la porte d'entrée, on voyait une porte qui autrefois donnait à une petite terrasse bordée d'un mur. Au début, il mesurait deux mètres de largeur, trois mètres de longueur et un mètres et demi de hauteur, mais à cause des orages fréquents et des cambriolages occasionnels, le propriétaire de l'immeuble avait fait élever le mur à trois mètres et bâtir un toit sur celui-ci. Geneviève était contente de ce changement qui améliorait sans aucun doute le séjour des résidents dans leur studio en transformant la terrasse de chaque studio du Solar en un petit cabinet de service.

A droite du petit cabinet, on voyait une sorte de comptoir en marbre dont la mesure plaisait à Geneviève. Dans ce comptoir, on avait encastré une cuvette en guise d'évier et de lavabo avec un robinet pour faire la vaisselle ou la lessive. Sous ce comptoir, Geneviève, qui se sentait á l'aise dans le cabinet de service, pensait garder une bassine et quelque chose d'autre.

A gauche de la nouvelle petite pièce, elle vit qu'il y avait aussi un autre comptoir en marbre sur lequel elle allait mettre une cuisinière à charbon de deux fourneaux. Sous ce comptoir, elle garderait une bassine plus grande qu'elle remplirait d'eau si elle en avait besoin, car dans le Solar l'eau était disponible seulement le matin depuis huit heures à midi, et le soir à partir de six heures jusqu'à neuf heures, sauf les samedis quand on avait de l'eau disponible depuis six heures du matin jusqu'à neuf heures du soir parce que c'était le jour où la plupart des femmes faisaient la lessive. Celles-ci profitaient de ce qu'elles faisaient la lessive pour causer de choses et d'autres entre voisines. Cependant, en plus de la lessive et de quelqu'autre tâche ménagère, c'était aussi le jour des nouvelles et des commérages dans le Solar. Enfin, cet événement des samedis dans une partie du Patio du Solar était comme une sorte de blanchisserie d'usage collectif dedans un immeuble résidentiel.

Geneviève resta au milieu de la petite pièce. Elle regardait partout. Elle comprit qu'en tenant compte que les résidents pourraient ne pas se sentir à l'aise, dû au manque du courant d'air dans le studio, car on y faisait la cuisine et on s'y baignait parfois si on en avait besoin, ou en cas d'urgence, non seulement on avait ouvert un trou quadrilatéral dans le plafond du cabinet de service d'une cinquantaine de centimètres par chaque côté, et perpendiculaire à la partie du comptoir où serait installée la cuisinière à charbon, et sur lequel on avait installé une fenêtre plane qu'on fermait ou ouvrait s'il pleuvait. On avait construit aussi une fenêtre dans le mur de deux vantaux ouvrant vers l'extérieur. De la sorte, Avec cette fenêtre et celle dans le plafond, on évitait qu'il y ait de la fumée et de l'humidité dans le cabinet et qu'il fasse trop chaud dans studio. Geneviève en était ravie, et puis, elle aimait toujours la pluie. Cela plaisait à Geneviève. Quand il pleuvrait à Sagua la Grande, sa province natale, elle aimait regarder la pluie tomber par la fenêtre tout en buvant du café ou quelque chose d'autre. Elle était heureuse que Gregorio ait loué cet appartement à La Havane.

Auparavant, les femmes du Solar se sentaient restreintes en faisant le ménage, mais leur vie changea dans leur studio quand la petite cour était devenue un cabinet de service qui garantissait leur discrétion.

Geneviève était certaine qu'on tint compte encore du confort dans les appartements à une pièce du Solar, parce qu'on avait prévu qu'il pourrait y avoir toujours de l'encombrement dans le cabinet de service, qui était sans doute petit, car il y avait peu d'espace. C'est qu'on avait construit deux étagères avec les portes coulissantes par-dessus les comptoirs, à deux mètres du sol et dont la partie supérieure touchait le plafond. La base rectangulaire de l'étagère de droite avait les mêmes mesures que celles du comptoir. Par contre, celle de gauche était moins long à cause de la fenêtre dans le plafond pour la sortie de la fumée. Elle pouvait garder des choses variées dans les étagères, y compris les couverts et les assiettes, sans oublier les vivres, vu que celles-ci étaient divisées en deux parties horizontales égales.

Les matins, Gregorio et Geneviève, comme presque tous les occupants du Solar, se lavaient le visage et se brossaient les dents dans le petit cabinet de service. Geneviève s'y baignait parfois en utilisant la bassine plus grande qu'elle remplissait d'eau en utilisant le tuyau en caoutchouc attaché au robinet de l'évier.

Quant à Geneviève, une fois logée dans son studio, elle se procura deux vieux paravents à volets pliables de sept battants que Gregorio avait achetés chez un menuisier dans le quartier de Luyano, ainsi que d'autres meubles pliants, y compris deux lits individuels, une table ronde convenable et trois chaises, sauf deux vieux divans d'osier à deux places et deux tables de nuit. Ils achetèrent aussi deux matelas légers de sol, des draps, des oreillers et d'autres choses pour le ménage, y compris un tapis rond pour le mettre au milieu du salon et des plantes florales d'intérieur et des pots.

Geneviève était satisfaite qu'on ait construit deux placards dans le mur du fond, à droite et à gauche de la porte du cabinet de service, lesquels suivaient la structure constructive de celui-ci, car, étant contigus, ils avaient les mêmes mesures dans la profondeur et la hauteur.

Toute la partie frontale des placard avait un encadrement divisé par une traverse. La partie d'en bas qui mesurait deux mètres de auteur, n'avait pas de battants, mais la partie d'en haut en avait. Toutefois, elle couvrait la partie d'en bas du placard avec une toile. Sur la traverse, elle contempla une tablette en bois pour le petit placard d'au-dessus. Donc, Geneviève avait de l'espace de plus dans les placards. Elle admirait l'ingéniosité constructive du Solar par rapport à la maison de province de Sagua la Grande.

Alors, le jour le studio devenait le salon et la salle à manger. Geneviève mettait la table au milieu de la pièce sur le tapis, entourée par les trois chaises. Les deux vieux divans d'osier, qu'elle avait recouverts avec une toile de lin avec une broderie en dentelle finement élaborée, restaient dans chaque coin de la maison, à droite et à gauche de deux fenêtres, et les deux tables de nuit dans les coins opposés, près des placards. Pour avoir le studio bien décoré, elle plaçait les parevents devant les placards, et contre lesquels on voyait deux pots avec des petites plantes qui pendaient diagonalement.

La nuit, c'était la chambre à coucher de deux pièces quoique Geneviève y garde souvent la table et les chaises. Elle prenait dans les placards tout ce qu'il fallait pour faire le lit, le sien et celui de Gregorio. Chaque lit était situé contre le mur, entre un vieux divan d'osier et une table de nuit. Elle déplaçait les paravents pour les mettre devant lits, car elle tenait à garder la décence individuelle. On utilisait le placard de droite, qui se trouvait dans la partie du studio où Gregorio dormait, pour garder les vêtements et d'autres affaires personnelles. Il y avait une lampe avec une bougie qui pendait depuis le plafond, cependant Geneviève aimait allumer la pièce tantôt avec deux lampes à kérosène, ou tantôt avec des bougies quand voulait tenir le studio aromatisée. En utilisant surtout les bougies, non seulement ils épargnaient de l'argent car ils ne payaient pas pour l'électricité, mais ainsi Geneviève gardait une ambiance aromatisante sous une lumiere tamisés.

Geneviève qui était devenue une bonne femme de ménage gardait les habits sales dans la petite bassine qu'on utilisait pour faire la lessive les samedis dehors, dans le Patio du Solar. Il lui plaisait d'y faire la lessive. Elle aimait causer, surtout avec Magalie dont elle venait de faire la connaissance. Bien sûr, il y avait des hommes qui faisaient la lessive aussi! Presque tous faisaient des compliments à Magalie. C'était une brunette d'origine espagnole aux yeux marrons. Son père avait été un sergent de l'armée espagnole. Après la guerre, il s'était dédié au cultive du tabac. Magalie travaillait dans un bar le soir. Ils savaient qu'elle vivait seule dans le studio contigu à celui de Geneviève. Pourtant, ils n'étaient pas ignorants des charmes de Geneviève, mais ils ne se hasardaient pas de lui faire des compliments parce qu'ils étaient au courant qu'elle vivait avec Gregorio, un noir sérieux, respectueux, grand et fort. Celui-ci avait confiance en Geneviève, et, en plus, ce n'était pas moins vrai qu'il l'aidait parce qu'il se faisait laver et repassait ses habits lourds chez un chinois qui avait une blanchisserie tout près du Solar.

Ainsi Gregorio et Geneviève dormaient séparés par deux paravents à volets dans leur studio dans un Solar de La Havane. Grâce aux Solars de La Havane, beaucoup d'immigrants de différents endroits de Cuba, comme Gregorio et Geneviève, surtout après la fin de la Guerre d'Indépendance, et l'établissement de la République Cubaine, trouvaient demeure dans un Solar pour commencer une vie de prospérité dans la grande ville de La Havane d'après leur rêve.

Le Solar! La vie dans un Solar cubain au début du XXème siècle n'en était pas moins singulière. Dans son Patio, on vivait sous une atmosphère de joie en dépit de la pauvreté ou besoins économiques de la plupart de ses occupants.

Dans le Solar où Gregorio et Geneviève s'étaient logés régnait l'allégresse, surtout chez les enfants. C'était fréquent les samedis voir de la festivité dans le Patio. Les résidents, qui mettaient leur meilleurs habits tant qu'ils pouvaient, avaient l'habitude de garder la porte de leur appartement ouverte. On sentait la viande de porc rôti. Les uns les et les autres s'offraient à boire uns coup de rhum ou de l'eau-de-vie. Il y en avaient qui jouaient de la guitare, mais c'était plus commun qu'on joue du guaguanco, une musique folklorique de racine populaire cubaine, avec des caisses de bois en guise de tambour. On écoutait le claquement des chancletas quand des femmes dansaient au rythme de la musique,

Le racisme était nul parmi ceux qui demeuraient dans un Solar, ou ceux qui les visitaient, dû à leur stratification sociale et leur origine, mais surtout, et plutôt, dû à l'engagement économique, social et patriotique des cubains dans la guerre pour leur libération et Indépendance. Et ce manque de racisme qu'on vivait dans un Solar de la Havane était une conséquence de l'assimilation et adaptation du noir d'origine africaine à la culture du colonisateur espagnol, et du blanc d'origine espagnole à la culture de l'esclave africain. Et cette assimilation et adaptation culturelle donna comme résultat la naissance de la culture cubaine et du mulâtre, ou plutôt de la mulâtresse. Et cette atmosphère de "cubanité" était perçue dans un Solar de la Havane, dont le Patio était un endroit de festivité et folklore, soit-on blanc, noir ou mulâtre, soit-on pauvre ou moins pauvre! Le Patio d'un Solar était un coin de boléro et de guaguanco, de joie et de nostalgie. D'amour et d'oubli. D'espoir. Un lieu des catholiques, yorubas et abakuas. Des femmes de ménage ou femmes de trottoir. Des hommes décents ou des gigolos.

Le Solar était l'essence de La Havane, dont le meilleur trait distinctif c'était le claquement des chancletas en bois des femmes, ajustées à leurs pieds par un ruban en caoutchouc de quelques centimètres de large, clouée dans les bordures latérales d'une semelle en bois, épaisse d'un centimètre, mais laissant les orteils dehors. Les chancletas en bois étaient excellentes pour prendre un bain. C'était pourquoi même les hommes les employaient aussi. Pourtant les femmes du Solar les employaient davantage, même quand elles faisaient leurs tâches ménagères, y compris quand elles faisaient le marché dehors. A un moment donné, pour caractériser une femme sans distinction ou vulgaire, on disait: «C'est une Femme de Solar!»

Gregorio voulait établir la cantine aux alentours du débarcadère «El Muelle de Luz». C'était une bonne localité, car beaucoup de gens devaient aborder la barque à moteur qui traversait la baie pour se rendre à la ville de Régla, située de l'autre côté de la baie, ou à la ville de Guanabacoa, située un peu plus loin.

Dans la ville de Regla, il y a une église catholique très fréquentée par les dévots à la Vierge de Regla, surtout tous les sept septembre, Jour de la Vierge de Regla, la Vierge noire Yemaya, selon la culture yoruba de la "Règle d'Ocha", une sorte de guide spirituelle de dévotion bien que les dévots de la religion ou culture yoruba suivent aussi l'enseignement de la Bible, car ils croient en Dieu, ils sont conscients de la Sainte Trinité et ils prennent Jésus Christ comme le Saint Messies. Suivre la doctrine de la religion catholique et celle de la religion yoruba, c'est ce qu'on appelle le syncrétisme religieux de la plupart des cubains et de tous ceux qui ont cette dualité religieuse. Dans la "Règle d'Ocha" ou croyance yoruba, Olofi ou Olofin est le saint suprême. Pour les dévots yorubas, Dieu et Olofi c'est le même saint suprême.

La cantine que Gregorio voulait faire construire aux proximités du Muelle de Luz, ne serait pas très réussissant parce que le gens qui allaient et venaient à travers la baie de La Havane, un port maritime naturel très important étant donné son entrée étroite et situé même dans la partie la plus importante de la cité au commencement du vingtième siècle, étaient toujours pressés. D'autre part, tout au long de l'Avenue du Port, il y avait d'autres endroits où l'on pouvait manger mieux, quoique plus cher que ce que Gregorio allait offrir dans sa cantine. La seule possibilité qui lui restait c'était d'offrir à manger bon marché aux dockers des compagnies de chargement et déchargement des bateaux qui accostaient dans les quais du port.

Malgré l'anxiété de Geneviève de commencer à travailler, l'idée que Gregorio voulait établir la cantine par le Muelle de Luz, et offrir à manger aux travailleurs du port ne lui plaisait guère. On disait que les travailleurs des quais du port aimaient boire trop, et que parmi eux il y en avait qui étaient des abakuas ou ñañigos (gnagnigo). En plus, cette zone du port était toujours en conflit de toute sorte étant la zone à travers laquelle entraient toutes les marchandises qui venaient des autres pays, sans oublier que le transport en bateau était le seul moyen pour les étrangers de venir et de sortir de Cuba. C'était par-là, enfin, qu'on emportait le sucre. Cependant, ce qui souciait davantage Geneviève, c'étaient les gens qui fréquentaient l'Avenue du Port, car elle avait peur des *ñañigos*, les dévots de la secte Abakua. De nos jours, on trouve à Cuba des abakuas ou *ñañigos* blancs, noirs ou métis. Les femmes sont interdites d'entrer dans cette confrérie, ce qui n'arrive pas dans la religion yoruba dont des femmes sont dévotes aussi.

Au début la société Abakua de Cuba, fraternelle, culturelle et mutualiste, était intégrée par des esclaves africains, pour la plupart provenant de Nigeria, avec le but d'affronter les esclavagistes espagnols et de se défendre des abus de ceux-ci contre eux. C'était une société secrète masculine, unique dans le continent Américain. Beaucoup de noirs qui s'étaient enfuis et vivaient dans le maquis avaient lutté dans les troupes de l'armée libératrice cubaine du XIXème siècle. Ils étaient de bons cavaliers. Pour la plupart, ils luttaient nus sur leurs chevaux au début de

37

la guerre, n'ayant comme arme de combat que leurs machettes qu'ils avaient utilisées pour couper la canne à sucre à l'époque où ils vivaient sous l'esclavage. On appelait «cimarrons» les noirs qui échappaient à l'esclavage.

«Mais s'il n'y a plus d'esclavagistes ni d'esclaves, je ne comprends pas pourquoi il y a encore des *ñañigos*», dit Geneviève alors qu'elle apportait du café à Gregorio du cabinet de service.

«Mais il y a encore beaucoup de noirs qui avaient été des esclaves ou des fils d'esclaves », dit-il à son tour en prenant la tasse de café que Geneviève lui donnait, assis sur un divan. « Mon père et mes oncles étaient des cimarrons, c'est-à-dire des esclaves qui s'étaient enfuit dans le brousse et s'étaient incorporés dans les troupes du Général noir Quintin Banderas. Ils étaient tous des *ñañigos*».

«Tu es *ñañigo*, Gregorio?», lui demanda-elle en assayant à côté de Gregorio dans le divan.

«Toi, tu as peur des *ñañigos*?», demanda Gregorio à son tour.

«Hier, il y a eu une bagarre dans le bar de Manolo. On a tué quelqu'un d'un coup de couteau. On dit que c'était un *ñañigo* qui l'a tué.»

«C'est vrai, on m'en a parlé. C'était Nicolas, qu'on connaît comme 'tête de marteau', qui l'a tué. Il y a toujours des commérages! On lui avait dit que sa femme l'avait fait *cocu* avec Jacinto, le 'palero'».

«C'est pour cela qu'il l'a tué?», demanda Geneviève horrifiée. «Qu'est-ce qu'il a fait à sa femme? Tu la connais?»

«Oui, elle s'appelle Caridad. Il ne lui a rien fait. Imagine-toi, il est amoureux d'elle comme un baveux!»

«Tu vois, la femme se moque de lui, puis il en tue quelqu'un, et il n'a rien fait à sa femme!»

«Qu'est-ce que tu voulais qu'il fasse, qu'il la tue, elle aussi?»

«Il ne devait tuer personne, par Dieu! Il devait simplement laisser la femme, ou en chercher une autre. En plus, ce 'tête de marteau' était sûr que sa femme le faisait cocu avec le 'palero'? Peut-être il faisait un travail de spiritualité religieuse à Caridad. Peut-être il était en train de la sanctifier. Tu sais, je n'aime pas la religion 'Palo Monte'. On dit qu'on y travaille trop avec la 'sorcière noire'. Je n'aime pas la religion 'Abakua' non plus.»

«Les *ñañigos* tuent parfois par honneur; d'ailleurs, les *ñañigos* ne constituent pas une religion proprement dite»

«Je n'épouse jamais un ñañigo, même si on me paye tout l'or du monde!»

«Le fait c'est qu'il y a des gens qui confondent le 'ñañiguisme'», lui dit-il sans laisser de la regarder. «Le 'ñañiguisme' est une confrérie ou société secrète qui nous vient de l'Afrique, ou tout au moins ses fondements culturels et religieux viennent plutôt de ce continent. Cette organisation a surgi au début du siècle dernier aux moments où l'hostilité envers l'esclave et le noir libre était plus élevée. Pour faire face au harcèlement raciste et culturel plein de dédain, ces hommes noirs n'ont trouvé qu'un moyen approprié pour échapper à la répression. Ils ont créé une organisation mutualiste sous l'expression la plus développée de leur conscience sociale, étant une expression religieuse inculquée par leurs ancêtres». Elle l'écoutait attentivement.

«Comment tu sais tout ça des abakuas?» lui demanda-t-elle un peu étonnée.

«Mon père était abakua», lui répondit-il, et continua: «Seulement les hommes pouvaient être membres de la confrérie Abakua. Pour les vrais ñañigos, un homme n'est pas seulement celui qui aime être en rapport avec d'autres hommes fraternellement, ou celui qu'il faut respecter, mais aussi celui qui montre la plus pure dignité de l'être humain en tant qu'être laborieux, fraternel, joyeux et rebelle en face de l'injustice. C'est celui qui accomplit le code moral établi pour les ancêtres créateurs de l'Abakua. Le ñañigo est aussi celui qui est un bon père, un bon fils, un bon frère, un bon ami et un bon époux», conclut Gregorio sans laisser de contempler le joli visage de Geneviève qui à son tour l'écoutait avec attention.

«Je t'ai dit que je n'épouse pas un ñañigo, même si on me paye tout l'or du monde! Tu sais une chose, Gregorio, ma grand-mère disait *qu'on doit choisir la cuillère avec laquelle on doit manger; et celui qui a un magasin est celui qui l'entretient*», dit Geneviève, on dirait pour défendre le rôle de la femme si vulnérable dans cette société des hommes pour les hommes.

«Geneviève, il ne faut pas être un abakua pour tuer à cause d'une femme comme toi!»

«Mais tu exagères, dis donc! Et ne parle pas comme ça parce que tu m'effraies. Personne ne doit tromper personne. D'ailleurs, en t'écoutant parler comme ça, on dirait que je suis belle!»

Gregorio s'éleva. Il la regarda des pieds à la tête. Elle était de ces femmes qui semblent une œuvre de la création même, non seulement par sa beauté externe et son exubérance, mais plutôt par sa douceur et son affabilité.

«Ecoute, ne sois pas si modeste, mon choux! Tu es vachement jolie! Tu es de ces femmes qui rendent fou n'importe quel homme!», lui dit-il simplement. Il n'osa pas dire que c'était lui que Geneviève rendait fou à mourir, qu'il la désirait tant. Il vit que Geneviève rougit.

«Bon, il se fait tard et je vais me coucher. J'ai sommeil», dit-elle.

«Attends! J'ai oublié quelque chose, Geneviève »

«Qu'est-ce que tu as oublié, Gregorio?».

«Viens dehors avec moi». Il la prit par la main.

«Mais je crois qu'il est déjà presque neuf heures du soir! Tu ne vois pas que je suis en peignoir pour sortir comme ça dans le Patio du Solar!», dit-elle en lui laissant faire.

«Regardes! Lui dit-il déjà dehors, juste au seuil de l'entrée du Solar. Il lui montra une machine à coudre qu'il avait achetée. Il l'avait mise sur le sidecar de sa moto. En voyant la machine à coudre sur la moto, Geneviève ne put pas se tenir, et elle sauta telle une gamine. Elle était si heureuse qu'elle l'embrassa. Elle avait oublié qu'elle portait un peignoir d'étoffe légère, et que des voisins les regardaient.

«Que c'est bien mon amie!» lui dit Magalie, la voisine contigüe dont Geneviève avait fait de l'amitié. Elle était debout au seuil de la porte de son studio où elle vivait seule. Elle portait une robe rouge collée à son beau corps, de même qu'un chapeau féminin rouge.

Elle était sur le point de sortir. «Je te dis maintenant que j'ai déjà une robe et des blouses que je veux que tu en fasses des arrangements. J'ai maigri un peu, et maintenant elles me sont un peu large. Elles ne me vont plus», finit Matilde par dire en souriant, montrant des dents jolies, mais un petit peu jaunis.

Gregorio porta la machine à coudre dans leur appartement à une pièce sans trop d'effort, tant il était vigoureux et plein d'énergie.

« Si je n'obtiens pas le permis pour ouvrir la cantine, tu vas te débrouiller avec ta machine à coudre ! Je l'ai achetée bon marché chez un prêteur sur gage. Dis, Geneviève, qui est cette dame qui vit à côté ?», finit-il par dire déjà dans leur studio.

« Comment! Tu t'es rendu compte qu'elle est belle et élégante? Avec la machine à coudre je me ferai des jolies robes aussi!»

«Tu te montres jalouse, ou quoi!», lui dit-il en souriant, un peu moqueur.

«Pas du tout! Elle est belle et élégante, mais elle travaille dans un bar le soir avec des hommes!»

Gregorio et Geneviève continuaient à dormir dans le studio séparé par des paravents. Gregorio ne voulait pas agir vite malgré les envies profondes qu'il avait de la faire sienne. En pensant qu'à quelques mètres de distance, derrière le paravent, il y avait une femme fabuleuse, qui dormait seule, il s'affolait! Durant la nuit, Gregorio croyait sentir l'odeur de cette femme. Il se tortillait sur le lit pour ne pas courir et ébranler les paravents qui le séparaient de cette femme qui l'affolait de plus en plus.

«Quelle odeur à femme, mon Dieu!», se disait-il à soi-même. En franc commencement de son âge d'adulte, déjà avec des amples désirs voluptueux, ses organes sexuels alors matures à plénitude, cette femme que Gregorio avait désirée depuis qu'elle était même une adolescente en pleine puberté, dormait si proche qu'il la sentait même respirer!

Depuis son adolescence, Geneviève avait déjà les atouts d'une femme toute faite. L'adolescence n'est-elle pas une période cruciale de profonds changements lorsqu'on atteint la maturité physique et sexuelle? N'est-ce pas dans l'adolescence que l'attraction sexuelle se produit déjà fortement?

Quand Geneviève avait seize ans, elle était déjà une femme à proprement parler. Par bonheur, dans le cadre de la culture cubaine, tout homme qui abuse d'une adolescente est obligé de l'épouser par la loi, au moins qu'elle n'en convienne pas. En ce cas, il doit subir le châtiment de l'emprisonnement et l'indemnisation de la victime. Parfois, il doit affronter la loi des hommes, même dedans la prison, si la victime est une fille. C'était rare qu'à La Havane ou dans d'autres villes un homme abuse d'une fille, surtout parce qu'il y avait déjà des quartiers où l'on pouvait trouver une prostituée pour une «thérapie sexuelle» étant donné que la prostitution n'était pas interdite à Cuba.

Tous les jours, surtout les vendredis et les samedis, le quartier de Colon, une sorte de bordel festif, situé tout près de «L'Allée du Prado» était fréquenté par beaucoup d'hommes, mais il y en avait qui n'y venaient pas pour le plaisir du sexe, mais pour s'amuser. Il y avait d'autres quartiers de prostitution à La Havane, mais le plus fameux et festif était celui du quartier de Colon où les filles de joie se montraient en culotte et soutien-gorge, assises au bord du trottoir ou dans les marches de leur porte, telles des marchandises à vendre. Il y en avait de toute race, et pour la plupart elles étaient jeunes et jolies. On les respectait quand même, mais de toute façon, presque toutes avaient leur gigolo ou maquereau, leur proxénète! Tristement, la majorité des femmes qui offraient le service sexuel étaient des jeunes femmes qui étaient venues à La Havane pour accomplir leur rêve, lequel n'était pas, bien sûr, la prostitution!

Gregorio était tellement amoureux et désireux de Geneviève qu'il n'était pas encore allé chercher du sexe chez une autre femme, soit-elle une débauchée, toutefois son incontrôlé désir sexuel qui le tourmentait de plus en plus. Là-dessus, depuis des jours, Gregorio déjà couché dans son lit de l'autre côté des paravents, Geneviève croyait parfois le sentir respirer fortement. Une nuit, elle le sentit respirer encore plus fortement que d'habitude; c'était comme un gémissement. En plus, elle avait l'impression que son lit bougeait:

«Est-ce qu'il a des convulsions?», se demanda-t-elle. Elle crut que Gregorio se sentait mal. Elle en eut peur. Alors, elle mit son peignoir, passa par les bordes des paravents et arriva dans la partie de Gregorio. Elle s'approcha du lit de Gregorio.

«Qu'est-ce qui se passe, Gregorio?», lui demanda-t-elle, lui alors déjà calmé. «Tu te sens mal?» Gregorio avait les yeux grands ouverts. Il semblait calme.

«Qu'est-ce qu'il t'arrive? Tu te sens mal?», lui demanda-t-elle encore. «Tu es bizarre dernièrement! Pourquoi tu me regardes comme ça?» Instinctivement, elle couvrit sa poitrine avec les deux bras bien qu'elle porte son peignoir. Depuis des jours, Gregorio avait l'habitude de regarder passionnément la poitrine de Geneviève, mais cette nuit, malgré le peignoir, sa poitrine était sensuellement attirante. Le peignoir n'arrivait pas cacher ses seins si voluptueux et jolis, qu'on apercevait en dépit de la faible lumière qui régnait dans la chambre de Gregorio.

«Je n'ai rien. Vas te coucher», lui dit-il un peu brusque. Geneviève était sur le point de quitter la partie de la chambrée derrière le paravent où Gregorio dormait quand, malgré la pénombre, elle aperçut sur le drap une tâche qui semblait de la salive:

«Qu'est-ce que c'est ça? Tu as fait de la bave sur le drap? Tu n'as pas honte, toi, d'être un baveux sur le lit. Toi, tu n'es pas un gamin, quoi!», lui dit-elle moqueuse. La belle femme quitta la petite alcôve momentanée de Gregorio.

«Peut-être il est bien enrhumé!» pensa-t-elle pendant qu'elle enlevait son peignoir dû à la chaleur qui régnait. La faible pénombre dans le studio donnait une touche de sensualité à son immaculé corps nu de femme vierge. La chaleur qu'il faisait au mois d'août était parfois si forte qu'elle dormait nue parce qu'elle ne se couvrait même pas avec le drap. Ingénue tourmenteuse qui ne se rendait pas compte que son odeur de femme voluptueuse envahissait le studio alors que leur demeure n'était divisée que par des paravents, laissant ainsi que cette odeur devenue plus intense, torture, martyrise l'instinct sexuel de Gregorio qui n'y tenait plus!

«Sûrement il a de la flemme!.», pensa-t-elle encore. Alors toute nue, avant de se jeter sur le lit, elle demanda à Gregorio s'il voulait qu'elle lui prépare une infusion avec de l'écorce d'orange.

«L'infusion avec de l'écorce d'orange est très bonne pour le rhume!», lui dit-elle dès derrière les paravents.

«Geneviève, je t'ai dit de te coucher. Il est déjà presque... » Gregorio ne put pas finir la phrase. Il était debout au côté droit du paravent et regardait Geneviève déshabillée, dont il voyait le corps nu pour la première fois. Il la regarda, là, près de son lit, dans la chambrée envahie par une tendre pénombre, mais suffisante pour percevoir avec netteté ce corps si beau de la femme qu'il désirait tant.

«Dis, qu'est-ce que tu regardes comme ça?», lui demanda-elle au fur et à mesure qu'elle se couvrait avec le drap, car son peignoir était sur une chaise quelque peu distante, de l'de l'autre côté du lit. «Ne vas pas me dire que tu n'as jamais vu une femme sans habit! Tu parais dingue en me regardant comme ça, quoi!». Gregorio dut faire un effort immense pour ne pas se jeter sur Geneviève.

«Vas-y! Qu'est-ce que tu attends pour aller te coucher?» C'était elle maintenant qui lui disait de s'en aller de sa chambre, alors déjà envahie par l'instinct involontaire de la pudeur féminine et de la peur. Quand Gregorio retourna à son lit, elle s'approcha de la chaise où se trouvait son peignoir. Elle le mit et se coucha, toute couverte par le drap, malgré qu'il faisait très chaud, et qu'elle était habituée à dormir en Eve, c'est-à-dire nue. Elle n'avait jamais vu Gregorio la regarder de la sorte, avec des yeux fixes comme ceux d'un fou.

«Je crois que Gregorio est malade ou quelque chose comme ça. D'abord, il jette de la bave sur le lit; mais je veux savoir comment il a pu faire ça, car la partie du drap qui était mouillée était loin de son visage». Je crois qu'il a fait pipi au le lit, lui, comment un gamin. Je pense que Virginia doit venir après demain, et je veux lui en parler». Et ainsi, en pensant à Gregorio et à son état bizarre, elle s'endormit.

Sans aucun doute, c'était évident que l'odeur de Geneviève, une femme dans les commencements de l'étape d'âge d'adulte, bouleversait énormément le subconscient de Gregorio davantage. La libido est un désir instinctif qui cherche la satisfaction du plaisir physique comme une force arrière-pensée virtuellement présente dans la conduite humaine.

«Je ne sais pas jusqu'à quand je pourrais résister cette odeur si enivrante qui m'excite comme ça, qui sort de cette femme de partout son corps, cette femme qui est faite comme pour l'avaler toute crue», pensait Gregorio en sachant qu'il ne pourrait toujours pas se contenir devant la présence de Geneviève. Pourtant, il savait qu'il devait être sage et prudent face à la tendresse de cette femme qui vivait seule avec lui sous le même toit.

«Ma fille, Gregorio est un grand homme, très honnête et qui t'aime beaucoup», je te dis encore», Virginia ne cessait pas de lui répéter cela.

Geneviève sentait un grand sentiment envers cet homme qui avait tant fait pour elle. Il lui avait même acheté une machine à coudre. A vrai dire, elle n'avait pas pu définir quelle sorte de sentiment elle sentait pour lui. Elle avait appris que la femme avait été faite pour aider et satisfaire l'homme, y compris dans le lit. Il va de soi que Geneviève n'en doutait pas. A plusieurs reprises, Virginia qui était aussi une femme *medium*, douée de clairvoyance, avait dit à sa fille que le bonheur arriverait en elle dans une grande ville ensemble avec l'amour. Elle affirmait avoir la facilité de se communiquer avec l'esprit de n'importe quel défunt parce qu'elle se disait être pourvue des facultés spéciales de clairvoyance.

Pour la jeune femme, tout ce bonheur que lui apportait vivre à La Havane devait être de l'amour. Pour elle, se livrer à Gregorio n'était pas un acte de gratitude, mais un devoir de femme créée pour rendre l'homme heureux. Lorsqu'elle était une adolescente, elle avait pensé que son homme devrait être comme le père qu'elle avait connu à peine, et dont Virginia parlait avec fierté. D'après celle-ci, avoir été la femme d'un homme blanc était beaucoup à désirer. En plus, avoir été possédée par un homme de la sorte lui avait permis de vivre avec orgueil et d'élever Geneviève. En fait, Virginia, qui était née des noirs libres, s'était livrée par amour et passion à l'homme blanc qui l'avait mise enceinte. Elle savait que l'être qui viendrait ne souffrirait pas la rigueur d'être noir, bien que ce soit une fille. Elle était sûre que si c'était une fille, elle n'aurait aucun problème de tomber amoureuse et vivre avec un homme blanc, quoique que ce soit en condition de concubinage.

Geneviève était convaincue de la dévotion de la femme envers l'homme, dévotion qui se traduisait en dévouement et obéissance. Cela était de l'amour. Et ce que c'était l'amour s'était fixé dans sa conscience durant l'adolescence quand elle assistait à l'enseignement du catéchisme. Épouser un homme, lui obéir en tout, y compris sexuellement, et élever les enfants, tout fait avec du sacrifice et du stoïcisme, ce n'était rien d'autre que le devoir d'une femme honnête et morale dans la société. Ainsi devait être l'amour dont la femme devait vivre.

Le lendemain, elle était un peu préoccupée. Elle croyait que Gregorio se sentait mal. Elle vit que Gregorio venait d'arriver. Il était un peu sérieux. Le matin, elle était encore couchée sur le lit quand Gregorio était parti. Elle ne s'était pas levée pour lui préparer le petit déjeuner comme elle faisait d'habitude. La façon dont Gregorio l'avait regardée la nuit dernière quand elle était nue derrière le paravent l'avait effrayée un peu.

«Ça va, chéri? Comment tu te portes aujourd'hui? Ça va mieux?»

«Je vais bien! Pourquoi tu me demandes ça?»

«Je crois que tu ne te sentais pas bien hier. Je t'ai senti gémir! Tu n'as pas voulu que je te fasse une infusion avec de l'écorce d'orange. Cette infusion est très bonne contre le rhume. Je crois que tu étais malade hier.»

«Je n'étais pas malade hier», dit Gregorio à Geneviève sans la regarder.

«Je crois tu es fâché contre moi. Tu es trop sérieux. J'ai fait quelque chose qui ne t'ait pas plu?»

«Non, Geneviève, tu n'as rien fait de mal», lui dit-il avec un sourire. Pardonne-moi si j'ai été un peu rude avec toi.»

«Bon, ne t'en fais pas! Je croyais que tu étais fâché! Regarde, il est presque sept heures du soir», dit-elle en regardant une horloge sur la table de nuit dans partie où Gregorio dormait. Tu prends ton bain?».

«Oui! A cette heure-ci les salles de bains sont vides. Presque tout le monde dans le Solar est en train de manger ou d'écouter la radio. Donc, je vais en profiter», dit-il avant de mettre les pantoufles en bois, prendre une serviette et des habits propres.

«En attendant, je vais mettre la table. Aujourd'hui, tu vas manger de la viande séchée de cheval, du riz avec des haricots rouges et de la salade d'avocat.»

«Merci, tu sais que j'aime bien le tasajo. Et puis, la viande de cheval est bonne.! Tout ce que tu fais me plaît beaucoup, chérie. Je crois que tu es une femme toute entière!»

«Ne sois pas si exagéré, veux-tu! Tu es un bon homme. Bon,

vas-y, dépêche-toi, que j'ai faim et le dîner se refroidit.»

Il sortit et se rendit vers l'endroit où se trouvaient les salles de bains. Il ne prenait jamais son bain en utilisant la bassine dans le petit cabinet au fond de leur studio, sauf Geneviève quand elle était seule. Elle mettait la bassine au milieu de la pièce. Elle s'amusait quand elle se baignait dans la bassine.

Gregorio entra dans une salle de bains. Geneviève, de son côté, se mit à mettre la table. Soudain, elle se rappela qu'elle avait oublié de lui donner un nouveau savon parce qu'elle avait utilisé celui qu'elle avait acheté la semaine dernière. Elle chercha dans son sac où elle avait mis le savon. Elle le prit et courut vers la salle de bains. Elle ouvrit la porte.

«Gregorio, prend le savon. J'ai oublié...» Elle ne finit la phrase. Elle vit Gregorio nu. Il était en train de toucher ses génitaux. Il semblait les caresser. Il était excité.

«Pourquoi tu fais ça comme ça? Tu as du mal?», lui demanda-elle en même temps que quelque chose d'étrange l'envahissait. «Pourquoi cela est comme ça?» Elle restait fixée au seuil de porte en regardant Gregorio de la tête aux génitaux. A vrai dire, elle n'avait jamais vu un homme nu, et que son organe sexuel soit de la sorte en érection et agrandi! Elle voulait s'en aller, mais elle avait l'impression d'avoir perdu ses forces, et un désir étrange et inconnu l'avait envahie. Ses lèvres se détachèrent légèrement sans quitter les yeux du membre sexuel de Gregorio qui à son tour la prit par un de ses bras, et la traîna vers l'intérieur de la salle de bain. Elle le laissa faire comme si elle était hypnotisée. Elle eut l'impression d'avoir chaud dans son bas ventre.

«Le dîner va se refroidir!», dit-elle simplement, comme un chuchotement inaudible. Il l'embrassa et inconsciemment elle laissa tomber sa robe. Il l'embrassa encore avec plus d'intensité et passion en la voyant nue entre ses bras. Alors il la prit par la ceinture et la souleva avec ses bras en dépit de la taille de la femme qu'il avait tant désirée. Elle, de sa part, se sentant soulevée, s'embrassa au coup de Gregorio, et poussée par un instinct bizarre, elle croisa ses jambes en califourchon autour de la ceinture de celui qui l'avait découverte nue, qui avait réveillé ses intimes désirs sexuels. Gregorio, ayant ses mains libres, saisit son sexe en érection inouïe et le mit à l'entrée du sexe dilaté et humide de la femme qu'il allait faire sienne. Ainsi, involontairement, en sentant le sexe de Gregorio qui effleurait le sien déjà désireux et béant, elle se laissa choir par inertie. Elle se fit pénétrer dans son labyrinthe inexploré, fontaine de vie, délire et plaisir. Elle fut pénétrée pour la première fois. D'emblée, elle s'effraya en voyant Gregorio défaillir. Il frémissait, il se trémoussait. Alors, encore en califourchon autour de la ceinture de Gregorio dont les jambes s'affaiblissaient, elle saisit ferme le tuyau de la douche avec une main pour qu'il ne tombe pas sur le sol, pensa-t-elle. Elle restait en califourchon, accrochée dans sa ceinture.

Vite remis, il voulut qu'elle reste dans la salle de bains. Mais sans mot dire, elle s'habilla et quitta la salle de bains. Faire l'amour pour la première fois alors qu'elle était vierge lui avait fait du mal. Elle avait saigné!

Quand Gregorio retourna dans le studio, elle était couchée sur son lit, couverte par un drap. Elle avait pris son paravent du placard l'avait ouvert et l'avait mis devant son lit. Elle avait déplacé la table vers la partie de Gregorio, sur laquelle elle avait mis son dîner avant de fermer le rideau. Elle avait du mal. Il ne mangea pas non plus. Vers minuit, sans faire de bruit, il prit son matelas, des draps et son paravent. Il ne prit pas son lit pliant. Il mit son matelas sur le sol après avoir et déplié le paravent. Il se coucha et s'endormit sans comprendre ce qui s'était passé, et pourquoi faire l'amour avait été si vite et si court après tant de désir, de passion et de désespoir.

De son côté, Geneviève était confondue, car cet amour, différent à celui qu'elle sentait envers Virginia et ses cœurs, lui fit un petit peu du mal. Elle s'en était imaginée quelque chose de différent. Selon sa mère, il n'y avait de douleur plus forte que celle d'accoucher!

«Il n'y a rien d'aussi grand que la douleur d'être mère», lui avait dit Virginia une fois. Mais cette douleur commença en faisant l'amour, pensa Geneviève. C'était la première fois qu'un homme l'avait pénétrée! Elle crut que c'était comme ça! Pourtant, elle eut peur quand même en voyant Gregorio défaillir. Elle ignorait qu'elle était si voluptueuse, si impudique, qu'il ne put pas tenir long; d'autre part, il était si désireux qu'il ne pouvait plus maîtriser ses pulsions sexuelles Il eut son orgasme. Et pour lui c'était comme ça! Il ne s'était pas rendu compte que Geneviève n'avait pas eu le sien. De son côté, elle croyait que c'était comme ça aussi! Elle ne savait pas que les convulsions que Gregorio avait eues, c'était un orgasme. C'était pourquoi elle avait eu peur en le voyant défaillir quand il atteignait le sommet du plaisir!

Gregorio partit tôt le matin faire des démarches. Geneviève restait encore au lit malgré qu'elle était réveillée, mais Gregorio croyait qu'elle était endormie. Elle ne lui avait pas fait le petit déjeuner en cette occasion non plus, cependant, il se sentait si bien et si remis qu'il la laissa allongée sur le lit, couverte par le drap. Elle avait mal à son bas ventre.

Vers midi, Virginia arriva chez Geneviève et déjeuna avec elle. Elle vivait chez sa fille aînée depuis quelques mois, et qui n'habitait pas si du Solar où Geneviève et Gregorio demeuraient.

«Maman, hier Gregorio m'a fait sienne, mais j'ai eu peur! Je crois qu'il a failli s'évanouir! Il commença à trembler quand il faisait ça! Il gémissait même!».

«Oh, ma fille, c'est comme ça, les hommes quand ils ont l'orgasme! La plupart d'eux pensent que l'orgasme est quelque chose pour eux seulement, que nous autres, les femmes, sommes faites pour qu'ils aient leur orgasme en faisant l'amour. Ils pensent qu'il suffit qu'ils soient satisfaits pour que nous le soyons aussi. Nous ne sommes pas des putains qui savent maîtriser leurs impulsions sexuelles pour que leurs clients aient vite leur orgasme et éjaculent. Si un client en veut davantage, il doit payer. Mais nous, nous ne sont pas des prostituées».

«Je saignais comme si c'était la menstruation, mais ce fut douloureux par contre!»

«Tu étais vierge, ma fille! C'est comme ça! La prochaine fois ça doit être différent! Tu vas en jouir! S'il veut te pénétrer tout de suite, arrête-le! Quand on fait l'amour, il y a d'autres choses que l'homme doit faire pour que la femme soit satisfaite. Nous ne sommes pas des demoiselles! Il y a des femmes qui commettent de l'adultère parce que leur mari ne les satisfait pas.

« C'est comme ça ?» demanda Geneviève un peu ahurie et confondue tandis qu'elle pensait que peut-être Cardia avait trompé son mari Nicolas avec Jacent, le «palero» parce qu'il ne la satisfaisait pas. Je ne crois pas que Caridad ait fait ça parce qu'on a dit qu'elle va à l'église, et commettre de l'adultère est un péché d'après la Bible.

«C'est comme ça, ma fille! La prochaine fois ne sois pas timide et dis à ton mari de ne pas le faire si vite, que tu veux en jouir aussi».

«Mais maman, comment ça! Je ne pourrais pas dire ça à Gregorio, c'est trop! Mais quelle honte!»

«Ma fille, en faisant l'amour, il n'y a pas de jouissance sexuelle sans orgasme, mais pour aboutir à l'orgasme désiré il faut que le désir et le plaisir soient réciproques entre l'homme et la femme. Il faut que tu saches qu'on doit causer pendant qu'on fait l'amour. Tu as eu mal quand tu t'es livrée à ton mari parce que tu ne désirais pas tellement faire l'amour. Quand une femme désire faire l'amour avec un homme qui lui plaît, qui l'enivre, bien que le membre de l'homme soit volumineux, elle ne se plaint pas, et le pénis ne lui fait pas de mal parce que son vagin est lubrifié un fluide qui aide à épargner la douleur et à ce que l'homme la pénètre sans troubles et avec plaisir réciproque». Au fur et à mesure que Virginia parlait comme quelqu'un qui se connaissait en intimité sexuelle, Geneviève rougissait abasourdie. «C'est rare qu'une femme aboutisse à son orgasme sans qu'il y ait eu de la lubrification vaginale préalable en tant que réflexe inné dû aux poussées sexuelles quand la femme veut faire l'amour avec son mari, au moins qu'elle ait des troubles sexuels qui empêchent qu'il y ait de la lubrification vaginale. Pourtant, en ce cas, la femme doit employer une vaseline indiquée afin de faire l'amour avec plaisir, mais sans douleur.»

«Comment tu sais tout ça, maman? Si on t'écoute parler de la sorte, on peut avoir une mauvaise idée de toi! On ne dirait pas que tu vas à l'église!»

«Ça n'a rien avoir avec l'église, ma fille! Je me suis mariée trois fois, ne l'oublie pas! D'autre part, tiens compte que ton père, Juan Penton, était né en Chine, et dont tu gardes des traits. On dit qu'un des traits de la plupart des femmes d'origine asiatique, le plus remarquable du point de vue de l'intimité sexuelle, c'est que leur vagin est quelque peu petit et étroit, on dit, et souviens-toi que ton mari Gregorio est un noir robuste. Donc, il n'en pas moins vrai que tu as eu du mal en faisant l'amour avec lui. Alors tu dois faire attention là-dessus quand tu feras l'amour avec lui.

Voilà c'est tout!»

«Ça m'est égal parce que les hommes n'aiment pas les femmes divorcées pour le ménage. Elles ne leur plaisent que pour le débauché. Et quant à moi, avec douleur ou sans douleur, je ne veux pas que Gregorio me quitte!»

La Première Guerre Mondiale avait éclaté l'année précédente. Après avoir vécu quelque temps dans La Havane Coloniale, Gregorio avait décidé de déménager pour la ville de Marianao où il avait loué une maison dans le quartier de Buenavista. La nouvelle maison avait trois chambres, dont l'une serait pour Virginia, où elle pourrait garder ses bijoux de louange pour ses déités yorubas de sa religion. Les autres deux chambres seraient occupées par Gregorio et Geneviève qui dormaient déjà ensemble depuis quelques semaines, et par un future occupant parce que Geneviève était tombée enceinte. Elle avait deux mois de grossesse et Gregorio était vraiment heureux qu'elle lui donne un enfant.

Le petit Gustave naquit en 1916, et une année plus tard, naquit sa sœur Amélie. Les deux enfants grandissaient vite sous une bonne ambiance familiale. Cependant, ils n'avaient pas encore commencé l'école primaire, ou plutôt les jardins d'enfants, quelques années après que la guerre était finie. L'analphabétisme était haut par manque d'enseignants et d'écoles, bien que Cuba soit l'un des pays bénéficiés par la guerre, car pendant laquelle il y avait du travail, et le sucre se vendait cher. Cuba jouissait d'un bon essor économique.

«Dans deux jours, c'est le Sept Septembre. Nous devons aller à l'Église de Régla», dit Virginia. «Nous allons apporter les offrandes à Yemaya, la Vierge de Regla. J'ai acheté deux mètres d'étoffe vichy bleue à petits carreaux dans un magasin dans la rue Muralla pour tu t'en fasse une robe maintenant que tu as une machine à coudre. Je veux demander à la Vierge Noire de te protéger. Il me faut cent 'kilos prietos' (cent centimes américains) pour les jeter dans l'eau de la baie depuis la barque de Régla. Rappelle-toi que Yemaya c'est la patronne de la mer».

«Pourquoi tu as acheté l'étoffe vichy bleue, Maman? J'ai déjà une jupe de soie bleue et une blouse vichy bleue à petits carreaux aussi»

«Non, ma fille, tu dois mettre un nouveau vêtement que je veux encenser pour que la Vierge de Regla te voie jolie», dit Virginia en ouvrant le paquet où elle portait l'étoffe vichy bleue à petits carreaux. «En plus, tu dois porter un mouchoir jaune sur ta tête. On célèbre demain le jour de sa sœur Ochoun, ta protectrice, la Vierge de la Charité du Cuivre, la Patronne de Cuba, la déesse de l'amour et de la beauté. Elle doit apaiser tes enchantements»!

«Ne me dis pas que toi aussi, tu es comme Gregorio qui ne cesse pas de me dire des choses comme ça?»

«Non, ma fille. Toi aussi, tu es fille à Ochoun. Les filles à la Mulâtresse Ochoun sont toutes des séductrices d'hommes. Elles sont presque toutes des femmes frivoles».

«Je n'ai été coquette avec nul homme, Maman! Jusqu'à présent j'ai respecté Gregorio, surtout maintenant que nous avons deux enfants».

«Sans qu'elle le sachent, les filles à Ochoun sont nées comme ça. Elles doivent mettre quelque chose jaune ou porter un bijou en or», lui dit Virginia.

«Ne t'en fais pas. Gregorio m'a acheté une chaîne en or dix-huit carats chez un prêteur sur gage. Je veux y porter une médaille avec la Vierge de la Charité du Cuivre, mon Ochoun pour que tu sois tranquille, maman!»

«N'oublie pas, ma fille, que je t'ai accouchée et t'ai vu grandir!»

«Tu vas t'habiller de bleu pour aller à l'Eglise de Régla?», demanda Geneviève. Profite de l'étoffe que tu as achetée et fais te faire quelque chose pour toi avec l'étoffe de guingue bleue. Si tu veux je peux te faire quelque chose à la maison».

«Oui, tu vas m'en faire un sous vêtement pour le mettre sous ma robe blanche. Je dois continuer à être habillée de blanc jusqu'au lendemain de la Fête à la Vierge de la Merced, le 24 Septembre.»

«Comment allons-nous habiller les enfants?» Demanda Virginia.

«J'ai déjà fait une chemise et une culotte pour Gustave et une robe pour Amélie. Leurs habits sont blancs.»

Fréquemment, Virginia s'habillait avec des habits blancs suivant sa vocation envers la Vierge de la Merced. Elle profitait du bon marché des sacs de farine vide qu'on pouvait acquérir dans le Marché Unique de La Havane pour se faire faire des vêtements.

«Avant de passer par la rue Muralla, je suis allé à la Plaza (le Marché Unique de La Havane) où j'ai acheté trois sacs de farine et un autre de sucre noir».

«Pourquoi tu veux un sac de sucre brun vide?», demanda Geneviève. «Ne viens pas me dire, Maman, que tu vas te faire faire aussi une robe avec le sac de sucre brun!»

«Mais oui, Je vais mettre une jupe avec l'étoffe du sac de sucre noir pour la fête à Babalou, le Vieux Saint Lazare. Je vais faire de la promesse au Vieux.»

«Et tu penses aller à l'Église de Rincon à pied? Même pas folle, je vais à pied chez Saint Lazare! Que Dieu me protège!», s'écria Geneviève moqueuse. «C'est loin, Maman!»

«Mais non, ma fille, n'y pense pas. Nous prendrons l'autobus jusqu'à Santiago de las Vegas, et de là, nous allons à pied à l'Église de Rincon. Mais il manque encore quatre mois pour la fête à Babalou, le Vieux, le 17 Décembre. Pour le moment, il faut penser à la Noire Yemaya et à la Mulâtresse Ochoun. «Bon, en parlant de tout un peu. Qu'est-ce que nous allons manger aujourd'hui?»

«Ah, j'ai oublié. J'ai profité d'être allée au marché la Plaza et j'ai acheté de la morue. Je crois que Gregorio aime en manger avec de la pomme de terre.»

«Si tu es allée à Muralla après avoir passé par la Plaza, ce poisson doit être déjà mauvais, car il fait très chaud.», dit Geneviève.

«Que je t'ai mal élevée, ma fille! Tu ne sais pas que la morue est vendue salée?»

«Ay, c'est vrai, je l'avais oublié. Je me souviens que tu me grondais quand nous vivions à Sagua parce que je commençais à prendre de petits morceaux de morue avant que tu fasses cuire du cabillaud avec de la pomme de terre. De la morue salée crue, ça me plaisait bien, mais ça me faisait boire beaucoup d'eau.»

Le détail sur la morue ne voulait pas dire que Geneviève ne soit pas une bonne cuisinière. Apprendre à faire la cuisine faisait partie de l'enseignement des adolescentes chez les familles pauvres. Cela était partie de la soumission à l'homme. A son arrivé à la maison, le mari devait trouver le repas fait et le bain prêt. Pour la plupart, cela était partie de l'amour vers le mari, son obédience incontestable.

Geneviève aimait faire la cuisine. Cependant, elle n'aimait pas du tout faire le marché parce que les hommes ne la laissaient pas tranquille. Récemment arrivée à La Havane, elle ne s'était pas habituée rapidement à la quotidienneté havanaise, beaucoup moins encore aux compliments des hommes, partie génuine de la vie dans la cité:

«*Si tu fais cuire comme c'est ton allure quand tu marches, je mange même la casserole!*», on disait souvent à Geneviève.

Gregorio et Geneviève vivaient dans le quartier de Buenavista depuis quelques mois. Pour elle tout était monotone. Elle avait l'habitude de passer le temps à contempler les tramways passer dans la rue devant dans maison où elle habitait. Elle se sentait délà vieillir.

Elle était de plus en plus déçue du fait qu'elle ne pouvait pas s'émanciper dans la société. A Buenavista, elle passait le temps dans les affaires ménagères en prenant soin de ses enfants qui grandissaient de jour en jour. De temps à autres, elle avait fait des arrangements de couture. Elle avait eu peu d'amis dans le quartier. Fréquemment, Virginia l'aidait avec les petits-fils et encourager sa fille d'avoir de la patience. Cependant, Geneviève s'ennuyait dans la monotonie d'une femme de ménage.

Elle avait épousé Gregorio étant alors très jeune encore et avait accouché ses enfants quelque temps après. Donc, elle n'eut pas le temps de pouvoir travailler, sauf faire des arrangements de couture chez elle avec sa machine à coudre notamment pour des clients du quartier de Buenavista ou de quelque autre lieu, et ainsi se procurer quelque argent.

Son rêve de prospérité s'éloignait tandis qu'elle soignait et élevait ses enfants à Buenavista. Heureusement, malgré avoir eu deux enfants qu'elle nourrissait amoureusement avec du lait maternel, sa gorge restait belle et tout son corps encore bien immaculé.

Les inconvénients entre Gregorio et elle, avaient surgi par le désir de celle-ci de s'émanciper dans la société, de travailler dehors.

Pour Geneviève, toute la félicité que lui apportait vivre à La Havane devait avoir été de l'amour. S'étant livrée à Gregorio n'avait pas été un acte de gratitude, mais un devoir de femme faite pour rendre l'homme heureux. Encore adolescente, elle avait pensé que l'homme qu'elle aimerait un jour serait comme son père dont Virginia parlait avec orgueil. Pour Virginia, de son côté, avoir été la femme d'un homme d'une autre race que la sienne avait été trop à désirer. En fait, Virginia, qui était née de noirs libres, s'était livrée à l'homme qui lui avait engendré Geneviève avec amour et passion. Elle avait su que l'être qui viendrait ne souffrirait nullement les rigueurs d'être noir, bien que ce soit une fille. Elle était sûre que si c'était une fille, elle n'aurait aucune difficulté de tomber amoureuse et de vivre avec un homme blanc bien ce soit en condition de concubinage.

Il n'en était pas moins vrai que Gregorio s'était rendu compte de l'état d'animosité de sa femme. Il aurait fait n'importe quoi pour rendre Geneviève heureuse bien qu'il sache que le sentiment qu'elle avait envers lui n'était pas le même. Donc, en apprenant sur les prétentions de créer une compagnie aérienne à Cuba, quelque chose de nouveauté dans le continent Latino-américain, Gregorio s'était rendu au bâtiment de la Manzana de Gomez où il avait obtenu que le bureau commercial, chargé de l'établissement de cette future compagnie aérienne, lui ait permis d'ouvrir une cantine dans les établissements de cette entreprise dans l'aérodrome du campement militaire de Columbia. Gregorio s'était montré très visionnaire en pensant à la création d'une cantine. «Tout le monde a besoin de manger, surtout après un travail fatiguant et quand ceux qui font ce travail ne veulent pas perdre du temps à chercher à manger ailleurs», avait pensé Gregorio. «En plus, en créant la cantine, je pourrais illusionner Geneviève».

Il voulait conquérir son adorée et séduisante Geneviève. Il en avait parlé avec elle et lui avait promis qu'il la laisserait travailler, qu'elle travaillerait avec lui. La belle Geneviève serait la cuisinière et serveuse de cette cantine, qui avait été l'endroit où inexplicablement Léon était tombé définitivement subjugué par sa beauté et sensualité, juste au moment où le sentiment que Geneviève avait pour Gregorio n'était déjà plus le même. Elle se sentait un petit peu frustrée et prédisposée en vivant avec Gregorio, mais, pour affronter la dynamique sociale de la capitale, il lui fallait avoir de l'argent; il lui fallait travailler. Elle avait accepté le travail dans la cantine volontiers.

Le fait que des personnes d'un autre pays, avec une autre culture travailleraient dans les établissements de Columbia, l'aida fortement à changer son animosité et son tempérament.

6

Guy de Roig, Agustin Parlá et Lucien Coupet

L a naissance de l'aviation cubaine eut la joie d'avoir été créée par de grands hommes, parmi lesquels, on trouvait des héros de la République Française par leur extraordinaire exploit et dévouement pendant les combats dans lesquels ils avaient participé au cours de la Première Guerre Mondiale.

Indubitablement, on n'a dûment pas encore reconnu l'apport de ces français-là qui appartiennent déjà à l'Histoire de l'Aviation Civile Cubaine et, par conséquent, à la culture cubaine et universelle; et parmi ces hommes, on trouve le légendaire Lucien Coupet qui y joua vraiment un rôle si remarquable.

«Par cette époque était venu chez Farman un client Cubain très riche, Monsieur Anibal J. de Mesa, qui avait fait fortune avec le sucre. Il avait eu l'idée de monter une ligne de transports aériens entre La Havane et Santiago de Cuba, 800 kilomètres. On venait tout juste d'ouvrir le trajet depuis Paris jusqu'à Londres».

Anibal J. de Mesa avait acheté quatre F.40, deux de 80 chevaux et deux de 130 chevaux, et deux «Goliath». Les Goliath étaient les avions qui faisaient le parcours depuis Paris à Londres. Le millionnaire cubain avait demandé qu'on mette aussi à sa disposition le personnel technique capable d'organiser l'aviation à Cuba.

Cuba était alors un pays si fort du pont de vue économie, dû au boom de l'économie sucrière cubaine, qu'un cubain qui avait su faire fortune avec le sucre, avait altéré le transport aérien sur le Canal La Manche en achetant les avions Farman qui volaient de Paris à Londres et de Londres à Paris.

Pour mener à bien le projet d'Anibal J. de Mesa, La Maison Farman avait chargé Lucien Coupet de l'expédition qui créerait la Compagnie Cubaine d'Aviation. Donc, le 19 Novembre 1919, Lucien Coupet, son frère Léon Coupet, Guy de Roig, Chauvin et Guerchais et Camille Mousse, ce dernier qui avait été «détaché» au nom de la Maison Farman en tant que chef mécanicien navigant pour l'établissement des lignes aériennes à Cuba, partirent de la France.

A leur arrivée à Cuba, les français eurent quelques difficultés par des questions de payement et financement, surtout avec monsieur Henri de Kerillis, représentant commercial de l'entreprise Farman à Cuba, ou quelque chose comme directeur technique de la compagnie. Guy de Roig fut sur le point de quereller avec monsieur Kerillis, toutefois l'estime qu'il avait à l'égard de celui-ci, d'après Lucien Coupet lui-même. En plus, justement à leur arrivés au port de La Havane, alors qu'on débarquait les caisses contenant les avions et d'autres équipements qu'on avait acquis en France, ils firent l'objet d'un cambriolage. Par chance, Lucien Coupet et ses compatriotes se débrouillèrent pour résoudre la situation et mener à bien l'établissement de la Compagnie Cubaine d'Aviation.

Alors déjà installés à Cuba, se trouvant sous une atmosphère qu'on dirait carnavalesque, l'émotion que ces pilotes français éprouvaient, dont Lucien Coupet, son frère Léon et Camille Jousse qui avaient eu une héroïque participation dans la guerre, de même que Guy de Roig, mais sans oublier Chauvin, Guerchais qui faisaient partie aussi du groupe, était immesurable par l'accueil chaleureux et l'enthousiasme du peuple de La Havane. C'était un événement unique, par le fait que l'immense majorité des havanais auraient l'opportunité, pour la première fois dans leur vie, de voir décoller, voler et atterrir des avions, surtout les immenses Farman «Goliath» dont on parlait tant dans tous les journaux, notamment dans le journal «La Marina».

En fait, le séjour de ces pilotes et mécaniciens français, qui sentaient encore à l'odeur de poudre comme on dirait, était comme une aventure après tant de sacrifice au bien de l'aéronautique française et universelle, mais non seulement militaire, mais aussi civile, dont ils étaient des pionniers.

Voire même leur séjour au Maroc, où ils avaient fait une escale technique durant la traversée Paris-Dakar alors qu'on testait la puissance du «Goliath», et où ils avaient été reçus comme des héros, n'avait pas été si vraisemblable comme le séjour qu'ils eurent à Cuba. L'hospitalité du peuple cubain dans tous les secteurs sociaux sans contradictions culturales remarquables, y compris religieuse et raciales, fut sincère.

L'aviateur Guy de Roig, qui avait participé dans la guerre comme mécanicien du Lieutenant Brocard, avait été un cas phénoménal, selon Lucien Coupet. Ce dernier l'avait choisi pour qu'il prenne part dans l'équipage de français qui viendrait à Cuba.

«Guy de Roig était cent pour cent myope», disait Lucien en racontant que quand les lunettes de Guy tombaient par terre et se cassaient, celui-ci devait demander à quelqu'un de lui procurer un taxi pour pouvoir aller chez son oculiste et acheter de nouvelles lunettes. Cependant, sa myopie ne l'avait pas empêché d'être un aviateur excellent.

Au début de la guerre, Guy de Roig ne pouvait pas combattre en tant qu'aviateur comme il l'avait tant désiré à cause de sa myopie. C'est pour cette raison qu'il s'était détaché comme mécanicien, et scribouillard, quelque chose comme «gratte-papier». Pourtant, dans la guerre, il avait commencé à combattre comme bombardier et mitrailleur aérien.

Sa déficience visuelle n'avait pas été un obstacle pour qu'il puisse soulever des projectiles de 90 kilogrammes, en enlever le dispositif de sûreté et les mettre en position de tire.

Avec ses lunettes, le verre desquelles étaient grosses comme «le fond d'une bouteille», il avait fait un grand ravage chez l'ennemi. Pourtant, en ce qui concerne le mitraillage, tout était différent parce qu'il fallait avoir une bonne vision pour tirer et faire cible, mais étant donné que la M.F.25 n'avait pas de mitrailleuses au début des combats, «avec ses grosses lunettes accrochées au casque monumental de l'époque, Guy de Roig s'était débrouillé comme il fallait avec un mousqueton pour faire fuir quelques Aviatiks.

Toutefois, son plus grand désir était d'être pilote de guerre. Là-dessus, il était si ennuyant en insistant trop qu'il voulait combattre depuis un avion que ses camarades, à la tête desquels se trouvant Lucien, lui avaient appris à piloter.

Sans qu'on puisse l'expliquer, sans avoir "20-20" de vision, il avait réussi à l'examen de pilotage. Etre myope ne l'avait pas empêché de devenir un pilote exemplaire. Et ainsi Guy de Roig était devenu pilote de guerre dans le conflit de guerre mondial durant lequel il avait même réalisé des missions de bombardements nocturnes, de l'observation du champ de bataille, et des reconnaissances avec appareil de photos à grande focale avec lequel il avait la spécialité de photographier l'autre côté des lignes ennemies, jusqu'à ce qu'il fût élevé au grade de sous-lieutenant.

Quand la guerre termina, à Guy de Roig, qui avait été capable d'être un pilote myope, lui fut conféré la distinction de «Chevalier de la Légion d'Honneur, titulaire de sept citations avec de beaux témoignages de satisfaction du corps Italien et de l'armée Américaine».

Lucien Coupet savait tellement comment étaient les connaissances de Guy de Roig en tant que pilote, en dépit de sa myopie, qu'il l'avait choisie pour l'aider à créer une compagnie aérienne à Cuba. «Il me faut un pilote, viens avec moi», lui avait dit Lucien. Guy de Roig n'hésita pas à l'accompagner dans la mission à Cuba.

L'aviateur Agustín Parlá Orduña, qui apparait au centre de la carte de promotion, et nommé Directeur de la Compagnie Aérienne Cubaine par Anibal de Mesa, c'est le «Père de l'Aviation Cubaine». Il était né à Cayo Hueso (Key West), dans la Floride, le 10 Octobre 1887, alors qu'il était fils d'immigrants cubains qui retournèrent à Cuba après l'établissement de la République Cubaine.

Le 20 avril 1912, Agustin Parlá s'était diplômé comme pilote dans l'Ecole Curtis, à Miami, dans la Floride, étant le premier cubain qui se diplômait dans cette profession.

Le 19 mai 1913, alors qu'on commémorait un autre anniversaire de la mort de José Martí, Apôtre de l'Indépendance de Cuba, Agustin Parlá vola depuis Key West, dans la Floride, jusqu'à Cuba, en portant avec lui le Drapeau Cubain que l'Apôtre Marti avait apporté avec lui pendant son périple tout au long de la Floride alors qu'il demandait de l'argent pour la cause de la Révolution Indépendantiste.

Des années plus tard, le 24 septembre 1916, l'aviateur Parlá vola sur les Cascades du Niagara, en Buffalo, à New York. En faisant ce vol, il gagna une compétition aérienne, ce qui permit que le Drapeau Cubain soit hissé dans cet endroit-là et que les notes musicales de l'Hymne National Cubain y soient écoutées. Dû à cet événement, le compositeur cubain Antonio Maria Roméo écrivit une chanson qu'il titra: «Parlá sur le Niagara». Des années après, le 29 mai 1919, Agustin Parlá Orduña mena à bien le premier vol commercial dans le premier avion dont le gouvernement cubain était le propriétaire, et lequel avait été baptisé avec le nom «Sunshine», le même avion depuis lequel les premières photos de La Havane avaient été prises.

L'autre exécutif et chef technique de la Compagnie Aérienne Cubaine fut le légendaire Lucien Coupet, un citoyen français qui était né le 4 octobre 1888 à Issoudun, sous-préfecture du Département de l'Indre dans la région Centre, et située à 257 kilomètres de Paris. Depuis le XIXème siècle, la localité d'Issoudun était déjà un centre important de dévotion et de pèlerinage à la Vierge Marie.

7

Verdun

Lucien Coupet aimait tellement son pays que de très jeune, il l'avait parcouru presque tout entier. Simplement, il voulait connaître la terre où il était né. Cet amour pour la France lui avait fait faire n'importe quel dévouement au bien de sa patrie. Ce dévouement avait été héroïquement démontré dans la Première Guerre Mondiale.

Quand l'Allemagne déclara la guerre à la France le 3 août 1914, il y avait déjà trois ans que Lucien Coupet s'était engagé dans le métier de l'aéronautique en tant que mécanicien dans la Maison Didion-Bouton où l'on faisait des moteurs d'avion et où il en avait acquis les connaissances nécessaires en ce qui concernait la construction et le fonctionnent de ceux-ci.

A l'âge de vingt ans, après avoir déjà acquis «un horizon complet de la France qu'il avait parcourue presque toute entière», il s'était fait embaucher dans l'usine Didion-Bouton, à Paris, où travaillait l'un de ses frères. C'était Léon Coupet qui était mécanicien et travaillait en tant que ça dans l'usine. Léon Coupe habitait à Paris depuis des années. Il avait appris le métier de mécanicien et serrurier dans l'armée alors qu'il faisait son service militaire. Dans la Maison Didion-Bouton, Léon avait fait un essai de mécanique en moteurs d'avion. Lucien Coupet était plus jeune que Léon.

A l'usine, Lucien Coupet avait fait un essai d'ajusteur des moteurs de voiture. Il avait eu l'opportunité de s'y trouver «aux essais des voitures et des moteurs nouveaux». Il était resté peu de temps dans cette usine parce qu'il avait quitté Paris quelque temps après et s'était rendu à Brest, le seul coin de la France qu'il lui manquait de connaître, pour faire son service militaire. Deux ans plus tard, vers 1911, après qu'il avait terminé son service militaire, il était retourné chez Didion-Bouton. En ce moment-là, la Maison Didion-Bouton se dédiait entièrement à la construction de moteurs d'avion.

A son insu, Lucien Coupet avait senti quelque chose d'étrange en sachant qu'on y construisait des engins qui faisaient voler «des véhicules» plus lourd que l'air. Il était très curieux de voir comment cela fonctionnait et comment on pourrait voir la France depuis le ciel. Il était alors si content d'être dans l'usine Didion-Bouton qu'il avait appris vite comment on faisait les moteurs. Selon lui-même: «En ce temps-là, on me donnait un moteur d'avion à faire. On m'amenait dans une caisse toutes les pièces d'un moteur en vrac et je les montais à la main. Il fallait prendre le carter, ajuster les deux plaques du carter, ajuster les paliers, mettre les coussinets dedans, puis gratter. Monter un moteur, cela demandait un grand mois. Je tremble à l'idée que si l'on avait regardé au microscope, on aurait vu des chaînes de montagne. Pour ajuster une bielle, on faisait tourner la bielle, avec le grattoir, on grattait consciencieusement le coussinet, on le remontait au bout de quelques heures, mais lorsqu'on montait le moteur, la bielle n'était plus perpendiculaire au vilebrequin. Vous montiez le piston sur la bielle et si vous mettiez sur le dessus du carter une équerre, vous constatiez que le piston n'était pas perpendiculaire; on tordait alors la bielle jusqu'à ce que le piston devienne perpendiculaire, ce qui évidemment, au point de vue mécanique, était éminemment critiquable. C'était le travail d'alors. On n'envisageait pas de faire une machine ou d'aléser la pièce à la cote».

Et ainsi, Lucien avait fait pas mal de moteurs d'avion. Pour essayer ces moteurs, on les montait sur des avions Maurice Farman. En tant que technicien, Lucien allait à l'aérodrome de Toussus où l'on emportait les moteurs Didion-Bouton pour en suivre le montage et l'entretien.

Un jour, le marquis Didion, le propriétaire de l'usine Didion-Bouton, dont le neveu, le marquis de Larreinty-Tholozan, était le pilote qui essayait les moteurs sur les avions Farman à Toussus, avait demandé à Lucien s'il voulait être pilote de la Maison Didion-Bouton. «Figurez-vous devant Saint Pierre qui vous dit: voulez-vous entrer au Paradis?» avait écrit Lucien Coupet dans ses mémoires.

Lucien avait appris à piloter à Toussus en 1913. Quelques mois plus tard, en juin 1914, après avoir fait encore assez de pratiques de vol, il réussissait aux épreuves de pilotage dont il avait reçu le brevet N° 1-661.

Quelques semaines après le commencement de la guerre, Lucien Coupet était affecté à l'escadrille M.F.25, qu'on avait récemment créée.

L'escadrille M.F.25, créée à Buc, le 1er septembre 1914 et dont la dotation initiale n'était composée que de 6 avions Maurice Farman, avait été affectée à la 3ème armée du général Sarrail et laquelle était chargée de la défense d'une partie du front d'Argonne.

Cette escadrille aérienne était arrivée à Verdun le 8 septembre 1914. Elle avait pris part très activement aux opérations aériennes, ses équipages s'étant engagés dans un très grand nombre de reconnaissances à longue portée, des réglages de tir et des photographies. Les pilotes de l'escadrille F.25 avaient débuté dans une longue série de bombardements à l'aide de fléchettes et des obus de tous les calibres. En décembre 1914, l'escadrille avait déjà largué une tonne de bombes sur l'adversaire qui menaçait de dépasser les frontières françaises pour avancer vers Verdun.

Bien que Lucien Coupet ait obtenu le brevet de pilote et ait fait déjà des vols aériens, il avait commencé dans l'aviation militaire française en tant que mécanicien parce qu'il n'avait pas encore le brevet de pilote militaire. Alors donc, étant donnée sa disposition de défendre le pays qu'il aimait sans mesure, et qu'il voulait le faire à travers sa force, cette force que Lucien Coupet exprimait en pilotant, le 29 janvier 1915, il recevait le brevet de pilote militaire, ce qui lui avait permis de rejoindre l'escadrille M.F.25 le 9 mars 1915, et dans laquelle il avait commencé sa nouvelle étape dans la guerre en pilotant un avion Maurice Farman avec un moteur Didion-Bouton.

En ces moments-là, alors que la guerre devenait de plus en plus violente, l'escadrille F.M.25 avait comme mission la reconnaissance des cantonnements des dotations d'artillerie et des mouvements des troupes d'infanterie allemande, le réglage des tirs de l'artillerie française et des alliées de la Triple-Entente, ainsi comme la photographie aérienne sur le front Verdun-Argonne. Par la suite, il avait commencé aussi à faire des bombardements et à avoir des combats aériens, notamment défensifs.

Lucien Coupet avait effectué son premier bombardement le 29 mai 1915, sur le bois de Cheppy. Parfois, durant la guerre, il volait en monoplace. Dans un avion de la sorte, Lucien avait de l'espace pour emporter une dizaine d'obus qu'il faisait tomber sans éviter faire tracasser l'avion Farman F.40 de bout en comble. Plus tard, on lançait des projectiles de grand calibre et des bombes incendiaires en utilisant un lance-bombes monté derrière lui.

«Une fois, au cours des premiers bombardements, Lucien avait été descendu par le feu massif de la D.C.A., alors qu'il attaquait avec des projectiles de 90 mm un drachen qui se trouvait dans son hangar. Le projectile allemand avait coupé à moitié le longeron avant, enlevé une pale d'hélice, coupé les commandes motrices et coincé la direction. Les vibrations de l'avion étaient si épouvantables que Lucien avait cru que celui-ci allait se désintégrer dans l'air. La carabine, l'altimètre et la boussole avaient été arrachés et passé par-dessus bord. Lucien avait essayé de réduire les gaz à la manette. Rien à faire. Tout à coup, par hasard, il avait réussi à rattraper le câble de commande des gaz, sur lequel il avait tiré. Le moteur s'était mis à tourner au ralenti. Il était justement au-dessus des positions allemandes dont il lui fallait arriver à passer les lignes avec l'espoir de repérer le cantonnement des troupes françaises qu'il savait qu'elles ne devaient pas être si loin. Peu à peu, il avait perdu de l'altitude quand, subitement, le câble lui avait échappé de ses mains, mais par bonheur, il avait pu le rattraper tout de suite. Il volait déjà tout près du sol. Soudain, il avait aperçu des soldats français dans une tranchée sur laquelle il avait survolé très bas. C'étaient les premières lignes défensives de l'infanterie française». Un peu plus loin devant lui, il avait vu le feu des canons français qui tiraient vers les positions des troupes allemandes. Il savait que les obus passaient sur son avion. Il avait giré son avion vers sa droite.

«Lucien était parvenu à atterrir entre les tranchées de la

première ligne de combat et les batteries de l'artillerie des troupes françaises».

Quelques heures plus tard, l'appareil avait été déjà réparé sur place et avait pu décoller depuis la voie sur laquelle il avait atterri. C'était une voie ouverte par le passage constant des véhicules de ravitaillement et des chars. Pour décoller, il avait profité d'un moment où le canonnage français avait pris un répit pour changer de dotation. Il avait ramené son avion à la base aérienne de Vadelaincourt.

Très vite, Lucien Coupet avait commencé à faire des bombardements pendant la nuit. Le jour, il était pris par les missions de photos, les reconnaissances et les réglages de tir de l'artillerie. On avait toute la nuit pour bombarder les cantonnements des troupes allemandes, les usines du côté de Thionville et les gares de triage du côté de Sedan. Il faisait trois missions dans la nuit parce que les cantonnements allemands ne se trouvaient pas si loin. En l'espace de deux ans, Lucien aurait fait quatre ou cinq missions de bombardements lointains. Le décollage des avions Farman de l'escadrille F.25 n'offrait pas de difficultés pour les pilotes. Avec le moteur arrière et la nacelle surélevée, le Farman F.40 avait un avantage considérable parce que la visibilité vers l'avant était totale. En vol, Lucien éclairait les instruments avec des lampes de poche qu'il enveloppait de chiffons pour qu'elles n'éblouissent pas ses yeux. Pour décoller et atterrir, il utilisait la lumière des phares des camions qui se trouvaient dans la base militaire et le feu qu'on faisait avec de l'essence. L'armée terrestre avait prêté aussi un projecteur au contingent aérien. En plus, on avait installé deux lampes électriques sur deux grands sapins qui se trouvaient sur une petite colline. Lorsqu'il faisait nuit noire, Lucien, ainsi que les autres pilotes de la M.F.25, se mettaient à peu près à la hauteur des lampes pour atterrir. Par bonheur, mais surtout par la connaissance en aéronautique et par l'expérience des pilotes français acquise en pleine guerre, il n'y avait jamais eu aucun accident quand les avions décollaient et atterrissaient.

Quand la bataille de Verdun était sur le point d'éclater, l'escadrille M.F.25 était seule d'abord. Elle avait fait face aux premiers coups des troupes allemandes en harcelant son avancée par des bombardements; mais très vite, elle avait été renforcée par d'autres escadrilles aériennes, y compris l'escadrille N.3, la future escadrille «Les Cigognes». Ainsi, tout en accomplissant des liaisons d'infanterie à basse altitude, l'escadrille M.F.25 avait continué les bombardements de jour et de nuit.

Les avions décollaient de la base de Vadelaincourt, située dans le département de la Meuse dans la région de la Lorraine, dont une partie restée encore annexée par l'Allemagne, pour harceler les cantonnements des troupes ennemies, mais surtout, pour attaquer les voies ferrées de ravitaillement des allemands par des bombardements répétés sur les gares de Conflans, Jarsy, Thionville, Spincourt, Hayange, Longuyon et Montmédy, cette dernière localité située aussi dans le département de la Meuse. L'escadrille M.F.25 avait déjà lancé des bombes de toutes sortes et calibres sur les usines métallurgiques de Rombach, Dilligen et sur quelques autres. Ainsi, le 9 août, Lucien effectuait son centième bombardement après une reconnaissance d'infanterie.

Léon Coupet avait rejoint son frère Lucien dans l'escadrille M.F.25, après avoir été déclaré inapte pour les troupes terrestres. Il avait été gravement blessé au cou en combattant dans l'infanterie aux premiers instants de la guerre alors qui se battait avec bravoure dans le premier front de bataille. Il était l'un de ses *poilus* qui s'étaient engagés dans une guerre sans retour pourvu d'effacer la triste histoire léguée par la défaite reçue dans la guerre contre les prussiens le siècle précédent et reconquérir le territoire français annexés à l'Allemagne. Il avait été un brave fantassin français qui avait combattu corps à corps avec dévouement contre les fantassins allemands durant «la Bataille des Frontières». C'était en juillet 1915, presqu'une année après les combats de la Bataille des Frontières, que le casque Adrian avait été mis en service dans l'armée française. Avant cette date, les poilus, dont Léon qui avait été blessé en combattant bravement contre des troupes allemandes lesquelles avaient commencé à utiliser des gaz asphyxiants meurtriers dans la guerre, ainsi que d'autres armes à craindre, se battaient sans casque.

Léon avait été gravement blessé au cou par un coup de baïonnette. Il avait failli mourir. Inexplicablement, Il s'en était remis assez vite pour retourner au front de bataille, mais dans la force aérienne dans cette nouvelle occasion.

Dans l'aviation militaire, Léon avait commencé à être mitrailleur et mécanicien dans l'escadrille F.25 en faisant équipage avec son frère la plupart du temps après que celui-ci avait installé une mitrailleuse dans son appareil et s'était muni d'une carabine, parce qu'au début des conflits aériens, Lucien se battait au moyen d'un revolver à barillet pour se défendre contre les avions Aviatiks et Fokkers allemands qui le chassaient constamment. Avec cette arme légère, on ne faisait pas grande chose contre les avions allemands qui étaient incontestablement de bons avions de guerre. Toutefois, le feu de cette arme tenait les avions de chasse allemands à l'écart quand même, surtout par la maniabilité du Farman F.40 de Lucien, lequel paraissait plutôt un oiseau noir dans l'air, on aurait dit une chouette reine de la nuit, bougeant agilement en faisant feu sur l'avion ennemi par tous les côtés, même avec un revolver à barillet!

Les effectifs de l'escadrille F.25, notamment les mitrailleurs, n'étaient pas tout à fait à l'abri dans l'air en combattant sous le feu de la D.C.A. (Défence Contre les Avions), ou contre les avions Aviatik et Fokker allemands, parce que du point de vue pratique, le mitrailleur d'un Farman F.40, ainsi que le pilote volait décapoté. Le mitrailleur restait dans la partie antérieure de l'avion et faisait feu contre les avions ennemis comme s'il le faisait depuis le sidecar d'une moto en marche. La différence était en ce que le véhicule depuis où Léon tirait était dans l'air, souvent à 1000 mètres d'altitude. En plus, et du point de vue psychologique, quand on combattait depuis un avion couvert par le fuselage, le combattant se sentait plus à l'aise et plus protégé, bien que le danger soit toujours éminent. Parfois, quand le vent ou la pluie surprenait les braves effectifs de l'escadrille F.25 en plein air, en pleine mission, surtout de bombardement, ils restaient là comme des cavaliers gaillards galopant sur leurs chevaux ailés.

Envers et contre tous, les avions Farman F.40 avaient joué un rôle de plus important en ce qui concernait la reconnaissance et la localisation des positions ennemies pour régler le tir de l'artillerie française et des alliées, ainsi que les bombardements, surtout la nuit, tantôt sur les cantonnements des troupes ennemies, tantôt sur les voies de ravitaillement des allemands, y compris les gares et les usines à la disposition de la production d'armements. Les avions Farman de l'escadrille M.F.25 étaient absolument stratégiques. Ce fut exactement par ce point de vue stratégique que le commandement des opérations militaires françaises lui avait donné le rang d'escadrille indépendante.

En somme, le début de Léon dans la guerre aérienne avait été le 23 août 1915. Ce jour-là, le Lieutenant Jean Personne avait exécuté le premier bombardement nocturne de l'unité avec deux pilotes volontaires, dont l'un c'était Léon Coupet, alors caporal qui combattait comme mitrailleur, et l'autre, c'était le Sergent André Decamps, qui était pilote. Deux jours plus tard, l'escadrille F.25, formée en cette occasion de trois avions, avait bombardé la gare de Challerange, en Ardennes, celle de Cernay, en Haut-Rhin, et celle de Châtel, en Moselle.

Cinq jours plus tard, le Lieutenant Paul Personne prenait le commandement de l'escadrille F.25. Le talent de combattant de l'air qu'il avait démontré dans les combats aériens depuis son début avait permis qu'on lui confie une telle responsabilité.

Hélas! Dans toute guerre, on voit disparaître des gens qu'on aimait même profondément et sans mesure. Cela faisait partie de la triste réalité de cette guerre dans laquelle les fantassins français se battaient fièrement à outrance, en sachant que la mort leur était aux aguets comme des vautours convaincus que leur proie leur était absolument garanti. Le 12 septembre 1915 avait été un jour très triste pour tous les combattants de l'escadrille F.25 parce que le premier équipage en était abattu en combat. L'avion MF.11, dont l'équipage était composé par le Lieutenant Jean Lamasse et le Lieutenant Victor Saulnier d'Anchald, avait été abattu près de Montfaucon, au Nord de Verdun. Les deux hommes étaient devenus les premières victimes de l'escadrille F.25.

Quelques semaines après, la perte de l'équipage de l'escadrille F.25 restait encore dans l'esprit des combattants aériens de celle-ci.

Les 10 et 22 octobre 1915, des avions de l'escadrille F.25 s'en étaient engagés dans le combat aérien et avaient abattu des avions allemands. D'abord, le 10, avec un équipage composé par le Sergent André Delcamp et par le Soldat de 2ème classe,

Léon Coupet, un avion F-40 avait abattu un avion Fokker; puis, le 22, un autre F.40 dont l'équipage était alors formé par les deux frères Coupet, Lucien le pilote et Léon le mitrailleur, avait détruit un avion Aviatik. Cependant, Léon avait été blessé lors de ce combat contre l'appareil Aviatik. Lucien en était sorti indemne. C'était la deuxième fois que Léon avait été blessé en combat dans cette guerre.

Les combats terrestres et aériens aux approches de Verdun devenaient de plus en plus violents et sanglants. Par chance, le fleuve la Meuve restait une aide défensive inaltérable des troupes françaises dans une certaine mesure, car elle s'avérait être une barrière naturelle contre l'avance des envahisseurs allemands, tandis que, cependant, les forts défensifs pour la protection de Verdun n'en étaient pas ainsi si l'on tenait compte de la puissance allemande en armement et en effectifs.

Sous les ordres de l'Etat Major des forces armées françaises, dont le commandant en chef était le Généralissime George Joffre, le général qui commandait les troupes françaises chargées de la défense de Verdun faisait de son mieux pour les faire accomplir et tenir les soldats allemands éloignés du fleuve la Meuse.

Hélas! Ce que l'on craignait arriverait: la bataille qui abreuverait de sang franco-allemand une partie de la Lorraine, la bataille pour la prise de Verdun.

Tout avait commencé «le lundi 21 février vers 7 heures, quand un obus de 380 mm avait explosé dans la cours du palais épiscopal de Verdun. C'était le début d'une bataille inhumaine que les allemandes avaient baptisé le «le tribunal».

«Après un bombardement sans précédent à l'aube de ce jour-là, les forces allemandes, fortes de 80.000 soldats, s'étaient élancées sur la rive droite du fleuve la Meuse à l'assaut des positions françaises pour s'emparer rapidement du bois de Consenvoye et du bois de Ville, s'infiltrer en direction d'Haumont et prendre ce qui restait des points de résistance du bois des Caures et du village d'Haumont, où les deux bataillons de chasseurs du lieutenant-colonel Driant, qui occupaient les positions du bois des Caures, avaient résisté pendant plus d'un jour et demi.

Un déluge de fer et de feu s'était abattu sur un front de quelques kilomètres. C'était un bombardement qui avait été aperçu jusque dans les Vosges, à 150 km de distance. Deux millions d'obus _ un obus lourd toutes les trois secondes_ étaient tombés sur les positions françaises en deux jours. Cette bataille visant la prise de la ville de Verdun, laquelle avait duré dix mois et avait fait plus de 300 000 morts et 500 000 blessés, avait été déjà inévitable compte tenu de l'engagement moral et politique de la France et l'Allemagne, les deux principaux rivaux dans la guerre:

Deux ans auparavant, faute d'une stratégie sage du point de vue diplomatique, tout avait inévitablement commencé le 28 juin 1914 avec l'assassinat à Sarajevo de l'Archiduc François-Ferdinand, héritier de la double monarchie d'Autriche-Hongrie, assassinat commis par des nationalistes serbes. Un mois plus tard, par conséquent, l'Autriche avait déclaré la guerre à la Servie. Par malchance, deux jours après, le 30 juillet, le leader socialiste Jaurès avait été assassiné par un autre nationaliste. La situation politique en était devenue très tendue.

Le 1er août, l'Allemagne, dont le but n'était autre que profiter du conflit explosif pour commencer une nouvelle guerre contre la France, avait déclaré la guerre à la Russie, après que celle-ci avait mobilisé son armée pour appuyer la Servie. On connait la suite: L'Allemagne était entrée en guerre avec la France le 3 août 1914 et avait envahie la Belgique en violant la neutralité belge. Dû à cette violation de neutralité, la Grande-Bretagne avait déclaré la guerre à l'Allemagne. Faute de ladite stratégie diplomatique, pour arrêter le conflit, il fallait défaire l'Allemagne.

La guerre déjà en cours, la France n'était pas tout à fait prête pour faire face à une attaque préventive allemande. Le gouvernement français en avait dû s'emparer de tous les taxis de Paris pour emmener de milliers de soldats à la région d'Ardennes et de la Lorraine. C'était le début de la Bataille des Frontières où l'armée allemande étant trop forte et bien équipée pour la faire arrêter et neutraliser, la France avait été forcée de reculer. Donc, à cause de leur puissance militaire et en voyant que les français étaient incapables de leur faire arrêter, les allemands s'étaient inspirés pour mener à bien la prise de Paris. Par chance, grâce à la participation des britanniques dans la bataille de la Marne, les français avaient sauvé Paris et avaient repoussé les allemands qui avaient occupé le Nord-est du territoire français et presque toute la Belgique.

A cause de la défaite allemande dans la bataille de la Marne, les allemands avaient visé Verdun.

Verdun constituait une position stratégique très importante parce qu'elle se trouvait à proximité immédiate des usines d'obus de Briey-Thionville et du complexe ferroviaire de Metz. En plus, c'était aussi un symbole populaire très important et significatif parce que c'était le lieu du partage de Verdun entre les petits-fils de Charlemagne en 843, mettant en place l'apparition de la France occidentale, et bien sûr, de l'Allemagne, deux territoires ayant eu une origine commune: par le Traité de Verdun, conçu le 8 ou le 11 août 843, les trois fils survivants de Louis le Pieux, dit le Débonnaire, les trois donc les petits-fils de Charlemagne, à savoir Lothaire 1er, Charles le Chauve et Louis le Germanique, s'étaient partagés les territoires, l'empire carolingien, en trois royaumes, marquant ainsi le début de la dissolution de l'empire unitaire de Charlemagne.

Les disputes territoriales dans l'Europe naissante dataient avant même les conflits territoriaux entre les petits-fils de Charlemagne dont Louis le Pieux était le fils. Lothaire 1er avait été le successeur de Louis le Pieux. Ses frères Charles le Chauve et Louis le Germanique avaient imposé à Lothaire 1er le partage du royaume de Charlemagne par le traité de Verdun en 843 qui donnait naissance à la 'Francie médiane'. Ce territoire d'abord sous influence germanique allait être progressivement absorbé par la France. La Lorraine cessait d'exister comme Etat indépendant en 1736 lors des accords formalisés par le traité de Vienne qui avait mis fin à la Guerre de Succession de Pologne, à la suite de quoi « il avait modifié la carte politique européenne et avait assuré un équilibre entre les deux plus grandes puissances ennemies du continent, le royaume de France et le Saint-Empire».

Depuis lors, une atmosphère de tension grandissait entre ces deux puissances européennes. Alors, plus d'un siècle plus tard avait lieu un nouveau conflit en Europe, lequel avait marqué le point culminant de la tension entre les deux puissances comme résultat de la volonté de la Prusse de dominer toute l'Allemagne, qui n'était alors qu'une fédération d'Etats indépendants.

Pendant cette guerre franco-allemande de 1870, de nombreuses batailles s'étaient déroulées en Lorraine marquant la défaite de la France. Cette défaite avait entraîné la chute du Second Empire de Napoléon III, Empereur de France, donnant comme conséquence qu'une partie de la Lorraine ait été, avec l'Alsace, annexée à l'Allemagne lors du traité de Francfort en 1871. Cette partie était constituée de presque toute la Moselle.

Dû à ces faits, la rancœur que nourrissaient les terres perdues par la France au sein de la population et de sa classe politique avait été l'une des causes qui avaient entraîné la France dans un nouveau conflit avec l'Allemagne dans ce début du XXème siècle. Evidemment, la région de la Lorraine avait été directement touchée par les combats, dont la Grande Bataille de Verdun, une ville dont plusieurs villages avaient été entièrement si détruits qu'ils n'avaient jamais pu être reconstruits. De là que cette zone dévastée soit appelée dorénavant la *zone rouge*».

On aurait dit que les français et les germaniques n'avaient jamais été tout à fait satisfaits du partage des territoires que Charlemagne avait légués à son fils Louis le Pieux. D'abord, cela avait été la guerre de 1870, puis cette guerre-ci de 1914, cette dernière étant un conflit belligérant vraiment très sanglant et dévastateur. Combien de sang n'aurait pas pu être épargné s'il avait eu de la compréhension, au moins fraternelle, entre les descendants de Charlemagne! Invraisemblablement, il y en a qui disent que les guerres et l'expansionnisme font partie de la sélection naturelle dans le processus du développement humain. Les conflits entre la France et l'Allemagne en avait été ainsi jusqu'à alors. La bataille de Verdun en était un exemple de survivance face la sélection naturelle germanique.

En fait, après un autre déluge de fer et de feu de l'artillerie alle-mande contre les positions défensives françaises, les allemands qui visaient la prise du fort de Douaumont, s'étaient lancés à sa conquête, qui était un fort nommé Séré de Rivières, construit sur la commune de Douaumont, près de Verdun en tant que système défensif contre tout envahisseur.

«Le système Séré de Rivières était un ensemble de fortifi-cations qui avaient été bâties tout au long des frontières et des côtes de la France à partir de 1874 et jusqu'au début de la

Première Guerre Mondiale. Il avait son nom à son concepteur et promoteur, le général Raymond Adolphe Séré de Rivières».

Après la guerre de 1870, après avoir perdu l'Alsace et le tiers part du territoire de la Lorraine, le général Raymond Adolphe Séré de Rivières avait fait construire 38 forts et d'autres fortifications militaires tout au long d'un périmètre de 40 kilomètres autour de la ville de Verdun pour prévenir que celle-ci souffre le même sort que les territoires que la France avait perdus. De toutes ces fortifications défensives, le fort de Douaumont avait été le plus important, le plus puissant et donc le plus armé pour la défense de la ville de Verdun.

Cependant, les hauts militaires français ne croyaient pas tout à fait dans la capacité défensive des fortifications autour de la ville de Verdun pour faire face à une attaque militaire de la part de l'Empire Germanique.

La destruction des fortifications défensives franco-belges de la Meuse en 1914 par l'artillerie allemande avait démontré la vulnérabilité des fortifications défensives fixes.

En 1915, par conséquent, on avait déjà établi un décret qui autorisait la retraite des effectifs des fortifications, y compris, bien sûr, celle du Fort de Douaumont où très peu de soldats étaient restés là pour son entretien et protection.

L'Etat-major français, en accomplissant l'ordre du Maréchal Joffre, envisageait de faire face à l'envahisseur allemand au moyen de la stratégie militaire de la «défensive à outrance» que l'armée française utilisait depuis le début du conflit dans la bataille de mouvement, soit la bataille des Frontières.

«Sous cette situation, le Généralissime George Joffre avait besoin d'un commandant qui régisse les opérations de la 2ème armée chargée de la défense de Verdun pour faire face à l'imminente invasion allemande.

Le Général Joffre en était continuellement informé de la gravité de la situation. Il avait approuvé à ce moment-là l'abandon des positions de la Woëvre, plaine argileuse située dans la Meuse, mais avait ordonné de tenir coûte que coûte sur la rive droite du fleuve la Meuse face à la Woëvre. Il fallait, quoi qu'il en coûte, sauver Verdun dont la chute aurait représenté une grave atteinte morale, mais aussi une perte de prestige face aux Alliés. En prenant cette décision, le Général avait imaginé l'ampleur du sacrifie qu'il demandait aux soldats qui parlaient déjà entre eux-mêmes de 'l'Enfer de Verdun'.

Pour affronter la guerre en tant que commandant en chef des forces armées françaises dans son ensemble, avec le but de vaincre l'ennemi, le Commandant en chef «prônait ladite 'offensive à outrance' étant une doctrine militaire qui établissait que l'engagement massif de forces armées créait les conditions de succès d'une bataille ». Cette doctrine prônait l'approche qu'on devait se lancer dans le combat en se jouant de la vie. Celle-ci avait été établie en tant que stratégie militaire depuis le début de la guerre étant marquée dans la Bataille des Frontières, où la vie des combattants français n'en était pas moins une priorité. Les ordres à accomplir étaient d'aboutir à la victoire à tout prix ou de résister à tout prix meure qui meure. Cette stratégie, qui avait coûté à la France la perte énorme d'un tiers des effectifs de l'armée française mobilisée en 1914, pour la plupart des poilus, soit 400 000 hommes, avait été conçue sous le Plan XVII.

Selon le Plan XVII, «la victoire dépendait de la supériorité des forces morales. Il s'agissait pour la plupart des généraux de reprendre les provinces perdues uniquement grâce à l'esprit combatif et à la volonté des soldats seulement armés des fusils à bâillonne et du canon 75mm. C'était la guerre à outrance. Il y avait des commandants des troupes françaises, cependant, qui en différaient, notamment le Général Pétain, qui préconisait plutôt la puissance de l'artillerie, la manœuvre et l'initiative.

Le commandement français avait essayé de tenir la guerre le plus près possible des territoires allemands et dans les territoires que la France voulait récupérer. C'était ladite *bataille des Frontières* qui s'était déroulée entre le 10 et le 28 août 1914. Elle avait marqué la prise en contact entre les troupes allemandes et les troupes de l'*Entente* dans la toute première phase du conflit. Cette bataille comprenait trois axes le long des frontières franco-belges et franco-allemandes, comprenant les Andenne, la Lorraine et l'Alsace.

Du côté français, il s'agissait de prendre pied en Alsace pour s'établir le long du Rhin dans le cadre du plan XVII. Cette offensive avait une signification politique particulière pour marquer le retour de la France dans les provinces annexées.

Le Plan XVII était une doctrine de guerre française créée par Ferdinand Foch suite à l'humiliation subie par les Français durant la guerre franco-prussienne de 1870.

L'un des plus importants événements dans l'histoire germanique comme conséquence de la guerre entre la France et la Prusse de 1870 n'avait pas été seulement l'unification des états germaniques. La victoire de la Prusse dans cette guerre avait fait aussi que l'Allemagne soit devenue une puissance économique et militaire mondiale et dont le rêve d'expansion territorial visant la France toute entière prenait racines profondes.

Mis en œuvre en août et septembre 1914, lors du déclenchement de la guerre, le Plan XVII avait connu un échec indubitable, car la France affrontait une Allemagne qui avait une préparation militaire vraiment très organisée et un équipement de guerre à craindre. Au début de 1914, l'artillerie lourde française était constituée de 280 pièces tandis que celle des allemands était de

848 pièces.

Alors que l'armée française s'était engagée dans la guerre sous la dite doctrine militaire de 'la guerre à outrance'_ on dirait que le Généralissime n'avait pas le choix dû au fait qu'il ne pouvait pas agir autrement étant donné la capacité combative, le nombre de soldats et la rapidité à travers de laquelle l'Allemagne avait mis sur pied de guerre tant d'hommes_ pendant cinq jours, de faibles effectifs étaient venus contenir l'avance ennemie; cependant, ces effectifs avaient permis de gagner du temps pour amener des renforts et pour amorcer la défense de Verdun sur la rive droite de la Meuse. A partir de ce moment-là, il se précisait déjà ce que l'histoire appellerait 'la bataille d'usure'».

Il fallait faire reculer les troupes allemandes, mais en même temps, il fallait épargner les troupes françaises de tant de morts. Le Maréchal Joffre était obligé de trouver quelqu'un qui puisse régir avec succès les combats pour la défense de Verdun. Il pensait déjà au Général Pétain.

«Les 22 et 23 février, la progression allemande s'était pour-suivie lentement, mais inexorablement. Les troupes françaises, exténuées, tenaient toujours les villages de Beaumont, Louve-mont et Bezonvaux où au loin se devinait la masse du fort de Douaumont. Le 24 février, toutes les contre-attaques françaises avaient été arrêtées par l'artillerie allemande. La situation devenait de plus en plus extrêmement critique. De la Meuse à Douaumont, les Allemands avaient occupé les deux lignes défensives des troupes de la résistance française. La nouvelle sur l'occupation de ces deux lignes défensives de l'armée française s'était répandue rapidement ouvrant la route vers Verdun, et mettant aussi en danger les positions françaises de la Woëvre, dont la perte aurait sans doute affaibli l'ensemble du système défensif des Hauts de la Meuse.»

«L'infanterie allemande s'était lancée à l'assaut des positions françaises. Certains fantassins allemands étaient équipés d'un lance-flammes. C'était la première fois que cette sorte d'arme était utilisée dans la guerre. Par-là, Erich Von Falkenhayn, le chef de l'état-major allemand, voulait anéantir les troupes défensives françaises le plus vite possible. Il voulait 'saigner l'armée française par tous les moyens possibles'».

«Le 25 février, vers midi, des troupes françaises, contraintes sous la pression ennemie parce qu'on savait que des contingents allemands d'une bonne préparation militaire étaient sur le point d'attaquer, et se voyant donc menacées d'être tout à fait anéanties, avaient décroché vers le fort de Douaumont et s'étaient écoulées à sa gauche et à sa droite, démasquant celui-ci complètement. Le fort, comme la plupart de ceux de la région fortifiée, n'avait plus de garnison permanente défensive et était, par-là, entièrement désarmée. Il n'y restait que deux tourelles avec des canons de 155 et de 75 mm, servies par une quarantaine d'artilleurs territoriaux et quelques autres effectifs. En plus, le fort avait subi préalablement un bombardement violent, provoquant que son pont-levis ne puisse plus se lever et que de nombreuses ouvertures à travers lesquelles les soldats français se défendaient, soient complètement brisées.

C'était ce même 25 février que le Général de Castelnau, qui avait reçu le plein pouvoir du Généralissime Joffre, confiait au Général Pétain, le commandant de la 2ème Armée, le commandement de la région fortifiée de Verdun et des contingents de troupes arrivant sur les deux rives de la Meuse. Pétain avait pris des mesures importantes dont les premières concernaient les forts qui étaient devenus les pôles principaux de la résistance. Ensuite, Pétain avait mobilisé l'artillerie qui devait, en concentrant ses tirs sur les positions ennemies, soulager l'infanterie, elle mais devait aussi assurer un rôle défensif en écrasant les attaques de l'adversaire. Durant toute la bataille de Verdun, Pétain ne cessait de répéter qu'il fallait que l'artillerie donne à l'infanterie l'impression qu'elle avait le soutien et qu'elle n'était pas abandonnée ni dominée.

En attendant, l'aviation française jouait un rôle important contre l'offensive allemande malgré le fait que l'aviation allemande avait la supériorité sur le ciel de Verdun étant donné qu'il y avait plus d'avions allemands avec un meilleur équipement dans l'espace aérien de cette partie de la Lorraine. Des avions F.40 de l'escadrille F.25 s'étaient engagés dans la bataille de Verdun. Ils décollaient du terrain de Bellifontaine/Branbant le Roi. C'était à partir de ce terrain qu'elle effectuait toutes les opérations aériennes depuis le 26 février 1916.

« C'était alors que les 12e et 24e régiments des Brandebourgeois (originaires de Brandebourg ou Brandenburg) s'étaient portées vers le fort Douaumont, et après quelques tentatives, ils l'avaient abordé par une brèche faite dans les fossés Est, leur permettant d'y entrer». La retraite de la garnison du fort de Douaumont avait permis aux allemands de l'occuper sans résistance à peine.

Les troupes allemandes avaient pu y descendre et pénétrer dans ses fossés pour entrer dans ses galeries. Les 57 membres de la garnison du fort de Douaumont avaient été pris prisonniers. Cependant, les français n'avaient pas perdu l'espoir de reconquérir le fort. Cinq divisions françaises avaient déblayé en quelques heures le terrain que les allemands avaient péniblement conquis en plusieurs mois de combats. Cela avait obligé les troupes allemandes de s'organiser pour la défense du fort. Le fort de Douaumont était devenu alors le pivot de la défense allemande sur la rive droite de la Meuse. En attendant, les allemands se fortifiaient pour tenter d'avancer vers la ville de Verdun.

De là, l'importance de reconquérir le fort de Douaumont occupé par les allemands afin que ceux-ci ne puissent pas envahir et occuper Verdun. Là-dessus, les poilus se battaient fièrement à outrance pour reconquérir le fort. Ils savaient que la reconquête du fort de Douaumont empêcherait les troupes allemandes de continuer jusqu'à Verdun.

Pourtant, «il y avait une très faible résistance du côté des soldats français par rapport à la puissance militaire de l'ennemi allemand. A l'aube, cinq énergiques contre-attaques françaises s'étaient succédées, l'une après les autres; mais cette tentative n'avait pas pu parvenir à reprendre le fort, alors que la nouvelle de sa chute avait été déjà annoncée par un communiqué français. Les jours suivants, les combats acharnés s'étaient poursuis aux abords du fort et dans les ruines du village de Douaumont, que l'ennemi avait enlevés le 4 mars. Les poilus continuaient à se battre ardument et sans relâche, malgré leur épuisement. Ils étaient décidés à mourir ou vaincre. Et ainsi, passaient les heures et les jours dans «l'enfer de Verdun». Ils ne donnaient pas de temps aux allemands de se ravitailler en troupes, en vivre et en armements, car les canons de l'artillerie et les avions français, y compris l'escadrille des «cigognes» et celle de la F.25 jouaient un rôle héroïque sans pareil, notamment parce que, selon le général Douin, «la Bataille de Verdun était pour la première fois un événement majeur dans guerre aérienne, étant aussi une bataille pour la maîtrise de l'air». Et de la sorte, on harcelait les troupes allemandes par tous les moyens possibles du point de vue militaire. Peu à peu, la puissance du feu de la machinerie de guerre allemande en diminuait.

L'épuisement était tel que peu à peu l'avance ennemie s'essoufflait. La masse de choc allemande était alors en grande partie dispersée sans que le but de l'attaque brusque ait été atteint».

La victoire française dans la bataille de la Marne qui s'était déroulée du 6 au 9 septembre 1914 avait empêché que les allemands envahissent la ville de Paris. Pourtant, cette victoire française avait accentué l'ire des allemands et avait fait que ces derniers se soient lancés contre Verdun avec un grand acharnement. Le Généralissime Joffre avait été d'accord que le Général Pétain ait été choisi pour commander les troupes françaises dans la défense de Verdun afin que l'ennemi allemand ne lui fasse pas subir la même destinée infligée à l'Alsace et la Moselle, en 1871, en tenant compte de l'expérience académique et pratique que Pétain avait acquise auparavant dans les conflits bellicistes dans lesquels France s'était engagée et durant cette guerre que l'Allemagne avait déclenchée.

Les troupes du Général Pétain avaient pu arrêter l'avance des troupes allemandes en empêchant que celles-ci avancent par-delà du fort de Douaumont et s'avalanche vers Verdun.

En revanche, par un grand effort, «au début du mois de mars 1916, les Allemands avaient étendu les combats sur les deux rives de la Meuse, et ceux-ci, d'une violence jamais égalée jusqu'alors. Les combats avaient été mêlés en attaques et contre-attaques permanentes entre les deux adversaires. Ainsi, face à la résistance française, tenace et héroïque, l'ennemi avait déclenché un nouveau coup de boutoir sur les deux rives de la Meuse dont le secteur était particulièrement disputé ».

«L'obligation essentielle pour continuer la bataille était la mise en place des transports logistiques et des moyens de ravitaillement de la résistance française. La route départementale de Bar-le-Duc à Verdun, puisqu'elle était le principal axe de communication entre Verdun et l'arrière, était devenue, d'après un article de Maurice Barrès, 'la Voie Sacrée'». De là que «le ravitaillement de Verdun par la voie sacrée ait été une entreprise gigantesque». Dû à cette stratégie française de garantir le ravitaillement des troupes françaises en soldats, armement et nourriture, et à l'entrée du Général Pétain à la tête des troupes françaises, «la nouvelle offensive allemande du 9 avril avait été précédée d'un déluge d'artillerie encore plus violent que les précédents. Mais les Français résistaient et tenaient toujours. Le soir, le Général Pétain avait lancé son ordre du Jour historique: 'on les aura'».

«Le 10 avril avait été une véritable journée de crise. Pourtant, la résistance française retenait sur l'ensemble du front la poussée allemande. Ce succès, contre toute logique arithmétique et cet équilibre assaillants assaillis, avait été dû à l'efficace rendement de la route départementale depuis Bar-le-Duc jusqu'à Verdun, et à la voie ferrée du petit Meusien qui avait apporté chaque jour leur contribution au maintien de cet équilibre précaire. A partir de cette date, l'attitude des troupes françaises était devenue de plus en plus mordante, et c'était constamment que les ripostes et les contre-offensives françaises allaient contrarier les efforts Allemands».

Tandis que les troupes françaises se battaient avec fierté pour reconquérir le fort de Douaumont, des avions de l'escadrille F.25 attaquaient la gare et les usines de Thionville, Luxembourg, Confians, Vilosnes, Spincourt, Maizières-les-Metz, Rombach, Monmédy, et les bassins de Briery. Le 29 avril 1916, l'escadrille F.25 réalisait valeureusement sa 100ème mission de bombardement.

Le 8 mai 1916, la vie du fort, encore occupé par les Allemands, avait été troublée par un événement imprévu. La veille, les bombardements de l'artillerie française de tout calibre avaient été vraiment violents. Une explosion dans un dépôt de grenades avait mis le feu à un dépôt de lance-flammes. Des 800 à 900 soldats allemands avaient péri dans le coup. Presque 680 soldats allemands avaient dû être enterrés même dans des casemates que le commandant des troupes allemandes dedans le fort avait ordonné de murer, étant donné que le moyen d'agir autrement leur était impossible car le fort se trouvait constamment harcelé par l'artillerie lourde et par l'aviation qui lançait de bombes de gros poids.

Au fur et à mesure que la bataille de Verdun continuait de plus en plus violente, le 21 et 22 Juin 1916, l'escadrille F.25 était allée bombarder la localité allemande de Trèves pendant la nuit en représailles d'un bombardement meurtrier dans la ville de Bar-le-Duc, préfecture du département de La Meuse et dont Verdun, vers son nord, était l'une des deux sous-préfectures.

La distance entre Valelaincourt, commune française du département de la Meuse dans la région de la Lorraine, et la localité de Trèves, était de 150 kilomètres à peu près. En cette occasion-là, c'étaient deux avions F.40 qui avaient la mission du bombardement. Dans l'un des avions, l'équipage était formé par les frères Coupet, et l'autre équipage en était le capitaine André Delcamp et Camille Jousse, celui-ci comme mécanicien et bombardier. Lucien Coupet était le pilote qui commandait l'opération de bombardement. Pour cette raison, c'était lui qui avait la carte de la localité de Trèves, ville industrielle située au Sud-ouest de l'Allemagne, près de la frontière de Luxembourg. Cette localité, la plus vieille ville allemande, avait un port important dans le fleuve Moselle. _ La ville de Trèves était encore connue par la production de vin de Moselle.

Quand Lucien était sur l'objectif, il lançait une fusée qui éclairait 1.000 mètres environ à la ronde au-dessous de l'avion.

Alors, Lucien faisait une passe, puis une autre en diagonal pour bombarder. La clarté que la fusée permettait que Léon puisse lancer les bombes sur l'objective avec plus de précision.

C'étaient des bombes incendiaires dont certaines étaient tombées aussi dans la caserne d'infanterie du 69ème régiment. Il y avait 200 hommes environ dans les baraquements. Huit hommes avaient été tués sur le coup. Léon et Camille Jousse avaient lancé en outre des tracs depuis les avions de la F.25 expliquant à la population que ce raid était effectué en représailles au bombardement meurtrier que l'aviation allemande avait mené à bout sur la localité de Bar-le-Duc, tandis que les batteries de la D.C.A. tiraient alors sans répit sur les deux avions F.40, tandis que dans toute la ville de Trèves les sirènes d'alarme ne cessaient pas de sonner et une fois la mission finie, le but alors accompli, les deux avions étaient retournés à la base de Vadelaincourt.

A la fin de 1916, la F.25 avait été classée escadrille indépendante spécialisée dans le bombardement. Lucien Coupet et son frère Léon, ainsi que les autres pilotes et artilleurs de l'escadrille, y compris Camille Jousse qui s'était remis de ses blessures lors d'un accident aérien _ sauf André Delcamp qui avait été tué par le feu de la D.C.A sur un Farman F.56 dans la région de Verdun alors qu'il faisait équipage avec Jean Charles Belloc mort aussi dans la mission_ avaient commencé à bombarder les terrains d'aviation allemands de Mars-la-Tour, Mouzon et Buzangay. Ils avaient effectué cette mission à plusieurs reprises pendant la nuit. Une fois, Lucien avait descendu l'avion à 100 mètres sur Buzangay, où il avait effectué trois passages pour lancer des salves, malgré le feu massif de l'artillerie de la D. C. A. contre son avion.

En somme, jusqu'à la fin de 1916, l'escadrille F.25 n'avait pas été officiellement une escadrille de bombardement. Elle avait été entièrement rééquipée d'avions Farman F-40 et ses dérivés. C'étaient des avions beaucoup plus adaptés aux missions mixtes de reconnaissance la journée et de bombardement de nuit. En effet, le jour, ses équipages assuraient le même travail que ceux des escadrilles détachées auprès d'un corps d'Armée avec des missions de réglage d'artillerie, de photographies aériennes, de liaisons avec l'infanterie. Le soir venu, les avions étaient chargés en bombes et la mission de l'unité changeait. Les mécaniciens et les navigants de l'escadrille avaient dû adapter les avions à leur besoin de combats et avaient conçu toute une série d'accessoires de visée et d'emport de munitions. Le poste de TSF et l'appareil photo qui servaient de jour, avaient été remplacés par 120 à 150 kilos de bombes pour les missions nocturnes. Avec ces moyens supplémentaires, les équipages de l'escadrille F.25 allaient amplifier leurs attaques sur le réseau ferré, multipliant les raids de bombardements des villes allemandes. Les F.40 avaient bombardé les aciéries de Briery, que les Allemands utilisaient depuis 1914 pour produire un grand tonnage d'acier.

Les poilus résistaient à tout prix l'assaillant; cependant, le Maréchal Joffre, commandant en chef de l'Etat-major et Généralissime de toute l'Armée française, avait trouvait la tactique de combat de Pétain trop défensive face à l'assaillant allemand. Le Commandant en chef voulait que les allemands soient poussés du fort de Douaumont et du fort de Vaux, celui-ci plus petit que celui de Douaumont, tous les deux des forts Séré de Rivières.

Le fait était que Pétain était un opposant de la « stratégie combative à outrance » parce qu'il considérait qu'elle anéantissait trop les troupes françaises elles-mêmes pour faire face à l'armée allemande. En plus, les soldats français combattaient sous une pression psychologique vraiment trop forte parce qu'ils n'avaient pas l'espoir qu'on leur donne l'ordre de se replier ou même encore de se mettre à l'abri au cas échéant: «depuis la bataille de Frontières, le Généralissime Joffre avait ordonné qu'on pourchasse et qu'on exécute non seulement les fuyards, mais également tout officier faisant preuve d'insuffisance et de faiblesse, mais encore d'incapacité ou de lâcheté manifeste devant l'ennemi».

Joffre avait remplacé le Général Pétain, malgré que grâce à celui-ci les assaillants n'avaient pas passé par-delà du Fort de Douaumont, et que le moral de l'armée française s'était ressaisi, alors que Général Robert George Nivelle était à la tête de la défense de Verdun. Celui-ci à son tour avait fait appeler le Général Charles Mangin.

Le remplacement du Général Pétain avait donné un résultat satisfaisant pour la France toute entière par le fait que sa tactique militaire en avait créé les conditions: Le 24 octobre 1916, le Fort de Douaumont avait été repris par le régiment d'infanterie coloniale du Maroc qui faisait partie des divisions du Général Mangin. C'était un détachement blindé du Régiment d'Infanterie-Chars de marine.

Le général Charles Mangin, qui était convaincu de la valeur des troupes d'outre-mer, était un partisan ardent d'une armée africaine au service de la France, plus nombreuse et plus puissante. Cela avait été le facteur principal dans la reprise du fort de Douaumont, bien que le 22 mai 1916 le Général Mangin ait déjà attaqué le fort sans qu'il ait réussi à l'aborder. En cette occasion-là, il avait utilisé une tactique erronée vis-à-vis de la puissance et de la préparation des troupes allemandes qui avaient occupé le fort. Le général Mangin n'était pas non plus partisan de l'offensive à outrance «à coup d'hommes». Il préférait le harcèlement sans arrêt au moyen d'un feu massif d'artillerie en mouvement. Il avait utilisé cette tactique dans la deuxième tentative pour la reconquête du fort de Douaumont. Sous l'ordre du Général Nivelle, il avait dirigé les offensives de reconquête.

Ainsi, Général Nivelle avait mené à bien la reconquête du fort de Douaumont et du fort de Vaux qu'il avait effectuée avec peu de pertes, ses troupes ayant été bien et mieux préparées pour attaquer le fort alors que les troupes de fantassins étaient appuyées comme il fallait par un feu massive d'artillerie. Par la suite, il avait exécuté aussi avec succès la reprise de la côte du Poivre. Le Général Nivelle avait pu annuler en quelques semaines, à travers les canons des troupes d'artillerie, en tant que couverture défensive des fantassins marocains et des tirailleurs sénégalais_ qui n'étaient pas nécessairement des soldats provenant du Sénégal, étant des soldats recrutés dans toute l'Afrique occidentale française_ les huit mois d'efforts que les allemands avaient mis pour occuper une partie du territoire français.

Lors du déclenchement de la guerre, Général Nivelle, était alors un colonel commandant le 5ème Régiment d'Artillerie. Le 19 avril 1916, Il avait succédé au General Pétain en tant que commandant de la 2ème Armée, créée le 2 août 1914 en application du Plan XVII, avant de devenir, à la fin de 1916, le Commandant en chef des Forces Armées Françaises.

A la suite de ses victoires, le 25 décembre 1916, et parce que ses promesses d'une victoire rapide avaient séduit la commission de l'Armée à la Chambre, il avait remplacé le Maréchal Joffre en tant que commandant en chef des Forces Armées Françaises et de l'Etat-major.

Alors qu'il substituait le Maréchal Joffre en tant que commandant des dites Armées, le Général Nivelle, étant élevé au rang de Maréchal de France, la plus haute distinction militaire française _ équivalent au titre d'Amiral _ avait décidé de mettre fin à la guerre d'usure menée autour de Verdun, et de revenir à l'attaque brusque par l'attaque frontale massive à l'abri d'un rideau de feu artilleur. Nivelle avait eu le mérite de l'enrayement de l'offensive allemande de juin-juillet 1916, aidé par le Général Mangin. Pourtant, c'avait été Le Général Pétain qui avait freiné l'initiative combative des allemands et avait tiré les fantassins français, les poilus, de la renonciation à la vie, en leur faisant savoir qu'on pouvait retourner chez soi après une bataille si épouvantable qu'elle puisse être, comme avait été la presque interminable bataille de Verdun.

Là-dessus, l'importance du rôle joué par Mangin et par le détachement blindé du Régiment d'Infanterie-Chars de marine, que leur permit que le 25 octobre 1916, le Généralissime Nivelle ait remercié les troupes du régiment français qui avait repris le fort de Douaumont et le fort de Vaux:

«Officiers, sous-officier et soldats du groupement du Général Mangin, en quatre heures, dans un assaut magnifique, vous avez enlevé d'un seul coup, à notre puissant ennemi, tout le terrain hérissé d'obstacles et de forteresses, du Nord-est de Verdun, qu'il avait mis de huit mois à vous arracher par lambeaux, au prix d'efforts acharnés et sacrifices considérables. Vous avez ajouté de nouvelles et éclatantes gloires à celles qui couvrent les drapeaux de Verdun. Au nom de cette armée, je vous remercie. Vous avez bien mérité de la patrie ».

On dit que le fort de Douaumont avait coûté 100 000 morts à la France», 100 000 poilus!

Et ainsi, en accomplissant ses missions diverses avec du succès pour la plupart, le 10 novembre 1916, l'escadrille F.25 effectuait sa 200ème mission de bombardement nocturne.

En Avril 1917, des pilotes de l'escadrille F.25 volaient déjà dans des avions où les frères Farman avaient déjà monté des moteurs Renault 220 chevaux. à refroidissement d'eau. Six avions ainsi équipés avaient été construits. L'un d'eux, un F.44.01 avait été envoyé à Lucien, dans lequel il avait installé des réservoirs supplémentaires afin de pouvoir voler jusqu'à la localité d'Essen qu'il devait bombarder. Essen était une ville située dans la partie centrale de la zone du Ruhr dans le Nord du Rhine-Westphalia. C'était l'un des plus importants centres allemands dans la production de charbon et d'acier.

Un deuxième bombardement avait eu lieu sur la localité de Trèves dans la nuit du 1er et celle du 2 mai 1917, en représailles des bombardements de Chalons et d'Esparnay. Le bombardement de l'escadrille F.25 sur la ville de Trèves avait parfaitement réussi. Les bombes étaient tombées en plein centre de la ville.

Contrairement à Léon Coupet qui avait déjà été blessé deux fois dans la guerre, Lucien continuait à l'échapper belle. Son défit à la mort en défense de sa patrie attaquée faisait rappeler un passage de Pierre Corneille dans la pièce «Horace»: «*Qui veut mourir ou vaincre est vaincu rarement*».

Lucien était si engagé dans cette guerre, comme ces soldats, les poilus, ceux qui étaient déjà morts ou blessés, comme ceux qui luttaient encore, qu'il avait envie de moteurs plus puissants pour son avion.

Les pilotes de la M.F.25 (l'escadrille F.25), notamment Lucien Coupet, pour être pilote et mécanicien, capable d'inventer quoi que ce soit pour améliorer ses moyens de combats, pouvaient avoir toutes les audaces et initiatives; ils avaient toutes les permissions.

La ville de Trèves devait encore recevoir le harcèlement des bombardements des avions de l'escadrille F.25 durant ce qui restait du mois de mai, ainsi qu'en juin et en juillet 1917.

Héroïcité de Titans avait été celle des français en défendant la patrie «qu'un sang impur en abreuvait les sillons». Pour tenir le but de la victoire, «depuis le début de 1916, sur Verdun volaient déjà les escadrilles basées à Vadelaincourt et à Bar-le-Duc. Le pilote Jean Navarre, «la Sentinelle de Verdun», dans l'escadrille N. 3, future escadrille des Cigognes, avait réussi à abattre auparavant deux appareils ennemis le 26 février 1916, juste cinq jour après le commencement de la bataille de Verdun».

8

Trèves

La mission principale des frères Coupet en particulier, et de l'escadrille indépendante F.25 en général, n'avait pas été le combat aérien contre les avions allemands sur le territoire de Verdun et les villages des alentours, sur lesquels «les allemands avaient lancé un déluge de 26 millions d'obus en 300 jours et 300 nuits. La mission de l'escadrille M.F.25 était la reconnaissance, le réglage des tirs et les bombardements, bien qu'à besoin des avions de l'escadrille F.25 aient eu des combats contre des avions Fokkers et Aviatiks.

Dans la nuit du 6 Juillet 1917, Lucien Coupet avait décollé de Vadelaincourt pour aller bombarder Trèves encore une fois.

Sans aucun doute, on pourrait parler des moments inoubliables dans la vie de Lucien Coupet, quelques-uns desquels avaient eu lieu pendant cette guerre mondiale, tantôt avant que durant la bataille de Verdun, tantôt après qu'on en avait mis fin avec la reconquête du fort de Douaumont et celui de Vaux, tantôt quand il avait été fait prisonnier de guerre.

L'un de ces moments, qu'on dirait sans hésiter homérique du point de vue épique, avait eu lieu justement dans la nuit du 6 Juillet 1917, pendant que Lucien Coupet effectuait une mission de bombardement sur les gares et les centres de production de Trèves. En cette occasion de bombardement nocturne, il faisait équipage avec son frère Léon avec qui on sait qu'il faisait équipage fréquemment, quelque chose qui était interdit dans la guerre pour prévenir des traumas émotifs.

Alors que la mission allait bon train, Lucien pilotant le F-44.01 avec adresse pour éviter être atteint par le feu de la D.C.A., Léon lançant des bombes sur les objectifs choisis avec autant de précision possible, le thermomètre d'eau de l'avion indiquait une température de 90 à 95° degrés. C'était quelque chose qui souciait Lucien. Par contre, Léon était si concentré dans le lancement des bombes dans la partie antérieure de l'appareil qu'il ne s'était pas aperçu de la situation qui mettait en danger la mission, et voire même leur vie.

«Il y a quelque chose qui ne va pas, ici. Le thermomètre d'eau est monté trop très rapidement», dit Lucien à son frère. «Il faut faire vite». Lucien et Léon avaient lancé les bombes tant bien que mal sur les gares et sur les usines. Malgré tout, Léon ne s'était vraiment pas rendu compte de la situation dans laquelle ils se trouvaient. Une panne mécanique de l'avion en plein vol sur le territoire germanique, harcelé sans répit par la D.C.A. pourrait être catastrophique pour les frères Coupet qui avaient déjà défi la mort mainte fois.

C'était le 145e bombardement que Lucien Coupet faisait. Les batteries d'artilleries de la D.C.A. n'avaient pas cessé de tirer contre l'avion de Lucien, parce la fusé qu'il avait lancée démasquait complètement son propre avion. Malheureusement, Lucien avait besoin de lancer la fusée. Quand les sirènes d'alarme sonnaient annonçant l'arrivée des avions français, la localité de Trèves restait dans l'obscurité. On y éteignait toutes les lumières à cause des bombardements des avions de l'escadrille F.25.

Quelques minutes plus tard, tandis que Lucien pilotait l'appareil en zigzaguant pour éviter d'être atteint par un obus allemand, alors que Léon n'avait pas eu un moment de repos en jetant des bombes sur les troupes ennemies cantonnées dans des sites fortifiés de partout dans cette ville ou sur des sites stratégiques du point de vue économique et militaire, celui-là s'était rendu compte que les cylindres de l'avion étaient devenus rouge à fondre. Cela avait provoqué que le moteur Renault 220 de son F-44.01 se soit arrêté de fonctionner. Lucien volait encore sur la zone urbanisée de Trèves.

C'était alors que Léon s'était rendu compte que quelque chose n'allait pas.

«Ça ne va pas; le moteur est foutu!», avait dit Lucien à son frère. «Il faut sortir d'ici». Léon s'était senti déçu envers lui-même, car il n'avait pas pu faire tomber toutes les bombes sur les objectifs choisis. Il lui en restait quelques-unes. De manière inattendue, la D. C. A. avait cessé de tirer sur l'avion. Peut-être les artilleurs de la D. C. A avaient-ils cru que l'avion avait été descendu parce qu'ils n'en écoutaient plus le moteur. En bas, on voyait des incendies dans quelques parts. Il devait sortir de là en planant. Il avait donc l'idée de planer le plus long possible. Il avait l'intention de s'approcher davantage des lignes des troupes de «l'Entente». Et dire que toute cette odyssée était en train d'avoir lieu dans la nuit! Quel pilote le mec de Lucien! Et Léon, assis sur son poste de mitrailleur et lanceur de bombes, parfois de photographe, flottant dans l'air, restait calme. Avoir accompli sa mission de bombardement remplissait son esprit. La mort était déjà, hélas, quelque chose de quotidien! Il avait déjà échappé à la mort alors comme membre de l'escadrille F.25 quand il n'avait pas fait équipage avec André

Delcamp le 26 septembre dernier. La mort d'André Delcamp avait profondément touché Léon.

Lucien Coupet avait dû faire un vol en planant, ce que lui permettait la légèreté et stabilité de son F-44.01. Par bonheur, comme ce juillet-là, le ciel était clair pendant la nuit, on voyait suffisamment bien. Vers 800 mètres d'altitude, Lucien avait repéré une forêt dont il divisait un peu les contours. Il avait glissé sans bruit jusqu'à ce qu'il aboutisse à la limite de la forêt, où, par chance, il y avait très peu d'arbres. Tout à coup, déjà près du sol, alors qu'il planait quelque peu éloigné des lignes de l'artillerie allemande, et de la zone urbanisée de Trèves, les deux frères avaient senti un choc. Lucien avait vu une gerbe d'étincelles, mais l'avion avait continué à voler quelques mètres quand même. Avec les roues du train d'atterrissage, il avait atteint un fils en acier de transport de force. En s'y accrochant, après avoir volé quelques secondes encore, l'avion avait fait un virage brusque avant de toucher le sol, contre lequel il s'heurta violemment. Lucien fut lancé violemment de l'avion. Difficilement à croire et de manière inouïe, il n'avait reçu même pas une égratignure. L'avion était resté retourné, sens dessus dessous.

Rapidement, en se rendant compte qu'il était sorti indemne de la chute de son avion, il chercha Léon, mais il ne trouva pas. Il croyait que son frère avait été jeté hors de l'appareil tel que lui. Lucien appela encore. Rien, pas de réponse. Il continua à le chercher. Lucien avait chaud. D'ailleurs, il n'en avait pas moins peur. Après tant de combats et de missions nocturnes, c'était la première fois qu'il avait eu peur. Il chercha encore pendant quelques minutes déjà éloignées de plusieurs mètres de l'endroit où l'avion était tombé. Alors, il pensa que Léon devait être resté sous l'avion, peut-être écrasé. Son cœur bondissait. Il craignait de voir le pire. Cependant, il savait qu'il devait endurer quoi que ce soit, voire même de trouver son frère mort. Alors sans hésiter, Il courut le chercher sous l'avion avec de l'espoir dans le cœur. Il savait que les allemands seraient là dans un moment à l'autre, ou que l'avion pourrait prendre feu et éclater. Léon y était inerte. Quand Lucien le trouva, l'hélice de son F-44.01 était enfoncée dans le sol entre l'un des bras de Léon et son corps. Léon ne bougeait pas. Il était totalement immobile. Lucien s'agenouilla devant lui. Il tremblait en voyant que son frère ne bougeait pas. Il toucha le cou de Léon avec timidité. Quand il vit que Léon n'était pas mort, son cœur reprit son allure. Lucien retrouva son haleine. C'était la troisième fois que Léon était blessé dans la guerre. Sans doute, c'était un fait qui le rendait déjà l'un des héros magnanimes de la guerre!

Lucien ne savait pas ce que son frère avait. Il s'était rendu compte que Léon était dans le coma. Il n'avait de sang nulle part dans son corps. Apparemment. Léon n'avait aucune fracture non plus. En ouvrant la bouche de son frère, il vit que son maxillaire de dessous était en avant de celui de dessus. Lucien poussa la mâchoire de Léon en essayant de mettre les dents de dessous au même niveau que celles de dessus, mais c'était impossible. Lucien savait qu'il n'avait pas de temps à perdre. Il devait agir rapidement. Il prit sa petite gourde dans laquelle il portait toujours du rhum. C'était quotidien que les soldats français prennent du rhum dans la guerre. Il en versa un peu dans la bouche de Léon dans l'espoir de le ranimer. Aucune réaction. Lucien en but aussi. Léon ne bougeait toujours pas. Alors, de peur que l'avion ne s'enflamme et n'éclate, tant il y avait encore des projectiles dedans, Lucien tira Léon rapidement de l'endroit et l'entraîna pour l'éloigner de l'avion où il savait que les quelques obus et les cartouches qui restaient éclateraient dans un moment à l'autre.

Après avoir entraîné son frère une trentaine de mètres, il le porté sur ses épaules pour aller un peu plus loin, quand il trouva un endroit qu'il savait sans danger, il arrêta et déposa Léon sur le sol. Lucien s'agenouilla devant lui en constatant qu'il respirait toujours. Il était toujours dans le coma. Il regarda son frère allongé sur le sol. C'était la troisième fois que Léon était blessé dans le front de bataille. Lucien en était fier. Il resta ainsi jusqu'au moment où il décida d'aller chercher de l'aide. Avant, en voyant que l'avion n'avait pas éclaté, malgré qu'il avait écouté quelques petites explosions, il retourna le détruire pour que les allemands ne l'occupent pas. Il n'avait pas d'allumettes pour mettre l'appareil en feu. Alors, il prit une fusée qui était près de l'avion. Il jeta la fusée qui n'éclaté pas tout de suite. Il pensa qu'elle était en mauvais état. Quelques minutes plus tard, elle éclata et mit son avion en flamme. En voyant son F.44.01 tout en flamme portant un moteur Renault 220 chevaux à refroidissement d'eau, les larmes lui vinrent aux yeux. Il l'aimait bien sans mesure après tant de missions ensemble.

Avec les appareils que la Maison Farman avait fournis à l'escadrille F.25, Lucien avait fait pas mal de bombardements tantôt le jour, tantôt la nuit. Cet avion léger qu'il voyait en flamme, avait joué un rôle inégalé dans la guerre. Pourtant, en se rendant compte qu'il était sorti vivant dans la chute de son avion, provoquée par une panne et non pas par la D.C.A. ou les escadrilles des Aviatiks ou des Fokkers allemands, il reprit sa contenance. Il regarda son avion encore une fois que les flammes dévoraient rapidement. Malgré tout, il sourit légèrement. «Quand les boches voient la carlingue toute déchiquetée comme ça, ils vont se foutre le doigt l'œil en croyant que leurs foutus canons m'ont emmerdé».

Il avait laissé Léon caché dans un endroit où il savait que ce serait difficile qu'il soit découvert, au moins pendant la nuit. Il marcha près d'un kilomètre jusqu'à ce qu'il arrive dans une ferme paysanne. Son uniforme militaire était bleu horizon. Il frappa à plusieurs portes. Comme personne ne répondait, il décida d'en ouvrir une. Il entra dans une grande pièce où il se trouva en face d'une jeune femme qui brassait de la pâte, qu'on dirait pour faire du pain. Craintive, elle cria et s'enfuit à la hâte à travers un escalier, vers le haut. Des gens en descendirent. L'un d'eux, le patron de la ferme, parlait le français couramment.

«Je suis aviateur officier de l'armée française. Mon avion est tombé dans le plateau. Mon compagnon est resté blessé», lui dit Lucien.

Sans hésiter, ils partirent chercher Léon avec une charrette tirée par un cheval qu'un des paysans avait attelé. Pour le protéger, on avait apporté aussi un matelas, des couvertures et des oreillers. La guerre avait soumis la population paysanne allemande dans un souci latent, surtout après les constantes victoires des armées de l'Entente et l'entrée des américains dans le conflit, car le Congrès des Etats-Unis avait déclaré la guerre à l'Allemagne le 6 avril 1917, après qu'un sous-marin allemand avait torpillé en mai 1915 le paquebot «Lusitania» au large des côtes de l'Irlande tuant 1198 personnes, dont 128 étaient des citoyens américains. Incroyablement, en mars 1916, un autre paquebot, «Le Sussex», avait été torpillé aussi par un autre sous-marin allemand dans l'étroit du Canal de la Manche où deux américains en avaient perdu leur vie.

Léon était encore dans le coma quand Lucien et les paysans arrivèrent dans l'endroit où il était resté allongé. De retour chez les paysans, la fermière prépara un lit où ils couchèrent Léon avant de téléphoner à un médecin, ainsi qu'à la gendarmerie pour qu'ils fassent Lucien prisonnier.

Un fermier avait apporté du vin blanc. Lucien en versa un peu dans la bouche de Léon pour essayer de le ranimer, mais il restait encore inconscient. Un instant après, le patron de la ferme apporta un verre. Il but un peu de vin avant d'en offrir à Lucien pour démontrer que ce n'était pas du poison Celui-ci n'avait pas vu que Lucien en avait fait boire à Léon. Lucien en but une gorgée à son tour. Le vin était si fort que les larmes lui en vinrent aux yeux. Quelques minutes plus tard, le médecin arriva. C'était un jeune homme qui parlait le français couramment aussi. Il trouva Léon en état critique, car celui-ci était encore dans le coma. Une ambulance qui était arrivée avec le médecin et l'emmena dans un hôpital de Trèves qui était déjà plein de blessés à cause des bombardements assidus des avions français de l'escadrille F.25.

Lucien resta à la maison en parlant avec le patron et deux gendarmes allemands qui étaient arrivés quelques minutes plus tôt. Ils parlaient le français aussi, mais pas si bien que le docteur qui avait emmené Léon à l'hôpital et le patron de la ferme. La fermière avait mis la table et avait apporté à manger. Lucien avait très faim, mais il avait vu son frère partir dans un état si bizarre et sans être revenu du coma qu'il n'avait pas envie de manger. Il but encore du vin quand même. Deux heures plus tard, deux officiers allemands arrivèrent en voiture pour l'emmener vers la localité de Trèves. Lucien allait visiter, même en tant que prisonnier, la ville de Trèves qu'il avait tant vue depuis le haut. Il était curieux, sans pour autant joyeux, de voir personnellement les effets des bombardements de l'escadrille F.25 sur cette ville. Avant de partir, la paysanne avait apporté des œufs. Celle-ci en mit un dans chaque main de Lucien qui s'écria: «Me voilà prisonnier de guerre avec un œuf dans chaque main!». Comme une vraie histoire épique et légendaire, les deux frères Coupet étaient tombés prisonniers des allemands dedans le territoire ennemi.

Déjà arrivé dans la ville de Trèves, Lucien constata sur place les dommages causés par les bombardements que les avions Farman de l'escadrille F.25 avaient effectués sur la ville. Sans le savoir, il sentit une légère pression sans son cœur. Mais toute de suite, dans son esprit vint l'image de Verdun dévastée où les violents combats continuaient encore, bien que la bataille de Verdun proprement dit, qui avait durée jusqu'au 3 Novembre 1916 à 1 heure du matin soit finie, quand le Fort de Douaumont et le Fort de Vaux avaient été repris par les troupes françaises, notamment par celles du General Mangin.

La voiture passa sur un pont en pierre édifié par les romains dans l'an 45 de notre ère, et lequel franchissait le fleuve Moselle. C'était le pont romain de Trèves, le plus ancien pont d'Allemagne. Le pont n'avait pas été atteint par les obus de l'escadrille F.25.

Les deux gendarmes allemands amenèrent Lucien dans une caserne. Ses deux œufs étaient restés sur le coussin d'arrière la voiture!

Dans la chute de son avion Farman F.44.01, il avait perdu son serre-tête. Alors, les deux gendarmes conduisirent Lucien dans un magasin d'habillement lequel se trouvait dans la caserne. On lui donna une casquette de feldwebel allemand qu'il mit sur sa tête. Lucien gardait son uniforme de l'armée française. Tous les trois montèrent de nouveau dans la voiture militaire et partirent vers la gare centrale de Trèves tout en causant. Il n'y avait même pas un brin de rancœur entre ces hommes. Lucien était assis dans la partie arrière de la voiture. Il était calme. Dans le trajet vers la gare, en voyant Lucien habillé avec un costume militaire bleu et une casquette de feldwebel allemande sur la tête, les gens se demandaient à quelle armée il appartenait. Lucien fut conduit dans un front situé à Nancy.

Durant sa captivité, Lucien avait essayé de s'échapper à plusieurs reprises sans y réussir. Une fois, cependant, il était sur le point d'y parvenir. Cette tentative d'évasion, c'était la troisième. Le fait était que pour lui, être en prison ne voulait dire que la guerre était terminée.

D'après lui-même, textuellement il racontait: «Dans la citadelle de Montmédy, j'étais tout seul dans une grande pièce. Il y avait des lits superposés. Je pensais qu'on devait mettre là les types que l'on devait interroger. Il y avait des puces en quantité invraisemblable. Le lendemain soir est arrivé un petit soldat qui venait prendre livraison. Nous voilà partis tous les deux. Il parlait parfaitement le français, il avait entre 18 et 20 ans. Dans Montmédy, vers 7 heures et demie - 8 heures, j'ai rencontré des jeunes filles, des femmes qui me saluaient, des françaises. Le soldat m'a emmené dans une grande maison bourgeoise. C'était le lieu où logeait l'escadrille qui était à Montmédy. On m'a fait dire d'attendre que les pilotes et officiers qui étaient en train de souper aient terminé».

«Je suis resté avec mon petit soldat. Il avait une figure décomposée Je lui ai demandé ce qu'il avait. Il m'a dit qu'il était fichu, qu'il arrivait du front russe. Il m'a dit ensuite qu'il avait eu le typhus, et que maintenant cela allait mieux, que le lendemain il remonterait au front. Il se croyait fichu. Je lui ai dit de ne pas perdre espoir, que tout le monde ne mourait pas dans la guerre. Le petit soldat était de la Prusse orientale. Ses parents n'étaient pas riches, plutôt pauvres. Ils étaient quatre frères. Selon lui, ses parents s'étaient saignés aux quatre veines pour leur donner de l'instruction. Ses trois frères étaient tués dans la guerre. Il était le plus jeune. Je le revoyais encore, dans cet état, me parler comme ça».

«On m'a appelé. Il y avait tous les officiers qui avaient fini de souper et qui étaient à table. Dans l'aviation, il y avait une espèce de sympathie, de confraternité. Ils m'ont demandé de bien vouloir accepter un verre de vin, puis le sempiternel interrogatoire a commencé. Je leur ai répondu que les choses qu'ils me demandaient, les numéros des régiments, je ne les connaissais pas, et que si je les avais connus, je ne les leur aurais pas dit. Puis nous nous sommes mis à parler. Ils m'ont dit qu'ils aimaient bien la France, comme on aimait les confitures, pour la manger. Je leur ai répondu que ma situation ne me permettait pas de discuter plus longtemps. Puis, ils m'ont montré des photographies prises à 4.000 mètres. Elles étaient très bonnes. Chez nous, à 4.000, ce n'était pas si bien à cause du grain du papier. Ils m'ont montré l'emplacement de mon escadrille. Je leur ai dit: 'je vous fais des compliments, nous avons des petits ennuis avec le papier'».

«Puis, on m'a ramené dans ma boîte à puces. Le lendemain matin, on m'a emmené devant un officier du 2e Bureau. Il a recommencé à m'interroger, puis il m'a dit: 'Maintenant, si vous voulez, nous allons causer. A votre point de vue, que pensez-vous de la guerre?' Je lui ai répondu qu'ils étaient battus, que Verdun, c'était fini, et que les Américains arrivaient. Qu'allez-vous faire? Il y a le poids de l'Amérique».

Lucien Coupet avait fait preuve de courage et de valeur. Même en condition de prisonnier de guerre, il avait maintenu la position digne d'un soldat français qui ne craignait absolument pas quoi qu'il puisse lui arriver, même la mort, parce qu'il était sûr que ces officiers allemands étaient au courant des dommages causés par l'escadrille M.F. 25 sur Trèves, et que Lucien Coupet

109

était l'un des pilotes de cette escadrille.

«Je vois toujours cet officier qui m'a dit: 'Je suis aussi de votre avis'. Je me le rappelais comme si c'était hier».

«J'ai d'abord été emmené à Carlsruhe. Après un certain temps, on m'a emmené dans un petit camp en Bavière dans lequel on était 5 à 6 captives, pas plus. Il y avait des écouteurs dans tous les coins pour entendre nos conversations. Il y avait un aviateur, un fantassin, et un artilleur».

«On nous laissait parfaitement tranquilles, mais immédiatement, on avait l'impression d'être écoutés, si bien que chacun de nous inventait des histoires. J'ai été transféré dans un autre camp dans lequel on était 3 et où j'ai rencontré mon frère Léon et un autre pilote qui s'appelait Amiot et qui s'était évadé. Plus tard, il a été tué sur la Somme. Je suis resté là un mois. Mon frère avait pris un grand coup. Il ne se rappelait pas encore très bien ce qui lui était arrivé, mais cela allait mieux. Au bout d'un mois, on nous a séparés. Comme Amiot et moi nous étions officiers, on nous a emmenés dans un camp d'officiers à Mayence. C'était le début de ma captivité pour de bon dans la forteresse de Mayence. Nous étions mélangés avec des Russes. Il y avait en particulier un jeune officier russe qui parlait un français impeccable et faisait des conférences biologiques. Les Russes avaient le don des langues. Ils apprenaient avec une rapidité incroyable».

«J'avais déjà en tête de m'évader. Avec un camarade, nous avions repéré que des fenêtres donnaient sur des fossés. Nous nous sommes dit qu'il fallait faire quelque chose. Nous avons ramassé tous les bouts de ficelle. Nous avons bien réfléchi à la question; puis, quand tout a été préparé, on nous a transférés dans un autre camp. On nous a emmenés à la frontière polonaise, dans une ancienne caserne; nous étions toute une bande. Bien entendu, à nouveau, nous avons essayé de nous évader. Pendant tout ce temps-là, j'avais suivi des cours. Pour ne pas devenir idiot, il fallait suivre des cours, de toutes sortes».

«Avec un camarade, nous avons commencé une nouvelle tentative d'évasion. Il y avait de petits bâtiments avec des caves et comme je suis serrurier, ce n'était pas difficile d'ouvrir les portes. Nous avions remarqué une cave dans laquelle personne n'allait. A quelques mètres, il y avait une rivière. Nous avons fait un trou dans le mur et nous sommes arrivés sur le bord de la rivière. Nous avions commencé à faire le trou avec un petit bout de fer. Nous voyons passer les pieds de la sentinelle par le soupirail. Nous ne faisions pas de bruit. Nous avions fait une lampe sourde avec une bougie, mais nous sommes arrivés sur un mur de béton, j'ai dit que là, pas question, la tentative avait échoué. Les allemands ont trouvé nos outils. J'ai vu le commandant du camp avec ma lanterne sourde dans la main».

«Pour la troisième tentative, nous avons froidement décidé de passer par les barbelés. Il fallait d'abord préparer l'évasion. C'est là qu'on voit que dans une affaire comme celle-là, la volonté tendue vers un but permet d'arriver à bout de tout. La première chose était de traverser l'Allemagne de bout en bout sans connaître l'allemand. Notre idée était de passer par la Pologne occupée et peut-être par la Russie. Je serais bien passé par la Chine. Le principal, c'était de sortir de prison. Il nous fallait des cartes. Il y avait des officiers de marine qui, fatalement, cherchaient aussi à s'évader. Ils cherchaient également des cartes. Je leur ai dit que dans le bureau du commandant du camp qui était au centre de la caserne, il y avait une belle carte, très grande, magnifique Je me suis fait fort d'aller la chercher dans le bureau du commandant. Seulement, vous devrez la copier très vite».

«Comment faire pour aller chercher cette carte? Primo, il

111

fallait la clé du bureau devant duquel il y avait une queue tous les jours. Tout d'abord, quelqu'un m'a donné une lime. Avec cette lime, je me suis fait un outil, je l'ai trempé, j'ai découpé un morceau de tôle de la forme d'une clé, puis, en mettant de la mie de pain dans la serrure, j'ai pu faire toutes les modifications nécessaires et j'ai enfin pu ouvrir la porte. Quand j'ai eu la clé, il s'agissait d'aller chercher la carte. Il y avait un soldat qui se promenait devant la porte, j'ai profité qu'il avait le dos tourné pour entrer, j'ai pris la carte, je l'ai portée aux camarades pour qu'ils en prennent rapidement des copies et j'ai été la raccrocher. Pour sortir, nous avions ramassé un petit peu de provisions. Pour couper les barbelés, il fallait une cisaille. Nous étions couchés dans des lits superposés. Il y avait des morceaux de fer qui tenaient les planches, seulement, c'était du fer et je me suis dit que c'était le fil de fer qui allait rentrer dans ma ferraille. J'ai dû mettre des morceaux d'acier, les tremper, et j'ai pu couper les fils de fer barbelés. Mais cela faisait trop de bruit j'ai mis un morceau de cuir et quand j'arrivais au bout, je comprimais le cuir».

«Un soir, nous avons dit à des camarades de faire du bruit. Nous nous sommes couchés à plat ventre dans les fils de fer. Je voyais la sentinelle. Je voyais ses yeux qui nous regardaient, mais il ne nous voyait pas. Je suis passé, le camarade est passé derrière moi et a rattaché les fils. On s'est trouvé tous les deux devant la rivière qui faisait une dépression de 2 mètres, mais il y avait la sentinelle à l'extérieur. J'ai vu la guérite qui était vide, donc j'ai pensé que le type était à l'autre bout. J'ai avancé un petit peu et j'ai senti un canon de fusil sur ma figure. Je lui avais touché le pied en sortant». C'était sa dernière tentative d'échappement».

«Alors, déjà convaincu que toute autre tentative de fuite s'en serait pas moins impossible, Lucien restait méditatif presque tout le temps dans sa cellule. Le fait qu'il ne savait pas dans quel endroit son frère Léon avait été emmené l'abasourdissait constamment. Il pensait aussi au sort de l'escadrille F.25 et ses effectifs».

Du 20 août au 8 septembre 1917, l'escadrille F.25 avait pris part dans la seconde bataille de Verdun qui avait permis la prise de Talou, de Samogneux, du Mont Homme, de Forges, et de Béthincourt. Et ainsi, le 25 février 1918, l'escadrille F.25 abandonnait ses Farman F.40, «les chouettes de la nuit».

Séparé l'un de l'autre, Lucien et Léon, loin des leurs, dedans le territoire allemand, ne savaient rien sur le déroulement de la guerre. Ils ne savaient pas que ses «chevaux aguerris» ne volaient plus. L'armistice avait surpris les frères Coupet en captivité. C'était le 11 novembre 1918.

Quant à Léon Coupet, comment les allemands auraient-ils pu tirer Léon Coupet de son état de coma? Aurait-il subi quelque trauma cérébral soit-il léger ou sévère? Quelle sorte de trauma neurologique aurait-il- pu subir alors qu'il ne se rappelait plus ce qui lui était arrivé lors de la chute de l'avion? Quelle sorte de traitement thérapeutique lui aurait été administrée dans l'hôpital de Trèves durant son état d'inconscience pour le tirer du coma? Qu'est-ce qui lui aurait provoqué l'état d'inconscience quand l'avion depuis où il se battait dans la guerre était tombé par terre? Peut-être ce se serait le temps qui en donne une réponse sans que, cependant, ceci ait été la première fois que Léon avait été grièvement blessé dans la guerre en défendant héroïquement son drapeau, symbole de son histoire, sa culture et sa civilisation.

Dans une guerre conventionnelle, ce sont les troupes ter-restres, notamment les soldats d'infanterie, qui subissent les vraies rigueurs de la guerre parce que ce sont eux qui en offrent la plupart de morts et de blessés. Selon Lucien Coupet lui-même, il disait dans ses mémoires: «Dans cette guerre-là, le pilote en escadrille ne pouvait pas se plaindre. Il courait certes des dangers, mais cela ne faisait qu'accentuer la valeur de la vie. Il se trouvait dans des conditions de confort extraordinaires par rapport à l'infanterie: «A l'escadrille, nous ne risquions pas d'être bombardés, au moins jusqu'au milieu de 1917, et nous avions tout ce qu'il fallait pour vivre presque confortablement».

Personne n'indifférerait ce point de vue de Lucien Coupet; cependant, on n'en risque pas moins la vie quand on est dans un avion dans l'air, et que celui-ci est atteint par un obus ou une fusée, ou simplement, quand l'avion subit une panne mécanique en plein vol, comme il était arrivé à l'avion M.F. 44.01 qui était tombé à terre la nuit du 6 Juillet 1917, sur la ville allemande de Trèves, après que son moteur s'était arrêté, ou comme il était arrivé deux ans plus tard, à un autre avion construit par la Maison Farman, le F.60, lequel avait été baptisé avec le nom de «Goliath», quand cet avion faisait sa première traversée d'outre-mer depuis la ville de Paris jusqu'à la ville sénégalaise de Dakar.

C'était quelque chose de fantastique ce vol-là dont Lucien Coupet et son frère Léon avaient été des participants. D'ailleurs, quelques autres français qui avaient déjà prêté un service héroïque dans la Première Guerre Mondiale faisaient partie aussi de la traversée Paris-Dakar, trajet qui avait été toute une «épopée homérique» au bien de la naissance de l'aviation civile de longue distance.

9

.

I
l faisait un jour splendide. La quotidienneté de La Havane se tenait comme d'habitude. On allait et venait tout au long de l'Avenue du Port, toujours très encombrée de gens. On voyait des camions pleins de marchandises. La capitale de Cuba était devenue une zone commerciale très importante pour l'économie du pays. Le commerce du sucre faisait que le port de La Havane soit l'un des plus importants des deux continents américains. On voyait aussi des voitures américaines, des tramways remplies de passagers qui roulaient tout au long de l'Avenue du Port.

De temps à autres, on voyait des charrettes couvertes, tirées par des mules. C'étaient des vendeurs de charbon en bois, du charbon végétal comme on l'appelait aussi. Pour le faire, le charbonnier coupe des morceaux de bois des branches de petits arbres, les mets debout ensemble, plutôt en peu inclinés en faisant une sorte de pyramide. Il met du feu juste dedans, au milieu de la pyramide des morceaux de bois, et quand le feu commence à brûler, il la couvre avec de la terre en laissant le jeu allumé. Dedans la pyramide couverte de terre, les morceaux de bois brûlent, mais ne se transforment jamais en cendre, mais en charbon de bois ou végétal. Par ce temps-là, on utilisait du charbon en bois pour faire la cuisine dans la plupart des foyers cubains. De petits restaurants ou fondas utilisaient ce charbon pour faire cuire ce qu'on vendait aux gens.

La plupart des marchandises qui entraient dans l'Île de Cuba arrivaient à travers le Port de La Havane. Depuis la fin de la guerre des cubains contre l'Espagne, une vingtaine d'années déjà auparavant, le commerce cubain était de plus en plus florissant. On voyait des bateaux qui attendaient dans la baie, tandis qu'accostés aux quais du port, il y en avait d'autres qu'on chargeait et déchargeait constamment. La plupart des hommes qui travaillaient dans le port étaient des noirs dont la majorité étaient des anciens soldats de l'Armée Libératrice Cubaine.

Depuis la mise en effet de l'Amendement Pratt, on voyait souvent quelques navires de guerres américains, soit dans la baie ou soit accostés dans les quais. l'Amendement Pratt fut une législation que le Congrès du gouvernement américain avait établie depuis le commencement de la République Cubaine en 1902 pour protéger les intérêts économiques américains à Cuba, surtout dans l'industrie sucrière, pour garantir le départ des soldats américains qui étaient intervenus dans la guerre en 1898, et que Cuba avait déjà déclenchée en 1868 contre les colonisateurs esclavagistes espagnols, et prévenir que soit installé un gouvernement révolutionnaire peu amical ou hostile aux intérêts des Etats-Unis. Donc, par le Platt Amendement, les Etats-Unis se donnaient le droit s'immiscer dans les affaires intérieures de Cuba, ce qui limitait, en fait, la souveraineté des cubains.

Parmi tous les cargos accostés au port, c'en était un dont les marchandises les plus importantes qu'il avait apportées, c'étaient des caisses contenant des avions français en vrac.

«Alors, quand est-ce qu'on pense décharger les caisses?» Demanda Camille Jousse à Léon, alors qu'ils sortaient du quai N° 4 où l'on avait accosté le bateau. Guerchais était avec eux. Après être descendus du cargo américain, ils se promenaient dans le trottoir de l'Avenue du Port.

«Monsieur de Kerillis a dit à Lucien qu'on va décharger les caisses mardi», répond-t-il, «Demain lundi, il y aura une réunion, je crois, dans un haut bâtiment de La Havane. Monsieur de Kerillis a dit qu'il s'appelle 'La Manzana de Gomez'. Lucien, Monsieur de Kerillis et Guy de Roig vont avoir un rendez-vous avec la personne millionnaire qui avait acheté les avions chez les Farman et un pilote cubain. Dans cette réunion, on va préciser l'endroit où l'on va établir l'aérodrome et les hangars pour les avions.»

«Après la réunion à 'La Manzana de Gomez', peut-être on va savoir quand on va décharger les caisses avec les avions en vrac, et où on va les mettre», dit Camille, et demanda: «Où est Chauvin? Il est descendu du bateau aussi?»

«Non, il est resté à bord du bateau. Il y est resté en garde. Il prend soin des caisses», dit Guerchais. «Il voulait que je l'accompagne. Ce n'était pas nécessaire que je reste dans le cargo. Aujourd'hui c'est dimanche et il n'y a pas beaucoup d'activités par là. Il faut qu'on se promène dans la ville. C'est super par-là! Je n'avais jamais imaginé qu'il puisse y avoir un endroit où l'on est content tout le temps. Les femmes, surtout les mulâtresses, sont très belles avec des corps sensationnels! J'ai vu des femmes noires qui semblent des reines, fabuleuses et bien habillées!»

«Il y a des brunettes, mon vieux, très chic et merveilleuses!» dit Léon, «Quand on m'avait dit qu'à Cuba il y avait des noirs, je croyais que c'était comme ailleurs! Hier, je suis descendu du bateau pour prendre un café, et j'ai vu un mec noir qui embrassait une blanche bien faite avec une chevelure châtaigne vraiment jolie. Ils étaient bien habillés, tous les deux! Qu'est-ce qu'on dit si on prend un tramway pour faire un tour. Il ne coûte que cinq centimes», proposa Léon.

«On y va, les copains! On dit que près d'un théâtre en pleine Havane, il y a un atelier où l'on fait les cigarettes. On y va?»

C'était Camille Jousse qui mourait d'envie de voir comment on faisait les cigares et les cigarettes cubains. «Je crois que tout le monde est content dans ce pays-ci. Hier, Lucien et moi, nous sommes descendus aussi à terre pour dégoûter le café cubain. On disait qu'il est bon, mais il est excellent. Il y avait des gens qui ne parlaient que de Base Ball. Je ne comprends pas ce sport. Par contre, j'ai vu des gens qui parlaient de la boxe», ajouta-t-il.

«J'aime bien la boxe. Les cubains ont de bons boxeurs. Je meurs d'envie de voir se battre dans le ring», dit Guerchais, «Je crois qu'il y a un boxeur qui est merveilleux. On l'appelle Kid Chocolat!»[1]

«J'en avais écouté parler à Paris. Moi aussi, j'aime la boxe. On va se mettre d'accord pour aller voir un match de boxe quand nous aurons trouvé l'endroit où nous allons installer les avions », dit Camille qui fumait une cigarette cubaine».

«Voilà un tramways qui arrive», dit Léon.

Le tramway s'arrêta justement en face d'eux. L'arrêt se trouvait à quelques mètres du Muelle de Luz où l'on prenait la barque qui traversait la baie pour se rendre au quartier de Regla. Des gens descendaient du tramway. Deux petits enfants voulaient en descendre, mais la marche était trop haute pour eux. C'étaient un petit garçon et une petite fille. Léon prit l'un après l'autre dans ses bras pour les aider à descendre. Des centimes

---

[1] Note de l'auteur: « Le Kid Chocolate » avait seulement dix ans quand on avait créé la Compagnie Cubaine d'Aviation.

tombèrent de l'une des mains du petit garçon.

«Ton argent, tu le perds!» dit Léon en s'agenouillant pour ramasser les centimes du gamin. «Tu vas acheter des bonbons?»

«Non, on va les jeter dans la mer pour les poissons de Yemaya!», dit le petit. «Maman, dépêche-toi! Le bateau s'en va! Il y a beaucoup de monde et on va le rater!».

«Gustavo et Amelia, attendez nous!», cria doucement Geneviève depuis l'intérieur du tramway.

«On prend l'autre donc», dit Virginia. «On n'est pas pressé, quoi! De toute manière, aujourd'hui l'église est pleine de gens qui viennent de partout pour voir la Vierge Noire. Demain ce sera pour La Vierge Mulâtresse, notre Patronne Nationale, La Vierge du Cuivre, rien d'autre que La Vierge Marie», dit-elle encore sous ce mélange de dévotion religieuse propre du syncrétisme de croyance chez les cubains, et ajouta: «Demain, l'Eglise d'Ochoun à Santiago de Cuba sera aussi pleine de gens». Elle faisait allusion à l'église de 'La Vierge de la Charité du Cuivre', Sanctuaire National situé à Santiago de Cuba, la deuxième ville plus importante dans l'Île, dans la province d'Oriente, à l'extrême ouest du pays.

Léon aidait Virginia à descendre du tramway portant une robe blanche lorsqu'il aperçut Geneviève qui allait en descendre derrière sa mère. Elle l'éblouit tout de suite. Camille et Guerchais en regardaient la scène.

«Quelle est belle et svelte, cette dame!» pensa Léon sans lui quitter les yeux. Quand il vut Geneviève, c'était comme un coup de foudre!

«Merci, monsieur, vous avez été très gentil en aidant mes enfant et ma mère à descendre», lui dit-elle avec un léger sourire de remerciement dans les lèvres. Elle portait une jupe blanche, contrairement à ce que Virginia lui avait suggéré, et une blouse

119

de « guinga » bleue. Elle portait aussi un grand mouchoir jaune sur sa tête orné avec un lacet. Elle était belle et svelte, certes!

«C'est un plaisir madame!», dit Léon à la belle femme après l'avoir aidée à descendre, elle aussi.

Il avait pris la main de Geneviève dans la sienne. Il sentit la finesse et la tiédeur de la main de cette femme. Elle s'en alla avec ses enfants et sa mère vers le débarcadère où une autre barque attendait déjà. Avant de monter les trois marches devant l'entrée du débarcadère, elle se retourna. Léon la regardait encore. Elle lui sourit encore une fois alors que Léon restait ému par la beauté de Geneviève. C'était comme un coup de foudre qui était tombé sur lui!

«Hé, réveil-toi! Elle est déjà partie! Alors, on prend l'autre tramway. Je crois qu'elle t'a touché. Pourtant il y a tant de femmes comme ça dans ce pays-ci que demain tu l'oublies, je te l'assure!», dit Guerchais à Léon qui était resté pensif et ébloui, sa pensée ailleurs. On dirait qu'il rêvait!

«Qu'est-ce qu'on dit si on fait un petit tour au quartier de Régla et on visite l'Eglise? Ainsi on prend cette barque», dit ce dernier.

«Dis donc, qu'est-ce qui t'a piqué? Bon, ça va! Je crois qu'on n'aura pas longtemps pour visiter l'atelier où l'on fait les cigarettes cubaines», dit Camille.

«Mais je crois qu'il y en a plusieurs à La Havane. N'oublie pas, mon mec, que Cuba c'est l'empire du tabac! On en trouve des ateliers partout. J'ai l'impression que tous les hommes fument ici!», dit Guerchais.

«Oui, mais j'en ai avec une, et ça suffit. Aussitôt après, on aide le copain à suivre les traces de son Amazone!», finit Camille par dire en regardant Léon avec un léger sourire dans ses lèvres entre lesquelles il tenait encore sa cigarette.

10

.

L a Manzana de Gomez, un bâtiment de cinq étages construit en 1909, et où l'on avait établi le bureau de La Compagnie Cubaine d'Aviation, était le premier complexe commercial bâti à Cuba avec deux trottoirs extérieurs dont l'un formant une sorte de portail quadrilatère tout au long des façades du pâté de maisons qui comprenait le bâtiment. C'était, en plus, le premier bâtiment havanais dont la structure comprenait tout un pâté de maison entièrement conçu pour un usage commercial, avec deux larges passages diagonaux à l'intérieur, dans le rez-de-chaussée, lesquels traversaient l'édifice envers ses quatre entrées, chacune trouvée dans chaque coin du dit bâtiment.

D'autre part, tantôt à l'extérieur de la colossale structure architecturale bordée par le trottoir en portique tout au long de ses quatre façades, tantôt à l'intérieur dans les passages diagonaux, on trouvait des magasins, des boutiques, des ateliers, des bistrots et d'autres établissements. Les gens de toute classe sociale et de toute race, notamment bien habillés, aimaient se donner rendez-vous dans la majestueuse Manzana de Gomez pleine d'attelages montrant leurs marchandises d'exclusive qualité. C'est pour cela que tous les jours, notamment les samedis, on allait et venait à travers les couloirs traversant le rez-de-chaussée pour faire des chats dans les boutiques et les magasins de son intérieur, ou dans les magasins, les boutiques ou les ateliers qu'on trouvait à son extérieur.

Dans ses étages de-dessus, se trouvaient les bureaux d'une grande quantité d'identités et entreprises commerciales cubaines et étrangères, y compris La Compagnie Cubaine d'Aviation, située dans la suite 433, au quatrième étage, et dont le numéro de téléphone était A-9789.

La Manzana de Gomez était entourée par les rues Zuluete et Montserrat, et celles de Saint Rafael et Neptune. Sous chacune de ses quatre arcades entourant le bâtiment, il y avait une entrée pour monter vers les étages d'au-dessus, ce qu'on faisait par un ascenseur. Cependant, l'entrée principale pour monter vers n'importe quel étage se trouvait sous l'arcade de la rue Zuluete, par l'entrée de laquelle on ne montait pas seulement par l'ascenseur, mais aussi par un large escalier en marbre. Cette rue séparait La Manzana de Gomez du Parc Central de La Havane.

«Maman, j'ai soif!» dit la petite Amélia à Geneviève qui s'était assise avec ses deux enfants dans un banc du Parc Central, où un arbre gentiment les gratifiait d'une ombre agréable, pour se reposer un peu et jouir de la fraîche brise qui coulait à cette heure de l'après-midi. Tous les trois s'étaient promenés tout à travers les passages internes et tout au long des trottoirs sous les arcades de La Manzana de Gomez pour regarder les étalages pleins de marchandises, comprenant des chaussures, des vêtements, des bijoux, des parfums et d'autres choses.

«Bon, on va monter chercher votre père dans le bureau, là-haut».

Gregorio avait pu obtenir l'autorisation pour établir une cantine dans l'aérodrome de Columbia. Il était monté au quatrième étage de La Manzana de Gomez voir monsieur Anibal de Mesa pour préciser la date de l'inauguration de la cantine qui offrirait à manger aux pilotes et aux mécaniciens français chargés du montage des avions de La Compagnie Cubaine d'Aviation.

«Maman, on va monter par l'escalier!» lui dit le petit Gustavo.

«Non, pas aujourd'hui. En plus, j'ai peur que ton père descende pendant que nous montons par l'escalier. Allons monter par l'ascenseur. C'est plus rapide».

«Maman, n'est-ce pas vrai que l'ascenseur monte comme un avion?».

«Qui t'a dit ça, Amelia?»

«Papa, qui dit que ça monte et monte comme ça!» Ils arrivèrent au quatrième étage.

«Savez-vous, s'il vous plaît, monsieur, où se trouve la suite 433?» demanda Geneviève à l'employé qui opérait l'ascenseur.

«Prenez le corridor à droite, madame, et tournez à droite au coin du corridor».

«Merci, monsieur!».

Geneviève resta émue par la propreté et somptuosité qu'elle trouva dans l'intérieur du bâtiment de la Manzana de Gomez. Il y avait quelques gens qui allaient et venaient à travers le corridor, à chaque côté duquel il y avait des bureaux. La plupart de ces gens portaient un costume. Il y en avait qui portaient une chemise typique cubaine. Un homme salua Geneviève avec amabilité alors qu'elle s'approchait à la suite 433. La porte était ouverte. Une femme bien habillée avec une blouse blanche et une jupe bleue turquoise, aux cheveux noirs ondulés qui tombaient sur ses épaules, était assise derrière un bureau.

«Bonjour, madame. En quoi puis-je vous servir, s'il vous plaît?».

«Je cherche monsieur Gregorio Montalvo, mon mari. Il était venu voir monsieur de Mesa».

«Monsieur de Mesa est avec les gens qui vont travailler dans le Campement de Columbia où l'on va créer une compagnie d'aviation».

«Mon mari va travailler dans la cantine de Columbia. Il doit être aussi avec Monsieur de Mesa. Je vais l'attendre».

«Vous pouvez vous asseoir dans le sofa, madame, avec vos enfants, s'il vous plaît!»

«Oh, merci, mademoiselle» dit Geneviève en s'asseyant confortablement avec ses enfants dans un sofa qui se trouvait contre le mur de gauche dans une petite salle d'attente du bureau de La Compagnie Cubaine d'Aviation. C'était le bureau de renseignement de la compagnie.

«Voulez-vous boire quelque chose, madame? Un rafraîchissement, une malte, une bière, une tasse de café.»

«Maman, je veux un rafraîchissement», dit le petit Gustavo qui était debout sur le sofa.

«Moi, aussi, maman», dit la petite Amelia à son tour.

«Pourriez-vous nous apporter trois rafraîchissements si vous voulez, mademoiselle!»

«Avec plaisir, madame,» dit la jeune femme en regardant avec un sourire les fils de Geneviève désireux d'assouvir leur soif avec un délicieux rafraîchissement.

«Maman, regarde comment nous sommes si haut!», cria le petit Gustavo avec surprise en regardant à travers la fenêtre.

«Gustavo, ne reste pas debout sur le sofa, tu vas l'abimer.»

«Maman, je veux voir aussi!», cria la petite Amelia à son tour.

Geneviève prit Amelia dans ses bras pour qu'elle regarde aussi vers le dehors par la fenêtre.

«Oh, que c'est haut, Maman, n'est-ce pas!», dit la petite.

«Voilà vos trois rafraîchissements, madame. A votre plaisir. En attendant, je vais avertir votre mari Montalvo que vous êtes ici.»

«Ne vous en faites pas, je vous en prie. Nous pouvons attendre!»

«Non, madame, c'est mon devoir, que je ferai avec plaisir. Je vais passer une petite note à monsieur Montalvo».

Quelqu'un sortait de la compagnie d'aviation. C'était un homme d'une trentaine d'années. Il portait un costume bleu et une cravate bleue aussi. Ses chaussures marron style Amadeo était bien lustrées.

Geneviève le regarda alors qu'il passait près d'elle et sortit du bureau après avoir salué avec politesse les personnes présentes dans le salon d'attente du bureau de la compagnie.

«C'est Monsieur Agustín Parla, qui sera le Directeur Général de la compagnie», dit la réceptionniste à Geneviève, car celle-ci regardait l'homme en costume avec admiration.

«Qu'il est élégant, n'est-ce pas?»

«Oui, il l'est bien et bien agréable», répondit la réceptionniste.

«Qui est élégant et aimable, maman?», demanda le petit Gustave qui s'était mis à regarder par la fenêtre de nouveau après avoir bu sa boisson rafraîchissante.

«Quelqu'un qui est sorti, mon enfant».

Quelques minutes plus tard, Gregorio sortait du bureau exécutif de La Compagnie Cubaine d'Aviation.

«Papa, papa», crièrent presque en même temps les petits Gustavo et Amelia en courant vers Gregorio.

«Geneviève, vient, on veut te connaître. Les français veulent savoir qui sera la personne qui leur donnera à manger. Ils disent que leur vie sera entre tes mains!»

«Mais ils sont un peu exagérés. Ne le penses-tu pas?», dit la jeune femme moqueusement.

Tous les quatre entrèrent dans la salle où tout le monde était assis. Sauf Anibal de Mesa qui était debout, appuyé contre son bureau. Lucien, Kerilly et Guy de Roig se trouvaient chacun confortablement assis dans un fauteuil tandis que Léon, Camille, Guerchais et Chauvin étaient assis tous les quatre assis dans un grand sofa. Quand Gregorio, Geneviève et les enfants entrèrent dans la salle, les six français se mirent debout.

«Mes amis, voilà la personne qui vous garantira votre repas chaque jour. Je vous assure que vous serez satisfaits, je vous le dit pour de bon!», dit Gregorio.

« Maman, maman, voilà le moustachu qui nous a aidés à descendre du tramway quand nous allions prendre la barque de Regla, qui m'a demandé si je voulais acheter des bonbons avec mon argent, qui ne savait pas que c'était pour les poissons de Yemaya, le voilà!»

Geneviève était restée sans haleine. Elle avait déjà vu Léon en entrant dans le bureau. Il portait un costume beige.

«Qu'il était beau et élégant avec ce costume!», pensa-t-elle. Elle fit un grand effort pour cacher son émotion. Elle essayait de ne pas regarder Léon directement.

«Sois poli, Gustavo. Tu dois respecter monsieur. Il va croire que tu es mal élevé», dit Geneviève rougie à son fils.

Anibal de Mesa quitta son bureau et s'approcha de Geneviève.

«Vous êtes bienvenue dans notre compagnie, Madame. Gregorio m'a dit que vous êtes une cuisinière excellente. Si vous faites la cuisine autant que vous êtes belle, sans doute ces messieurs-ci vont rester affamés pour manger deux fois le jour! N'est-ce pas mes amis les français?»

«Je vois que vous êtes aussi un peu exagéré», dit Geneviève à Anibal de Mesa plus rougie, mais souriante. «Je ne sais pas ce que Gregorio vous a dit, mais je vous assure que je ferai de mon mieux pour qu'on aime ma cuisine. Et en ce qui concerne ce que vous avez dit que je suis belle, vous vous trompez. Et si ses messieurs veulent manger deux fois, je serais contente qu'ils le fassent. Je vois qu'ils sont sympathiques. Et je vous assure qu'ils sont très polis, surtout ce monsieur que nous avons eu le plaisir de rencontrer hier dimanche quand nous nous dirigions au quartier de Regla» finit Geneviève par dire en regardant Léon.

«Ah, c'est Monsieur Léon Coupet, un des mécaniciens de la compagnie. C'est le frère de Monsieur Lucien Coupet, le Deuxième Directeur de notre compagnie. Le Directeur Général, Monsieur Agustin Parla, vient de partir parce qu'il a une entrevue aujourd'hui avec l'éditeur principal du journal 'La Marina' sur la création de notre compagnie. Veuillez bien l'excuser, Madame Montalvo», dit Anibal de Mesa à Geneviève.

«Je l'ai vu sortir. Il nous a salués très poli quand nous étions assis dans le salon d'attente. Il est bien élégant!», dit-elle.

«Là, sur le dans le fauteuil de gauche, avec Lucien, ce sont les messieurs Kerilly et Guy de Roig», continua Anibal de Mesa. «Là, sur ce grand sofa, ce sont Camille, Guerchais et Chauvin et Léon»

«Nous nous sommes déjà rencontrés! Ils étaient avec Léon dimanche dernier quand nous allions à l'Église de Regla. Mais je crois que celui de gauche n'y était pas». Elle faisait allusion à Chauvin qui était resté dans le bateau ce jour-là prenant soin des caisses avec les avions Farman.

«Ils sont tous sympathiques, finit-elle par en voyant que Léon s'approchait d'elle. Quelque chose d'étrange l'envahit.

«Madame, pour moi c'est un grand plaisir de faire votre connaissance. Monsieur de Mesa vous a dit mon nom, celui de mon frère Lucien, et ceux des autres copains, mais nous ne connaissons pas le vôtre!» dit Léon à la belle femme sans laisser de la regarder dans ses yeux. Il tenait la main de celle-ci dans la sienne.

«Je m'appelle Geneviève. Pour moi est un plaisir aussi de vous connaître et de faire la cuisine pour vous.»

«Je suis sûr que serez pour nous plus qu'une personne chargée de nous faire à manger. Je suis sûr que vous serez notre amie préférée!»

«Merci, monsieur Léon. N'est-ce pas Léon votre prénom?»

«Oui, Geneviève, je m'appelle Léon. Et toi, petit monsieur, tu es très malin, tu sais, et très bavard! Comment t'appelles-tu déjà?», demanda Léon au petit garçon en s'agenouillant devant lui et en le prenant par sa main.

«Je m'appelle Gustave, mais je voulais m'appeler comme mon père. Il est très fort, et il a une moto!»

«Oui, mon petit, je vois qu'il est bien costaud, mais je ne savais pas qu'il a une moto. Chez moi, en France, je travaillais dans une usine où l'on faisait des vélos et des motos. Et toi, ma petite reine, comment t'appelles-tu déjà?», demanda Léon à la petite fille.

« Moi, je m'appelle Amelia. Ce n'est pas le prénom de ma maman, mais on dit que je suis belle comme elle, n'est-ce pas?»

«Je ne crois pas que ta maman Geneviève soit si mignonne que toi, tu sais! Vous avez une famille excellente!», dit Léon à Gregorio qui restait debout, et regardait la scène, fier de sa famille.

«Bon, Geneviève, montre-nous votre talent culinaire en nous faisant un bon café. Gloria, montre la cuisine à Geneviève, et donne-lui tout ce qu'il faut pour qu'elle nous fasse un bon café», c'était Anibal de Mesa qui parlait.

«Avec plaisir, Monsieur de Mesa. Suis-moi Geneviève. Venez, vous aussi mes petits, je veux vous donner un jus d'ananas très délicieux» Tous les trois suivirent Gloria, une belle femme avec une belle chevelure brune, vers une petite salle aménagée pour servir comme une cuisine et un 'pantry'. Quelques minutes après, les hommes présents dans le bureau de la Compagnie Cubaine d'Aviation dégustaient le café que Geneviève avait fait.

« Il est délicieux, ton café, Geneviève. Qu'en pensez-vous, mes amis? Demanda Léon après avoir bu son café.

«Nous en convenons monsieur Léon», dit Anibal de Mesa. «Je vous félicite Geneviève. Je suis certain que ces messieurs ici présents vont jouir d'un délicieux et excellent repas tous les jours.»

«Merci, monsieur de Mesa, vous êtes très gentil. Je ne pense décevoir personne avec ma cuisine. Soyez-en certains, vous tous!»

«Bon, mes amis, laissez-moi vous offrir un bon cigare. Après une tasse de café, un bon cigare Havano est fabuleux» Anibal de Mesa ouvrit une boite de cigares Partagas, et en offrit un à chacun des hommes.

«Merci, monsieur de Mesa», dit Camille Jousse après en avoir pris le sien. «Hier, nous avons visité cet atelier où l'on fait ces cigares-ci. J'en ai fumé un que l'on m'avait offert.»

«Bon, en voilà un autre. C'est un bon cigare Partagas, l'un de nos bons cigares cubains. Jouis-en à ton aise.»

Seulement Camille et Guerchais allumèrent leur cigare.

«Vous ne fumez pas monsieur messieurs Coupet» demanda

Gregorio.

«Non, merci. Lucien ne fume pas. Quant à moi, j'en ai fumé un hier. Il était bon et ça suffit pour le moment. En plus, le café que Geneviève a fait est si bon que je ne veux pas que le cigare efface sa saveur dans ma bouche», dit Léon en regardant Geneviève qui ne cessait pas de rougir par tant de compliments.

«Bon, il faut que nous partions. Je dois préparer le dîner pour mes enfants. Tu viens avec nous, Gregorio?»

«Non, je dois rester ici».

«Au revoir, messieurs. C'était un plaisir vous connaître.»

«Au revoir, Geneviève», dirent-ils, presque tous en même temps.

Geneviève se dirigeait vers la porte principale du bureau quand Monsieur de Mesa appela:

«Attends Geneviève, s'il te plaît! Je voudrais t'offrir quelque chose». Alors Anibal de Mesa s'approcha de Gloria et lui dit quelque chose. Celle-ci sortit du bureau par une porte latérale. Quelques minutes plus tard, elle revint avec une caisse dans ses mains. Quelqu'un d'autre était venu avec elle. Elle donna la boîte à Mr. de Mesa. «Tiens, Geneviève, permets-moi de t'offrir ces bonbons de chocolat pour que tu en jouisses avec tes gamins».

«Oh, merci beaucoup Monsieur de Mesa! Vous êtes très galant!», s'exprima-t-elle en regardant ses enfants très contents. Elle était contente aussi. «Nous aimons beaucoup les bonbons! Je vous en remercie de tout cœur!»

«Viens Pedro!», appela de Mesa l'homme en uniforme bleu qui était venu avec Gloria. «Geneviève, c'est mon chauffeur. Il va te conduire chez toi avec tes enfants dans ma voiture. Maintenant les tramways vont trop encombrés pour que tu y ailles avec les petits. Allez-y»

«Oh, Monsieur de Mesa, que vous êtes gentil et généreux!»,
dit-elle en regardant Gregorio qu'on voyait très heureux.

Accompagnée par Pedro, Geneviève quitta le bureau avec ses
enfants. Elle avait fait de son mieux pour ne pas regarder Léon
en quittant le bureau.

11

.

Peu à peu, sans trop de soucis et avec patience, on monta le Centre d'Aviation de La Havane avec des hangars assez grands pour recevoir les «Goliath» de 28 mètres d'envergures, qu'à Cuba, on appelait les «monstres», et les petits Farman F.40, les «Chouettes». On bâtit aussi des ateliers de mécanique et de menuiserie tandis qu'en attendant Lucien Coupet et Guy de Roig s'engageaient à la tâche de chercher des terrains intermédiaires nécessaires pour la future ligne aérienne, quelque chose qui ne fut pas facile dû au manque de cartes géographiques sur les extrêmes et le centre de l'Ile de Cuba, et à la quantité de plantations de canne à sucre et de tabac dans la partie centrale du pays.

Finalement, on réussit à établir des «pistes» aériennes près des villes de Cienfuegos, Santa Clara, Ciego de Avila, Camagüey, et Santiago de Cuba. Cependant, cette activité de créer des terrains pour l'atterrissage des avions «Goliath» se tournait peu rentable parce que la compagnie dépensait déjà trop d'argent. C'est pour cela que, tandis qu'on attendait pour l'inauguration de l'entreprise aérienne cubaine, on ouvrit une école d'aviation à La Havane, qu'on mena à bien sans le moindre incident, afin de gagner quelque argent.

D'autre part, on effectua des vols au-dessus et aux environs de La Havane avec les avions Farman F-40. On allongea même des vols de loisir pour atterrir au de-là de La Havane, dans des villes et villages, dont la population n'avait jamais vu voler aucun avion, beaucoup moins le voir de tout près. Et Lucien et Guy étaient sûrs d'y trouver des passagers, bien que les terrains qu'on avait trouvés en dehors de la Capital ne soient vraiment pas aménagés convenablement pour l'atterrissage aérien. Toutefois, on s'y posait parce qu'il n'y en avait aucune réglementation.

Guy de Roig, lors de son premier vol, en dépit de sa faiblesse visuelle, provoqua une grande commotion en atterrissant dans la ville de Bahia-Honda, située dans la province de Pinar del Rio, à l'Ouest de La Havane, sur un terrain d'une longueur qui ne dépassait pas les 150 mètres. Ce jour-là, Guy volait avec un passager. Il en décolla assez tard pour arriver à La Havane la nuit. De son côté, Lucien fit un parcourt avec Camille Jousse comme mécanicien tout au long de l'Ile pour gagner aussi quelque argent. Ce périple fut comme une tribulation authentique. On avait dit à Lucien qu'il pourrait faire de l'argent dans une municipalité au Sud-est de La Havane, située tout près de la mer des Caraïbes, parce qu'il y avait des gens qui voulaient voler en avion. Lucien s'y rendit sans hésiter pour trouver un terrain où il pourrait se poser. Il n'y trouva pour terrain, où il devait atterrir et décoller, que la cour de la gare avec un dos d'âne dans son milieu. Le F-40 était construit d'une manière qui lui permettait de décoller dans une courte distance. Lucien ne trouva rien de mieux. Par chance, on supprima le dos d'âne qui était au milieu de la cour de la gare. Pour décoller, Lucien n'avait pas de soucis. Quant à l'atterrissage, «Jousse s'accrocherait à l'empennage et se laisserait traîner avec l'appareil pour le faire arrêter».

Dans cette municipalité, dans laquelle Lucien Coupet et Camille Jousse en profitèrent pour faire pas mal d'argent, ils trouvèrent une grande quantité de passagers. Tout alla bien. Quand le travail termina, Lucien décolla pour retourner à La Havane. En volant paisiblement vers La Havane, content du travail qu'il avait fait, alors juste au-dessus d'une petite zone montagne, une bielle traversa le carter, ce qui fit que Lucien se soit posé sur une brousse. Cet atterrissage imprévu endommagea le train d'atterrissage de l'avion. Quelques jours plus tard, après que trois hommes noirs vraiment costauds avaient aidé Lucien et Camille à débroussailler un peu l'aire où l'avion se trouvait pour le déplacer vers un terrain depuis où le F-40 pourrait décoller, on amena un moteur à Lucien dans une charrette. Lucien et Camille remplacèrent le moteur du Farman F-40 et réparèrent son train d'atterrissage.

Tandis que Lucien et Camille attendaient qu'on leur envoie un moteur d'avion, ils avaient trouvé un abri dans un petit village où on se dédiait au cultive du tabac. Durant ces jours-là, Lucien et Camille demeuraient dans un hangar pour le séchage des feuilles de tabac, et dans lequel il y avait des travailleurs noirs qui en faisaient des cigares. Lucien n'avait jamais fumé, mais l'odeur du tabac lui plaisait. Par contre, Camille dégusta de bons cigares, surtout le soir, quand tout y était calme, car les travailleurs étaient partis chez eux. Depuis «le matin, des travailleurs noirs de la plantation roulaient les feuilles de tabac, passaient leur langue sur les bords des feuilles et les collaient avec leur salive. Lucien s'était toujours demandé ce qui faisait l'arôme particulier et la qualité des cigares de La Havane».

Le terrain dans lequel on avait placé le petit avion n'était que la pente pas tellement inclinée d'une colline qui n'avait aucune broussaille. D'abord, Lucien, Camille et les trois hommes avaient traîné le F-40 jusqu'au bas de la colline parce que le train d'atterrissage était trop endommagé. Une fois que l'avion avait été réparé, ils le poussèrent jusqu'au sommet de la colline qui n'était pas si élevée. Par bonheur, la pente nord-ouest de la colline était parallèle au courant d'air. Déjà installés dans l'avion, celui-ci avec le devant au gré du vent, Lucien indiqua aux trois herculéens de donner une légère pousse à l'appareil aussitôt qu'il en avait mis le moteur en marche pour que le F-40 puisse acquérir une meilleure vitesse. Le F-40 décollait court, mais la pente, vers la fin de laquelle il y avait des manguiers et de hautes palmes royales, mesurait moins de cent mètres de longueur. L'avion courut souple vers le bas de la colline. Les trois témoins de la sagesse des Frères Farman en ce qui concerne la fabrication d'avion virent avec une grande admiration et perplexité comment F-40 décolla près du bas de la colline en passant au-dessus des manguiers, entre deux palmes royales, pour s'élever vers le ciel. Camille Jousse avait un mégot de cigare dans sa bouche. On lui avait fait cadeau d'un paquet avec une vingtaine de cigares qu'il appréciait énormément.

Dans une autre occasion, Lucien faillit se tuer en pilotant son Farman F-40 avec un passager à bord. Dans un virage un peu serré à 500 mètres environs, l'avion s'était mis en vrille, et Lucien ne pouvait guère le redresser, l'appareil descendant à toute vitesse comme un tourbillon. Il y avait à peine de l'espace pour redresser l'avion. «J'ai froidement mis les commandes à fond dans le sens inverse de la vrille et j'ai redressé pas très loin du sol. Pour comble de malheur, quand je me suis présenté pour atterrir, j'ai trouvé sur la bande un photographe qui opérait, le voile noir sur la tête», racontait Lucien dans ses mémoires. Et juste après l'arrêt du F-40, devant le hangar.

135

«Tu es fou de faire des choses comme ça!», lui dit Léon.

«Je ne suis pas fou, mais j'ai manqué me tuer», répondit Lucien.

Le photographe ne s'était jamais rendu compte qu'un avion s'approchait vers lui, et dont le pilote avait dû faire des péripéties pour ne pas l'atteindre et redresser l'avion sur la piste encore une fois. Il paraît que le photographe n'avait pas entendu non plus les cris de jouissance des spectateurs qui eux aussi croyaient que Lucien était en train de faire des acrobaties aériennes avec son moderne F-40.

En parlant des photographes, Guy de Roig avait apporté à Cuba un matériel complet de photographies aériennes. Il essayait de faire connaître les multiples avantages des photographies prises depuis un avion volant pour un pays où il n'y avait ni cartes, ni plans topographiques. Et ainsi, une fois, dans cette activité de photographies, Guy de Roig fut appréhendé et emmené dans la préfecture de police pour avoir pris des photos de la Vieille Forteresse du Morro. Finalement, tout se passa sans problèmes.

Et événements après événements, il arriva le Jour où les «Goliath» étaient déjà prêts. Lucien Coupet effectua un premier vol à bord de «l'Enorme Biplan», comme on l'appelait, le 14 Juillet 1920, Anniversaire de la Prise de la Bastille, en présence du Général Menocal, Président de la République, et de la Première Dame de la République, Madame Marianita de Menocal, qui devint la marraine du «Goliath», lequel reçut le nom de «Mariana».

Dans ce premier vol, tout autour de La Havane, Lucien amena à bord tous les mécaniciens de la Compagnie à titre de récompense. Les dirigeants de la Compagnie pensaient que le Président volerait dans un prochain vol, mais le Président déclina de voler dans le «Goliath» en envoyant son frère à sa place, qui fit le voyage avec plaisir. En attendant pour l'inauguration de la ligne aérienne La Havane-Santiago de Cuba, Lucien réalisa quelques vols publicitaires avec la presse, des artistes des grands théâtres de La Havane, bien que par rapport à ces derniers, tantôt des hommes que des femmes, c'était Guy de Roig qui s'en chargeait. En honneur des français cofondateurs de la Compagnie Aérienne Cubaine, une représentation de gala eut lieu dans le Grand Théâtre Payret de La Havane. L'une des pièces représentées fut «L'AS».

12

.

Il plaisait à Léon de prendre du café dans la cantine. Une fois, alors qu'il faisait mauvais temps. Léon se voyait heureux. Son cœur battait de joie. Chaque fois qu'il avait l'opportunité, il passait par la cantine de Columbia pour prendre un peu d'eau froide ou du café chaud. D'autres gens qui travaillaient dans les installations de Columbia en faisaient autant. En ces occasions, Léon n'avait pas le moyen de parler avec Geneviève comme il le voulait. C'est pourquoi, chaque fois qu'il menaçait de pleuvoir, il savait que c'était un grand moment pour parler avec la belle femme. De là que ce jour-ci, en voyant le ciel remplit de nuages et qu'on avait prédit qu'il allait pleuvoir, quelque chose qui empêchait que les avions puissent voler, il se rendit à la cantine. Quelques minutes après s'en être assis dans la grande table où les français mangeaient, il se mit à pleuvoir. C'était une pluie légère, mais que Léon désirait quand même. Il faisait un peu froid.

«Ça va!», dit Léon un peu à haute voix pour que Geneviève se rende compte qu'il était dans la cantine. Elle était dans la cuisine. Elle en sortit avec un verre. C'était du café chaud. Elle savait qu'il aimait boire du café.

«Avec le temps qu'il fait, un peu de café chaud vous fera bien!», dit-elle.

«Merci! Tu es toujours gentille, Geneviève» lui dit-il sans laisser de la regarder. Elle s'était assise en face de Léon qui dégustait déjà son café. Elle avait été en train de faire la vaisselle quand Léon était arrivé. Les français avaient déjà pris leur déjeuner depuis deux heures environs. Il était déjà trois heures de l'après-midi.

«J'aime beaucoup ton café, tu sais. Et tout ce que tu fais cuire est toujours délicieux. Tu es une bonne cuisinière, toi, Geneviève. Qui t'a appris à être si bonne dans la cuisine cubaine?»

« Nous autres, on n'a pas beaucoup de chose à apprendre», finit-elle par dire quand un caporal arriva.

«Bonjour, monsieur Coupet! Je cherche votre frère. Savez-vous où il se trouve ?»

«Tu vois, il n'est pas là. Il était avec Camille dans le hangar du «Goliath» choisi pour faire le premier vol vers la ville de Cienfuegos. Il y a quelque chose qui ne va pas?»

«Non, tout va bien. Le fait est qu'on vient d'apporté le courrier. C'est un gros sac.

«Merci. Je vais chercher Lucien. De toute façon, le courrier ne sera pas envoyé d'ici deux jour à cause du mauvais temps dernièrement»

«Vous voulez un peu de café, monsieur?» demanda Geneviève au caporal. C'était un noir un peu robuste.

«Merci, Geneviève. J'en prends un peu à la hâte. Je suis pressé». Il partit après avoir bu son café.

«J'ai l'impression que tout le monde connaît ici ton prénom!», dit Léon à la jeune femme.

«Je suis la cuisinière, tu sais! J'ai toujours du café chaud pour qui en veut. Les cubains aiment bien boire du café chaud et allumer une cigarette. Vous ne fumez pas comme Camille?

«Non, je ne fume pas. Mais ça ne veut pas dire que je ne sois pas capable d'allumer une cigarette ou un de vos cigares, surtout après un bon repas. La feuille du tabac est étonnante! Puis, ça fait de l'argent. Je crois que tout le monde fume à Cuba!

«Et vous buvez, monsieur Léon?»

«Si tu fais allusion au rhum Bacardy, je dirais qu'il est super? Que la canne à sucre est bonne! Elle donne ce sucre à partir duquel on tire le rhum cubain. Non, je ne bois pas non plus, mais un peu de rhum ne fait pas mal. J'ai vu qu'à La Havane, il y a un bistrot ou un bar dans presque toutes les 'bodegas' (épiceries). Les cubains aiment boire du café et du rhum, et fumer, bien sûr, soit des cigarettes ou des cigares».

«Gregorio fume très peu, mais il boit du rhum après le dîner. Tu sais, Virginia aime prendre une gorgée d'eau-de-vie et fumer un cigare. Un cigare lui dure presqu'une semaine!»

«Bon, Geneviève, Je m'en vais chercher Lucien.»

«Ne vous en faites pas! Le voilà. Il arrive!»

«Ça va, Geneviève! Il y a encore du café pour moi?», demanda Lucien.

«Oui, il y en a encore dans la cafetière, mais il s'est déjà refroidi.»

«Merci, ça va comme ça!»

«Mais j'en ai pour une minute, monsieur Lucien. Ayez de la patience. Par ce temps-ci, un peu de café chaud vous fait du bien, n'est-ce pas monsieur Léon?», dit-elle à Léon qui la regardait avec un sourire.

«Bon, ça va. Fais ce que tu veux, Geneviève. Le fait est que je ne voudrais pas te déranger trop.»

«Mais vous ne me dérangez pas du tout!», finit-elle par dire en se dirigeant vers la cuisine pour chercher du café chaud.

Cela faisait déjà presque une heure que Léon était dans la cantine. Gregorio l'avait fait construire pour qu'on puisse y prendre le petit déjeuner et le déjeuner. A part le petit déjeuner et le déjeuner, on pouvait y prendre quelque chose d'autre. Ceux qui travaillaient dans les établissements du service postal aérien, de passagers et de loisir avaient la facilité de manger quelque chose dans le périmètre de la propre compagnie. En plus, ceux qui fréquentaient les établissements pouvaient acheter quelque chose à manger dans la cantine aussi, sauf à l'heure du petit déjeuner et du déjeuner, et les dimanches. Les français, eux, ils ne manquaient jamais de venir à la cantine, surtout Lucien et Léon.

Quand Léon pensait qu'il allait effectuer son premier vol à Cuba dans un «Goliath» comme mécanicien le rendait un peu nerveux et inquiet, lui qui avait connu de près la rigueur de la guerre et du désert. Le point était que lui, il était devenu quelque peu sensible. Peut-être l'idée qu'il allait rester éloigné de Geneviève dont la présence avait déjà fait naître en lui un sentiment étrange qui affaiblissait son cœur, un cœur qui s'était habitué au danger, qui avait subi l'effet de tant d'actions de guerre, et lui-même qui avait été blessé trois fois dans la guerre! Léon avait peur, qui sait, de ne pas la voir jamais plus. Il avait décidé de faire partie du vol dont Lucien serait le pilote.

De son côté, Lucien se sentait vraiment content de voler dans un "Goliath" comme durant le raid entre Paris et Dakar, mais dans cette occasion, le vol serait effectué vers la région centrale de Cuba. Cependant, il était anxieux.

«Dis donc, tu t'inquiètes, toi, qui te moquait des *boches,* de leurs avions et de batteries des D.C.A.?», avait demandé Camille Jousse à Lucien une heure auparavant. Lucien lui avait demandé une cigarette alors qu'ils étaient restés dans le hangar où se trouvait le 'Goliath' qui emporterait le courrier vers les provinces de Santa Clara, Camagüey et Santiago de Cuba. C'était curieux parce que Lucien Coupet ne fumait pas.

«Comment ça, tu fumes déjà, toi?», lui demanda Léon.

«Non, pas du tout, je ne fume pas. Le fait est que je voulais savoir encore à quoi ça sent les cigarettes cubaines. Je me rappelle quand la 'chouette' était tombée en panne alors que je volais avec Camille, nous obligeant à atterrir sur la broussaille. Nous avons dormi dans un endroit où l'on faisait des cigares et séchait les feuilles de tabac. Les travailleurs, des noirs costauds comme vous», dit-il en signalant le caporal qui souriait, «fumaient des cigares tout le temps. J'en ai fumé un après avoir bu du café. Trois mecs herculéens nous ont aidés à décoller.

«Je m'en souviens bien, car tu as failli te tuer en atterrissant ici alors que vous veniez de là-bas», dit Léon.

«Je vois que les odyssées vous suivent partout, Monsieur Lucien!", s'écria Geneviève avec admiration».

«On dirait! D'ailleurs, que c'est ennuyeux d'attendre sous cette pluie qu'on apporte le courrier!».

«Le courrier est déjà ici. On vient de l'apporter, dit lui Léon».

Les deux frères étaient restés dans la cantine pendant qu'il pleuvait. Léon se sentait heureux parce que la pluie lui était un grand prétexte pour demeurer dans la "fonda". C'était un motif de plus pour être près de Geneviève.

«On va le voir alors! Je suis un peu anxieux», dit Lucien en se levant de la table où Geneviève venait de mettre la cafetière avec du café chaud. Malheureusement, je crois que le courrier va être envoyé par le train. Il sera comme ça jusqu'à ce qu'il fasse un temps meilleur. En attendant on va voir ce qu'on fera».

«Vas-y, toi. Je t'y rejoins tout de suite. Je bois encore un peu plus de café», dit Léon qui ne cachait guère son désir de rester dans la cantine pour continuer à parler avec Geneviève bien que ce ne soit que pour quelques minutes de plus. Lucien but le café que Geneviève lui avait apporté.

«Merci, Geneviève, ton café est bon!»

Lucien aimait le café cubain que Geneviève faisait, autant que tous les autres travailleurs dans l'aérodrome qui en buvaient. Il mit son béret et il quitta la cantine où Léon et Geneviève continuaient à causer. Une fois dehors, Lucien jeta le mégot de la cigarette que la pluie qui tombait encore finit par éteindre. Il ne pleuvait pas si fort et le climat qu'il faisait était agréable quand même, surtout pour Lucien, Léon et Camille qui savaient ce que c'était le froid, la faim et la chaleur.

Léon et Geneviève, assis l'un en face de l'autre, regardaient Lucien qui se dirigeait au bureau de poste qu'on avait construit dedans l'aérodrome de Columbia.

«Vous n'y allez pas, monsieur Léon. Vous devez être aussi anxieux que monsieur Lucien. Vous avez vu que votre frère ne s'était pas arrêté de fumer un instant en attendant qu'on apporte le courrier! On dirait que c'est le premier vol qu'il ferait dans sa vie alors qu'on dit qu'il avait beaucoup volé pendant la guerre!», dit-elle avec un léger sourire d'admiration et respect envers Lucien qui continuait à s'éloigner vers le bâtiment central du campement militaire de Columbia.

«Il est hors de lui depuis qu'il a reçu l'autorisation de voler vers l'Est. Je ne crois pas qu'il aime plutôt faire de vols de loisir sur La Havane, en promenant les riches havanais à travers le ciel, dit Léon à Geneviève qui portait une robe claire, trop légère pour l'occasion. Dernièrement, elle faisait son mieux plus être plus attractive à Léon. Elle aimait sa présence. Cependant, elle essayait de ne jamais être seule avec Léon dans la cantine. Elle mourait de peur que son mari se rende compte de ce sentiment étrange et excitant qu'elle sentait à l'égard de Léon, surtout quand il était près d'elle. Léon savait qu'elle en avait peur. Quant à lui, Il ne voulait pas la faire souffrir; pourtant la passion qu'il savait déjà en lui était plus forte que la maîtrise de soi-même.

«Où allez-vous, monsieur Léon? Vous n'avez pas fini votre café. Il n'est plus bon? Je savais qu'il se refroidirait trop vite avec ce temps. En plus, j'ai froid ici dehors! Il faut entrer dans la cuisine. Le feu de la cuisine fait qu'il fasse agréable dedans» Malgré sa peur, elle ne voulait pas le voir partir. «Vous ne voudriez pas prendre encore du café? Il y en a encore chaud dans la cafetière. Vous ne voulez pas entrer dans la cuisine?»

«Non, merci, il faut que je parte», dit-il en hésitant. Il voulait tant rester auprès de Geneviève!

«Mais il pleut encore, monsieur Léon, regardez! Je vous verse du café chaud dans votre verre.»

Elle ne s'était pas accoutumée à le tutoyer, surtout quand son mari était dans la cantine. Gregorio était allé au « Mercado Unico» pour acheter des marchandises pour la cantine. Il voulait acheter du poisson et des saucissons. Léon, de sa part, avait peur aussi, non pas du mari de Geneviève, mais de dire à cette femme si adorable combien il la désirait. La colonisation espagnole avait été très forte à Cuba. La civilisation indienne était presque disparue dans l'île. Les colonisateurs avaient remplacé la population indigène par des noirs amenés de l'Afrique. On dit que l'apport le plus remarquable de l'Espagne à Cuba était le résultat du mélange entre le blanc colonisateur et la noire esclave. C'était la mulâtresse. Les yeux verts marron de Geneviève, sa bouche charnue, mais petite, affolaient Léon plus que son corps si vénusien. Geneviève était vraiment jolie.

«Non, ça va», lui dit-il, «je joins Lucien. Moi aussi, je meurs d'envie de voir le courrier. Peut-être il y aura des passagers à aborder le 'Goliath'. A vrai dire, il ne faut pas que je sois présent pour recevoir le courrier et Lucien non plus!»

«Mais comme ça, mon homme? Vous n'êtes pas les respons-ables d'apporter les lettres dans l'avion à la ville de Cienfuegos?», lui demanda-t-elle qui continuait à le vouvoyer de temps à autre.

«Si, Vevi, tu as raison. C'est nous les responsables d'apporter le courrier à la ville de Cienfuegos», lui dit-il avec tendresse. «Nous menons le courrier dans le 'Goliath', mais nous ne sommes pas chargés pour ce travail. Il y a une personne indiquée pour mener à bien ce travail, qui doit ramasser et livrer les lettres comme tu dis.»

«Que c'est compliqué, ça! Vous ne le croyez pas comme ça?»

«Comment ça va être compliqué, ma fille! Plus compliqué c'est amener le 'Goliath' à destiné et le faire retourner dans sa première mission postale et de passager! Tu ne le crois pas comme ça, belle femme?»

«Mais oui, ça c'est vrai, dis donc!», s'écria Geneviève à son tour, rougie de ne pas pouvoir cacher cette immense émotion d'écouter que Léon venait de l'appeler "belle femme'. Peu de temps, elle avait senti ce sentiment étrange en elle; jamais elle n'avait éprouvé ce sentiment quand Gregorio lui avait dit *belle femme* tant de fois avant, ou des mots semblables. L'affinité entre deux personnes du sexe opposé produit an effet passionnel unique quand il existe déjà une attraction inusuelle. Puis, elle continua à parler en demandant:

«Et si l'avion tombe par terre par ce mauvais temps qu'il fait? D'ailleurs, Lucien vient de dire que le courrier pourrait être envoyé par le train.»

«Ma chérie, même si on décolle sous ce mauvais temps, on va sans doute se tirer d'affaire comme nous avons fait pendant le vol vers Dakar l'année dernière»

«Dis donc, raconte-moi ce qui s'est passé pendant ce vol! Après ce que vous avez fait dans la guerre contre l'Allemagne, à laquelle nous avons déclaré la guerre aussi, quoi d'autre de fantastique vous avez fait?»

« C'était un dimanche 10 août. Nous avions déjeuné à Toussus-le-Noble. Tu sais, Toussus-le-Noble est un village qu'on trouve au sud de Versailles, à 21 kilomètres de Paris. C'est là où l'on trouve l'aérodrome depuis lequel le 'Goliath' allait décoller. Je te dis qu'à causes des préparatifs du vol, J'avais faim parce je n'avais rien mangé depuis très tôt le matin. Au loin, on voyait la lune déjà dehors qui nous permettait de commencer un vol par une nuit claire. C'était comme si elle nous présageait un destin comblé d'espoir dans une autre vie sans guerre, la vie des avions commerciaux. C'était la veille de notre vol à l'égard de l'ère de l'aviation commerciale qui commençait déjà. Nous avions pris congé de tout le monde, des membres de nos familles, des amis, des personnalités, des journalistes, des photographes et des curieux, tandis que le 'Goliath attendait comme tout un brave colosse.

Tant de gens n'étaient pas là seulement pour prendre congé de nous et nous souhaiter de la chance, en tant soi peu incrédules par l'incertitude d'un vol si long. Ils voulaient voir par leurs propres yeux comment un appareil si grand et si lourd, plein de personnes et d'équipement, était capable de prendre vol et se maintenir dans l'air. Ils ne voulaient que personne d'autre leur raconte cet événement inouï.

S'il fallait peut-être dix gens bien costauds pour soulever une voiture avec leurs mains, ils se demandaient comment c'était possible que cet avion si gigantesque, plus grand qu'un autobus, puisse voler et traverser la mer. Et ainsi, beaucoup de ceux qui étaient venus attendaient étonnés le décollage du 'Goliath.

J'ai entendu quelqu'un dire près de moi que si cela vole, un jour on va voir les bateaux avec des ailes volant au-dessus de la mer ».

Geneviève resta méditative. «Je ne sais pas beaucoup concernant les avions, mais un bateau volant, qu'un dingue croie cela! Voir un bateau volant, que Dieu me protège!», pensa-t-elle. «Pas comme ça! Pas question qu'un bateau comme ça pèse si peu! Si pour aller d'ici là, il tarde un siècle, comme on dirait, comment pourrait-il voler loin, parce que l'Afrique n'est pas près, n'est-ce pas?»

«C'est ce que j'ai écouté dire! Tu ne me crois pas, ma belle? D'ailleurs, ces gens ne savaient rien à propos des avions !»

Elle ne laissa pas de le regarder dans les yeux, avec un grand désir d'éclater de lire. En tout cas, que savait-elle des bateaux et des avions? De toute façon, écouter parler à cet homme dont la présence lui était agréable la rendait heureuse.

«Si, je vous crois, monsieur Léon. Qui je ne crois pas, c'est cet exagéré qui avait dit que les bateaux vont avoir des ailes et vont voler»

«Non, Vevy», lui dit Léon avec douceur. «Cet homme-là n'avait pas dit ça! Seulement il voulait dire que si le 'Goliath' étant tellement grand pouvait voler, un jour un bateau avec des ailes pourraient voler aussi.»

«Alors, il faudrait lui faire des ailes plus grandes que le Morro de La Havane », s'écria-t-elle en souriant, montrant sa belle denture.

«Plus grand que quoi?»

«Que le Morro de La Havane, mon petit! La forteresse avec le phare qui est à l'entrée de la baie! Oh, tu ne comprends pas! Je voulais dire avec des ailes très grandes, comme la dimension d'un bateau lui-même, quoi!»

«Ainsi comme je t'aime, plus grand que le Morro de La Havane!»

«Maintenant c'est moi qui ne comprends pas, mon homme! La vérité pure c'est qu'aucune personne n'aime personne comme le Morro de La Havane!»

«C'est moi qui ne comprends pas comment les cubains parlent, quoi!»

Elle resta muette après avoir écouté Léon dire qu'il aimait. Elle sentait son cœur battre fortement, ses jambes un peu tremblantes. Ella avait l'impression qu'elle allait se défaillir. Elle se demandait parfois, depuis la première fois qu'elle l'avait vu, pourquoi elle sentait quelque chose d'étrange en elle chaque fois qu'elle était près de Léon; et pourquoi elle pensait tant à lui quand elle ne le voyait pas.

«Qu'est-ce que c'est ça, mon Dieu?», se demandait-elle parfois. Elle n'avait pas éprouvé cela à l'égard de Gregorio.

«Les souris t'ont mangé la langue, mon ciel?» demanda Léon à Geneviève en voyant qu'elle était si pensive. «Je suis sûr que tu te fâchais par ce que j'ai dit des cubains. Pardonne-moi!»

«Pardon de quoi, monsieur Léon? Vous n'en avez rien dit de mauvais. En plus, c'est vrai que nous autres les cubains, nous sommes très exagérés. On a dit des cubains que *'ou ils n'y arrivent pas, ou ils en dépassent'*!»

«Je ne sais pas comment vous aviez fait la guerre contre l'Espagne. Mais les cubains avaient été très exagérés en gagnant la guerre à pure machette! On dirait plutôt magnanimes! Ici, tout le monde parle du Général Maceo. Comment vous l'appelez?»

«Le Titan de Bronze!» dit-elle fièrement.

«Et pourquoi on l'appelait comme ça, Vevi?»

148

«C'était un Titan que personne ne pouvait tuer. Il était brave et vaillant! Pendant la guerre on lui avait infligé plus de trente coups de feu et de sable. Il ne mourait jamais. Plus on le blessait, plus il devenait courageux et assaillant! Il avait été dans les deux guerres pour l'Independence de Cuba avec ses frères. C'était leur mère Mariana Grajales qui les avaient encouragés à lutter contre les colonisateurs espagnols. Le Général Maceo était comme le bronze parce qu'il avait une couleur de peau comme la mienne. Tous les Maceo sont morts dans la guerre.

«Alors, il était un homme beau, n'est-ce pas?»

«Ecoutez, monsieur Léon. Ici, les hommes ne parlent pas comme ça des hommes! Essayez que personne ici ne vous écoute parler comme ça des hommes. Voyez qu'on dit que les français sont comme ça!»

«Comme ça comment? Qu'est-ce qu'il y a de mauvais que je dise que le Général Maceo était beau parce qu'il avait ta couleur de peau? Etre courtois ne diminue pas ta condition d'homme. En plus, tu as une couleur de peau très jolie», lui dit-il sans constater qu'elle rougissait parce qu'il faisait presque nuit. A la fin de l'année il faisait nuit tôt. Que Geneviève se voyait belle le jour quand elle rougissait! Son visage permanemment de couleur cannelle comme tout son corps acquérait un teint grandement bellissime en rougissant.

«Et ma couleur de peau vous plaît, monsieur Léon?» lui demanda-t-elle quelque peu hésitante après avoir pris haleine pour poser une telle question si osée.

«Quelle question tu me poses là, ma fille! Demande à un petit garçon s'il désire un bonbon de chocolat!»

«Mais je ne suis pas un bonbon, monsieur, Léon!», lui répond-t-elle un peu prétentieuse, mais dans le fond de soi-même elle était heureuse d'écouter ces mots de la bouche de cet homme qui la ravissait tant.

«Tu es plus douce que les plus doux et délicieux des bonbons», lui répond-t-il à son tour en la prenant par un de ses bras. Combien de désir Léon n'avait pas senti en cet instant de l'approcher davantage contre lui et l'embrasser et baiser sa bouche, une bouche qu'il n'était pas capable de regarder fixement, avec des lèvres si voluptueuses.

«Et quand m'avez-vous goûté, monsieur Léon, pour dire que je suis plus douce et délicieuse qu'un bonbon?», lui demanda Geneviève, le visage ardent.

«Regarde, d'abord, arrête de me dire monsieur Léon. Et puis, il ne faut pas te goûter pour savoir combien douce tu es dedans, dans ton âme, et en dehors comme un fruit ou une fleur!»

«Jusqu'à maintenant, les fruits seulement sont doux dedans. Et en plus je ne suis pas une fleur!»

C'était comme si Geneviève désirait que Léon lui dise plus de choses agréables, pour savoir si cet homme était vraiment intéressé en elle bien qu'elle sache que c'était impossible une intimité entre eux. Elle était à un autre homme.

« Ou tu ne comprends pas, ou tu fais semblant que tu ne comprends pas, mon petit chou !»

«Maintenant tu me parles en français pour continuer à me confondre davantage, 'mesie' Léon!»

«Comme ça tu me plais davantage, Vevi!»

«Comment ça qu'ainsi je vous plais davantage, monsieur Léon, comment ça?», lui demanda-t-elle un peu maline, mais en souhaitant profondément qu'il lui dise des compliments.

«Oui, je dis non. Je dis qu'ainsi tu me plais davantage quand tu me tutoies. Si nous sommes un peu plus qu'amis, c'est bon que nous nous tutoyions. Tu ne le crois pas comme ça?»

«Bon, si tu veux que je te dise *tu*, il faut que ce soit quand nous serons seuls. Je ne veux pas que les gens pensent mal à mon compte. D'autre part, nous sommes amis seulement. Pas question! Vous, je dis, toi, tu es un aviateur français et je travaille dans la cantine de l'aérodrome. Comme ça, je dois continuer à vous traiter de monsieur Léon, regardez!

«Même quand nous nous sommes en train de parler seuls?», lui demanda-t-il en souriant.

«Bon, quand nous sommes seuls non plus. Il ne me plairait pas que Gregorio nous voie parler seuls. Il est très bon avec moi et il me respecte beaucoup. C'est le père de mes enfants.»

«Mais je crois que tu ne l'aimes pas. Je ne te vois jamais contente quand tu es avec lui. Tu ne ries jamais».

«Et pour démontrer que j'aime quelqu'un je dois rire? Et vous, je dis tu, alors que nous sommes seuls, que sais-tu ce que c'est l'amour?»

«Et toi, Vevy, tu le sais?», demanda-t-il à Geneviève en la regardant dans les yeux.

«Bon, oui, je le sais.»

«Pour toi donc, qu'est-ce que c'est l'amour?

«Pour moi, ce qu'on m'a appris en ce qui concerne l'amour, c'est aider l'homme, le rendre heureux, lui obéir, et lui être fidèle. Aussi, il ne faut pas être *sata* avec un autre homme.

«Ne pas être quoi?»

«Il ne faut pas être *sata*; je veux dire séductrice, avec un autre homme! Il faut avoir des enfants.»

«Dis, qu'est-ce tu sens quand tu es avec moi?», osa Léon lui demander cela.

«Quand je suis avec toi? Il me plaît vous écouter et je ne m'ennuie pas. Je me sens bien. Le temps passe et je ne me rends compte. Je me sens bien. Vous m'êtes agréable. Quand je ne vous vois pas, je n'ai pas envie de travailler. En plus, je suis

151

toujours en train de panser à vous. Je parle beaucoup de vous à Virginia, ma mère, je dis de toi. Elle s'en était réjouie aussi. Parfois Gregorio me demande pourquoi je vais si élégante à la cantine. J'aime que vous me voyiez en bonne tenue.»

Tandis que Geneviève parlait, Léon l'écoutait en la regardant minutieusement. Geneviève restait en mutisme total. Alors, elle regardait Léon minutieusement aussi.

«Vous ne penserez rien de mauvais de moi, n'est-ce pas?» Elle était restée silencieuse de nouveau, pour lui demander ensuite, timide, un peu confondue: «Vous ne penserez pas que je suis amoureuse de vous, monsieur Léon, n'est-ce pas? Ce n'est pas vrai que ce que je sens pour vous soit de l'amour, mais de l'amitié», finit par dire Geneviève à la fois qu'elle retira sa main de celle de Léon. Elle ne s'était pas rendu compte que Léon tenait sa main depuis plusieurs minutes. Elle-même, elle n'avait pas pu savoir pourquoi elle se sentait si bien quand elle se trouvait auprès de cet homme. Elle se décida à parler.

«Bon, revenons en arrière. Vous étiez en train de me parler de ce qui était passé à Toussus-le-Noble et des bateaux avec des ailes, et nous avons fini par parler de nous. Moi aussi, je ne sais pas comment un avion si grand puisse voler, c'est vrai!»

«Ça dépend du poids de l'avion, du moyen propulsif, c'est-à-dire du moteur, et de sa vitesse de roulement sur le sol pour prendre vol. Une fois dans l'air, les ailes lui permettront de planer aussi long que le moyen propulsif fonctionne. Le 'Goliath' est un avion exceptionnel. C'est le plus grand du monde. Tu sais, à vrai dire, il n'a pas pu démontrer sa puissance dans la guerre parce qu'il y est entré trop tard. Il était prêt à démontrer à tous qu'il était le géant. C'était justement le vol vers Dakar la grande opportunité que le 'Goliath avait pour démontrer sa puissance. En fait, la traversée Paris-Dakar avait commencé le dimanche 10 du mois d'Août 1919 quand Lucien Bossoutrot, chef de l'expédition et mon frère Lucien, l'autre chef, avec un équipage de six personnes, moi-même y compris en tant que mécanicien, avaient réussi à voler de Paris à Casablanca en 1 heure et 23 minutes et avaient établi un record de distance de 2050 kilomètres sans escale technique.

Les autres membres de l'expédition étaient les mécaniciens Camille Jousse et Lucien Mulot, le lieutenant Rathbert Guillemot, chargé de la communication à travers une équipe TSF, tenait le «Goliath» en contact avec les postes de Rochefort, de Madrid, de Tanger, de Casablanca, de Port-Etienne et de Dakar, sans oublier qu'il maintenait du contact aussi de manière permanente avec trois patrouilleurs de la marine de l'armée française. Enfin, le capitaine André Paul Bizard, ancien chef d'escadrille dans la guerre, faisait partie de l'expédition en représentant le général Duval, et le lieutenant Boussod, du Service de la Navigation Aérienne, qui était l'observateur et le photographe de l'expédition, représentait l'aviation civile.

«Et toi, Léon, comment tu te sentais?», lui demanda-t-elle, en le tutoyant, sans laisser de le regarder dans les yeux.

« Etre dans l'air, à plus de 300 mètres par-dessus du sol, dans une nuit qui devenait obscure, la lune alors laissée en arrière, tu te l'imagines ! Devant nous, par bonheur, le jour se levait déjà, et cela nous apportait du soulagement. Le sommet des Périnées qui émergeaient et paraissaient des petites îles sur la mer des nuages, nous indiquaient que nous avions volé pas mal de kilomètres pendant la nuit. Constamment, on nous donnait la direction du vent, un élément fondamental pour la navigation aérienne, surtout pendant la nuit. Ainsi, Bossoutrot avait demandé de la lumière pour atterrir à Casablanca. J'avais pu voir les lumières de la piste alors que nous volions à une altitude de 100 mètres tout long de la côte. Alors que le 'Goliath s'approchait à la ville de Casablanca, volant par-dessus de la ville de Rabat, la capitale du Maroc, en bas cette dernière montrait un spectacle merveilleux. La ville de Rabat est très belle. A six heures du matin, après avoir fait un tour d'honneur au-dessus de la ville de Casablanca, où nous voyions des gens partout comme si c'étaient des fourmis, Bossoutrot avait décidé d'atterrir. Imagine-toi, beaucoup de gens n'avaient jamais vu un avion de près. Alors, ils avaient la possibilité de le voir atterrir. Nous avions atterri doucement à Casablanca où nous avions pris une voiture qui était venue nous chercher depuis deux heures. On nous avait promenés à travers la ville. Il y avait beaucoup de chameaux et dromadaires des marocains. Tu sais, ma belle Geneviève, je préférais être dans notre avion qu'en voiture, parce que les chauffeurs qui servent les pilotes sont tous les mêmes, à Paris et à Casablanca.

« Ici, à La Havane, les chauffeurs sont aussi des fous », dit Geneviève.

« Je ne saurais le dire. Ici, nous avons notre propre automobile. La Havane est différente. Elle me plaît.

« Pourquoi La Havane te plaît ?»

« Bon, ces gens, ses rues, ses hôtels, l'animosité. Puis, on fait de l'argent !»

« Et ça c'est tout ce qui te plaît chez nous ?»

« Bon, ses femmes aussi. Par exemple, toi, tu es très belle, tu sais !

« Et bien donc, tu te trompes, cher monsieur Léon. Maintenant, tu t'es trompé !»

« Je ne comprends pas. Pourquoi tu dis que maintenant je me suis trompé, Geneviève ? Par hasard, tu n'es pas belle ?»

« Le fait est que je ne suis pas de La Havane ! Je suis née à Saga la Grande où j'ai grandi et vécu jusqu'au moment où je suis venue ici avec Gregorio. Je lui suis vraiment reconnaissante qu'il me soit amenée vivre et travailler ici. Autrement, nous ne nous serions pas connus, n'est-ce pas?»

«Dis donc, je croyais que tu t'étais fâchée contre moi! Je faisais allusion aux femmes cubaines. Par exemple, on dit que les femmes de Pinard el Rio sont très jolies.»

«Tu sais une chose, mon ami Léon, ce que je pense de toi. Tu es un petit peu un coureur de jupons»

«Ce n'est pas que je sois un coureur de jupons. En plus qu'elles soient jolies et sensuelles, elles sont très accueillantes. Elles sont très douces. Au Maroc, on ne sait pas si elles sont belles aussi. Leur culture est trop forte. Rarement, on voit une femme marocaine dans la rue. Celles qu'on y voit portent un voile sur leur visage. En plus, elles s'habillent avec de longues robes. On ne peut pas savoir si elles sont belles ou non. Ici, à Cuba, c'est différent. Il y en a partout, des blanches, des noires, des mulâtresses, des chinoises, des indiennes, avec leurs yeux bleus, noirs, marrons, verts. On dirait un paradis de jolies amazones! Toi-même, Geneviève, regarde-toi!» Elle rougit. «Tu es tout simplement jolie! Tes yeux et leur regard! Ta bouche et son sourire, que ses dents rendent plus belle et sensuelle!»

« Nous avions confiance en les deux Lucien, mon frère Lucien et Lucien Bossoutrot. Ce dernier qui plaisantait tout temps pendant le vol avec une grande confiance dans la réussite du raid, avait fait cette escale à Casablanca, lui permettant de remporter la 'Coupe de la Ligue Aéronautique de France et son prix de sept mille francs, parce que le 'Goliath' avait pu faire un vol sans escale de 2050 kilomètres en 18 heures et 23 minutes avec une réserve de quatre cents litres d'essence'», continua-t-il à lui racontait, «Après avoir fait réviser l'avion complètement, le 'Goliath' avait décollé de Casablanca à 11 heures, et après un vol de deux heures environ, on décida de faire une escale à Mogador en atterrissant dans un champ militaire. Le but de Bossoutrot en atterrissant à Mogador, était de réduire de trois cents kilomètres la dernière étape en raison d'un fort vent debout qui risquait d'entraîner une surconsommation de carburant».

«Durant cette traversée, qu'on pourrait la considérer comme une épopée, il y a eu des moments inoubliables, comme quand Camille Jousse avait réparé deux fois une fuite d'eau dans le radiateur du 'Goliath', en plein vol pendant la nuit. S'étant fait attacher par une corde, il s'était déplacé sur le plan de l'aile droite pour atteindre le radiateur».

«Et monsieur Camille n'avait pas peur de tomber dans l'air en sortant de l'avion pendant la nuit?»

«Non, Geneviève, il n'en avait pas peur. Depuis que j'ai connu Camille, je ne l'ai jamais vu avoir peur de rien. Il a toujours défi la mort. Je te le dis, moi qui l'ai connu à l'escadrille F.25.»

«Il était resté longtemps dehors de l'avion pour réparer le radiateur? S'il y était resté peu de temps, le danger devait avoir été moindre», dit-elle.

«Non, mais, bien que la réparation du radiateur ait été faite avec facilité, étant donné que la vitesse du 'Goliath' rendait la réparation sans difficulté, il n'en était pas moins certain que la pression d'air que la rotation de l'hélice jetait vers l'arrière mettait la vie de Camille en danger. De toute façon, il était à croire que Camille n'aurait jamais hésité à réparer le radiateur de l'avion en plein vol bien que la vitesse de l'avion ait été plus rapide, compte-tenu de sa bravoure, ténacité et dévouement visant la réussite d'un engagement, ce qu'il avait indubitablement démontré durant les années horribles de la Première Guerre Mondiale quand il avait endossé l'uniforme militaire bleu horizon pour défendre notre pays.»

«Tu sais, Léon, vous êtes tous des braves! Camille est très sympathique! Il est très aimable en plus!»

«Camille Jousse avait pris part en 106 bombardements, ayant été blessé après en avoir effectué l'un d'eux, le 4 Août 1916, au-dessus des usines de Rumbach. Alors de retour, l'avion Farman F.40 dont il était le mitrailleur-bombardier avait eu un accident. En plus, je crois qu'il avait mené à bien 60 opérations de reconnaissance, tantôt la nuit, tantôt de jour. Il avait été blessé de nouveau le 1er Août 1917, alors qu'il retournait d'une mission sur Fismes. Son avion s'était aussi engagé dans cinq combats aériens dont l'un avait été effectué pendant la nuit.»

«On ne peut pas nier que vous avez été très brave pendant la guerre! Je vous admire bien! Toi-même, tu as failli te faire tuer à plusieurs reprises dans la guerre, trois fois, on m'a dit! Vous êtes resté beaucoup de temps à Mogador? Vous n'y avez pas mangé quelque chose?»

«Non pas du tout, il fallait arriver le plutôt possible à Dakar. Une fois les réservoirs remplis, le 'Goliath', sans s'attarder trop à Mogador, a décollé vers 5 heures de l'après-midi le 14 août pour supporter moindrement la chaleur du désert et faire son dernier trajet, espérant atteindre Dakar sans escale, le lendemain. Mais quelque chose qui pouvait déranger le vol est arrivé. L'antenne de l'avion s'est cassée. Par chance, Camille n'a pas oublié son sac à outils, et a réparé l'antenne. En volant sur les Monts de Toledo, dont les sommets atteignaient les 1601 et 1447 mètres, nous avons déjeuné dans le 'Goliath' bien à notre aise. Nous ne savions vraiment pas ce qui nous arriverait le lendemain. Les villes de Tanger, Rabat et Casablanca répondaient à nos cordonnés de radio.

«Comment ça? Ne me dis pas que tu étais celui qui parlait par le radio? Et est-ce qu'on écoutait bien là-haut?»

«Non, ma chérie, c'était de la télégraphie. En plus, ce n'était pas moi qui étais chargé de la télégraphie. C'était le Lieutenant Guillemot»

«Ah, je comprends déjà! C'était comme dans la poste, quand nous voulons envoyer un télégramme. Quelle vergogne! Tu vas dire que je suis une grande brute!»

«Non, Geneviève, pas tout le monde savait que nous utilisions le système de TSF pour nous communiquer. Alors, le 'Goliath' a continué son vol avec ses réservoirs pleins de carburant et volant à 155 kilomètres à l'heure, à une attitude de 800 mètres, sous une chaleur intense dedans le 'Goliath'. Chaque heure, Lucien Bossoutrot et mon frère Lucien se relaient les commandes alors que le vol se déroulait sans incident. L'avion s'approchait de Port-Etienne tout à fait enfoncé dans une mer de nuages».

Geneviève continuait à écouter Léon sans cesse de se demander pourquoi elle trouvait si intéressant ce qu'il lui racontait.

«Tu sais, ma belle, quelque chose inimaginable, qu'on dirait dangereux, allait arriver. Tout avait commencé le lendemain, quand, en volant vers le sud-est pour atteindre la côte, et que le 'Goliath' ne volait pas si haut, s'approchant déjà à Dakar, on a entendu une explosion vers la droite, faisant que le «Goliath encline son vol juste vers cette position. C'était l'hélice du moteur de l'aile inférieure droite qui s'était détachée, et s'en était allée vers le devant comme une flèche. Tous les boulons avaient cassé. Le moteur, qui avait perdu son hélice, s'est arrêté sur le champ et le «Goliath», alors qu'il faisait une chaleur tellement de plus en plus étouffante dans son intérieur, que tous les membres de l'équipage avaient l'impression qu'on volait dans une fournaise, a continué son vol ainsi, avec un seul moteur».

«Que Dieu me voie volant dans un avion avec ses moteurs éteints!», dit Geneviève émue et à la fois alarmée en écoutant le récit de Léon sur l'odyssée du vol à Dakar l'année dernière.

«Femme à moi, c'était un seul moteur que Bossoutrot avait fait éteindre.», répondit Léon qui lui sourit légèrement. Puis. Il continua: «Quelque trente-cinq minutes après, le moteur qui tenait l'*aérobus* en vol s'était réchauffé trop, l'eau du refroidissement étant à l'ébullition. Par malheur, étant donné que la vitesse du «Goliath» avait diminué en volant seulement avec le moteur du côté gauche, qui lui faisait descendre peu à peu, sa puissance par conséquent déjà insuffisante pour l'alternateur TSF qui fonctionnait avec une dynamo, le lieutenant Rathbert Guillemot ne parvenait pas à communiquer avec netteté. C'était à ce moment-là que Bossoutrot a cherché un endroit convenable pour atterrir, tandis que nous autres, nous avons déchargé le 'Goliath' au maximum pour réduire son poids au minimum. A ce moment-là, Guillemot a envoyé son dernier message à Dakar sans obtenir aucune réponse»

«Oh, mon Dieu, quel danger! C'est effrayant!» s'écria-t-elle consternée en tenant les mains de Léon entre les siennes, chacun assis dans le banc opposé de la table de la cantine.

«Alors le 'Goliath' a traversé les nuages et a touché la plage, mais malgré l'atterrissage impeccable de Bossoutrot, l'avion a viré, a mis le nez vers la mer et y est entré. C'était tôt le matin et le soleil n'était pas encore sorti. Guillemot est sorti de la cabine et s'est jeté dans la mer. Il a nagé pendant quelques mètres malgré l'empêchement physique qu'il avait dans un de ses pieds. Les autres intrépides hommes se sont jetés dans la mer aussi pour faire la chaîne et débarquer les armes, les vivres, les appareils photographiques et quelque chose d'autre dont ils auraient besoin, qu'ils ont porté sur les dunes. Impuissants, les passagers du «Goliath» ont assisté à la destruction de cet avion qui s'avouait déjà excellent pour un vol de longue distance sans escale»

«Et toi, Léon, tu ne faisais rien? Tu es resté dans l'avion?»

«Pourquoi tu me demandes ça?»

«Parce que tu as commencé à parler des autres comme si tu n'étais pas là!»

«Tu as raison, Geneviève. Je l'ai fait sans me rendre compte».

«Et qu'est-ce qui s'est passé après?»

«Guillemot s'est jeté encore une fois dans l'eau pour sauver ses appareils de T.S.F. avec lesquels il espérait communiquer. Il savait que son dernier appel de détresse n'avait pas pu être entendu. Jusqu'à midi, sous un soleil brûlant, il s'est occupé d'effectuer une installation de fortune. Après avoir monté une antenne, il s'est rendu compte que les efforts qu'il faisait pour communiquer étaient inutiles.»

Au fur et à mesure que Geneviève écoutait le récit de Léon, elle admirait cet homme de plus en plus, ainsi que ses copains d'exploit et de dévouement. Elle continuait à l'écouter attentivement.

«La plage où le 'Goliath' a amerri était proche Keur Massène, dans la Mauritanie qui était une colonie française depuis 1902. L'appareil était inutilisable presque enfoncé dans l'eau. On a essayé de le sauver, mais les vagues n'aidaient pas. Nous nous trouvions à quelques 200 kilomètres de la ville sénégalaise de Saint-Louis, la population la plus proche. Le soir, vers dix heures environs après notre arrivée sur cette plage déserte, les épaules étaient trop rougies et très douloureuses par des coups de soleil que nous avions rattrapés parce que nous tous, nous nous étions débarrassés de notre tenu militaire. La chaleur du dessert était terriblement intenable. Après être restés quelques jours d'angoisses dans cet endroit du désert, sous un soleil brûlant qui étouffait à mourir, déjà sans vivres, le peu d'eau que nous avions pu sauver étant presque épuisé, nous avons dû nous nourrir de coquillages et des crabes. Mon frère Lucien disait que la 'panne dans le désert était terrible, où l'on était desséché très vite', mais pour nous, c'était moins catastrophique parce que nous pouvions nous baigner dans la mer, surtout quand le soleil se couchait vers l'horizon, car l'eau devenait plus fraîche. De même, nous essayions des prendre des poissons avec nos armes à feu. Les poissons amenaient avec les vagues. On attendait que les vagues se retirent pour les voir plus clair. Alors, nous les visions, mais nous n'avions pas le temps de tirer au-dessus. Les poissons s'enfuyaient. Pour nous, bien affamés et égarés, c'était mieux de creuser dans le sable parce que la plage était pleine de coquillages. Nous en trouvions beaucoup. Nous prenions des crabes, ceux qu'on appelait tourlourous, qui servaient au nettoyage parce qu'ils mangeaient les ordures. Selon mon frère Lucien, les tourlourous ne pouvaient point manger d'ordures qui n'existaient pas dans cet endroit. Il a dit alors que quand le soleil se serait couché, les crabes viendraient sur le sable par centaines et attendraient que l'eau les recouvre. Nous autres, les naufragés, nous attendions qu'il fasse nuit pour chasser des Tourlourous. A la lumière des lanternes, nous tapions sur des crabes avec des bâtons que nous avions trouvés dans l'épave. C'était grâce aux coquillages et aux crabes, ainsi qu'à la mer où nous nous baignions pour atténuer la chaleur saharienne, que nous avons pu tenir.

Après notre amerrissage sur la 'Plage Goliath', comme on l'a baptisée, courant alors le matin, soucieux de rester dans un endroit désert et inconnu, nous avons attendu le soir, quand la chaleur n'était pas si intense dans le désert, pour aller chercher de l'aide. Pour essayer d'aller jusqu'à la ville de Saint-Louis, située à 320 km de la ville de Dakar, nous avons décidé de nous acheminer vers le Sud tout en longeant la côte et de nous rendre vers l'intérieur dans un endroit convenable où il pourrait y avoir de la végétation, ou un tant soit peu, pour essayer de trouver de l'eau douce.

La marche devenait profondément épouvantable, surtout pour Guillemot qui avait commencé à avoir mal à marcher. Il avait une prothèse dans un de ses pieds. Par comble de souffrance, sa femme était morte quelques jours avant le départ du 'Goliath' de Paris vers Casablanca».

«Ne me dis pas ça! Combien je plains monsieur Guillemot par tant de dévouement et obstacles pendant ce vol au désert, sans de l'eau potable, sans de la nourriture, perdu sous un soleil épouvantable!», dit-elle affligée.

«Quelques heures après, déjà fatigués par le vol de nuit du 'Goliath' au-dessus de la mer et accablée par la chaleur du sable brûlant à cause de l'intensité du soleil dans cette latitude, nous n'avancions pas vite et nous faisions halte souvent. Nous avons ouvert une boîte de conserves que nous avons mangé avec un demi biscuit et nous avons bu un peu d'eau, n'en possédant que quelques litres, et dont nous buvions peu de peur que celle-ci ne s'épuise. Nous avions aussi deux litres café. Vers minuit, nous avons décidé de dormir sans avoir assouvi notre soif et notre faim complètement»

«Quelle odyssée vous avez endurée, mon cher Léon!»

«Nous avons trouvé des traces d'hyènes dans l'endroit où nous avons décidé de passer la nuit. Nous nous sommes tournés pour laisser quelqu'un en garde. Au petit jour, nous autres, des dévoués anciens combattants de la guerre, nous nous en sommes allés vers l'intérieur, pensant trouver de l'eau douce. Rathbert Guillemot était resté avec Lucien Bossoutrot, les deux hommes qui étaient le plus fourbus. Ils ont vu un chacal. Bossoutrot a trouvé un morceau de bois dans les épaves que les vagues amenaient sur le sable, et l'a lancé sur la bête. Le fauve s'est enfuie. Guillemot et Bossoutrot craignaient que d'autres chacals affamés n'apparaissent. Ils ont donc décidé de ne pas fermer les yeux de la nuit malgré leur sommeil et leur fatigue. Ils ont eu de la chance parce que la chaleur devenait à chaque instant si accablante et intenable que trois heures plus tard l'équipe est revenue, épuisée et encore plus assoiffée. Nous nous sommes enfoncés dans des marais où nous n'avons trouvé que des salines».

«Quelle souffrance le destin vous avait gardée après une guerre si cruelle et dévastatrice!»

«Le lendemain, nous étant rendus compte que nous ne pourrions pas rejoindre Saint-Louis sans eau, ni vivres, nous nous sommes mis d'accord pour retourner à la 'plage Goliath'. Nous avons pris le chemin de retour alors que Guillemot était resté en arrière épaulé par le lieutenant Boussod et le capitaine Bizard qui l'aidaient à marcher. Comme son pied ne le tenait plus, Guillemot a pris la décision de rester seul en arrière en se traînant et en utilisant un bâton pour s'aider à marcher. Il a laissé Boussod et Bizard partir devant lui. Le fait était que Guillemot ne voulait pas être un fardeau. D'ailleurs, il savait que ses fraternels compagnons étaient aussi fourbus et accablés que lui. Quant à Bizard, il souffrait de dysenterie. Quand il est arrivé à la 'plage Goliath', Camille Jousse, le pharmacien de l'équipage, s'est fâché contre Bossoutrot pour avoir égaré le paquet de médicaments. Tout de suite, Camille s'est rappelé que Bossoutrot était malade aussi»

«Oh, mon Dieu!». Geneviève avait déjà les yeux mouillés écoutant combien de sacrifices ses amis avaient dû affronter. Léon lui donna son mouchoir qu'elle garda avec elle après qu'elle avait essuyé ses larmes.

«Ainsi, Guillemot a marché seul, en se traînant et en se baignant dans la plage de temps à autre pour calmer la chaleur, la douleur et la fièvre. Toutefois, après avoir parcouru un très long trajet de retour avec un seul pied, parce qu'il a enlevé sa prothèse, tant celle-ci lui faisait du mal au pied, un vrai fardeau pour Guillemot qui est arrivé à la 'plage Goliath' tout de même. Tous étaient contents de revoir Guillemot revenir. Boussod et Bizard ont couru le rejoindre. Ils ne se seraient pas pardonnés si quelque chose était arrivé à Guillemot qui ne m'a pas trouvé tellement content. C'était alors qu'il s'est rendu compte que Lucien Coupet n'était pas encore arrivé. On avait peur qu'il se soit égaré ou qu'il ait été attaqué par des chacals. Guillemot de l'avait pas vu durant sa marche solitaire de retour».

«Qu'est-ce qui est arrivé à monsieur Lucien. On m'a dit que le soleil du désert tue les gens si ne boivent pas d'eau!»

«On attendait. Nous savions que Lucien était un homme de ténacité sans borne à l'extrême! On attendait. En plus, Guillemot a vu que Bossoutrot était tombé sur le sable, près de ce qui restait du 'Goliath', fiévreux, le visage violet tourné vers le soleil. L'effort au soleil ayant été trop immense l'avait complètement anéanti. Pendant deux jours déjà, la figure congestionnée et l'anéantissement du pilote chef de l'expédition nous inquiétait beaucoup. Rester allongé sur le sable brûlant en plein soleil était pire pour lui. Alors, on l'a aidé à s'installer dans la tente qu'on avait construite aussitôt après que le 'Goliath' avait amerri».

«Que vous avez souffert!

«Pour ceux qui ont lutté ou participé dans la bataille de Verdun, qui ont connu de près ce que c'était la Bataille de Verdun, il n'y a plus de difficultés à surmonter.» dit Léon. Il continua: «Dans le désert, le plus angoissant qui ait pu arriver aux voyageurs du 'Géant Ailé', c'était le manque de l'eau à boire. Nous n'avions plus d'eau à boire. Dans cette circonstance, nous avons essayé de boire l'eau des radiateurs du 'Goliath'. Cette eau était horrible à boire. Nous nous sommes mis à vomir aussitôt après en avoir bu. Là-dessus, j'ai eu l'idée de construire un alambic avec les pièces du 'Goliath' pour distiller l'eau de mer»

«Construire un alambic? Vous alliez faire de l'eau-de-vie dans le désert? J'avais un oncle qui en faisait avec un alambic en utilisant du sucre brun ou de la mélasse! D'ailleurs, je crois que vous n'aviez de sucre brun!» dit Geneviève tandis que Léon l'écoutait en souriant sans laisser de la regarder.

«Non, chérie, un alambic n'est pas seulement pour faire de l'alcool ou de l'eau-de-vie».

Geneviève ignorait qu'avec l'idée de construire un alambic pour se procurer de l'eau à boire fit que l'espoir soit venu chez ces hommes qui avaient déjà connu la rigueur des moments difficiles, surtout Léon, un ancien poilu qui avait combattu à outrance en tant que fantassin dans la Bataille de Frontière cinq ans auparavant et au cours de laquelle il avait été blessé. A la tombée du jour, lui qui ne tenait plus avait décidé d'aller chercher son frère. Camille Jousse voulait l'accompagner. Léon avait préféré aller seul. Deux heures plus tard, il ramenait son frère. Lucien Coupet avait eu mal à la tête à cause du soleil du désert. Il avait cru mieux s'asseoir à l'ombre de trois dattiers qu'il avait trouvés par hasard, et dont il avait mangé quelques dattes. Le repos sous les dattiers avait été si paisible qu'il s'était endormi. Léon l'avait réveillé. Combien Lucien s'était remis pendant le peu de temps il était resté endormi! En le voyant ainsi calmement endormi, non seulement Léon avait hésité de le réveiller, mais lui-même, il avait eu envie de s'allonger à la légère ombre des dattiers! Les deux frères étaient retournés à 'la plage Goliath' tout en causant.

«Il faut dire que pour mon frère et moi c'était facile de fabriquer un alambic parce que j'étais mécanicien et Lucien, serrurier», continua Léon à raconter à Geneviève leur péripéties durant leur traversée jusqu'à Dakar. «Selon mon frère Lucien, nous étions 'des précurseurs dans ce domaine'. Donc, Lucien et nous autres les mécaniciens nous sommes retournés chercher ce qui restait du 'Goliath' dont nous avons démonté des tubes et des réservoirs que nous avons rincé à l'eau de mer comme il fallait pour éliminer la saveur et l'odeur d'essence. Ensuite, nous avons fait le réfrigérant avec le réservoir le plus grand; avec un autre réservoir moins grand, nous avons fait la chaudière. Tandis que Lucien mon frère, Camille Jousse, Lucien Mulot et moi, nous nous sommes mis à assembler les tubes avec les réservoirs pour qu'ils fonctionnent comme un serpentin, tandis que Boussod et Bizard, sauf le lieutenant Guillemot, qui avait mal à marcher, et Bossoutrot qui restait toujours dans la tente où il se remettait et s'alimentait mieux, sont allés chercher les presque cinq cents litres d'essence qui restaient encore dans le «Goliath». Pourtant, nous croyions nécessaire ne pas utiliser l'essence pour faire distiller l'eau de mer dans l'alambic, mais pour faire un grand feu. Ainsi, le soir, nous allumions un feu d'essence sur les dunes et le jour, nous hissions un drapeau blanc pour attirer l'attention de tout navire dans la mer ou tout avion dans l'air. Alors, pour commencer la distillation sur le champ, nous avons pris le parti d'aller chercher du bois aux alentours de la plage et dans les épaves sur le sable pour le feu de l'alambic. Tout le monde, Guillemot y compris, a ramassé du bois».

«Quelle ingéniosité vous aviez, qui vous aidait à survivre dans un milieu hostile! Vous étiez géniaux», s'exprima-t-elle avec admiration.

«Quelque temps plus tard, tu sais ma chère, après que le bois s'était mis à brûler, mettant l'eau salée à bouillir et s'évaporer, les premières gouttes d'eau potable commençaient à sortir de l'alambic, ces premières-là sentant encore à l'essence. Les suivantes étaient mieux buvables. Lucien Bossoutrot a été le premier à boire un verre de cette 'eau bénite'. On lui en a apporté un verre dans la tente où il se remettait encore. Il allait mieux. Avec les débris du 'Goliath', on n'a pas construit un alambic seulement. Nous avons eu l'idée de construire un chariot aussi avec le train d'atterrissage du Goliath»

«Vous avez appris à survivre coûte que coûte! Même détruit, le Goliath vous pourvu de ce qu'il faut pour construire un alambic et un chariot! Que vous avez été débrouillards!»

«Les adversités nous font grandir! Avec les crabes et les coquillages que 'la plage Goliath' nous offrait, et en plus, avec un alambic qui nous fournissait de l'eau à boire, nous autres qui avons fait déjà un exploit aérien, nous pouvions attendre qu'on nous retrouve un jour quelconque, et en attendant, nous pouvions faire face à la chaleur du désert en nous baignant dans la mer. Cependant, nous préférions sortir de cet endroit, surtout parce que nous savions qu'en France et au Sénégal on ne savait rien sur la destinée du 'Goliath'».

«Je m'imagine combien souffrait votre famille en France, car on ne savait pas ce qui vous était arrivé alors que vous étiez déjà des héros de la guerre!»

«Le capitaine Bizard a fait le point sur l'étoile polaire. Il a dit à mon frère Lucien, qui avait pris le commandement de l'expédition avec énergie depuis l'indisposition de Bossoutrot, que nous étions à 200 kilomètres au nord de la ville Saint-Louis. Lucien a décidé alors d'y partir le 25 août après que nous avions déjà accumulé cent litres d'eau que nous avait apporté l'alambic, et nous avions gardé les vivres qui nous restaient»

Geneviève ne cessait pas de regarder Léon avec une profonde admiration.

«Finalement, par bonheur, nous n'avons pas dû attendre le 25 août parce que ce jour-là quelqu'un est arrivé le 21 de ce mois-là au matin, six jours après l'atterrissage forcé du 'Goliath'. Ce jour-là nous avons été retrouvés par un Maure qui était venu avec un esclave noir pour chercher des épaves sur la côte. Nous leur avons offert de l'eau. Nous avons de l'eau à offrir, dis donc!»

«Grâce à ce que tu avais construit un alambic avec Lucien! Autrement quelqu'un de l'expédition aurait été déjà mort ou sur le point de mourir, séché, je veux dire déshydraté»

«Le noir en a bu», continua Léon, «Le maure en a refusé. Peut-être il a cru que c'était de l'alcool. Alors, nous avons offert quelque chose d'autre au maure et à son esclave tels qu'une bague, une cravate et un miroir. Enfin, nous nous sommes rencontrés avec de la civilisation! L'idée nous est venue que nous étions repérés»

«Après cette bataille de Verdun, la chance a été toujours de votre côté».

«On nous a dit qu'il y avait une chaîne de petites dunes le long de cette côte, et qu'au-delà des dunes, on trouvait une zone marécageuse de plusieurs kilomètres de large. Après les marécages, il y avait une région des pauvres pâturages où des troupeaux venaient manger. Le maure nous a dit qu'il vivait à dix kilomètres environs depuis nous étions, et c'était un campement où il vivait avec son peuple»

Ainsi, Léon continuait à raconter à Geneviève sur le vol vers Dakar, la chute du 'Goliath' dans le désert mauritanien et les pénuries qu'ils en avaient subi.

«Le soir, Lucien et moi, avec le capitaine Bizard et le lieutenant Boussod, nous sommes partis au campement avec nos deux sauveurs. Nous n'avions pas oublié nos armes à feu, évidemment, parce que nous ne savions pas ce qui pourrait nous arriver. Bossoutrot et Guillemot étant trop faibles et indisposés étaient restés à l'épave avec Camille et Mullot. Quelques heures après que nous étions partis avec le maure et son esclave, Camille et Mullot ont vu un bateau vers le large. Rapidement, ils ont fait du feu sur une dune afin d'être repérés par le navire. Il paraissait que personne ne prêtait attention au feu, ou peut-être on pensait que c'étaient des indigènes».

«Quel dommage! Quel désespoir alors que vous étiez loin de votre pays!»

«En arrivant au campement des maures, Lucien Coupet s'est rappelé que notre grand-mère avait 'des images de piété sur lesquelles on voyait, en terre sainte, des gens avec de grandes barbes et des grands manteaux'. C'était la même image que Lucien a trouvée au campement. Les gens de la tribu sont venus au-devant de nous quatre et un vieillard nous a fait un discours que personne ne comprenait, évidemment. Les maures nous ont offert une tente que nous avons reçus comme si c'était la plus confortable chambre d'hôtel. Puis on nous a apporté du lait avant d'égorger un chevreau qu'on allait faire cuire pour que nous mangions Quelques heures plus tard, nous avons mangé comme il faut, comme si c'était la dernière fois que nous allions manger. Le lendemain, alors déjà rassasiés et remis, nous avons apporté du lait et du mouton rôti aux autres camarades qui étaient restés dans 'la plage Goliath' en retournant par le sable brûlant par l'intensité du soleil du désert. Bizard et Boussod étaient restés au campement des maures».

«Au moins vous avez bu et mangé. Donc, la mauvaise chance

169

s'était éloignée un peu!»

«Lucien a trouvé inouï la rapidité avec laquelle on apprenait les nouvelles dans cette partie de la Mauritanie quand il a vu arriver à 'la plage Goliath' l'Emir de Trarza, qui nous recherchait depuis des jours. Il a été informé par le chef du campement maure sur le lieu où nous étions. Il est venu avec sa caravane. Bizard et Boussod sont revenus avec eux dans la caravane de l'Emir.

Une fois nous tous ensemble de nouveau, certains que notre isolation dans le désert était sur le point de finir, nous nous sommes réjouis en mangeant du mouton rôti au sable. Nous avons bavardé des choses et d'autres dans 'la plage Goliath'. L'Emir nous a proposé de partir à la tombée du jour.»

«Dis-moi, Léon, il y a quelque chose que je ne comprends pas. Si le soleil réchauffe le sable du désert si intensément, qu'on peut même rôtir un mouton, comment ça se fait que les maures ne meurent pas rôtis?»

«Ils s'y sont habitués. En plus, ils sont presque toujours habillés avec de longs habits, surtout quand le soleil est plus fort. Leur propre sueur permet qu'ils se tiennent frais et que le soleil ne fasse pas de mal à leur peau»

«Et les chameaux et les chevaux, ils ne portent pas d'habits, et pour autant, ils ne meurent pas non plus!»

«Mon ange, Dieu est la nature elle-même. Tout a été fait pour de bon! Un homme commun ne pourrait pas survivre dans le désert s'il n'apprend pas à y survivre. Ce n'est pas son milieu, mais il doit s'y adapter s'il y a des conditions à sa portée que lui permettrait de surmonter toute difficulté. Un chameau est un animal très fort dans son milieu. Il a développé des mécanismes qui lui permettent de vivre dans un milieu si difficile comme c'est le désert. Non seulement, il peut supporter l'intensité du soleil, mais aussi, il peut marcher de longues distances sans boire de l'eau. Pour les gens de ces zones désertiques, qui font parties des groupes nomades, les chameaux constituent leur moyen de locomotion le plus convenable.»

«Vous avez eu de la chance que le 'Goliath' soit tombé dans une plage pleine de crabes. Je crois que tu es là aujourd'hui grâce à la 'plage Goliath' à ses crabes et à ses Tourlourous. Bien sûr, et à ton alambic aussi, qui vous a donné de l'eau à boire. Je croyais qu'un alambic n'était que pour faire de l'alcool qu'on met à vieillir pour faire le rhum».

«Geneviève, l'homme a été fait pour s'adapter à tout milieu, grâce à Dieu. Rathbert Guillemot en est un exemple de survivance dans le désert. Mais notre aventure ne terminait pas encore!»

«Je suis toute oreille!», dit-elle en écoutant les péripéties des français dans le désert.

«Nous avons attendus toute la journée, groupés assis autour de l'Emir, qu'il soit le temps pour partir vers Méderdrah où se trouvait un administrateur européen qui parlait le français, et qui devait venir à notre rencontre. Les Maures nous ont offert du thé sucré et des outres remplis de lait et un mouton cuit dans le sable. La joie en pétillait dans nos yeux. Nous ne croyions pas ça après tant de événements inattendus.

Quand le soleil déclinait vers le loin, chacun est monté sur un chameau. Après deux heures de marche montés sur le dos des chameaux, nous avions mal au dos et aux cuisses n'étant pas habitués à cette sorte de transport du désert. Nous sommes arrivés au campement d'une tribu maraboutique. Nous y avons trouvé un goumier qui parlait un petit peu le français. A l'étape suivante, nous nous sommes reposés sous des tentes, nous avons bu du thé sucré et nous avons mangé du mouton qu'on avait rôti dans le sable ardent du désert saharien que le soleil du midi rendait infernal. Nous avons passé le temps à bavarder, et à boire, car on nous avait apporté deux bouteilles de whisky et de porto».

«Dis donc! Vous avez mangé du mouton rôti au sable et vous avez bu du whisky! Vous l'avez passé bien après tant de soucis, égarés dans le désert sous un soleil brûlant et sur un sable infernal, avec soif et avec faim! Il y a un dicton populaire qui dit: 'Dieu vous serre le cou, mais ne vous suffoque pas!'»

«Oui, Geneviève, après tout, nous l'avons pas bien passé sous les tentes. Nous avons mangé et nous avons bu comme il faut et à notre aise! Quelque temps après, on nous a fait savoir que nous partirions la nuit suivante. Cela fut fait et nous, les dévoués français, nous sommes parcourus une grande distance en chameau et en cheval, encore sous une animation agréable de remise physique et spirituel provoqué par l'effet de la viande de mouton et de l'esprit du whisky et du porto.

Au petit jour, vers l'horizon alors qu'on commençait à apercevoir les premières lumières de l'aube, nous avons pu faire une halte un peu plus longue. Une fois déjà remis et déjà prêts, nous sommes repartis pour arriver à l'heure du déjeuner dans une palmeraie où nous avons mangé des dattes et nous avons bu du lait. Nous sommes repartis le matin, Camille et moi à cheval, les autres à chameau pour arriver à Maderdrah, où nous avons été accueillis chaleureusement. Nous nous sommes douchés et nous avons mis des habits propres qu'on nous avait prêtés. Nous sommes repartis de Maderdrah. Bossoutrot, Mullot et moi, nous sommes partis à cheval, Bizard, Mousod et les deux Coupet, à chameaux. Nous sommes arrivés la nuit dans une palmeraie où il y avait un campement maure. Nous y avons reçu le même accueil, mais notre dîner était plus garni, car on y avait ajouté du pain, du pinard et du poulet froid. La nuit a été épouvantable à cause des moustiques. A minuit, un orage violent nous a surpris et nous a réveillés, mais le mauvais temps a épouvanté les moustiques»

«Je préfère plutôt dormir sous un mauvais temps que sous le harcèlement des moustiques! C'est épouvantable les moustiques»

«Tu as raison, Geneviève. C'est terrible dormir sans moustiquaire dans les endroits où il y a des moustiques. C'est comme quand on est sous un bombardement nocturne»

«Que tu es exagéré. Léon! Les moustiques ne tuent pas comme ça!», dit-elle en le tutoyant. «Et puis, qu'est-ce qui s'est passé ensuite au désert?»

«A deux heures du matin, nous sommes mis en selle. Bossoutrot, que le galop avait tellement courbaturé, a repris sa chamelle. Il en avait mal à la colonne. Bien tôt au matin, deux indigènes se sont arrêtés et l'un d'eux a tué un serpent qu'il a mis dans son sac, car les indigènes en profitent de la viande et de la peau.

Le décor changeait un peu d'aspect, car les arbres devenaient de plus en plus gros et la verdure augmentait, faisant que le pays semble moins désolé. Nous nous en sommes réjouis pas mal, mais il n'en était pas ainsi pour la chamelle de Bossoutrot qui ne voulait plus avancer. Il a décidé de reprendre mon cheval. Alors perché sur sa chamelle, je me suis juré de le venger et c'était au trop que nous avons rejoint la colonne qui nous attendait pour traverser le fleuve de Sénégal. De l'autre côté du fleuve, des immenses cocotiers et des maisons nous annonçant le commencement de la vie civilisée, nous attendaient. Nous avons traversé le fleuve quand le vent s'est élevé et de véritables petites vagues d'un mètre de haut ont failli nous faire couler»

«Est-ce que vos tribulations ne finissaient jamais, Léon?»

«Tu sais Geneviève, compte tenu des membres de l'expédition, cette traversée du désert en chameau et en cheval avait été la partie la plus dure du raid, car il fallait être un arabe pour savoir ce que c'était un voyage en chameau! Alors, déjà de l'autre rive du fleuve, nous nous sommes logés dans un hôtel où nous avons fait la toilette et une heure environ plus tard, nous avons vu qu'l y avait un bateau qui accostait dans un quai du fleuve. Là, le gouverneur du Haut-Sénégal nous a invités à boire une coupe de champagne en bord. Puis, 'le lendemain, l'administrateur français de la localité nous a montré sa basse-cour, une biche, un macaque et un mignon petit lion qui nous faisait la grimace»

«C'est drôle quand même, mais on vous recevait tels vous êtes, des héros authentiques! Lui dit Geneviève en retirant ses mains de celles de Léon. Je crois que vous n'avez plus de café chaud dans votre verre, et on n'est pas au désert ici. Ici, il y a de l'eau et du café». Elle se leva et alla à la cuisine de la cantine. Quelques minutes après elle en revient avec de l'eau et du café dont elle servit à Léon.

«Merci, Geneviève», dit-il en buvant un peu d'eau avant de déguster son café. Alors, il continua à parler: «Nous avons caressé le petit lion quand même. Ce jour-là, nous avons été invités à une nouvelle réception chez le capitaine commandant d'armes. Je me rappelle que le jour suivant, nous sommes partis sur un vilain bateau à aubes, sans cabines, et sans cuisine, qui mettait plus de vingt-quatre heures pour nous faire parvenir à Saint-Louis naviguant tout au long du fleuve vers son embouchure.

Durant la traversée fluviale, la chaleur était intenable et étouffante et les moustiques nous harcelaient si constamment que la plupart de nous n'avons pas pu fermer les yeux de la nuit. C'était horrible! En plus, on a eu marre de boîtes de conserves! Enfin, âpres un parcourt de 200 kilomètres environs, nous sommes arrivés à Saint-Louis, tout à fait illuminée pour l'occasion, où la population nous a accueillis très chaleureusement sur le quai. Après toute une odyssée depuis le départ de Paris, pleine de péripéties, pénuries et dangers, nous étions joyeux. Aussitôt débarqués, c'étaient les présentations qui avaient lieu avec le gouverneur et les officiers sous le regard de ceux qui étaient venus nous donner la bienvenue. Tu sais, nous voir vivant après un accident d'avion en plein désert où l'intensité du soleil est capable de rôtir même un mouton, alors qu'on savait que l'eau potable n'existe guère dans cette zone désertique, faisait qu'on considère notre épopée quelque chose de fantastique. Chacun de nous a été accueilli par chacun des officier qui étaient venus nous recevoir dans le quai, y compris le gouverneur, pour nous conduire chez eux en voiture.

Le soir, nous avons eu un rendez-vous chez le gouverneur de Sénégal pour dîner. C'était une réception charmante donné par Madame Diderot. Le lendemain, après avoir changé un peu nos habits, le gouverneur de la Mauritanie, Monsieur le colonel Gaden nous a reçus, et le jour suivant, nous avons pris le chemin de la gare pour nous rendre à Dakar par train. A la gare, bien qu'il soit encore très tôt le matin, nous avons trouvé tous nos hôtes réunis qui nous attendaient pour nous souhaiter un bon voyage.

A Dakar, le but de notre raid, alors sans notre colosse, le 'Goliath' nous avons reçu le même festin accueillant. C'était le petit bateau Mingrélie, plein de cacahuètes, qui devait nous conduire chez nous!»

Geneviève se leva vite du banc de la table. Léon la regarda un peu surpris. Elle y était assise attentivement à l'écouter et elle ne s'était pas rendu compte qu'il avait bu tout son café. En plus, elle aimait tant écouter sur les péripéties que Léon et ses compagnons avaient subies lors de leur voyage à Dakar, et sur leur odyssée au désert, qu'elle avait oublié qu'elle devait terminer de faire la vaisselle. Heureusement, il ne lui manquait que quelque peu à faire, ainsi que balayer la cantine toute entière et nettoyer la table.

«Vous n'avez plus de café dans votre verre, monsieur Léon! Vous l'avez bu très vite. Je ne m'en suis pas rendu compte! Oh, mon Dieu, que je suis égarée!»

«Ne t'en fais pas, ça va! J'étais si content de te raconter sur tout ce qui nous est arrivé lors de notre catastrophe avec le Goliath au désert, et sur notre séjour dans cet infernal endroit manquant de l'eau et des nourritures, que j'ai oublié, moi aussi, que tu dois faire la cuisine! Et à propos, tu as oublié maintenant de me tutoyer!»

«Oh, oui, c'est vrai!» Alors elle alla de nouveau à la cuisine, et quelques minutes plus tard, elle revint avec du café seulement parce qu'il y avait encore de l'eau dans la carafe. Léon à son tour dégusta son café. «Et alors, comment vous êtes retournés chez vous alors que vous étiez déjà à Dakar?»

«Tel qu'aujourd'hui, tu vois, il pleuvait quand nous sommes arrivés à Marseille. De Dakar à Marseille, nous avons mis une douzaine de jours».

«Oh, combien je plains le Lieutenant Rathbert Guillemot!»

«Ma chère, la traversée du 'Goliath' était une épreuve irréfutable pour des hommes qui avaient appris à survivre sous la rigueur de la guerre. Un des participants de cette épopée avait été précisément le Lieutenant Rathbert Guillemot, à qui on avait imputé un pied comme conséquence d'une blessure reçue dans la guerre».

Sans aucun doute, ce trajet du 'Goliath' avec sa charge humaine d'héros avait élancé la naissance de l'aviation commerciale de longue distance avec un avion de grande envergure et d'un gros poids, dont la France était pionnière, et le 'Goliath', son icône, le père des avions colossaux de nos jours. La France entière avait cru que le 'Goliath' avait disparu dans la mer. Il y en avait qui avaient cru que le voyage du 'Goliath' vers le Sénégal était trop dangereux et inatteignable. La tristesse provoquée par l'idée que tous les membres de l'équipage du 'Goliath' avaient péri dans la mer était devenue une joie quand on avait appris qu'aucun membre de l'expédition n'avait péri.

«Une fois déjà en France, tous heureux et fiers de notre exploit, malgré la destruction de notre 'Goliath', le neuvième membre du trajet Paris-Dakar, la Maison Farman a proposé à mon frère de créer une compagnie d'aviation commerciale ici, à Cuba. Le millionnaire cubain Anibal Mesa était allé en France pour acheter des avions Farman, deux F-60 et quatre F-40.

«J'ai connu Monsieur de Mesa à La Manzana de Gomez. Je me souviens bien parce que c'est là où nous avons fait connaissance. Pourtant, à vrai dire, c'était 'Au Muelle de Luz', le Sept Septembre dernier, où nous nous sommes vus pour la première fois quand nous allions à l'Eglise de Regla. Tu ne t'en souviens pas? Tu nous as aidés à descendre du tramway»

«Mais oui, je m'en souviens! Tu sais, quand on a acheté les avions pour les apporter ici, je n'étais pas si content. Par contre, Lucien prit l'idée avec enthousiasme. La proposition lui avait plu vraiment. Il savait qu'il pourrait aider des compatriotes français qu'il inviterait à l'accompagner à Cuba, qu'on disait déjà que c'était une île paradisiaque, bonne à toute aventure. Encore, la France s'était appauvrie pour ainsi dire après une guerre si dévastatrice. En venant à Cuba, Lucien pourrait se remettre économiquement. Sans trop hésiter et même sans se reposer»

«Que vous êtes beau, vous tous!» dit-elle.

«Quand le bateau qui apportait les avions en vrac entrait dans le port de La Havane, et j'ai vu Cuba de près, je croyais que je rêvais! Et ce rêve devient vrai quand je t'ai connue!», dit-il en voyant qu'elle rougissait, mais sans savoir que le cœur de celle-ci s'était mis à battre avec un rythme différent. Elle était profondément heureuse

«Après tant de dévouements, exploits et péripéties, j'ai trouvé un peu de loisir spirituels pour mon âme. Je n'avais jamais imaginé que je puisse me sentir si heureux chez toi, surtout quand je suis près de toi!», finit Léon par dire en regardant Geneviève dans les yeux.

«Je pense qu'il se fait tard et mes enfants sont avec Virginia. Gregorio arrive dans la moto pour me chercher dans un moment à l'autre. Au revoir, monsieur Léon!». Et ce disant, Geneviève s'en alla pressée vers le hangar principal où Gregorio était supposé de la trouver pour rentrer chez eux. Ella avait été sur le point de s'affoler. Léon l'était déjà!

«Au revoir, ma chère», Léon finit par dire en quittant la cantine, non sans avoir laissé échapper un léger sourire vers Geneviève qui s'éloignait devant vers le bâtiment central du campement de Columbia. Elle avait quitté la cantine sans la balayer, sans nettoyer la table et sans finir la vaisselle. Il faisait mauvais temps. «Demain je viendrai plus tôt», pensa-t-elle dire à Gregorio s'il la réprimande.

13

.

Enfin, le jour tant attendu arriva. Le 4 Novembre 1920, Lucien Coupet inaugurait la ligne aérienne La Havane-Cienfuegos et entre La Havane-Santa Clara avec deux vols d'aller et retour par semaine. Le prix pour le voyage était de 50.00 et 70.00 pesos de La Havane à Cienfuegos et à Santa Clara respectivement, et de 25.00 pesos entre Cienfuegos et Santa Clara. En ces moment-là, Cuba était un pays où l'argent coulait comme vesou. On y faisait de l'argent à torrent. Pas mal de gens de la société cubaine de La Havane et des provinces centrales comme Cienfuegos et Santa Clara payaient le prix de voyage du «Goliath» sans hésiter. Voyager en avion, un nouveau moyen de transport, était quelque chose d'extraordinaire pour la naissante haute et moyenne bourgeoisie de l'Ile. Ceux qui avaient l'opportunité de voler dans le «Goliath» ou dans une «Chouettes», ou simplement de voir ces avions décoller, surtout un «Goliath» si géant, jouissaient d'un spectacle fabuleux. La plupart des spectateurs restaient bouche bée en se demandant comment cet appareil si gigantesque pouvaient se lever dans l'air avec des gens dedans.

En voyant le «Goliath» quitter le sol, les garçons joyeux

criaient et incrédules. Il y en avait qui sautaient, d'autres courraient parmi la foule avec leurs mains ouvertes comme si c'étaient les ailes d'un avion pour imiter le roulement du «Goliath».

Les activités dans les terrains du campement de Columbia, encombrés de personnes, presque tous les jours de la semaine, faisaient de La Havane un point de repère national et international. Personne ne s'imagine combien de journalistes se donnaient rendez-vous chez les «Goliath». Cette sorte de jouissance sociale qu'avaient fait éclater la présence des avions français à Cuba et leurs vols menés à bien à travers le ciel cubain par les aviateurs du pays européen de la «Marseillaise», démontrait largement l'importance d'un pays en plein essor économique, ce qui permettait, comme c'était le cas de Cuba dû à son fleurissement économique, que ces habitants puissent s'amuser collectivement en profitant d'un véritable loisir. Le Campement de Columbia semblait plutôt une foire où tous ceux qui venaient là passaient le temps heureusement. Et cette foire de joie dont les «Goliath» étaient les «vedettes» démontrait ce que Cuba devenait jour après jour du point de vue économique et sociale.

14

Un Bel Amour

L a deuxième période du Président Menocal s'écoulait sous une époque de grande convulsion politique, provoquée, d'une part, par la dispute présidentielle entre le Parti Conservateur, alors dans le pouvoir, et le Parti Libéral, et d'autre part, par la naissance du mouvement syndical qu'avait fortement influencé la Révolution Russe de 1917; ce qui provoqua, entre autres choses, une autre intervention militaire des Etats-Unis d'Amérique dans l'Ile, intervention justifiée, dans une certaine mesure, par l'Amendement Platt qui donnait aux Etats-Unis le droit d'intervenir militairement à Cuba pour défendre leurs intérêts économiques et maintenir l'ordre social. Cependant, ceci n'empêcha pas la création de la compagnie aérienne de passagers dans les terrains de Columbia, propriétés de l'armée cubaine, et près desquels on était en train de construire l'Hôtel Almandares.

En fin de compte, l'intervention militaire nord-américaine, la troisième, avait pour but la protection du capital nord-américain investi à Cuba, un capital qui irréfutablement donnait un grand élan à l'économie nationale cubaine et aidait au développement de l'économie, de l'urbanisation et de la croissance populationnelle.

* * *

Au début, il ne plaisait pas à Geneviève d'amener les enfants aux établissements de Columbia. Elle disait que c'était un peu dangereux. Elle laissait les enfants sous les soins de Virginia. Ils restaient à la maison en pleurant. Le brouhaha qu'il y avait chaque jour dans l'aérodrome de Columbia par le bruit des moteurs des avions et par la quantité de gens qui s'y donnaient rendez-vous, était énorme. Geneviève avait peur que ses enfants ne s'égarent au milieu de l'énorme foule qui se rendait chaque jour aux terrains de Columbia pour voir les avions français. Tout à coup, l'allégresse qu'elle commençait à sentir était devenue si grande qu'elle ne laissait pas passer un seul jour sans amener les enfants à Columbia, sauf quand le ciel se voyait couvert de nuages.

En ce qui concernait les pilotes et mécanicien français, le bonheur qu'ils avaient trouvé à Cuba était inexplicablement inimaginable. Le temps qu'ils avaient passé dans la guerre menant à bout un sacrifice immesurable pour la victoire de leur pays, et après la traversée aérienne Paris-Dakar pour démontrer la puissance de la France par rapport à l'aviation commerciale de longue distance en utilisant un avion de gros poids, ne leur avaient pas permis de jouir de la vie plaisamment, ou simplement, d'avoir un soupire pendant des longues années remplies de dévouements et d'exploits. A Cuba, ils avaient trouvé du travail et de la chaleur de tout un peuple accueillant et affable. Ils avaient connu de près l'affection et l'amour d'une population toute entière.

Les gens qui venaient par milliers de tous les coins de La Havane et d'autres villages des alentours pour voir les avions Farman, les pilotes et les mécaniciens français se voyaient inondés de joie. Il y avait tellement de visiteurs dans l'aérodrome de Columbia que les militaires demandaient au public de ne pas être tout près des avions; qu'on se tienne derrière la clôture. Dans cette sorte d'événement, il y avait toujours du danger. Mais il y avait des enfants qui, en voyant les petits Gustavo et Amelia jouer et courir entre les avions, ne se tenaient guère derrière la haie. Ils sautaient sur la haie laquelle n'était pas si haute. Il y en avait qui en passaient par au-dessous en se traînant. Ce faisant, ils étaient si heureux et désireux de s'approcher des avions et de leurs pilotes, et de parler avec les petits Gustavo et Amelia, que personne n'osait les y arrêter. Tout au contraire, ils faisaient partie, ces garçons blancs, noirs et métis, du «Festival Aérien», dont les «Goliath» étaient les vedettes. D'ailleurs, tout ce brouhaha et cette foule de grands et petits ne déplaisaient pas aux français.

Geneviève se croyait rêver quand elle était arrivée à l'aérodrome de Columbia. C'était un monde différent. Elle était toute jovialité et sourire. Cependant, quelque chose de bizarre avait surgi dans son esprit depuis qu'elle avait rencontré Léon dans la cantine le jour où elle avait commencé à y travailler. Elle se souvenait que c'était cet homme-là qu'elle avait connu un dimanche, qui avait aidé ses enfants à descendre du tramway, qui l'avait prise par la main. Depuis ce jour-là, il était entré en elle, et elle le savait.

Tout en Léon plaisait à la jeune femme, sa moustache et la veste qu'il portait tout temps. Ce qui lui avait surtout de plus, c'était la façon à travers laquelle il l'avait regardée et lui avait souri pour la première fois. Il l'avait profondément émue. Pourtant, malgré l'animosité et sociabilité qui lui était caractéristique depuis qu'elle avait commencé à travailler dans la cantine, toujours affable, souriante et joviale, au début elle parlait à peine avec Léon bien qu'une espèce de communication mutuelle à travers leur regard et leur sourire complice soit déjà née entre tous les deux. Léon, de sa part, fréquentait assidûment la cantine. Il lui plaisait beaucoup de boire du café. C'était un motif de plus pour s'approcher de Geneviève. Quand Léon lui avait raconté ses péripéties lors du vol du 'Goliath' à Dakar il lui était entré davantage dans son esprit. A son insu, elle était tombée amoureuse de lui.

Quand les «Goliath» étaient déjà prêts, tandis qu'on préparait les conditions aéronautiques pour le vol vers la partie centrale et orientale du pays, Léon participait à peine dans les activités du Farman F-40 comme le faisaient Lucien, Guy et Camille. Tandis que ceux-ci faisaient des tours aériens par-dessus de La Havane et dans des villes à ses alentours, restait au Campement de Columbia chargés des entretiens des avions avec Guerchais et le petit Chauvin. Il avait passé tout le temps à travailler dans le montage des «Goliath».

Un jour, Lucien s'était envolé vers la localité de Melena du Sud, et Guy vers celle de Bahia Honda. Rester la plupart du temps dans les terrains de l'aérodrome de Columbia, c'était ce qui lui permettait de voir la belle femme presque tous les jours, et boire une gorgé de café de plus. On ne pouvait pas ignorer qu'une sorte d'affinité spirituelle avait surgi entre tous les deux. Geneviève ne s'en expliquait pas encore, mais quelque chose d'étrange avait apparu chez elle dans cette grande cité de La Havane au début des années vingt. C'était simplement de l'amour! C'était un sentiment différent par rapport à celui qu'elle sentait à l'égard de ses enfants, de ses sœurs, de sa mère et de Gregorio.

Dans une occasion, d'après une référence fiable sur l'anecdote la plus jolie que Geneviève racontait souvent avec nostalgie et bonheur, il tombait une pluie torrentielle sur toute La Havane. Tout le monde avait déjà déjeuné dans la cantine de Columbia, alors que Lucien et Camille n'étaient pas encore retournés de Melena du Sud où ils attendaient qu'on leur envoie un nouveau moteur pour le F-40. En ce moment-là, la belle femme se trouvait seule faisant la vaisselle dans la partie derrière de la cantine quand Léon y arriva en courant sous la forte pluie.

«Ne me dites pas, monsieur Léon, que vous avez encore faim?», lui demanda-t-elle en le voyant tout trempé depuis les pieds jusqu'à la tête. «Vous allez vous enrhumer tout mouillé comme ça!».

«J'ai oublié de prendre mon café!», dit-il simplement.

Elle savait qu'il mentait parce qu'elle ne manquait jamais d'apporter du café pour tout le monde à table quand on finissait de déjeuner.

«Vous allez m'excuser, monsieur Léon de cet oubli. Le ciel avait commencé à se couvrir de nuages et je pensais à mes enfants que j'ai laissés avec ma mère. C'est la première et la dernière fois que j'oublie d'apporter du café. Vous me pardonnez, n'est-ce pas?».

Il lui sourit. «Vous êtes pardonnée, Geneviève». Il savait qu'elle mentait aussi, mais cela assurait Léon de suivre cette comédie spontanée qu'ils jouaient. Par ailleurs, c'était une occasion dont elle ne pouvait pas se passer. Chaque jour elle attendait ce moment pour s'approcher de Léon. Quand elle versait du café dans le verre de cet homme qui l'attirait tant, en se penchant sur lui, elle approchait son visage si près de celui de Léon, qu'elle sentait même son haleine et l'odeur de la peau de son visage. Elle avait l'impression qu'elle flottait dans l'air.

«Ça va, Monsieur Léon, je le réchauffe et je vous l'apporte tout de suite.» Il y avait de l'émotion dans sa voix. Elle écoutait la pluie tomber sur le toit en zinc de la cantine. Elle aima cette pluie, cette pluie qui les avait faits prisonniers l'un, l'autre derrière les parois de la cantine.

Tandis que Geneviève rechaussait le café dans la cuisine de la cantine, Léon remplit un verre avec de l'eau d'une des carafes qui était restée sur la table du réfectoire de la cantine. Il but un peu d'eau et en remplit le verre de nouveau. Il se mit à regarder vers le dehors comment la pluie tomber.

«Il pleut souvent comme ça à La Havane?» demanda-t-il tout en continuant à regarder vers le dehors.

«Mais oui, surtout pendant la période des ouragans. Il pleut comme ça pendant des jours sans arrêt», répondit Geneviève depuis la cuisine.

«Mais on m'avait dit que l'époque des cyclones finit en Novembre»

«Oui, mais parfois il pleut comme ça, voilà! C'est joli, n'est-ce pas, la pluie sur le toit! J'aime bien».

Quelques minutes après, il se dirigeait vers l'intérieur de la cantine où se trouvait la belle Geneviève, en portant le verre plein d'eau dans sa main droite.

En s'approchant d'elle, il s'arrêta. Il lui sourit sans laisser de la regarder dans ses yeux. Il continua de lui sourire en se rendant compte qu'elle ne portait plus le même vêtement qu'elle avait quand il était arrivé sous la pluie il y avait à peine quelques minutes. Pendant que Léon remplissait son verre avec de l'eau et regardait la pluie tomber depuis la partie antérieure de la cantine, et que Geneviève réchauffait café dans la cuisine, elle avait profité pour enlever très rapidement la robe qu'elle portait pour mettre une blouse qu'elle portait parfois quand elle accompagnait Mme Menocal dans les promenades aériennes. C'était une blouse blanche à longues manches d'une étoffe fine et légère. Comme elle n'avait pas le temps de fouiller dans sa malle pour prendre une jupe, elle avait pris une nappe propre, qu'elle avait mise en guise de jupe. Elle ne voulait pas que Léon la voie laide, portant une robe qui sentait à l'oignon. Avec sa blouse et sa jupe improvisée, elle était plus belle. Elle avait libéré ses cheveux de mulâtresse, lesquels se reposaient déjà sur ses épaules. Un instinct étrange lui était monté dans l'esprit. Son cœur battait rapidement. Elle croyait qu'à ce moment-là il était à l'étroit dedans sa poitrine. Pourtant, son insu, elle se sentait libérée pour la première fois de sa vie. Avec un morceau d'étoffe mouillée, elle avait enlevé la sueur et la graisse qui communément remplissaient son visage dû à la chaleur qu'il faisait dans la cuisine, quoique ce jour-là, la pluie y ait apporté une fraîcheur agréable. Qu'elle était devenue encore plus belle et séduisante!

Elle apportait déjà un verre avec du café chaud tout en souriant, montrant ses si jolies dents nacrées, quand tout à coup une foudre violente et épouvantable avec un tonnerre assourdissant tomba tout près des hangars des «Goliath». Du coup, elle sursauta effrayée et laissa échapper un cri en se versant tout le café brûlant sur sa poitrine. Instinctivement, en pensant que le café était trop chaud et qu'elle allait se brûler, Léon jeta toute l'eau qui était dans le verre sur la poitrine de Geneviève. Il mouilla la partie supérieure de la blouse toute entière.

Gregorio lui avait déjà dit de mettre quelque chose sous la blouse ou sur la partie supérieure de sa robe, soit-il un morceau d'étoffe quelconque, soit-il une chemisette d'homme. Il faisait si chaud dans la cuisine de la cantine que la jeune femme ne mettait presque jamais de soutien-gorge. Gregorio savait combien enchanteurs étaient les attractifs de sa femme. Combien séduisante était sa gorge!

Léon resta muet, sans haleine. En mouillant la partie supérieure de la blouse toute entière, au-dessous de laquelle elle n'avait absolument rien mis, celle-ci se colla à la peau de cette femme si sensuelle, faisant découvrir combien jolis et séducteurs étaient ses seins!

«Regardez donc ce que vous avez fait, monsieur Léon, oh mon Dieu!» lui dit-elle sans pouvoir s'empêcher de rire. Lui, il resta sans rien dire en contemplant tout séduit la gorge de Geneviève. La blouse tout à fait trempée d'eau s'était collée à sa poitrine découvrant voluptueusement les seins sensuels et immaculés de cette femme inégalée. Tous les deux se regardèrent bizarrement, leurs yeux grands ouverts et brillants. Ils restèrent immobiles l'un en face de l'autre tout en se regardant. Elle était si belle et désirée, si désireuse! Quant à lui, les rigueurs de la guerre et celle de la traversée vers Dakar lui avaient fait oublier combien fort est l'amour entre deux êtres qui s'attirent si immensément. Dehors, il continuait à pleuvoir copieusement!

Inconsciemment, à leur insu, Ils s'approchèrent l'un de l'autre et s'embrassèrent. Et ainsi, sans séparer leurs lèvres, ils s'effondrèrent sur la nappe que Geneviève avait utilisée comme une jupe. Elle ne s'était rendu compte que la nappe qu'elle utilisait comme une jupe avait perdu le nœud qu'elle y avait fait pour la tenir autour de sa ceinture.

«Chérie, tous les sentiments qui ont un rapport avec la chimie entre deux personnes aboutissent à la passion sexuelle. Mais si ces sentiments n'existent pas, c'est-à-dire s'il y a de l'affection réciproque, mais il n'y a pas de chimie, ce qui reste, c'est de l'amitié. Je crois qu'entre Gregorio et toi il y a une grande affection, ou peut-être un grand besoin d'aide réciproque, une aide qui peut être souvent de type sexuelle. On dit que l'amour est énergie; c'est un besoin d'énergie que chaque être humain possède et lequel doit être compensé pour obtenir un équilibre dans tous les rôles que cette énergie joue».

«Je comprends», exclama-t-elle. «Parfois l'attirance physique nous trompe. On connait quelqu'un, qui même parfois nous plaît, pourtant il est incapable de nous satisfaire dans l'intimité».

«C'est justement parce qu'il n'y a pas d'attirance sexuelle réciproque, de la chimie attirante. Quand on se sent seul, il lui manque de l'illusion et de la force pour atteindre ses buts; c'est pour cela que l'amour est un équilibre énergétique pour tous les êtres vivants. L'attraction est étroitement liée au niveau d'énergie de chaque une des personnes, mais il doit y avoir de la combativité émotive avec un être spécifique. Je sais que quand deux êtres se connaissent, il manque quelque chose à chacun d'eux.»

Geneviève écoutait Léon parlait. Elle était nue! Quelle folie passionnelle! Quel aveuglement qui lui faisait ignorer qu'elle était dans un petit restaurant où l'on pourrait la découvrir nue alors qu'elle était encore la femme d'un autre homme, au moins formellement! Mais il pleuvait toujours! Que le temps était complice de sa folie, et témoin de son abandon! Quant à lui, il n'avait que sa veste bleue horizon et sa culotte. il n'en était moins fou et insolent! Il continua: «Il y a toujours une personne qui compense ce qui manque. Si les deux personnes coïncident, il se produit l'équilibre énergique. Alors, c'est ainsi quand il se produit l'étonnante attraction qui par la suite peut dériver dans un sentiment d'amour. C'est-à-dire les deux êtres sont cette pièce qu'il faut pour compléter le tout. Sans qu'on se rende compte, l'amour arrive d'un coup, sans l'attendre, par un regard, un sourire ou une attraction fatale qui indique que deux personnes sont appelées à s'aimer. Il y a des amours qui tuent et des amours éternels, mais pour la plupart des mortels l'amour est une source indéniable d'émotions qui explose ou s'harmonise, qui s'épuise ou qui s'enflamme avec le temps. il n'a pas d'âge ni couleur. Quand deux personnes tombent amoureuses, le temps arrête d'exister et il devient un vivre éternel où même les heures n'ont aucun sens, sauf quand l'un des amants est absent ou quand cet amant est attendu. Mais, après, un simple embrassement, un baiser, quelque contact dilate le temps jusqu'à le faire disparaître, et les heures restent pendues dans la sphère qui les tient. Donc, l'appui mutuel et la compagnie, le besoin de parler avec quelqu'un qui te connaît et de se savoir écouté et reconnu sont des facteurs qui, lorsqu'ils sont remplis, allongent l'amour. L'attraction sexuelle a laissé d'être un but spirituel primaire pour en devenir secondaire, quand faire l'amour ne restant qu'un besoin physiologique de premier ordre ensemble avec le besoin de satisfaire la faim, la soif et le sommeil. Une fois que deux personnes auraient restées unies pendant des années, c'est la compréhension qui surgie».

«J'en conviens avec toi, chéri! En ce qui concerne faire l'amour, je ne suis pas expérimentée, mais quand une femme veut rester embrassée avec l'homme à qui elle vient de se livrer, c'est parce qu'elle l'aime, parce qu'elle se sent bien avec lui».

«L'amour, ma reine, est un sentiment, un désir de sentir, un besoin d'être ensemble, une vie à partager, une réalité rêvée. L'amour est pour quelqu'un le plus beau qu'il puisse lui arriver; c'est aimer, adorer, mais aussi c'est souffrir. L'amour, c'est le plus merveilleux que Dieu ait pu avoir créé; et l'expérimenter, c'est naître, c'est vivre, c'est sentir une force supérieure qui t'élance, qui te motive, qui te donne de la joie pour continuer la vie, mais d'une autre manière; c'est une tendresse sans mesure; c'est se livrer à l'autre sans conditions, ni réserves; ce n'est pas un rêve pour ainsi dire, ni une fantaisie, mais une réalité; c'est le commencement d'un nouveau jour quand tu me regardes, mais l'obscurité de la nuit quand tu laisses de me regarder; enfin, aimer est simplement un abandon total.»

Elle se leva et s'en alla vers la cuisine. Elle en sortit portant un verre dans la main. Dehors, il pleuvait fort encore.

«Tu as soif?»

«Pas tellement. Ce n'est pas d'eau. C'est du rhum! Je veux en boire un peu!»

Tous les deux burent une gorgée de rhum. Leur allégresse était immense!

«Qu'est-ce tu disais encore, mon chéri?», dit-elle de nouveau entre les bras de Léon.

«L'amour ne respecte aucune frontière. Il s'approprie de tout, de la conscience et même de ta manière de perdre la raison. Aimer c'est partager, aimer c'est une immensité; c'est du bonheur qui parfois dessine de la souffrance; aimer c'est se réjouir de ton existence; aimer donc c'est de la liberté. Le mot aimer est la plus grande expression d'affection que tu puisses offrir; c'est pour moi, le plus difficile à expliquer et démontrer; c'est une allégresse incalculable; c'est la lumière qui illumine ton obscurité. Enfin, aimer c'est vaincre tout obstacle qui puisse empêcher d'expérimenter cet énigmatique 'sentiment'; c'est laisser tout sans aller à la recherche de rien. L'amour, c'est aimer sans accepter rien en récompense; c'est reconnaître les fautes; c'est pardonner; mais sans aucun doute, aimer c'est vivre.»

«La pluie va cesser et quelqu'un va venir», dit-elle en se levant. Léon en fit autant. Elle prit la nappe et entra dans la cuisine. Tout à coup, la pluie cessa. Quelques minutes plus tard, elle sortit de la cuisine, ses cheveux arrangés. Elle avait mis le même habit qu'elle avait avant l'arrivée de Léon à la cantine.

«Il faut que je parte Geneviève. Nous sommes seuls ici depuis longtemps»

«Oh, déjà! Bon, prends un peu plus de café avant de partir!»

«D'accord et après, je m'en vais.»

Après qu'ils avaient bu du café tous les deux de la même tasse, ils s'embrassèrent encore une fois et puis il s'en alla. Elle le laissa partir avec reluctance, tant sa folie était sans bornes. Sans aucun doute, entre Geneviève et Gregorio, il n'y avait eu qu'une grande estime, de l'affection et de l'aide mutuelle.

L'amour était arrivé chez Geneviève d'emblée, sans l'attendre, avec un regard et un léger sourire, dans une grande cité comme Virginia le lui avait prévu. Bien que Geneviève ait déjà eu deux enfants, à son compte, à ce stage de sa vie, l'amour n'eut pas d'âge, ni de couleur, ni de credo, ni de préjudice. Il fut aveugle et sans frontières. A partir de là, le temps laissa d'exister pour eux, et naquit une autre forme de vivre. Ce qui continua, un simple frôlement de peau, une caresse, un embrassement, *quelque contact, quelque autre chose entre eux dilatant le temps jusqu'à le faire disparaître* pour se livrer tous les deux avec passion et intimité, sans compromis, à l'amour.

Toute la période pendant la guerre que Léon avait affrontée en combattant avec bravoure, et où il s'était vu au bord de la mort en quelques occasions, n'en avait pas été moins stressante. D'abord, quand il avait été blessé dans le cou, ce qui l'avait tenu hospitalisé durant le conflit pour un temps relativement long, après quand il avait été inconscient dans un hôpital de l'armée allemande en condition de prisonnier de guerre, captive loin des siens, sans estime, ni tendresses. Et ainsi, il avait été en captivité jusqu'à la fin de la guerre sans s'être à peine remis complètement de tant de sacrifice et énergie opprimée dans son âme. Et après, sans à peine s'être remis de façon physique et spirituelle, il s'était vu engagé dans cette étape d'espoir pour élever le «Goliath» au seuil de l'histoire dans son vol pour atteindre Dakar; ce vol durant lequel il avait connu encore une fois la faim et la soif du désert. Il avait été sur le point de périr tout ensemble avec ses aguerris compagnons. Tous ces événements avaient eu lieu les uns après les autres sans un atome de faiblesse spirituelle, mais ils avaient progressivement comprimé dans son esprit cette tension et cette énergie opprimée qui avaient déjà nécessité de libération.

Tout à coup, il se sentait libre, son âme calme. Combien d'immense est l'amour, aimer et être aimé; désirer et être désiré! Combien tranquille est l'âme avec tant de libération de tensions et d'énergies opprimées, quand elles sont remplacées par tant de douceur, d'estime, d'affection et de livraison réciproque. Bénit soit Dieu pour avoir créé l'un pour l'autre depuis le premier moment! Combien la vie est plus belle quand il y a un motif pour l'affronter et l'enrichir! Dehors il pleuvait encore beaucoup!

Quant à Geneviève, ce fut le plus beau qui puisse lui être arrivé. Ce fut aimer, désirer et souffrir. Seulement Dieu put avoir créé l'amour parce que ce fut vivre plus intensément. Ce fut quelque chose qui la stimulait à faire l'impossible. Ce fut la première fois qu'elle comprit combien important c'était vivre. Et l'amour qu'elle avait pour ses enfants fut encore plus immense. Ce fut quelque chose comme un nouveau commencement. Ce fut comme voir la lumière dans l'obscurité. Quel bonheur si immense elle sentait, surtout quand elle était auprès de Léon! Aimer fut simplement son abandon total. Ce fut vaincre la peur vers l'inconnu. Elle se sentait voler sans ailes parce que cet amour brisa ses barrières; parce que cette façon d'aimer avec passion fut sa liberté spirituelle. Dehors, il ne pleuvait plus et tout commença à resplendir de nouveau. Tous les terrains, pourtant, étaient abreuvés d'eau, faisant que les vols aient été postposés.

Les petits Gustavo et Amelia dormirent paisiblement toute la matinée pendant que dehors la forte pluie dura un peu plus de deux heures. Ils étaient restés sous les soins de leur grand-mère Virginia, dans le quartier Buenavista. Communément, ils passaient tout le temps dans les terrains dans le campement de Columbia depuis la création de la Compagnie Aérienne Cubaine. Ils étaient les enfants gâtés de presque tout le monde de la compagnie. On les voyait courir joyeux entre les avions dans les terraine de l'aérodrome. Beaucoup de fois, ils passaient leur temps à jouer au cache-cache dans les parmi les avions. C'était tout un festival les terrains de Columbia. C'était l'attraction la plus grande de la capitale. Usuellement, les petits Gustavo et Amelia avaient tendance à expliquer aux autres enfants qui visitaient l'aérodrome tout par rapport aux établissements de Columbia et aux aéroplanes, selon leur monde enfantin de percevoir les choses. Quant à Guy de Roig, on le voyait fréquemment jouer avec ces deux petits garçons.

Partout dans la "Foire du Goliath", soit dans aérodrome de Columbia, on parlait déjà des commérages et des rumeurs sur la relation d'amitié singulière entre Léon et Geneviève, qui devenait de plus en plus intime. Léon fréquentait trop la cantine. Cependant celui-ci se sentait consterné. Ce qui lui était arrivé était plus fort que lui. Là-dessus son frère l'avait réprimandé à plusieurs reprises en lui disant que sa conduite d'intimité avec Geneviève, alors qu'elle était mariée avec Gregorio, le propriétaire de la cantine où ils mangeaient, et que lui-même, son frère était el co-directeur de la compagnie, pourrait nuire leur séjour à Cuba, ruiner leur engagement dans la compagnie et porter préjudice à leur réputation.

Craignant un scandale qui pourrait causer des troubles à Geneviève, à ses compatriotes et à la compagnie, Léon avait dit à son frère qu'il voulait quitter l'entreprise aéronautique, mais qu'il resterait à Cuba quand même. Il dit ce n'était pas à cause de son amitié avec Geneviève en dépit de son sentiment pour elle, mais parce qu'on lui avait offert un travail en ce qui concerne la fabrication de bicyclettes, et d'ailleurs, parce qu'il ne voulait par ruiner l'engagement de ses compagnons.

A cause de cette situation, Léon ne visitait pas la cantine si souvent. Il apportait quelque chose à manger de chez lui, la même maison dans laquelle demeuraient aussi ses copains français, le quartier trouvé tout près de l'aérodrome de Columbia.

«Bonjour Léon», l'appela Geneviève. Il se trouvait dans le hangar du 'Goliath Mariana'. Il était en train de réviser les roues du train d'atterrissage de l'avion. Il était seul. Il la regarda. «Je t'apporte du café, chéri».

«Merci Geneviève, Je n'ai pas bu de café depuis que je suis parti de chez moi», dit-il en essayant de ne pas la regarder dans les yeux. Il se sentait coupable d'une situation qu'il n'a pas pu prévenir. Il n'aurait jamais cru qu'il pourrait tomber amoureux d'une femme mariée. Il ne savait pas quand et comment cela arriva. "Tu ne devais pas être venue ici. Tout le monde parle de nous partout».

«Ça m'est égal. Puis, pourquoi tu ne vas pas à la cantine? Moi aussi, je me sens mal de c'est ce qui se passe maintenant. Je n'ai pas pu maîtriser mon cœur. C'était quelque chose qui est venu je ne sais pas comment, mais qui est très beau. Je n'avais jamais eu ce sentiment avec Gregorio. J'avais cru que ce que je sentais pour lui était de l'amour, jusqu'au moment où je t'ai rencontré.

Je ne pense pas y renoncer.»

«Moi non plus, Geneviève, mais il y en a qui en souffrent, et ça me blesse!»

«Ne t'en fais pas comme ça, chéri! Je me suis déjà remise un peu. S'il y a quelqu'un qui doit se sentir vexé et blessé, c'est Gregorio. Il y a des jours qu'il s'est rendu compte que notre ménage ne marchait pas bien, et ce n'était pas à cause de toi, ni de ce qui existe déjà entre toi et moi. C'était à cause d'un sentiment qui a surgi dernièrement entre Gregorio et moi. Il était tombé amoureux de mon corps, de ma figure, mais pas de mon âme. Il s'en est rendu compte depuis la première fois que je me suis livrée à lui. Ce jour-là je me suis rendu compte, moi aussi, que ce n'était pas ce que je rêvais par rapport à la passion et à l'intimité entre un homme et une femme. C'était quelque chose de différent de ce qui s'est passé quand je me suis livrée à toit dans la cantine quand il pleuvait. C'était quelque chose de rêve! Ce jour-là je voulais que la pluie ne finisse jamais pour rester entre tes bras. C'était la première fois que j'ai eu un orgasme et cela m'a plu comment tu te trémoussais de passion quand tu avais le tien! Ce jour-là, nous nous sommes aimés avec passion et désir mutuel. Je t'aime Léon, et je vais affronter à quoi que ce soit pourvu de rester avec toi!» Ce disant ils s'embrassèrent avec passion intense. «Je crois que Gregorio a quelqu'un, et ça soulage mon âme!»

«Mais comment ça! Tu blagues, quoi! Je ne te crois pas!", s'écria Léon chez qui une joie spontanée s'était reflétée dans les yeux».

«Je me suis remise surtout parce qu'on dit que c'est une belle mexicaine»

«Comment tu as appris ça, Geneviève?».

«Virginia est au courant de tout. Elle ne veut que mon

bonheur!»

«Après tout la chance nous touche, grâce à Dieu!»

«Amen!», dit-elle en se en signant avant de s'embrasser encore une fois. « Si je n'avais jamais fait l'amour avec toi, n'importe la manière dont il s'était passé, j'aurais toujours cru que c'était comme je l'avais fait avec Gregorio, avec douleur et sans passion. Gregorio et moi, on va se séparer et j'ai décidé de retourner dans le Solar dans La Havane avec mes enfants et Virginia.»

Geneviève resta en silence. Ses yeux étaient mouillés. Elle avait de la peine de ce qui était arrivé. Elle aurait cru que la vie intime pour une femme était comme celle qu'elle avait connue. Elle n'aurait pas à se résigner, car elle n'aurait pas eu l'opportunité de se livrer à Léon par amour et passion. Elle s'était appuyée au train d'atterrissage du 'Goliath'.

«La destinée est imprévisible», continua-t-elle, « Je ne sais pas si c'est correct de parler avec toi sur la relation d'intimité que j'ai eue avec Gregorio, et non plus pour justifier ma conduite de tomber amoureuse de toi en la présence d'un homme que je croyais aimer, de celui qui m'avait tirée de la pénombre de province, et avec qui j'ai eu des enfants. On n'est pas maître de ses sentiments intimes, bien que parfois on ne se laisse pas entraîner par ses émotions. »

«Tu sais, Vevi, je ne sais pas quand il est né ce qu'il y a en moi à ton compte, Geneviève, mais j'ai l'impression que j'ai été créé tout à fait pour toi. Je ne veux pas que tu renonces à tes croyances, à tes désirs, à tes affaires, à tes êtres aimés, mais je voudrais aussi que tu croies en moi, en notre amour, en nous. L'amour est quelque chose de primordial entre une femme et un homme comme croire en Dieu. C'est une chimie qui les unit, qui les attire, parfois à leur insu. L'amour entre deux c'et s'aimer avec passion, intimité et entente réciproque». Elle écoutait Léon attentivement.

« Si ça ne va plus ici, car j'ai l'impression que Gregorio va y amener la mexicaine», dit-elle, «je quitte la cantine. Je suis sûre que tout ira bien entre Gustavo et moi, non seulement parce qu'il est le père de mes enfants, mais aussi parce qu'on a compris qu'il faut se séparer. Je n'ai plus peur d'être une femme divorcée. Malgré toi et moi et notre amour, en tant que femme, je veux me débrouiller avec mes enfants et Virginia. Mon amie Matilde qui habite encore dans le Solar m'a dit qu'on va ouvrir un atelier de couture dans le quartier où se trouve le Solar. Nous allons nous débrouiller.

«Si la soi-disant mexicaine vient travailler ici, elle pourrait devenir la pomme de la discorde! Moi aussi, je pense quitter Columbia. On m'a offert un emploi dans une usine de bicyclettes. J'aime beaucoup les avions et tout ça, mais notre contrat concernant la compagnie aérienne n'est pas pour toujours, et je veux rester à Cuba, avec toi!».

Avoir écouté Léon dire cela remplit sœur de joie. Ils s'embrassèrent encore une autre fois.

«Combien je t'aime, Léon! Je n'avais jamais cru que l'amour soit si beau quand on aime quelqu'un qui t'aime aussi!»

«Ça va, les amis!» C'était Guerchais qui venait d'entrer dans le hangar. «Tu es venue ici seulement pour nous dire ce qu'il y a à manger pour le déjeuner?», Demanda-t-il ironiquement à Geneviève. Il savait ce qui existait entre elle et Léon.

«Oui, Guerchais!», répondit-elle. «Ce bon homme croit qu'il est encore au désert où vous avez passé des jours sans manger. Ici, il y a à manger. Je suis venue dans le hangar chercher Léon parce qu'aujourd'hui vous allez manger du cabillaud avec de la pomme de terre et du riz aux haricots noirs».

«Merci, Geneviève, d'être venue me dire qu'on va manger du

198

cabillaud! J'aime bien le cabillaud et aussi riz aux haricots noirs. Ne t'en fais pas! Le menu est bon comme toujours et je ne m'en passe pas!»

«Bon, il est presque temps de servir votre déjeuner. Donc, n'y manquez pas, je vous en prie!», finit-elle par dire en jetant un coup d'œil vers Léon qui avait l'air jovial.

Elle quitta le hangar.

* * *

Gregorio et Geneviève se quittèrent. En réalité, elle n'avait jamais défini le type de sentiment qu'elle avait envers Gregorio. Ella avait appris que la femme avait été faite pour cohabiter et aider l'homme. Elle n'en avait aucun doute. Cependant, elle savait que quelque chose manquait chez elle. L'amour qu'elle avait pour ses enfants était infini et intouchable. Elle mourrait pour eux comme toute mère; mais c'était quelque chose de différent qui lui manquait. A plusieurs reprises, Virginia, qui était aussi un être doté d'un grand «medium spirituel», avait déjà dit à Geneviève que le bonheur lui arriverait dans une grande ville auprès de l'amour de sa vie. Mais quelle sorte d'amour serait-il alors qu'elle aimait ses enfants à mourir! Elle alla habiter chez ses sœurs avec ses enfants et Virginia. Quelques jours après, elle retourna au Solar.

* * *

Sans le moindre doute, la solennité et la structure militaire qui s'étaient établies lors de la traversée du «Goliath» vers Dakar n'avaient pas permis que les anciens combattants français soient les vedettes d'une activité si festive et sui generis comme

199

celle qui eut lieu à Cuba. Les aviateurs et les mécaniciens français se sentaient comme chez eux pendant leur séjour avec la population de la capitale cubaine, où ils étaient très aimés, et où, en plus, ils firent vie commune. Ils connurent la sensibilité, l'affection et l'estime franche et sincère du peuple cubain. Ils étaient déjà quelques-uns de plus dans la quotidienneté de la population cubaine, avec ses coutumes et ses traditions authentiques.

Souvent, on voyait Léon se promenant dans les rues de La Havane en bicyclette, ou parfois avec Camille Jousse, montés tous les deux dans un tramway par les rues Infanta et Saint Rafael, ou par les rues Monte et Prado. Quand les vols étaient suspendus, il plaisait à quelques français, déjà accoutumés à la vie quotidienne des habitants de La Havane, d'aller au «Mur du Malecon» pour contempler les vagues déferlant contre les récifs. Autrement, on les voyait simplement faisant le marché dans «l'épicerie du Chinois» au coin de la rue, dans le quartier Buenavista où l'on croit qu'ils habitaient.

Le jour de la représentation de la Gala du Grand Théâtre Payret, en honneur de la Compagnie Cubaine d'Aviation et principalement des français qui avaient créé dite compagnie avec le cubain Agustin Parla, fut splendide et magnifique. C'était la première occasion, depuis des années, qu'ils se voyaient si élégamment habillés. Réellement, il y avait beaucoup de gens élégants, dont des artistes, des journalistes, des personnalités du gouvernement, des militaires, des diplomates, des politiciens, des gens du commerce, et ainsi de suite. Enfin, la «crème de la crème» de la société de La Havane. Les français, à qui on voulait rendre hommage, comprirent bien la pièce théâtrale «L'As», dont la mise en scène fut beaucoup applaudie, parce qu'ils comprenaient et parlaient l'espagnol déjà très bien.

Quand le spectacle avait fini, Lucien Coupet quitta le théâtre avec Henri de Kerilli dans une auto, tandis que Camille, Chauvin et Guerchais, allèrent bavarder au Parc Central, juste à côté du théâtre, en attendant Guy de Roig qui parlait avec une des artistes qui avaient pris part de la pièce «L'As». Léon qui était venu au Théâtre Payret avec ses copains en était sorti juste quand le spectacle artistique avait commencé. Il était en costume élégamment habillé.

Il faisait un temps superbe ce soir-là. Tout en causant de choses et d'autres, peut-être de leur France chérie, ils restèrent assis, sauf Camille qui était debout, à regarder le haut bâtiment de la Manzana de Gomez, où se trouvaient les bureaux de la Compagnie Aérienne Cubaine, et dont les arcades et les couloirs internes du rez-de-chaussée étaient parés par leurs magasins et leurs boutiques pleins de lumière montrant leur produits dans les étalages, dont des chaussures, des vêtement d'homme et de femme, des bijoux, des chapeaux, des cigares et des boissons.

«Que ces beaux, ces deux bâtiments dans ce côté!», dit Camille en regardant les Théâtre du Centre Gallegos et l'Hôtel Angleterre dans l'Allée du Prado, dans l'autre côté du Parc Central, parallèlement à la Manzana de Gomez.

«Je crois que cet hôtel-ci est le plus ancien construit à Cuba», dit Guerchais.

«J'en ai pour dix minutes!», dit Camille en s'en allant pressé vers l'hôtel.

«Où est-ce que tu vas, toi? » lui demanda Chauvin.

«Il me faut des cigarettes et boire quelque chose!»

Guy arriva une demi-heure plus tard. Il se voyait heureux. Il s'assit dans le banc entre Guerchais et Chauvin. Camille, qui était déjà venu de l'Hôtel Angleterre, était debout. Celui-ci fumait paisiblement quand trois belles jeunes femmes, deux noires et une mulâtresse, s'étaient approchées d'eux. Elles savaient qu'ils n'étaient pas cubains. Quand elles surent que c'étaient les français des «Goliath» de l'aérodrome de Columbia, on vit une joie immense grandit chez les trois femmes dont la coquetterie leur sortait par la peau. Elles embrassèrent les français avec admiration et sympathie.

Ils se mirent à causer avec les jeunes femmes qui, comme beaucoup d'autres gens, étaient venues des environs du Parc Central pour voir tant de gens si élégants entrant au théâtre, les dames toutes avec leurs chapeaux et leurs bijoux sûrement très chers. Camille offrit une cigarette aux jeunes femmes qui leur racontaient déjà beaucoup de choses sur la vie quotidienne dans la capitale. Les français en savaient déjà assez, mais pour eux, il était intéressant que ce soit des femmes qui leur parlent de cette ville qui même étant presque minuit, restait encore pleine de lumière. Seulement une des jeunes femmes, la mulâtresse qui s'appelait Mercedes, accepta la cigarette que Camille lui donna déjà allumée. En attendant, Léon se retardait encore. Aucun de ses compatriotes ne savait pas où il était allé. La conversation avec les cubaines était si pleine d'animosité qu'ils ne s'étaient pas rendu compte il était presque une heure du matin. Le chef militaire de l'aérodrome de Columbia leur avait offert une voiture pour aller au théâtre et pour retourner chez eux. Ils préféraient se débrouiller par eux même.

* * *

Il y avait déjà quelques semaines que Geneviève s'était séparée et distancée de Gregorio. En profitant que Léon préparait les conditions pour s'envoler vers Santiago de Cuba, elle était retournée au Solar de La Havane avec ses enfants et Virginia.

Elle ne se sentait pas très bien quand même. De grâce, elle avait loué le même studio numéro huit, à côté de son amie Magalie qui vivait encore là. Quand elle avait déménagé pour le quartier de Buenavista, quelques années auparavant, elle avait laissé ses meubles usés parce que Gregorio en avait acheté d'autres nouveaux. En revenant au Solar de nouveau, elle retrouva les mêmes meubles usés. Cependant, elle fit cadeau de ses lits pliants à Magalie pour en acheter un autre plus grand pour elle et Virginia. Elle acheta aussi un grand berceau pour les enfants.

15

.

«Regarde qui est là! Alors que nous parlions du Prince de Babylone et voilà qu'il arrive avec sa couronne! Ne me dites pas que vous vous êtes égaré dans les rues de La Vieille Havane ce soir habillé comme un marquis?»

Léon portait un costume beige et un chapeau de paille panaméen.

«Avec qui tu parles, maman?», demanda Geneviève depuis une chambre latérale.

«C'est monsieur Léon lui-même en costume, cravate et chapeau! Regarde comme il est beau!

«Dis donc! Que c'est vrai que tu es beau habillé comme ça!», s'écria Geneviève en le voyant juste dans la porte d'entrée. Elle portait un peignoir et des pantoufles. Ses cheveux bouclés en une longue mèche légèrement frisée tombant sur son épaule droite la rendaient encore plus belle. Mais qu'est-ce que tu fais par là si élégamment habillé comme ça?», elle finit par lui demander alors qu'il restait encore au seuil de la porte. Elle venait de coucher ses enfants derrière le paravent. Ils s'endormaient très vite. En ce samedi, ils s'étaient couchés un peu plus tard parce que le lendemain Geneviève ne pensait pas aller à l'aérodrome de la Compagnie Cubaine d'Aviation. Elle ne se sentait pas bien. Elle était venue habiter de nouveau dans le Solar de La Havane depuis qu'elle et Gregorio s'étaient séparés. Elle se débrouillait en ce qui concernait le payement du loyer du modeste appartement où elle habitait avec Virginia et ses enfants parce qu'elle continuait à travailler dans la cuisine de l'aérodrome de Columbia.

Mutuellement, elle et Gregorio s'étaient rendus compte qu'entre eux il n'y avait qu'une estimation réciproque et de la gratitude. Pour Geneviève, cette gratitude avait même signifié son abandon intime sans passion à cet homme qui l'avait tirée de la vie de province sans avenir. Elle ne s'en plaignait pas, mais tout autrement, elle lui était reconnaissante pour avoir des enfants, les êtres qu'elles aimaient le plus au monde. En plus, le fait qu'elle soupçonnait que Gregorio avait une autre relation sentimentale avec une autre femme avait accéléré la séparation. Là-dessus, Geneviève se montrait un peu d'égocentrisme, car ignorant combien Gregorio l'aimait, elle s'était laissé entraîner par la faiblesse qui était surgie en elle lorsqu'elle avait vu Léon pour la première fois. Et ce sentiment de prime abord envers celui-ci était devenu une passion très profonde. Quant à Gregorio, il s'était rendu compte de l'attraction qu'il y avait entre sa femme et Léon. Il s'était rendu compte qu'elle était tombée amoureuse d'un autre homme. Gregorio s'en était réfugié chez une autre femme.

«Bonsoir, Virginia. Bonsoir Geneviève. Et les petits, ils dorment déjà, n'est-ce pas?», demanda-t-il en regardant la belle femme dont il adorait les cheveux. «Combien cette coiffure mettait en évidence la beauté de son visage», pensa-t-il. Geneviève était évidemment ravissante en peignoir et chanclettes en bois. «Que tu es charmante avec cette coiffure, chérie», lui dit-il en ignorant la présence de Virginia. Il avait une rose rouge dans sa main gauche et un petit paquet dans sa main droite.

« Merci Léon! Que tu es gentil! », lui dit-elle en l'embrassant spontanément.

«Mais ne restez pas comme ça dans la porte et entrez vous assoir tandis que je vous fais du café», dit Virginia souriante. «Et toi, ma fille, d'où il te vient de t'adresser à monsieur Léon irrespectueusement?»

«Mais comment ça, maman? Est-ce que j'ai fait quelque chose d'incorrect? Monsieur Léon et moi, nous sommes amis, comme les autres français et moi! Mes enfants sont au lit où ils dorment déjà»

Virginia était au courant de la relation sentimentale entre Léon et sa fille. Pour elle, le fait qu'une femme noire ait une relation sentimentale avec un homme blanc ne lui donne pas le droit de le traiter sans formalité. Elle savait que Geneviève n'avait pas été amoureuse de Gustavo; pourtant, elle s'était fâchée contre lui quand elle avait appris que celui-ci avait un rapport amoureux avec une mexicaine qui habitait à La Havane.

«Maman, Monsieur Léon m'a dit de le tutoyer.»

«C'est vrai, Virginia, votre fille et moi, nous sommes de bons amis». Léon ne s'était pas rendu compte que Virginia savait que la relation entre lui et sa fille dépassait celle d'une simple amitié. Elle était témoin du bonheur dans lequel sa fille se trouvait depuis qu'elle avait rencontré Léon. Elle aurait voulu que la relation entre Gustavo et sa fille se soit tenue stable au bien de ses petits-fils. Elle était consciente qu'elle n'était pas maîtresse du cœur de sa fille, et non plus du pouvoir du destin. Virginia s'en alla ver la cuisine dans le cabinet de service.

«Pourquoi tu t'es habillé si beau comme ça. Et comment tu as trouvé ma maison? Ils profitèrent que Virginia était allée faire du café pour tenir leurs mains serrées les unes avec les autres. Ils s'embrassèrent.

«Ma mère va venir et va nous voir comme ça. Que ce beau que tu sois venu. Mais dis, pourquoi tu es si élégant? Tu t'es habillé comme ça pour venir me voir?

«A vrai dire, aujourd'hui on a fait un gala artistique au théâtre Payret à l'honneur de la Compagnie Cubaine d'Aviation et à nous autres les français en attendant le vol du 'Goliath' vers Santiago de Cuba lundi prochain. Tu vois, j'ai profité pour venir te voir». Ils s'embrassèrent encore passionnément. Ils ne s'étaient rendu compte que Virginia les regardait. Celle-ci recula en souriant sans faire du bruit.

«Monsieur Léon», dit-elle depuis la cuisine, «Comment vous voulez votre café, bien sucré ou comme ça avec peu de sucre?

«Maman, il aime le café avec peu de sucre», dit Geneviève sans laisser de regarder Léon dans les yeux, tous les deux assis dans un de deux vieux divans d'osier. «J'aime beaucoup que tu sois venu me voir, mais tu aurais dû rester au théâtre avec les autres. Le théâtre Payret est très joli. D'ailleurs, ce n'est pas correct que tu laisses tes compagnons. Je suis sûre qu'il y a des gens très importants au théâtre. Peut-être le Président et sa femme Marianita. Et cette rose que tu as, tu t'achètes des fleurs maintenant?»

«Mais pas du tout. Je l'ai achetée pour toi.» Il lui donna la rose en l'embrassant pour la deuxième fois. Il lui donna aussi le paquet. «Là, il y a des bonbons pour les gamins et un cigare Partagas pour Virginia.» il savait que la mère de Geneviève aimait fumer parfois des cigares.

«Que tu as été gentil, Léon! Moi, je n'ai rien à t'offrir. De toute façon je crois que tu aurais dû rester au théâtre.»

207

«J'y suis entré avec les autres. Le théâtre est joli. Mon frère était très content, J'ai quitté la salle au commencement du premier entracte. Tout le monde était bien chic. Il y avait des dames très distinguées.»

Il n'y en avait aucune qui t'ait plu?»

«Pas plus que toi, ma belle.

«Mais qui que ce soit, elle t'a plu quand même!», dit-elle moqueuse en souriant.

«Tu sais, Geneviève, tu ne dois rien m'offrir. Ton amour c'est le plus grand que tu aies pu me donner.»

Lorsque Léon avait appris que Gustavo avait une autre femme, il s'était senti vraiment soulagé. Il se croyait coupable d'avoir brisé un ménage. De toute façon, il savait qu'il s'était porté trop faible en face des séductions naturelles d'une belle femme.

Virginia se retardait avec le café. Son retardement était exprès. Léon lui plaisait vraiment.

«Ils s'aiment», pensait-elle. «Le café arrive!», dit avant d'entrer dans la grande salle qui le salon et la salle à manger en même temps. Sans doute, Virginia ne voulait pas embarrasser les deux amoureux. Elle voulait feindre qu'elle ignorait leur sentiment passionnelle réciproque.

«Où tu es allée faire le café, maman, je crois que tu as mis trop de temps pour le faire. Peut-être monsieur Léon est pressé. Les français sont venus au théâtre Payret. Il en est parti pour venir nous voir. Son frère monsieur Lucien doit s'inquiéter.»

«Mes chères dames, si mes compagnons partent chez nous après que le gala aura fini, je saurai comment me débrouiller pour aller chez nous. Il y a un tramway qui me mène au quartier de Buenavista. De toute façon, je prends le café et je n'en vais», dit Léon en prenant la tasse de café que Virginia lui donnait. Il but le café. «Il est délicieux! Merci Virginia. Je dois partir.»

«Maman, je veux accompagner Léon jusqu'au coin de la rue.»

Elle alla jusqu'au placard de gauche d'où elle tira vite le paravent et l'en ouvrit tout près. Derrière celui-ci, elle enleva son peignoir et les chancletas. Alors elle mit une robe et des chaussures. Elle mit la rose entre ses cheveux, sur la base de la mèche bouclée.

«Oui, mais ne te retarde pas. Il est déjà tard. N'oublie pas qu'on vient d'écouter le coup de canon de neuf heures!»

«Dis donc!», dit-il «Le premier jour de notre séjour ici, on était descendus dans le quai où le bateau avait accosté. Nous nous disposions à aller manger quelque chose par là car nous avions envie de déguster quelque chose de la cuisine cubaine dont on disait qu'elle était de grande exquisité quand tout à coup on écoute ce coup de canon. On a sursauté. En moins d'un seconde le cauchemar de la guerre m'est venue dans la pensé. Un cubain noir qui était près de nous sans inquiéter a dit qu'il était neuf heures. Bien sûr, j'ai demandé ce que c'était ce coup de canon. On nous en a expliqué».

Des siècles auparavant, selon des données historiques, La Havane avait été l'avidité des puissances, notamment par l'importance stratégique de son port maritime, où les navires de la Couronne Espagnole chargés des trésors obtenus dans ses colonies accostaient avant de naviguer vers à la Péninsule Ibérique. C'était la cause fondamentale de la construction des fortifications militaires autour du port de La Havane.

En août 1762, La Havane avait été prise par les anglais suivant une mauvaise stratégie militaire du gouverneur espagnole dans l'Île après de durs combats maritimes. L'attaque anglaise avait eu lieu après que l'Angleterre était entrée en conflit avec la Couronne Espagnole étant donné que celle-ci s'était ralliée avec La France, une autre ennemie traditionnelle du Royaume Unis.

209

Invraisemblablement, pourtant, les onze mois qui avaient duré l'occupation, Cuba avait connu un grand essor économique facilité par quelques mesures établies par les anglais comme l'ouverture des ports pour le commerce et l'importation des nombreux nouveaux esclaves pour la pauvre économie de la colonie. En 1763, les anglais quittaient La Havane après que les espagnols leur avaient donné une partie de la Floride. Cependant, l'administration militaire de La Havane craignait aussi les attaques des pirates et des corsaires. En 1558, le sinistre pirate français Jacques de Sores avait attaqué La Havane pour s'emparer des trésors de la Couronne. C'était à partir de cette attaque pirate qu'on avait eu l'idée de murailler La Havane, connue aussi comme La Ville de San Cristobal de La Havane, pour prévenir que celle-ci soit prise par les ennemies de l'Espagne. Un siècle plus tard, la construction d'une muraille entourant La Havane commençait. Et ainsi, en 1749, son muraillement était terminé, sauf la partie donnant vers le port pour faciliter le chargement et déchargement des navires accostés aux quais, car des fortifications militaires dans son entourage étaient chargées de sa défense et de celle de toute La Ville.

Tout au long de la Muraille de La Havane, il y avait neuf portes qui restaient ouvertes depuis neuf heures du matin jusqu'à neuf du soir, car des habitants de la capitale avaient des activités de toute sorte en dehors de la périphérie de celle-ci. Les habitants de La Havane étaient avertis sur la clôture des portes de La Muraille à neuf par un coup canon des batteries de la Reine depuis la forteresse de «San Carlos de la Cabaña».

Dû au développement économique et d'urbanisation de La Havane, un siècle plus tard de la construction de sa Muraille, on commençait son écroulement. Cependant, ceux qui vivaient dans La Havane ou qui la visitaient, continuaient à écouter le « Coup de Canon » à neuf heures, lâché depuis le même endroit de toujours avec l'un des mêmes canons d'autrefois.

« Ne t'en fais pas, maman! Les samedis il y a pas mal de gens dans la rue jusqu'à tard dans la nuit. »

« Oui, mais quand même ce n'est pas bien de voir une femme seule dans la rue quand il fait nuit; puis nous ne sommes pas très connus dans le voisinage. »

Léon et Geneviève partirent ensemble.

« Qu'il fait beau cette nuit, n'est-ce pas Geneviève! », dit-il en regardant vers le ciel. Certainement, la lune pleine se voyant encore vers l'ouest ajoutait de la beauté à l'ambiance nocturne de la Havane Coloniale.

« Que c'est joli la lune dans le ciel ce soir! Et qu'il fait beau, n'est-ce pas!»

Dehors, tantôt Léon que Geneviève jouirent d'un merveilleux petit morceau de temps sous une nuit splendide dans cette Havane primitive dont les maisons de briques d'argile et de boue et les rues étroites construites de pavés les tentaient au plus doux des engagements et à l'abandon mutuel. Il avait plu pendant l'après-midi. On craignait que la pluie continue tout au long du jour; cependant, le temps avait changé et il faisait frais ce soir.

«Tu as trouvé ma maison facilement?»

« Oui. J'ai demandé à des gens dans la rue de m'aider. On m'a bien expliqué comment trouver ton adresse. Je l'ai trouvée facilement. Tu sais, lundi on s'envole dans le 'Goliath' vers Santiago de Cuba. A cause des préparatifs du vol, les personnalités qui seront présentes au moment du départ, y compris les journalistes, vont certainement m'empêcher de parler avec toi. »

« Oh, déjà! Bon, le 'Goliath' est puissant; en plus, Lucien est un bon pilote, et toi, tu es excellent comme mécanicien. De toute façon, je ne sais pas si je pourrais être à Columbia lundi. Cet après-midi j'ai eu de la nausée. J'ai vomi un peu. Pour le déjeuner, Virginia a fait de la morue avec de la pomme de terre, Je crois que j'en ai trop mangé. J'aime beaucoup la morue que Virginia fait cuire si bien. Cependant, j'ai éprouvé du dégoût en en mangeant. Je ne sais pas pourquoi j'ai éprouvé du rejet pour un repas que j'aime tant.»

«Dis donc! Si tu te sens mal, il faut qu'on retourne chez toi maintenant.»

«Non, non, marchons un peu plus et ne t'inquiète pas, tu veux!»

C'était comme si Geneviève voulait arrêter le temps. Dans deux jours, Léon s'envolerait vers la province de Santiago de Cuba dans le premier vol de longue distance du « Goliath » dedans l'Ile. Bien qu'elle n'aime pas laisser ses enfants seuls, surtout depuis qu'elle s'était séparée de Gregorio, elle voulait rester avec Léon encore plus de temps. Elle avait tellement peur de ne pas le revoir jusqu'à son retour de Santiago de Cuba qu'elle ne voulait pas le quitter encore. Ils avaient déjà marché tout au long de trois rues sans laisser de parler, parfois en rigolant un peu.

« Non, Geneviève, il te faut rentrer. Il est déjà trop tard. Je crois qu'il est presque dix heures. En plus, je dois me dépêcher. Mes camarades doivent s'inquiéter sur moi. »

Ils s'embrassèrent.

« Je te quitte chérie. Je te revois aussitôt que je serai revenu de Santiago de Cuba. Je t'embrasse. »

« Non, pas encore! J'ai une idée! Allons faire une promesse près d'ici. Je crois qu'on a encore du temps.»

« Mais tu as dit à Virginia que nous irions jusqu'au coin de la rue! Elle peut s'inquiéter, tu ne crois pas? Tes petits pourraient se réveiller et se mettre à pleurer. »

« Tu me brises le cœur en me disant ça! » Des larmes sortirent des yeux de Geneviève, C'était la première fois que Léon le voyait pleurer. Il était ému. Il la trouvait encore plus belle quand même!

« Tu pleures, ma petite? Je ne veux pas qu'on s'inquiéter chez toi! En plus, rappelle-toi que tu te sentais mal. Il faut que tu te soignes, tu sais », finit-il par lui dire tendrement. Il essuya ses larmes avec son mouchoir

« Virginia sait que je t'aime! Elle va comprendre. Quant à mes enfants, ils ne se réveillent jamais de la nuit. Près d'ici il a un endroit où les gens vont pour faire des promesses. On dit que ce qu'on demande arrive. Allons-y! On a pour quelque temps! Allons en courant, Léon, c'est à deux pas!»

« Ça va, mais ne pleure pas, je t'en prie! »

Geneviève prit Léon par l'un de ses bras et le trainait même vers le côté du port.

« Mais on s'éloigne vers le port! »

Après avoir parcouru quelques rues, tantôt en marchant, tantôt en courant même, ils arrivèrent à la Place d'Arme où se trouvait le siège du gouvernement espagnol au temps de la colonie.

« On arrive. C'est là ! »

« Qu'est-ce qu'on est venu faire ici? »

« Dans cette place se trouve 'Le Templete' où il a un arbre saint. On dit qu'on a tout ce qu'on lui demande à condition qu'on ne dise à personne ce que c'est.

En arrivant à La Place d'Armes, la vue de Léon s'arrêta dans un temple qui se trouvait à la fin de celle-ci, vers sa droite.

Ce bâtiment était une sorte d'emblème significatif du pouvoir espagnol durant la période coloniale, et dont la construction avait commencé spirituellement en 1519 avec la fondation de La Ville San Cristobal La Havane. Ils arrivèrent jusqu'à la grille sobre de lances de fer dont la pointe était de bronze entourant le bâtiment. La porte était fermée.

«Qu'est-ce que c'est ce temple, Geneviève, le sais-tu? Demanda Léon en regardant le temple avec admiration.

«C'est le Templete de La Havane». Construit en trois mois en 1828, c'était une édification d'un remarquable caractère historique, la première édification de style néoclassique de La Havane, et qui avait été proposée par le Capitaine Général Francisco Dionisio Vives dans l'endroit où l'on croyait que La Ville de San Cristobal de La Havane avait été fondée. Sa façade était composée d'un portique de six colonnes doriques qui soutenaient une frise décorée et un fronton proéminent. La contre façade de ce monument avait la forme d'un temple dorique grec avec un toit plat, une corniche large et des socles attiques.

Le Templete s'élevait sur un large piédestal frontal et latéral de manière d'escalier de trois marches faites de pierre de Jalmantitas, et sur lequel il y avait quatre pilastres avec des chapiteaux doriques et d'autres ornements décoratifs. Son carrelage intérieur était de dalles marbre.

Ils arrivèrent jusqu'en face du Templete pour constater que la porte de la grille qui l'entourait était fermée

«Il est fermé, mon Dieu!», dit Geneviève un peu consternée et triste.

«Je crois qu'il est un peu tard, tu ne crois pas? Il n'y a personne dedans.

«Il y a de la lumière dedans. Mais si, il y a quelqu'un qui ouvre la porte, regarde!», dit-elle avec émotion.

Léon et Geneviève regardèrent un homme blanc d'une soixantaine d'années qui sortait du bâtiment avec une lampe à kérosène dans une main. Dans l'autre il avait une canne. Il s'approcha de la porte de la grille en boitant.

«En quoi est-ce que je peux vous servir, mes enfants?», demanda-t-il en regardant Léon et Geneviève appuyés à la grille avec leurs mains.

«Je venais montrer le fromager à Léon, mais la porte est fermée. Je voulais lui demander un désir»

«Mais mademoiselle, je sais que beaucoup de couples d'amoureux viennent demander des désirs au vieil arbre fromager. Je crois que vous ne savez pas qu'on n'ouvre la grille qu'à la veille du 16 Novembre chaque année. On tient la porte ouverte le quinze et le seize pour que les gens entrent ici et puissent demander un désir au fromager, pas aujourd'hui, mes enfants. Je le regrette!»

Geneviève s'attrista davantage. Ses yeux se mouillèrent. Elle se retourna vers Léon qui se tenait derrière elle. Elle appuya la tête sur l'épaule de celui-ci.

«Tu pleures Geneviève. Si tu veux, on peut demander un désir à l'arbre depuis le dehors.»

«Mais je crois que ce n'est pas la même chose, mon cher. On dit qu'il faut faire trois passages autour du fromager et lui donner quelque argent.

«Je vois que votre fiancée est triste, mon homme.»

Elle retira sa tête de l'épaule de Léon pour regarder le vieil homme.

«Nous sommes venus presque en courant pour demander un désir à l'arbre. Je ne savais pas que le Templete était fermé. D'ici trois jours, Léon s'envole vers Santiago de Cuba dans le 'Goliath'.

215

Il est de ces français qui sont venus ici pour créer l'aviation de passagers.»

«Oh, qu'est-ce que vous me dites là, ma fille? Il est de ces pilotes qui volent dans ces avions français sur La Havane?», demanda le gardien du Templete avec admiration. «On dit que ces français avaient lutté dans la guerre! Attendez une minute», ajouta-t-il en rentrant dans le bâtiment. Il avait laissé sa canne debout contre l'une des colonnades qui soutenaient la grille. Au-dessus de ces colonnades, on apercevait des coupes achevées sur lesquelles il y avait des ananas taillés en fer qui donnaient une nuance caribéenne au monument. Quelques minutes plus tard, il retournait avec des clés. Il ouvrit la porte de la grille. Geneviève porta ses deux mains vers son visage et couvrit la bouche, ce qui montrait combien surprise et heureuse elle se sentait.

«Allez, entrez!»

Geneviève prit Léon par une main et le traîna presque vers le fromager qui se trouvait à gauche.

«Je n'ai pas de monnaie. Tu en as, n'est-ce pas, Léon?» lui demanda-t-elle en attendant une réponse positive.

«Oh, Geneviève, je n'ai que des pesos. Peut-être c'est la même chose!», dit-il en lui en montrant quelques-uns. Elle en prit un.

«Vous avez de la monnaie d'un peso, s'il vous plaît, monsieur?», demanda-elle au vieux gardien.

«Tenez la lampe un instant», lui dit-il.

Geneviève prit la lampe tandis que le vieil homme mettait la main dans une poche de son pantalon où il paraissait avoir de la monnaie. Il en donna à la belle femme dont l'allégresse débordait par les pores pour ainsi dire. Il n'accepta pas le peso qu'elle lui donnait en échange.

«Je vous en prie, mademoiselle, pour moi c'est un plaisir de vous rendre heureuse, vous et votre fiancé français», finit par dire le vieil homme clairement content d'être en présence de Léon.

Ils firent trois passages autour du fromager en silence, pris par leurs mains et en jetant de l'argent dans les racines de l'arbre.

« *Oh, Dieu, fais qu'il revienne sain sauf et du voyage à Santiago, je t'en prie depuis le plus profond de mon cœur ! Regarde comment je l'aime !*».

« *Si j'ai fait du mal, pardonne-moi, je vous en supplie. Je ne veux pas qu'elle souffre. Tout cela a été plus fort que moi !*»

« Tu sais, on ne doit pas dire un mot de ce qu'on a demandé au pied du fromager saint pour que le désir se tienne », dit-elle à Léon alors qu'ils joignaient le gardien.

« Absolument ma chérie. Ça y est ! Merci monsieur », dit Léon en serrant la main du gardien. «Vous avez été très gentil avec nous. Moi, je m'appelle Léon, elle s'appelle Geneviève. Et vous, comment vous vous appelez, monsieur ?»

« Je m'appelle Francisco pour vous servir, mes enfants. Vous savez, je crois que je suis déjà trop vieux pour monter dans un avion 'Goliath' ou dans un des autres petits avions qui paraissent des 'chouettes' volant dans le ciel ».

« Je ne pourrais pas parler en ce qui concerne nos F-40. Mais quant au 'Goliath', il est confortable pour tous. Dites donc, je vois que l'entrée ici est très restreinte, n'est-ce pas ?»

« Mais oui. C'est un endroit d'une grande histoire, presque sacrée. Cette construction, initialement conçue pour rendre hommage à la reine Joséphine Amélie de Sajonia, allait acquérir avec le temps la fonction de garder des peintures à huile très précieuses qui décorent les murs intérieurs du temple. Venez, je veux vous en montrer l'intérieur.»

Léon et Geneviève étaient si heureux qu'ils ne s'étaient pas rendu compte que le temps passait et qu'il se faisait tard.

«Oh!», exclama Léon en voyant les peintures faites sur les murs. Qui a fait ces œuvres d'art si magnifiques et si belles?»

«C'était le français Jean Bautiste Vermay qui était arrivé à La Havane en 1816. Il avait été le peintre de Chambre du Roi d'Espagne. Il s'était établi ici, dans la ville, spécialement pour la décoration intérieure du Templete. Il avait été embauché aussi pour la décoration de La Cathédral de La Havane.

Léon et Geneviève regardaient les peintures.

«Vous savez qui sont les personnages qu'on voit dans les peintures?», demanda-t-elle.

«C'est une longue histoire qui avait commencé autour d'un fromager. Mais asseyez-vous là», leur dit le vieux gardien en montrant un divan en bois de chêne qui se trouvait à gauche de la porte. A droite de celle-ci, se trouvait une grande horloge comtoise style Louis Philippe en chêne massif finement taillé, dont la gaine, avec une corniche cintrée au-dessus, était teintée, patinée et cirée à l'ancienne. Son balancier en forme de lyre dont la lentille était en bronze, et qu'on voyait à travers la découpe de la porte, oscillait continuellement comme retenant une histoire d'antan dans son balancement quotidien. On voyait une sculpture olivier sur le panneau frontal du bas, tandis que sous la corniche, le fronton en bronze entourant le cadran émaillé avec des aiguilles dorées avait un motif montrant «*des paysans dans la moisson*», tel couronnant les premiers colons qui s'étaient établis aux périphéries de la baie.

«Autrefois, quelques années après l'arrivée de Christophe Colomb» continuait-il, «une petite population s'établissait dans cette zone dans la périphérie de la baie naturelle qu'on voit derrière le Templete, découverte par le capitaine Sébastian d'Ocampo alors qu'il faisait la circumnavigation des côtes de l'Île, et à laquelle il avait baptisée comme le port de Carenas. Les membres de la communauté qui s'étaient établis par ce port vivaient dans des huttes construites avec des branches de l'arbre 'le palmier royale' qu'on utilisait pour le toit, et des planches obtenues de l'écorce du tronc du même arbre pour faire les murs. Mais à part les palmiers royaux de la forêt de cette zone, il y avait aussi un grand fromager, dont le tronc d'une écorce épaisse et les branches tels des multiples bras bénissant un lieu fécond à naître, étaient pleines d'étranges grosses épines. C'était un arbre imposant que la brise provenant de la mer toute près caressait doucement»

Léon et Geneviève écoutaient Francisco avec attention cette histoire de La Havane Coloniale, si intéressante, quelque chose dont même elle méconnaissait.

«Cet endroit que les européens de la Péninsule et leurs descendants avaient choisi vouait de la prospérité dû à la proximité de cette baie naturelle juste en face d'eux; cependant le lieu choisi était broussailleux. C'était au milieu de cette broussaille touffue que le fromager imposant avait poussé. Ceux qui travaillaient dans le débroussaillage de cet endroit qu'ils avaient choisi pour faire leur habitat avaient tendances à venir s'abriter à l'ombre de ce géant feuilli tantôt pour se reposer et prendre haleine, tantôt pour parler de choses et d'autres, y compris sur leur avenir. Ainsi, l'ombre du fromager de la petite communauté qui grandissait petit à petit était devenu une sorte de siège politique et religieux».

«Pas mal de gens ici à La Havane ne connait pas tant de belles choses de l'histoire de notre ville», dit-elle.

«Un jour, le 16 Novembre 1519, Diego Vélasquez de Cuellar, qui était venu avec Colomb, et qui avait conquis l'Île où il avait déjà établi quelques colonies, créait celle de San Cristobal de La

Havane. Pour faire cette proclamation, on avait choisi l'ombre du fromager. C'était là, comme on voit dans les peintures, où l'on avait célébré La Première Messe Catholique et Le Premier Conseil Communautaire pour fonder La Ville de San Cristobal de La Havane en Novembre de cette année-là».

«Que c'est beau ce que vous nous racontez là, monsieur Francisco", lui dit Léon.

«Par ce temps-là, la main-d'œuvre faisant défaut, on commençait à importer les premiers esclaves africains à Cuba, dont on avait besoin pour l'élevage du bétail, la culture du tabac et celle de la canne à sucre qui devenaient alors les principales sources de revenus de l'Île car les gisements d'or s'épuisaient déjà».

«Voilà comment les noirs avaient commencé à faire partie de notre histoire, en souffrant. Dans mon sang se trouvent des traits de ces gens qui étaient venus ici contre leur volonté».

«Malheureusement, cet arbre sacré comme on dirait s'était flétri et dû à son flétrissement, le gouverneur Francisco Cagigal de la Vega avait fait construire en 1754 la colonne à trois faces de style baroque que vous voyez dehors dans le jardin.»

«Oui, je l'ai vue», dit-elle. «Et j'ai vu aussi qu'il y a aussi une image sur la colonne. Qui est-ce?», demanda Geneviève.

«Oui, c'est la Vierge du Pilar, la Patronne des navigateurs espagnols. A gauche de cette colonne, la colonne de Cagigal, on avait planté un autre fromager, lequel constituait un symbole vivant du monde végétal, possédant une aura légendaire, et évoquant celle qui avait donné origine à la construction du monument, à l'ombre duquel cette ville était née.»

«Que c'est joli tout cela, n'est-ce pas Léon?»

«Oui, je suis d'accord avec toi. Qu'est-ce que c'est cette urne de marbre, là?», demanda-t-il en apercevant une urne qui se trouvait en face de la peinture centrale.

«C'est l'urne où l'on garde les dépouilles mortelles du peintre Vermay et celles de sa femme, morts tous les deux à cause d'une épidémie de colère qui avait ravagé La Havane en 1833».

«Que Dieu garde leur âme dans son sein! Combien ils devaient avoir souffert par cette épidémie!», exclama Geneviève en s'agenouillant devant l'urne de marbre.

«Il a été aussi le premier directeur de l'Académie de Peinture de San Alejandro dont il avait proposé la création», dit Francisco.

«Je vois que les français ont fait déjà beaucoup de choses à Cuba. Et cela me fait plaisir. Les gens ici sont très accueillants, chaleureux, vaillants, candides et affectueux.»

«Dis donc, Léon, tu es bien gentil envers nous, tu sais, mais je crois que tu exagères un peu», lui dit Geneviève qui s'était mise debout.

«Ma fille, ce sont les cubains qui exagèrent tous, et quand je dis les cubains, je ne fais pas de distinction raciale», dit Francisco en regardant Léon et Geneviève. Cette dernière s'était assise de nouveau sur le divan. «J'étais un soldat des troupes du Général Espagnol Valeriano Wayler. Beaucoup de cubains sont morts de faim durant la guerre contre Espagne il y a presque vingt-cinq ans à cause de la stratégie du Général Wayler de concentrer des populations entières pour que les cubains n'aident pas les troupes des Généraux Cubains Maximo Gomez et Antonio Maceo. Cette stratégie a été un génocide. Cependant, la guerre étant finie, il y a eu beaucoup d'espagnols qui sont restés à Cuba. Nous n'avons reçu aucun traitement de haine et représailles. Il n'y a eu aucune répression contre les anciens combattants espagnols qui sont restés ici. Cela démontre le grand cœur des cubains. Voilà pourquoi je crois que Léon…. Tu m'as dit que tu t'appelles Léon, n'est-ce pas?»

«Oui, mon vieux», dit Léon.

«Pardonne-moi que je vous tutoie. Je crois que tu ne t'es pas trompé quand tu as dit tout ça des cubains»

«Absolument, bonhomme. Ce que j'ai trouvé ici est quelque chose de rêverie, quelque chose d'imaginable. Je n'avais jamais trouvé des gens comme les cubains, surtout comme les cubaines»

«Qu'est-ce que tu dis des cubaines, toi? Je crois que tu es un peu coureur de jupons, tu sais!», dit Geneviève à Léon en lui pinçant légèrement la peau de sa joue droite.

«Ay! Je ne savais pas que tu étais si agressive, ma chérie!»

«Mon ami, j'espère que vous avez appris que les cubaines sont toutes des douces tigresses! Pourquoi tu crois que je suis resté à Cuba une fois que la guerre était finie? Je ne pourrais pas vivre sans ma femme noire. Nous faisons un ménage unique et excellent depuis des années. Nous avons eu de jolies filles mulâtresses. Je me suis rendu compte combien tu apprécies les charmes d'une femme mulâtresse, toi aussi! On dit que cela été la meilleure création des espagnols à Cuba!»

«J'ai l'impression que vous deux, vous êtes faits avec les mêmes ciseaux!», dit Geneviève. «On dirait que vous n'avez pas vu des mulâtresses!»

«Dans n'importe quel endroit où il y aurait l'union entre une personne blanche avec une personne noire on verrait la naissance d'une fille mulâtresse ou d'un garçon mulâtre. Cependant, je ne sais pas pourquoi la mulâtresse cubaine est si douce, belle et affable», dit Francisco.

«Et si attirante et séductrice!», dit Léon en regardant Geneviève qu'on voyait rougir assise sur le banc. Elle souriait sans rien à dire quand tout à coup le silence envahit l'enceinte. On venait n'entendre le gong répétitif de l'horloge comme quelqu'un qui voulait ajouter quelque chose à la causerie spontanée entre un français, un espagnol et une cubaine métisse.

«Qu'est-ce que c'est ça?», demanda Geneviève comme pour ignorer le vrai message de l'horloge debout contre le mur, à droite de la porte.

«C'est l'horloge qui nous dit qu'il est minuit, ma fille!», lui dit Francisco.

«Oh, mon Dieu, mes enfants, mes enfants! », lâcha-t-elle échapper un cri. Qu'on me punisse de ma folie!», ajouta-t-elle en se levant alors qu'elle portait ses deux mains sur sa tête. «Qu'ai-je fait par Dieu? J'ai laissé mes enfants seuls avec Virginia. Ils se sont sans doute réveillés tandis que j'ai été ici!».

Geneviève s'affolait. Elle tordait les mains en regardait tantôt Léon tantôt Francisco sans savoir quoi faire. Sans ses rendre compte, et sans sangloter, des larmes jaillirent de ses yeux. Inconsciemment, elle avait enlevé son mouchoir jaune de sa tête et commença à le tordre aussi. Léon la regardait soumis dans une peine profonde. Il savait qu'il était le coupable de l'état de nervosité dans lequel Geneviève se trouvait.

«Calme-toi, je t'en prie. Virginia prend soin d'eux. Peut-être ils ne se sont pas réveillés»

«Vous habitez loin, n'est-ce pas?»

«Mais non, elle habite à quelques rues d'ici, dans la rue Sol entre la rue Villegas et la rue Aguacate»

Léon n'avait pas fini de parler avec Francisco quand Geneviève avait déjà quitté les deux hommes et courait vers la porte de la grille.

«Attends-moi Geneviève. Ne cours pas comme ça. Tu vas tomber!»

Ils partirent du Templete l'une après l'autre sans prendre congé de Francisco qui restait debout au seuil de la porte, qui cependant souriait légèrement. En boitant, il se dirigea vers la grille dont il ferma la porte. Il prit sa cane qu'il avait laissée appuyée contre une des colonnades de la grille et rentra dans l'enceinte du Templete.

Geneviève avait soulevé un peu la partie inférieure de sa robe pour mieux courir. Léon la joignit dans l'interception des rues Obispo et Mercaderes.

«Attends, Sacré Dieu!»

«Ne m'arrête pas, de grâce! Je suis sûre que mes enfants pleurent! C'est par ma faute! Je ne suis qu'une misérable.» Elle se mit à pleurer sur une épaule de Léon. «Pourquoi ai-je oublié mes enfants?» Elle sanglotait.

«Regarde. Voilà un fiacre qui vient.» Un fiacre décapoté tiré par un cheval, venant de la Place de la Cathédral trottait par la rue Mercaderes. Léon appela le cocher. Il arrêta sa calèche.

«Est-ce qu'on peut louer ton fiacre?» lui demanda Léon. «Mon amie a besoin d'arriver chez elle le plus vite possible.»

«Je le regrette monsieur, mais il est trop tard et ma bête a faim. Elle est fatiguée. Elle doit manger et se reposer un peu. J'ai encore une cliente à chercher à Luyano»

«Je peux vous payer double, si vous voulez»

«Ce n'est pas une question d'argent bonhomme. Ma jument est en train de courir depuis le matin. Il faut qu'elle mange quelque chose et qu'elle se repose un peu, je vous l'ai déjà dit, monsieur», dit le cocher. «Elle se sent mal, votre amie?», demanda-t-il en voyant que Geneviève pleurait en silence.

«Ella a laissé ses enfants endormis avec leur grand-mère et elle a peur qu'ils se soient réveillés.»

«Je vois. Malheureusement, si elle habite loin, je ne peux rien faire. Ma fille ne tiendra pas», finit-il par dire en signalant la jument.

«Geneviève habite dans le quartier, à quelques rues d'ici»

«Ecoutez, je vais au couvent de Belen. Si elle habite par là..» Le cocher ne put pas finir la phrase. Geneviève l'avait interrompu.

«J'habite dans la rue Sol entre Villegas et Aguacate!», dit-elle avec de l'espoir, l'air remis.

«C'est par là. Allez, montez! On y va!», leur dit le cocher. «Je descends par Mercaderes jusqu'à Sol où je tourne à droite. Je vous laisse en Compostela où je dois tourner à gauche. Je crois que ça vous aide. Si j'avais le temps et ma fille n'était pas si fatiguée, je vous mènerais jusqu'à la rue Sol. J'ai une amie par-là.»

Léon et Geneviève montèrent sur la calèche. Elle était inquiète quand même. Pour la remettre et la consoler, Léon passa son bras droit sur l'épaule de celle-ci en l'attirant contre sa poitrine quand la bête partit au trot. L'écho produit par le contact des pattes de la jument contre la rue revêtue de pavés retombait comme un tambourinent cadencé et mélodieux sur les murs des bâtiments de cette ville qui restait dans l'histoire. Malgré l'heure qu'il était, les rues étroites de cette ville racine du début n'étaient pas désertes. La musique des chanteurs solistes, des duos ou des trios ambulants, celle phonographes à disques et des boîtes à musique, avec l'odeur à tabac, à rhum et à bière qu'on apercevait dans les bars et les bistrots encore ouverts par les coins des rues de cette la ville en insomnie, ainsi que le résidu de l'odeur des déjections des chevaux de fiacres et de calèches, et des mules de charrettes des vendeurs de charbon de bois, faisaient parties de son ambiance quotidienne.

«Je vous laisse ici, mes amis», dit le cocher après avoir arrêté la calèche dans l'intersection de Sol et Compostela. En voyant que Léon cherchait dans une poche interne de sa veste, debout devant la calèche, alors que Geneviève était déjà partie presque en courant vers chez dans la rue Sol, à une quelques dizaines de mètres: «Je vous en prie, monsieur, ce sera pour la prochaine. Allez rejoindre votre femme», finit-il par dire.

«Merci. Ecoute, je voudrais que tu acceptes au moins ce cigare 'Partagas', quand même»

«Merci, cher moustachu. C'est gentil» dit le cocher en prenant le cigare et il partit au trot avec sa calèche.

En entrant dans le Solar, suivie de Léon, Geneviève aperçut Virginia devant l'entrée l'appartement en fumant le cigare que Léon lui avait apporté. Elle était assise à côté de la porte, dans un tabouret à dossier fait en bois et cuir.

«Maman, mes enfants se sont réveillés? Ils ont pleuré, n'est-ce pas?», demanda Geneviève à Virginia en s'agenouillant devant celle-ci.

«Il paraît qu'ils se sont tenus comme des complices» répond-t-elle moqueusement. «Ils dorment encore profondément.

«Pardonne-moi, maman. Je suis folle. Mais pourquoi tu ne t'es pas couchée. Il est plus de minuit. Tu te souciais à mon compte?»

«Pas du tout, ma fille. Léon est un gentil chevalier, et je sais qu'il prendrait soin de toi. En plus, je m'ennuyais; alors j'ai profité pour fumer ce Partagas que ton bienfaiteur m'a apporté. A propos, où est-ce que vous êtes allés, vous deux?

«Maman, il m'est venu l'idée d'aller demander un désir au fromager du Templete. Tout y a été beau. J'y rêvais lorsqu'une horloge très belle qu'il y a dans l'enceinte du Temple m'a attirée à la réalité avec son gong. Alors que je croyais mourir de peine et de douleur. Pardonne-moi, maman, je t'en prie. C'est la première fois que ça m'est arrivé.» Des larmes jaillirent de ses yeux.

«Ce n'est pas pour autant. C'est ton cœur de femme qui t'a

trahi. Souviens-toi qu'un jour je t'ai dit que tu trouverais l'amour dans une grande ville.

«Virginia, je crois que je n'aurais pas dû quitter le théâtre et venir vous perturber!»

«Qu'est-ce que vous dites là, mon garçon. Votre présence ne nous perturbe jamais. En plus, je vous remercie pour m'avoir apporté un Partagas.»

«Léon, regarde qu'il est trop tard. Tes compagnons peuvent être déjà partis sans toi», dit Geneviève avec soucis.

«Je m'en vais. Je vous vois en revenant de Santiago» en disant ces mots, il donna un baisser à Virginia dans une joue.»

«Je t'accompagne jusqu'à la rue Bernaza. De là, tu continues jusqu'à la rue Agramonte pour te rendre au théâtre Payret, vers la droite, n'est-ce pas?»

«Oui, chérie. On y va!»

Ils partirent ensemble jusqu'à l'intersection de Sol et Bernaza.

«Chérie, on se quitte ici. Il faut que tu rejoignes tes enfants et Virginia. Je crois que nous avons abusé trop d'elle.» Ils approchèrent leur visage et s'embrassèrent avec passion.

Geneviève marcha une vingtaine de mètres en arrière avant de se retourner pour voir Léon se diriger presque en courant vers la rue Agramonte qui se trouvait dans l'intersection prochaine devant lui'. «Oh, Dieu, que je l'aime tant! Pourquoi ai-je trouvé ce sentiment si bizarre qui m'affole et m'enivre comme ça? Fais, je t'en supplie, qu'il revienne et que je le revois comme aujourd'hui! Et toi, ma Vierge, dès qu'il sera de retour, je te promets que j'irai te voir à Regla!»

En arrivant à la rue Obispo, Léon aperçut le bâtiment du Théâtre Payret, à gauche. C'était un excellent point de repère qu'il avait choisi et qui était l'endroit d'où il était parti quelques heures auparavant, et où il espérait trouver ses compagnons.

16

.

Léon venait presque en courant par la rue Agramonte. En arrivant au Théâtre Payret, il se rendit compte que le gala artistique était fini et qu'il n'y avait personne dedans. Dehors, dans le portique du théâtre, contigu à celui des bâtiments voisins, quelques personnes bien habillées qui avaient assisté au gala, se mélangeaient avec les passants. Léon ne vit aucun de ses compagnons. Cependant, il était sûr que ses compagnons ne partiraient pas sans lui. Il resta quelques minutes dans le portique lorsqu'il entendit quelqu'un l'appeler depuis le Parc Central. C'était l'un des français.

En joignant ses compatriotes, les trois amies des français embrassèrent Léon. Il ne cessait pas de dire que les femmes cubaines, surtout les mulâtresses, étaient très belles. Camille conversait avec Mercedes qu'il tenait toujours par la main quand tout à coup, les cinq français se mirent à courir derrière le tramway qui s'en allait. Ils faillirent le manquer. Leurs amies du parc leur avaient dit que c'était le dernier, que le prochain viendrait le matin, vers six heures, ou plutôt plus tard, parce que les dimanches le service des tramways ne commençait pas à six heures. Avant de se mettre à courir derrière le tramway, les français et les cubaines s'étaient embrassés encore une fois. Mercedes avait tout à fait ébloui Camille. Elle avait une chevelure longue dont la couleur émulait avec le noircissement d'ébène de ses grands yeux. La largeur de ses hanches contractait avec la finesse de sa ceinture. C'était un produit génuine du mélange de l'européen avec l'africaine. Elle était légèrement un peu plus grande que Camille. Ils s'étaient mis d'accord pour se revoir. Elle lui avait promis de lui montrer La Havane Ancienne et la ville de Regla qui se trouvait de l'autre côté du port maritime de La Havane. C'était là où elle habitait. Pour aller à la ville de Regla. Camille savait qu'il fallait prendre un petit navire qui était le moyen de transport que beaucoup de cubains prenaient pour traverser la baie quand ils allaient à Regla ou à Guanabacoa; ou simplement pour visiter l'Eglise de Regla, siège de la Vierge Noire, ou Yemaya pour les Yoroubas.

La création de la Compagnie Cubaine d'Aviation fut un avènement sans pareil, non seulement dans toute l'Amérique Latine, mais aussi dans le monde entier par l'accueil et la joie qu'il produit dans la population de la capitale de Cuba et des environs de celle-ci. Tous couraient de partout vers l'aérodrome de Columbia où se trouvaient les établissements des «Goliath» et des «David» comme on appelait les Farman F-40. Ces derniers étaient les «Chouettes» pour les membres de l'Escadrille 25 qui avaient tant harcelé les allemands dans la guerre.

Le commerce et le service des tramways augmentèrent leur revenue, dû à l'effervescence sociale provoquée par les modernes aéroplanes, leurs pilotes et leurs mécaniciens, tous des anciens combattants de l'Armée Française, notamment de l'escadrille aérienne M.F.25, sauf Guerchais. C'étaient enfin, des hommes simples du peuple français, partie aussi de l'attraction qui avait lieu à Cuba, pour laquelle tout un peuple se mobilisait. Par ces jours-là, La Havane était la nouvelle dans tous les journaux des pays industrialisés comme les Etats-Unis et la France, étant la création de la Compagnie Cubaine d'Aviation un événement si grandiose, lequel minimisait même les nouvelles sur la présence militaire américaine des Etats-Unis à Cuba.

Des gens de toutes les parties de La Havane ne voulaient pas perdre l'opportunité de se voir en présence des avions Farman et de les toucher; voire même, de se faire photographier devant ceux-ci, surtout, auprès des beaux, légers et modernes «Chouettes» F-40. Et de la sorte, des gens de différentes stratifications sociales se donnaient rendez-vous dans les emplacements des «Monstres» comme on appelait aussi les «Goliath», ainsi que des vendeurs de différents produits comme des churros faits avec du manioc râpé, des granizados faits avec de la glace frappée et du sirop de différent saveur, des «bollitos de caritas» fait avec de la farine de maïs, des jus des fruits et des «chambelonas», une sorte de sucette cubaine de la forme d'une grande monnaie, dans la bordure de laquelle l'artisan ajoutait un bâtonnet de carton ou de bois que les enfants saisissaient pour lécher la dite «chambelona». Et ceux-ci aimaient lécher aussi les "pirulis", une autre sorte de sucette très commune â Cuba, qu'on faisait avec du sucre comme on faisait la "chambellona. Le "piruli" avait la forme d'un cône que l'artisan enveloppait avec du papier. Dans le centre de sa partie ronde comme la monnaie d'une centime américain, l'artisan mettait un bâtonnet en bois de la forme d'une allumette pour lécher le "piruli", après en avoir enlevé le papier qui l'enveloppait.

Et parmi ces vendeurs, bien sûr, on trouvait des «maniceros» avec leur bidon de galettes transformé en fournaise impro-visée pour vendre des «manis tostaos» c'est-à-dire des graines d'arachide grillée dans des petits cornets en papier. Enfin, toute personne, qui voulait gagner quelques sous comme celui qui vendait le «vasito» de café, un petit gobelet en papier fait à la demande qui coûtait deux centimes ou l'eau froide pour le même prix, courait vers Columbia. Et les photographes, pas mal d'eux, avec leur modernes appareils de photos à longues voiles noires sous lesquelles ils se cachaient pour prendre des photos, comme celui que Lucien avait failli heurter quand il venait de la localité de Melena del Sur en pilotant un Petit Farman. Ainsi, ils prenaient des photos à ceux qui voulaient avoir un souvenir du «Goliath» F-60 et du «David» F-40! Et combien de garçons il y avait partout autour des avions et des aviateurs, qui venaient chez les «Goliath» et les «David» séjournant à Cuba, malgré que le chef militaire de Columbia leur avait interdit de s'approcher des avions et des hangars, pour regarder des hommes français de près pour la première fois de leur vie. Avec combien d'admiration, ils regardaient les enfants de Geneviève aller et venir dans les terrains de Columbia!

Il y avait de toute sorte de gens qui se donnaient rendez-vous dans les terrains de l'aéroport de Columbia! Il y avait des gens riches, il y avait « *des gens pas mal comme ça* » et il y avait des pauvres, mais tous joyeux, quand même, d'être là, à leur insu dans cette étape historique de la culture cubaine. Il y avait même des artistes renommés de presque tous les théâtres de La Havane qui venaient dans les terrains de Columbia. Enfin, il y avait beaucoup de visiteurs de tous les quartiers des environs de La Havane, y compris ceux des luxueux quartiers Vedado et Miramar de grands manoirs et de belles et propres rues, qui se rendaient au rendez-vous avec les «Goliath» et les «Chouettes». Ils étaient tous bien habillés. On voyait la plupart des femmes portant des habits blancs et des hommes en costumes ou portant des chemises typiques, avec des chapeaux de paille panaméenne. *Les gens pas mal comme ça*, résidents des quartiers Cerro, Buenavista, Centro Havane, La Havane Ancienne, Luyanó, La Vibora, et d'autres quartiers de La Havane, venaient portant leur meilleurs habits, tandis que les personnes pauvres de basses revenues mettaient quoi que ce soit pour venir à Columbia, surtout les petits garçons des familles pauvres que les français aimaient beaucoup, spécialement Léon, Guy et Camille, qui ne perdaient pas l'opportunité de leur montrer les avions dont ils leur expliquaient le fonctionnement. Et tous se rendaient chez les «Goliath» comme ils pouvaient tout au long des premiers jours de la semaine, parce qu'il y avait des samedis et des dimanches que les tramways n'étaient pas suffisants. On n'a pas de doute que c'était à Cuba où les français trouvèrent leur sourire et leur allégresse. Léon trouva tout cela et encore plus aussi. C'est-à-dire il trouva le sourire, l'allégresse et pas mal d'amour. C'était un homme très gais et bavard selon Geneviève elle-même, à qui elle parlait beaucoup de Sagua la Grande, sa ville natale.

Les membres de la famille de Geneviève étaient les premières personnes de la race noire qui se soient fait photographier devant des avions des plus modernes de l'époque. Au fond, à quelques centaines de mètres, on voit finir la construction de l'Hôtel Almendares, lequel fut l'un des plus visités par des cubains de la naissante moyenne et haute bourgeoisie, et par des touristes étrangers Sa cuisine était de grande exquisité, tantôt créole qu'étrangère. Il plaisait aux visiteurs de déguster de la cuisine française. Il n'y avait pas un seul jour où son excellent «Main Dining Room» ne soit pas comblé de gens. Tantôt l'aérodrome du campement militaire de Columbia montrant les nouveaux avions Farman «Goliath» F-60 et les Farman F-40, tantôt l'Hôtel Almendares, dans son moment approprié, étaient la plus grande attraction de la société cubaine de l'époque du début des années vingt. D'après Lucien Coupet, cet hôtel était en construction pendant l'activité des avions Farman. En voyant le drapeau de l'Ile de Puerto Rico et celui des Etats-Unis dans son entrée, il nous vient à l'esprit que l'Hôtel Almendares, tristement dévoré par un grand incendie quelques années plus tard, était de propriété étrangère, comme beaucoup d'autres entreprises créées avec du capital privé étranger, qui, cependant, aidaient vraiment beaucoup à l'accroissement du trésor national de Cuba, malgré la corruption politique qui poussait parallèlement avec son développement économique et social. Malheureusement, la dépression économique de ces années-là vint dans un moment de grand essor dans la vie économique et social du pays, en affectant des secteurs fondamentaux pour son développement comme la naissante de l'industrie aéronautique avec l'intention de faire voler ses avions à des villes si lointaines comme celle de New York.

17

.

Le 18 Janvier 1921, l'Aérodrome de Columbia comblé d'un nombreux public qui s'y était donné rendez-vous depuis tôt le matin avec l'histoire de l'aéronautique, le «Goliath» décolla de La Havane vers 3 heures de l'après-midi avec son courrier pour initier son vol vers la ville de Santiago de Cuba, qui se trouvait à 970 kilomètres de distance. Etant donné le mauvais temps qui régnait dans presque tout le pays, le vol eut lieu avec un seul passager accompagnant les frères Coupet. On avait prévu un très mauvais temps dans la région centrale de Cuba. Là-dessus, Carlos Baret, Directeur du Bureau de la Météorologie de La Havane, avait reçu le compte rendu sur le temps qu'il faisait dans cette région et ses environs de la part de Gerardo Gutierrez, détaché militaire de la région de Camagüey et de Santiago de Cuba, qui résidait cependant dans la Ville de La Havane et qui avait été nommé le conducteur du courrier Havane-Santiago de Cuba. Gerardo Gutierrez était le passager qui voyageait dans le «Goliath» lors de ce premier vol de courrier de l'histoire aéronautique et de la poste de Cuba.

Tout le monde ne parlait d'autre chose que du vol du «Goliath» vers Santiago de Cuba. On en savait plus au moins l'heure du départ. Des habitants des quartiers de La Havane au-dessus desquels le «Goliath» volerait étaient dehors, dans les rues. Ils étaient tous tout oreilles pour écouter le bruit de ses moteurs et le voir se déplacer dans l'air vers l'Est de Cuba. Et la plupart de ces «spectateurs» le virent passer, gaillard et orgueilleux, à travers le ciel cubain. Ils applaudissaient en voyant le géant aéroplane s'éloigner dans le ciel tandis que des garçons, grands et petits, sautaient joyeux. Beaucoup d'entre eux méconnaissaient que le temps n'était pas favorable pour ce vol.

En volant alors vers le Sud-est, au moment où le «Goliath» se trouvait au-dessus de la province de Matanzas, une tempête sévère avec un vent violent et une pluie copieuse se présenta, offrant à Lucien Coupet peu de visibilité et l'empêchant de tenir le «Goliath» dans un vol stable. Sous cette circonstance, le «Goliath» fut obligé de descendre à une altitude de trois mil pieds jusqu'à ce qu'il arrive à la localité de Recreo, municipalité située dans la province de Santa Clara. Lucien et Léon gardèrent leur sang-froid. Ils savaient que la vie les avait déjà mis dans des situations de danger extrême, tantôt durant la guerre, tantôt dans le vol du «Goliath» vers le Sénégal. Il va sans dire que Léon avait une confiance sans limite en son frère Lucien en ce qui concerne la conduite du «Goliath», un avion fait pour voler en condition d'extrême difficulté. En ce moment, en plus, c'était encore le prestige de la Maison Farman qui était en jeu. Lucien et Léon avaient complètement oublié qu'il y avait un troisième passager dans le vol qui était resté assis dans l'avion sans laisser de regarder vers le dehors à travers les fenêtres.

Tout en volant sous une pluie qui menaçait de tomber plus fortement encore, tant le ciel était couvert entièrement de nuages empêchant la visibilité de Lucien, celui-ci cherchait, sans perdre son aplomb, un terrain où il pourrait atterrir sans faire risquer leur vie et sans endommager le «Goliath». Tout autour était si nuageux qu'il faisait presque nuit, sauf quand les constants éclairs aidaient Lucien à diviser le sol. Il n'y avait que des plantations de canne à sucre partout. Malheureusement, ces plantations n'avaient pas encore été coupées.

«On ne voit rien en bas, Lucien. Il pleut trop fort. Il paraît qu'il n'y a que de la cane partout. Tu crois que tu pourras t'en tirer?», demanda Léon à son frère en se souvenant de la chute de leur avion à Trêve dans la guerre, cette guerre où il avait failli périr en plusieurs occasions, sans qu'il ait oublié leur odyssée saharienne.

«On va s'en tirer, mon vieux! Par bonheur, il n'y a pas de palmerais par là; autrement on serait foutu, tu vois! On a de la chance quand même!»

Le «Goliath» survolait un «Batey», une petite communauté de coupeurs de canne à sucre, de paysans et d'autres personnes, où il y avait même de petits marchants et camelots qui vendaient des marchandises variées. Tout à coup, malgré la pluie et si peu de visibilité, Lucien aperçut une clairière un peu plus loin où il paraissait qu'il n'y avait pas de canne à sucre et des palmes non plus. Déjà proche à ce terrain qu'il croyait bon pour essayer de se poser, il se rendit compte que c'était une plantation dont les cannes à sucre avaient été coupées, peut-être récemment. Il descendit davantage. Il voyait mieux alors. Les joints des canes coupées seraient un obstacle immense pour que l'énorme avion puisse atterrir sans s'en endommager complètement; en plus, la terre était mouillée et sans doute boueuse ce qui empêcherait que les roues du train d'atterrissage de l'énorme aéroplane puissent glisser. En plus, le terrain aménagé en sillons pour planter les cannes à sucre seraient catastrophiques pour le «Goliath», étant donné son poids. Mais il fallait atterrir coûte que coûte, mais sur un terrain convenable. Alors, il décida de se poser dans un billon qui soit assez large pour que le train d'atterrissage ne s'abîme pas. Il en trouva un qui semblait bon. Lucien était obligé d'y atterrir d'émergence. C'était en fait une plantation de cane qui avait été récemment coupée et récoltée, à travers laquelle il y avait un billon assez bon pour atterrir, surtout parce que le billon se trouvait parallèle au vol du «Goliath». C'était une plantation de canes qui se trouvait à un kilomètre du «Batey» à peu près. La plantation de canne à sucre sans avoir été coupée aurait indubitablement empêché que le «Goliath» ait pu atterrir dans un billon. Les ailes de l'énorme avion auraient atteint les cannes à sucre sur les deux côtés du billon bien que celui-ci paraisse assez large pour s'y poser. Favorablement, le passage constant par le sillon des bœufs tirant les charrettes chargées de cannes à sucre et des coupeurs de ces graminées compactait la terre considérablement, permettant que l'eau coure et s'en aille, et empêchant donc que le sol devienne trop boueux. D'autre part, en ce temps de l'année, Cuba subissait de la saison sèche, époque favorable pour le coupage de la canne à sucre. A Cuba, il ne pleuvait pas si copieuse depuis le mois d'octobre.

«Tiens ferme! On y va!», dit Lucien.

«On descend ici, Monsieur Gutierrez. Tenez bien! Ça va marcher. On va s'en tirer», dit Léon à celui-ci qui ne répondit pas.

La terre était si sèche et compactée que le «Goliath» atterrit sans trop d'encombrements. L'avion roula quelques cents mètres tout au long du billon en aspergeant de l'eau de pluie qui s'était stagnée là. L'expérience de Lucien Coupet qui avait effectué tant de vols de bombardements nocturnes dans la guerre et l'atterrissage périlleux qu'il avait mené à bout, quand son F-40 avait été descendu par le feu de la D.C.A. à Trêve, était incontestablement vaste. En plus, «l'odyssée» que Lucien et Léon avait eue dans l'amerrissage forcé dans la «Plage Goliath», lors du vol Paris-Dakar, leur avait permis d'affronter leur atterrissage d'émergence dans la plantation de canne à sucre sous une averse épouvantable avec du sang froid et de vaillance, démontrant la capacité, l'adresse, l'habileté et la maîtrise de soi-même de Lucien Coupet dans des atterrissages dangereux.

Déjà hors de danger dans cette localité de la municipalité de Recreo, Lucien, Léon et Gerardo descendirent du «Goliath». La pluie avait diminué mais il tonnait toujours. Ils virent que l'avion ne s'était pas endommagé. Une fois encore il était démontré la puissance aéronautique du «Goliath». Lucien et Léon montèrent dans l'avion tandis que le militaire Gerardo se rendit au «Batey» pour chercher de l'aide. Il en retourna une heure plus tard, accompagné par un caporal et trois soldats, tous montés à cheval. Alors Lucien décida d'aller jusqu'à Recreo qui, selon le caporal, se trouvait à trois kilomètres de là. Alors, Lucien et Léon prirent deux chevaux des soldats que caporal leur avait aimablement donnés, et se rendirent au bureau de poste, alors que la pluie avait déjà cessé. Dans leur trot vers Recreo, étant donné qu'ils ne connaissaient pas la zone et qu'il pleuvait encore, ils firent une halte dans un autre «batey» où l'on leur offrit du café chaud. Ce café chaud par un jour pluvieux leur vint à merveille. Quand ils arrivèrent à la zone urbanisée de la localité, Ils furent reçus et traités très bien par le Directeur de l'entité postale et par des autorités de Recreo. Quant au «Goliath», le caporal et les soldats étaient restés à sa garde. Des gens qui habitaient dans le «batey» étaient venus voir le «Goliath» dans la plantation de canne à sucre malgré le mauvais temps!

Après avoir reçu la correspondance dans cette agence de poste, Lucien et Léon furent informés par Gerardo Gutierrez sur la situation météorologique régnant à Santa Clara, Camagüey et Santiago de Cuba pour entreprendre le vol vers Santa Clara.

Suivant le bulletin sur l'aspect climatique, il faisait mauvais temps à Santa Clara, surtout pour toute activité aéronautique. Toutefois, les frères Coupet savaient que le «Goliath» s'en tirerait comme il faudrait.

«J'ai faim, mais je préfère me reposer un peu», dit Léon à Lucien alors que tous les deux se rendaient à une auberge à deux étages, à Récré, où Gerardo Gutierrez leur avait procuré une chambre. Ainsi, fatigués par un jour si agité, ils arrivèrent à l'auberge. Une fois dans la chambre, ils prirent une douche, l'un après l'autre.

Ils eurent de la chance que la chambre qui leur avait été gardée se trouvait en bas. Les hôtes des chambres d'au-dessus ne pouvaient pas se doucher, car l'eau n'y montait pas.
«Que c'est bon une douche tiède après tant de fatigue!», s'écria Lucien.

«Tu parles!», dit Léon en se jetant sur le lit. Avant de se coucher, quand même, les deux français avaient pris une tasse de café au lait chaud.

Alors, donc, après un repos que Lucien et Léon méritaient, et durant lequel ils mangèrent quelque chose, accompagné par Gerardo Gutierrez, ils montèrent sur une charrette à passagers tirée par deux mules, qui les emmena de retour vers le billon où le «Goliath» les attendait. Le «Goliath», alors encore en bon état technique, et après qu'on avait utilisé les deux mules pour le faire reculer quelques dizaines de mètres, décolla sans difficulté depuis le billon grâce à ce qu'en ce temps de l'année le vent souffre souvent du nord ou du nord-ouest. Cette position du vent aida à ce que l'avion décolle sans nul inconvénient permettant qu'il continue le vol à une heure de l'après-midi pour atterrir à deux heures et demie, un peu plus d'une heure plus tard, dans la province centrale de Cuba, Santa Clara, où ils furent reçus par les messieurs Rangel, Coronel de l'Armée et Cervantès, capitaine de la même institution militaire. L'équipage du «Goliath» était fortement doué pour avoir pu atterrir à Santa Clara, sous un vent très violent qui battait tantôt depuis le Nord, tantôt depuis le Nord-ouest. Dû à l'instabilité du vent, Lucien Coupet décida de poser le «Goliath» sur un terrain ouvert sans arbres ni broussaille, que les gens fréquentaient pour jouer au «baseball», et qui se trouvait à quelques centaines de mètres de la zone urbaine de Santa Clara. Il ne pleuvait pas quand l'avion français y atterrit doucement. Un caporal et deux soldats restèrent en garde pour surveiller et protéger le «Goliath» et le courrier, tandis que les intrépides français logèrent dans l'hôtel Santa Clara où ils demeurèrent jusqu'au lendemain. Lucien et Léon prirent un bain froid, ils s'y reposèrent longuement avant de manger quelque chose. De son côté, Gerardo Gutierrez resta dans une institution militaire.

Le 21 Janvier 1921 à six heures du matin, après avoir été renseigné par une dépêche envoyée depuis le Centre Météorologique de Camagüey, indiquant que le temps régnant était bon, Lucien Coupet décida de continuer le vol vers la région «Agramontine». Lucien fut obligé de faire reculer le «Goliath» pour prendre élan et s'envoler. On utilisa deux mules encore aussi pour pousser le «Goliath» et le situer dans une position convenable. A Santa Clara, Lucien et Léon n'avaient trouvé qu'une lettre de remise spéciale parce que le courrier avait déjà été envoyé vers la ville Santiago de Cuba dans la province d'Oriente, dans le train N° 1 Havane-Santiago.

Lucien et Léon s'étaient assurés que tout l'aspect technique de l'aéroplane était en bon état. Ainsi, le «Goliath» décolla vers Camagüey devant le regard d'un grand nombre de personnes de Santa Clara, qui avaient accouru des très tôt pour voir un événement si fantastique. On ne pouvait pas s'imaginer comment an appareil si énorme, similaire à un autobus, puisse prendre vol comme un oiseau et se tenir dans l'air!

Le «Goliath » fit une halte à Camagüey où il arriva à 9 heures 45 minutes du matin, un peu plus de deux heures après. Lucien et Léon descendirent du «Goliath» pour prendre le courrier et dégourdir un peu les jambes. Vers une heure de l'après-midi, Lucien et Léon déjeunèrent à Camagüey. Bien que Léon ne fume pas, il alluma un énorme Partagas qui lui donna le mal de mer pour quelques minutes.

L'énorme aéroplane décolla une heure plus tard, le premier «Jumbo» de l'histoire, en emportant le courrier pour Santiago de Cuba. Dans cette occasion, étant donné que le mauvais temps avait déjà disparu, quelques passagers abordèrent le «Goliath» dans son trajet vers Santiago de Cuba. Quoique ce soit la première fois que ces «camagüeyiens» allaient voler en avion, et dont plusieurs n'avaient appris sur le «Goliath» qu'à travers les journaux, ils n'eurent pas peur de l'aborder. Le fait que cet avion soit venu en volant depuis La Havane sous un temps climatique qui n'était pas bon pour qu'un avion puisse décoller, se tenir dans l'air et atterrir, leur avait donné de la confiance, confiance qu'ils avaient en l'équipage du «Goliath».

Pendant le vol vers Santiago de Cuba, il régnait un temps splendide avec un soleil radiant dans son zénith. Vers le sud, les montagnes de la province d'Oriente se voyaient imposantes.

«Regarde, regarde, quelle montagne si haute!», dit avec admiration l'un des passagers en signalant vers le lointain à travers l'une des fenêtres du 'Goliath' tandis que celui-ci volait justement sur le fleuve Cauto, à une hauteur de 5000 pieds à peu près, dû aux montagnes de la zone.

«Ça c'est le Pic Turquino», dit un autre passager qui semblait orgueilleux de donner preuve de ses connaissances sur la géographie orientale de Cuba. «Le Pic Turquine était la montagne la plus haute de Cuba», finit par dire le passager, tandis qu'il continuait à regarder le panorama si beau qu'on voyait dans toute la région montagneuse depuis le 'Goliath' alors qu'il volait vers le berceau du Boléro et du rhum Bacardi.

La ville de Santiago de Cuba était presque toute entourée de montagnes. L'autre partie était bordée par la mer. Pour essayer d'atterrir dans cette ville, il était sans aucun doute un défi pour n'importe quel pilote, notamment pour un pilote méconnaissant la géographie cubaine. Pour parvenir à Santiago, Lucien s'éleva à une grande altitude pour survoler cette zone montagneuse et descendre de l'autre côté, vers la ville. Il était obligé de survoler au-dessus de la ville et voler vers la mer. Sur la mer, il devait faire un virage de 180 degrés et retourner vers la ville pour atterrir dans un terrain que Lucien Coupet et Guy de Roig avaient préalablement aménagé pour l'atterrissage du «Goliath», parce qu'il n'y avait pas d'aérodrome par là. Ainsi Lucien parvint à se poser à Santiago sans la moindre difficulté, après avoir affronté plusieurs heures de péril depuis le départ du «Goliath» de La Havane.

Le «colossal» Farman F-60 atterrit dans la ville «Santiaguera» à midi 45. Lucien et Léon furent reçus par l'administrateur du bureau de poste, le chef des télégraphes, par des employés qui se trouvaient en jour de congé, et par un public nombreux. La plupart des curieux avait accouru à «l'aérodrome» où le «Goliath», c'est-à-dire cet «Appareil Volant Imitant les Oiseaux

242

Naturels», avait atterri et se reposait d'un voyage si long et périlleux. L'accueil du «Goliath» à Santiago, la deuxième province de Cuba du point de vue culturel et économique, fut spectaculaire.

Comme il arrivait dans chaque endroit où l'immense aéroplane se posait, une grande multitude courait contempler un si énorme appareil volant. C'était tout un festival malgré le mauvais temps. Beaucoup de personnes n'étaient même pas allés travailler pourvu de ne pas perdre cette attraction unique.

Le jour où le «Goliath» devait quitter Santiago de Cuba, on dirait que ce fut un jour de fête. Les santiagueros étaient des gens très joviaux et chaleureux. Ils étaient voire même très accueillants. Les frères Coupet eurent du mal à quitter cette ville. Partout on écoutait des «congas», surtout la «Conga du Coucouÿé». C'était une composition musicale pour danser, jouée par des chanteurs et des musiciens usant des instruments de percussion et une trompette chinoise singulière, instrument à vent introduit à Cuba par des immigrants chinois au siècle précédent. Et pour ajouter une nuance typique à la danse et au rythme folklorique de la «Conga du Coucouÿé», il y avait des femmes qui mettaient des chanclettes en bois pour danser avec leur claquement rythmique, suivant la conga tout au long des rues de Santiago de Cuba.

Ce fut la deuxième fois que les frères Coupet burent du rhum durant les escales du «Goliath» dans son vol vers Santiago de Cuba. La première fois, ce fut à Recreo. A Santiago, ils burent du rhum Bacardi, de grande exquisité. On avait fait cadeau aux Coupet de quelques bouteilles de ce rhum, produit génuine de cette ville. Ce qui avait attiré l'attraction des frères Coupet, c'était avec combien d'admiration et d'orgueil les gens de Santiago de Cuba parlaient du mulâtre Antonio Maceo, l'un des grands généraux dans la guerre d'indépendance cubaine; peut-être c'était pour démontrer ils avaient aussi un grand héros qui était mort en combat le 7 Décembre 1896.

Lucien et Léon restèrent quelques jours à Santiago en pleine jouissance. Ils eurent l'opportunité de monter dans la «Grande Pierre», une élévation montagneuse constituant une pierre gigantesque en elle seule. A un moment donné où Lucien dut rester en ville pour des motifs de protocole, Léon profita pour visiter l'église de la «Vierge du Cuivre», «La Sainte Patronne» des cubains, d'après Geneviève, Ochun, sa protectrice.

L'avion décolla vers La Havane pour mettre fin à une autre épopée aéronautique. Quelques-uns, en voyant le «Goliath» décoller et s'éloigner dans le ciel, se firent le signe de la croix dans leur front. La plupart des spectateurs étaient restés bouche béante jusqu'à ce que le «Goliath» disparaisse derrière les nuages et les montagnes.

Le temps de vol du «Goliath» depuis La Havane jusqu'à Santiago de Cuba avait été de six heures et quarante-neuf minutes, sans tenir compte du mauvais temps, et du temps perdu à cause de l'atterrissage forcé à Recreo et à Santa Clara. La vitesse moyenne de vol fut de 180 kilomètres à l'heure, tandis que l'altitude moyenne fut de 2,300 pieds, sauf aux approches de la région montagneuse de Santiago de Cuba, et sous une température de 10 degrés.

La Compagnie Aérienne Cubaine reçut des nouvelles très louables de la région orientale de Cuba où se trouvait le gigantesque avion «Goliath» dont le trajet jusqu'à Santiago de Cuba fut écho de la presse qui fit des commentaires flatteurs de ce long voyage.

«C'est avec un grand plaisir que je vous informe que les frères Coupet ont démontré une sérénité de sang froid dans le périlleux

vol, épreuve évidente de leur vastes connaissances dans le domaine de l'air», s'exprima respectueusement Gerardo Gutierrez, conducteur du courrier Havane-Santiago de Cuba, qui avait voyagé dans le «Goliath» depuis son départ de l'aérodrome de Columbia de La Havane et qui avait été témoin vivant de toutes les péripéties et les exploits du «Goliath» durant son vol tout au long de l'Ile cubaine, le premier vol de longue distance dedans un pays Latino-Américain.

Tandis que le «Goliath» continuait son séjour à Santiago de Cuba sous les soins et entretien de son pilote et son mécanicien, les frères Coupet, et que Lucien amena de retour quelques jours après en volant 970 kilomètres jusqu'à La Havane en presque 7 heures, volant à une altitude de 700 mètres, l'autre «Goliath», de la même capacité, envergure et force, était resté à faire des vols chaque jour depuis l'après-midi jusqu'aux premières heures du soir, sous la direction de Guy de Roig. Cet «Goliath» décollait sans aucune difficulté depuis l'aérodrome de Columbia, en menant en excursions heureuses et plaisantes de nombreux et joyeux passagers, parmi lesquels on mentionne, tout ensembles avec Georgine Menocal, la fille du Président, Elsa de la Torre, José L. Piedra et Señora, Carlos Fonts et Junco, Cándido Romo, Moisés Esquenozi, Roberto Matalón, Prudencia Gutiérrez, la femme de Gerardo Gutierrez, le conducteur du courrier Havane-Santiago de Cuba, ainsi que Ramón Balot, Benigno et Manuel López, Ismael Villanueva, Demoiselles Mireya Álvarez, Dolores Pérez, Margot Rodríguez, Antonio González, et Pelayo Pérez.

La Havane continuait à être tout un festival aéronautique, et l'aérodrome de Columbia était toujours le centre de distraction et d'émotivité le plus visité. On n'y parlait que du «Goliath» et des pilotes français.

Par ailleurs, d'autres passagers de La Havane faisaient des voyages individuels dedans la périphérie de La Havane dans les modernes avions Farman F-40, qui avait déjà démontré leur capacité et «maniabilité» de vol pendant la guerre.

Les établissements de l'aérodrome de Columbia, voisinant avec des quartiers de vaste population, étaient sans nul doute un grand centre de distraction et de loisir tellement fréquenté qu'on aurait pu dire sans se tromper que c'était la première foire de Cuba. C'était un spectacle sans égal. Voire la famille présidentielle était fréquemment vue dans cet endroit, surtout Marianita et Georgine, l'épouse et la fille du Président Menocal. «Elle avait plus de chaussures que des robes», racontait souvent Geneviève qui accompagnait la distinguée Première Dame de la République, Marianita Menocal, durant ses promenades aériennes au-dessus de La Havane. Madame Menocal se sentait un peu craintive chaque fois qu'elle se décidait à voir la capitale depuis le haut, «flottant dans l'air». Elle ne montait pas dans le Farman F-40 ou dans le «Goliath», si Geneviève ne l'accompagnait pas pour que celle-ci la tienne par le bras. «Qu'est-ce que c'est que ces petits carreaux blancs qu'on voit là-bas, en bas?», demanda-t-elle une fois. C'étaient les tombes du cimetière «Cristobal Colon», au-dessus duquel volait l'avion. «Partez seule, allez, allez!*» s'écria-t-elle quand elle apprit ce que c'était.

Peut-être, étant donné l'émotion de se voir dans une hauteur si élevée et éloignée du sol, dedans quelque chose que rien ne tenait dans l'air, elle trouvait chez la svelte Geneviève, de personnalité singulière, un appui de soulagement et de sympathie. C'était pourquoi, elle ne s'envolait pas sans Geneviève dont la présence dans les établissements de l'aérodrome de Columbia, au-delà de sa besogne dans la cantine était comme un stimulus d'allégresse et d'enthousiasme non seulement pour ceux qui jour après jour se rendaient à Columbia pour l'entretien et fonctionnement des avions de la Compagnie Cubaine d'Aviation, mais surtout pour la plupart de la population de la race noire, notamment les enfant et les jeunes de cette race, qui venaient de tous les coins de la capital à l'aérodrome de Columbia où ils se sentaient heureux en jouissant de cet événement si fabuleux et populaire.

Dans la cantine, Geneviève avait une petite malle dans laquelle elle avait quelques robes qu'elle disait élégantes et qu'elle mettait quand on l'avertissait de la présence de Marianita. En certaines occasions, c'était Léon lui-même qui la mettait au courant de la présence de la Première Dame à Columbia. Le fait était qu'il lui plaisait de la voir habillée avec une de ses robes accompagnant l'épouse du Président Menocal. Néanmoins, elle se voyait très attractive dans son habit quotidien qu'elle mettait pour travailler, quelque chose de léger, trop léger même, à cause de la chaleur dans la cantine. Parfois, Gregorio, son mari, lui demandait de mettre quelque chose au-dessous de sa blouse ou de sa robe, sur sa poitrine, si voluptueuse et sensuelles.

18

Le Départ

La dépression était imminente. Il y avait déjà les rumeurs d'une crise économique qui s'approchait. En attendant, Lucien Coupet continuait son activité dans la compagnie avec les autres membres de son équipage. On continuait à utiliser les quatre avions Farman F-40 plus fréquemment dans des vols dans les périphéries de la capitale et dans certaines populations des environs. C'étaient les premiers mois de 1921.

Un autre groupe de français était venu pour se charger des activités de la compagnie. Dans ce groupe, il y avait une française, Madame Herveux, une belle femme, qui réalisa plusieurs vols sur La Havane et ses environs en volant dans les Farman F-40.

Il y avait déjà presque deux ans que les chers français étaient arrivés à Cuba. Malgré le relativement peu de temps qu'ils avaient été dans le pays, les gens les aimaient, les respectaient et les protégeaient, surtout Léon Coupet, jovial, laborieux et très aimable, avec sa moustache dans le *style français*. Durant le jour, on le voyait avec sa typique veste dans le style «barbier de Séville», qui en réalité n'était rien d'autre qu'une veste bleue ciel qui avait fait partie de l'uniforme militaire qu'il avait mis dans la guerre. Les fins de semaines, même dans les terrains de Columbia, tout un festival du peuple de toute la province Havane, et sa capitale, La Ville de La Havane, on le voyait portant un très élégant costume beige de bonne couture et très à la mode. Comme cravate, il en portait une très singulière. A Cuba, il acheta un chapeau «Jipijapa» à la mode d'alors. Il était toujours souriant et allègre.

Guy de Roig, avec ses lunettes qu'on pouvait les employer pour faire du feu avec les rayons du soleil, était aussi sociable que le reste de ses compatriotes. Léon et lui aimaient beaucoup entretenir les garçons qui venaient à Columbia. Guy était aussi très bavard. Plusieurs belles artistes venaient fréquemment le voir à l'aérodrome, bien qu'il ne soit pas si attractif que Chauvin et Léon dont l'allégresse avait déjà un motif.

Quant à Guerchais, on le voyait toujours avec son chien, son compagnon. On méconnaissait s'il l'avait amené à Cuba ou s'il l'y avait trouvé. Il aimait prendre des photos avec son chien. Geneviève avait une grande sympathie envers lui.

Il y avait une grande fraternité entre tous les français, un beau sentiment qui était né alors qu'ils combattaient dans la guerre, bien que ce soient Lucien, Camille et Léon, parmi eux tous, ceux dont la participation dans la guerre et dans le trajet vers Dakar avec le «Goliath» avait été plus remarquable.

Vers midi, quand ils finissaient le travail de la matinée, ils continuaient à déjeuner dans la cantine où Geneviève les attendait avec le repas prêt. C'était un menu varié. Elle faisait son mieux pour que les français se sentent à leur aise. Ils mangeaient beaucoup de poisson et des fruits de mer. Une fois le déjeuner fini, ils aimaient y rester quelque temps de plus à causer assis dans la table de la cantine. Communément,

Geneviève n'aimait pas ramasser les couverts et les assiettes quand les français restaient à table pour ne pas les déranger. Léon en profitait pour l'aider. Il ramassait les couverts et les assiettes et les emportait à Geneviève dans la cuisine.

La relation spirituelle qui existait entre eux s'était approfondie, laquelle était devenue plus intime. Les autres français s'en étaient rendu compte bien qu'ils feignent ne pas être au courant pour ne pas indisposer Geneviève.

Il existait déjà une spiritualité mutuelle entre lui et Geneviève. Quand il était près d'une heure et les français n'aient pas encore venus déjeuner, elle allait les chercher.

Lucien Coupet, qu'on savait de forte personnalité, mais très jovial, était toujours attentif pour n'importe quel détail concernant le fonctionnement et l'entretien des avions et du bien-être de ses compatriotes. Il s'était senti très loué pendant la Gala au théâtre Payret. Les français n'avaient jamais reçu une si belle récompense et distinction. Inoubliable! Geneviève se sentait très heureuse que ses amis français aient reçu une telle reconnaissance; mais en même temps elle se sentait un peu triste et coupable que Léon ne soit resté au théâtre en jouissant d'un spectacle si merveilleux avec des gens riches et distingués.

Geneviève était toujours comme «La Reine» des établissements de Columbia. Combien de joie elle n'apporta pas aux terrains avec ses deux petits malins, toujours courant partout dans l'aérodrome de Columbia, où tout le personnel prenait soin des enfants et des avions.

A plusieurs reprises, Geneviève avait pu voir la terre depuis le haut. La première fois, c'était Guy qui l'avait promenée pendant deux heures dans le ciel, aux alentours de La Havane. Au début du vol, elle ne voulait pas ouvrir les yeux. Dans une autre occasion, c'était dans le premier vol du «Goliath», quand elle avait survolé tout autour de La Havane avec les autres employés de l'établissement de l'aérodrome de Columbia. Bien sûr, elle volait aussi quand elle accompagnait Marianita Menocal dans les promenades aériennes à travers les ciels de La Havane, une promenade aérienne que la Première Dame faisait souvent.

Elle était la seule femme dans les terrains de Columbia sur laquelle presque tout le monde comptait d'une façon ou d'une autre. Elle était la cuisinière dans la cantine qu'avait créée Gregorio Montalvo.

Elle était l'*étoile* de Columbia jusqu'à l'arrivée de Madame Harveux parce que sa présence n'y avait déjà plus de raison. L'histoire arrivait à sa fin, qui fut plus d'une aventure. Non seulement parce que Lucien Coupet et Guy de Roig avait parcouru plus de 60,000 kilomètres à travers le ciel de Cuba, en amenant plus de 2000 passagères, c'est-à-dire qu'ils avaient fait presque 1000 vols sans le moindre accident, selon le propre Lucien Coupet.

* * *

En arrivant de Santiago de Cuba, Lucien et Léon trouvèrent une grande multitude de gens qui étaient venus voir le retour du «Goliath», dont la plupart de cette foule était au courant des péripéties durant son vol d'aller. Le vol du Farman F-60 à Santiago de Cuba et son retour à La Havane avaient été largement couvert par la presse nationale et internationale, ce qui avait permis qu'on ait pu constater la puissance du «Goliath», même volant en temps orageux.

L'émotion qu'éprouvait Léon par l'accueil enthousiaste de tant de gens qui admiraient l'exploit des français lors de leur séjour à Cuba où leur effort et talent en aéronautique civile et militaire avaient contribué le plus dans la création l'aviation commerciale cubaine. Sans leur aide on croit que cela aurait été impossible que Cuba ait réussi à avoir une aviation civile si tôt.

C'était une autre occasion de festival de *grosse caisse et fanfare* dans l'aérodrome de Columbia où même la bande nationale militaire était venue égayer l'arrivée du «Goliath». A La Havane on ne parlait que des français et de leurs avions. L'atterrissage d'urgence du «Goliath» dans une plantation de canne à sucre sous un temps orageux était dans la bouche de tous. On ne parlait que de cela. Et tous étaient venus pour voir de près encore une fois ce colosse plein d'exploit et défit.

L'allégresse et l'émotion que Léon éprouvait entourer par tant de gens était tellement immense qu'il n'avait pas constaté la présence de Geneviève parmi la foule. Il ne s'était pas rendu compte qu'elle était restée près du hangar principal du «Goliath Marianne», qui se trouvait à quelques mètres de l'endroit où des journalistes et des photographes leur faisaient une interview. Tous les français faisaient partie de cette rencontre avec la presse. Tout le monde se voyait heureux, sauf Geneviève. Elle avait mis l'habit qu'elle trouvait le plus joli pour ce jour qu'elle avait tant attendu. Elle était habillée ainsi le premier jour qu'elle avait vu Léon quand elle allait à de Regla avec ses enfants et Virginia. Ceux-ci étaient allés à la cantine où Gregorio leur avait préparé quelque chose à manger. Sa désolation s'était accentuée non seulement en voyant comment Léon attirait trop les cubaines, et comment des vedettes des théâtres de La Havane l'embrassaient pour avoir des photos de souvenir avec lui, mais par la présence de la Mexicaine, la nouvelle amie de Gregorio dans les terrains de Columbia. Ce n'était pas une question de jalousie, mais d'amour propre et d'orgueil de femme. Elle voulait tenir sa contenance. Elle quitta l'endroit où elle se trouvait pour se rendre à la cantine. Elle marcha quelques pas quand elle s'arrêta. Elle s'était rappelé que la Mexicaine devrait être dans la cantine. Elle resta indécise pour quelques secondes sans savoir quoi faire. Quelqu'un l'interpella:

«Geneviève!» C'était madame Harveux, l'aviatrice française qui était venue à Cuba pour piloter les légers F-40 dans leur vol au-dessus de la ville de La Havane.

«Bonjour Madame, comment allez-vous?»

«Moi, je vais bien, très contente d'être à Cuba. C'est un pays magnifique. Son peuple est unique, très enthousiaste et chaleureux. Quant à La Havane, je n'avais jamais vu une ville si allègre et pittoresque. Elle se tient toujours réveillé comme Paris avant la guerre. Avec quelques exceptions de près regardant la luminosité de la ville, c'est une ville mondaine et bohème, mais laborieuse. A propos, tu sais où se tient l'interview qu'on fait à mes copains?»

«Par là, tout près du hangar principal du 'Goliath Mariane' dit Geneviève en faisant de son mieux pour ne pas montrer sa tristesse.

«Tu y étais, n'est-ce pas?»

«Oui, mais j'en suis partie parce que je devais chercher mes enfants qui sont dans la cantine avec leur grand-mère Virginia.»

«Je te comprends, Geneviève. Bon, je ne t'ennuie plus. On se revoit peut-être plus tard.», finit par dire Mme. Harveux en partant pressée chercher ses collègues français.

Geneviève resta sans bouger en voyant l'aviatrice française s'éloigner vers le hangar principal. A vrai dire, elle voulait rester dans cette solitude pour qu'on ne la voie comment elle se sentait déprimée. Cela ne voulait pas dire qu'elle désirait que Léon soit venu la voir directement après son arrivée. Pour elle, il aurait suffi que Léon se soit rendu compte qu'elle était venue le recevoir aussi. Le fait que la Mexicaine soit dans les terrains de Columbia l'incommodait déjà. Un seul regard de l'homme qu'elle aimait si fort aurait été suffisant pour la réconforter. Elle avait l'impression qu'elle allait défaillir. Elle se sentit profondément faible. Sous une autre circonstance elle ne se serait guère sentie si bouleversée. Elle était tombée si fortement amoureuse de Léon que l'indifférence de celui-ci à son compte avait brisé le cœur. Elle désirait tant sentir le regard de cet homme. Combien elle souffrait à cause d'une situation qui n'aurait jamais eu aucune importance chez quelqu'un d'autre. Geneviève était devenue trop émotionnelle et subjective pour maîtriser la situation et comprendre qu'il y a *«plus de temps que de vie»*. Pour elle, le temps ne bougeait pas.

«Maman, maman», la voix de ses enfants la remit. Ils venaient en courant vers elle. Virginia venait derrière elle. Geneviève embrassa ses deux enfants en même temps.

«Voilà mes deux petits rois! Mais pourquoi vous m'avez laissée si seule pour si longtemps!»

«Mais nous étions avec papa, maman», dit le petit Gustavo.

«Il nous a apporté un gâteau au chocolat très grand», dit à son tour la petite Amélie.

«Comment ça! Et vous ne m'avez pas invité à en manger ensemble?»

«Mais nous t'avons laissé un grand morceau du gâteau dans la cantine!», ajouta la petite fille. «N'est-ce pas Virginia que nous avons laissé du gâteau au chocolat pour maman dans la cantine?» Les petits Gustave et Amélie n'avaient jamais appris à appeler Virginia grand-mère.

«Nous avons dit à la femme qui a les cheveux longs que le gâteau était pour toi. Elle a dit qu'elle ne le mangera pas. Elle l'a promis. Si elle le mange, nous ne jouerons plus avec elle.

N'est-ce pas Amélie?»

Geneviève fit de son mieux pour ne pas contredire ses enfants.

«Non, mes petits malins, la femme avec les cheveux longs ne mangera pas mon morceau de gâteau, autrement votre père la grondera un peu. On dit qu'elle est jolie!»

«Oui, maman, mais je serai jolie comme toi parce que mes cheveux seront comme les tiens.»

«Oh, ma petite mignonne, que tu es an ange! Maman, je crois qu'on doit rentrer. J'ai mal à la tête. Aujourd'hui il y a plus de gens que jamais ici. Tout m'agace un peu.»

«Je vois que tu n'es pas heureuse. Tu ne l'as pas vu?», demanda Virginia à Geneviève.

«On leur fait une interview. Il n'a pas eu le temps. Je crois qu'il n'a pas pu apercevoir que j'étais par là. Peut-être il pense que je suis dans la cantine.

«Alors pourquoi tu te vois si malheureuse? Je crois qu'il n'y a pas lieu pour que tu te sentes comme ça. Je suis plus vieille que toi, ce qui me permet de te dire que souvent quand on aime, on devient trop égoïste. Tu aurais dû rester à la cantine. Tout le monde a une bouche et un estomac, et tu sais qu'il n'y a que la cantine ici où les amis français ont à manger. Après un long vol depuis Santiago, il n'en est pas moins vrai qu'ils meurent de faim. Je pense que tu t'es affligée pour rien»

«C'est-à-dire que tu proposes que je sois restée à la cantine avec la présence de Gregorio et la Mexicaine? Ne crois-tu pas que Gregorio pourrait se sentir embarrassé?»

«Et si elle vient souvent ici, que feras-tu?»

«Maman, je crois qu'elle y est venue à cause de l'arrivée du 'Goliath, comme tous ces gens partout. On y va. Je meurs d'envie de me coucher un peu. »

«Ecoute, Geneviève, j'ai oublié de te dire que Gregorio ira

demain chez nous pour chercher les enfants et les emmener dans sa nouvelle maison. Tu lui as dit qu'il pourrait venir chercher ses enfants quand il en aurait envie. Je n'aurais jamais imaginé que tu puisses rester deux jours sans tes enfants»

«Ils seront avec Gregorio qui est leur père. Il prendra soin d'eux comme si c'était moi»

«Quand même!»

«Maman, mes enfants seront heureux avec leur père. Moi, je vais en profiter pour aller à l'Eglise de Regla. Tu viens avec moi?»

«Je voudrais bien t'y accompagner, mais j'ai promis à tes sœurs d'aller les visiter. Il y a un mois que je ne les vois pas, depuis qu'elles sont venues voir les avions.»

«Si tu veux, je peux aller à l'église un autre jour pour t'accompagner chez mes sœurs. Moi aussi, je veux les voir.»

«Non, ma fille, il faut que tu ailles à l'église de la Vierge de Regla, ma Yemaya, pour prier pour toi et pour ceux que tu aimes, et à travers laquelle tu prieras aussi la Vierge de 'La Caridad del Cobre', ton Ochoun, qu'elle te protège et fortifie ton âme. Ma fille, en ce moment tu traverses un moment difficile. Il faut que tu remontes ton esprit. Tu as besoin de te remonter. Quant à moi, je reviens dimanche de chez tes sœurs. Donc, tu vas rester seule jusqu'à ce que je revienne. Tu sauras comment te débrouiller par toi-même. Profite de ce temps pour que tu réfléchisses un peu.»

Entre Geneviève et Virginia il s'était établi une relation étroite qui allait par-delà de celle d'une fille et de sa mère. Quand elle disait que Gregorio était un bon homme, elle ne se trompait pas. Elle savait qu'il aiderait sa fille dans son désir de s'établir dans la ville de La Havane. Cependant, elle était certaine qu'il n'était pas le grand amour de sa vie. Maintenant, Geneviève avait trouvé cet amour. Celui-ci l'avait surprise quand elle avait établi un ménage stable avec Gustavo. Elle n'était pas préparée pour affronter une telle relation de compréhension, passion et intimité. C'était un bel amour, mais trop fort pour elle parce qu'elle aimait assez ses enfants. Malgré tout cela, elle n'allait pas renoncer à ce nouvel amour parce que la souffrance fait partie des grands sentiments amoureux.

Alors que l'enthousiasme se tenait sous une atmosphère festive dans l'aérodrome de Columbia, Geneviève et Virginia en partirent avec les enfants.

* * *

Alors que son frère s'était dirigé au bâtiment principal de Columbia avec des personnalités de l'aéronautique cubaine, des militaires et d'autres gens, Léon et deux de ses compagnons restèrent avec des journalistes, des photographes, des artistes de théâtres et de cabarets havanais entre le «Goliath», majestueux et imposant, et son hangar. La police militaire de Columbia était très stricte lors de l'arrivée du «Goliath», car on ne permettait pas que le public soit dans les terrains de l'aérodrome, sauf les gens qui avaient été autorisés à y descendre. Les gens étaient entassés dans les gradins derrière la clôture.

Léon était content; cependant, à plusieurs reprises, il regardait par ci par là en cherchant Geneviève. Il se demandait pourquoi elle n'était pas par là. Il croyait qu'elle n'était pas venue, au moins qu'elle soit dans la cantine. Il s'ennuyait déjà. Il voulait que tout le monde parte pour aller la chercher. Il voulait la voir. Elle lui manquait.

Le temps passait et peu à peu les gens commençaient à se retirer de l'aérodrome de Columbia. Les gradins se voyaient moins encombrés de gens. Il était déjà presque six heures du soir. En ce mois il se faisait nuit tôt. C'est alors que Léon put laisser le groupe pour se diriger vers la cantine. Il savait que Geneviève ne restait jamais si tard à Columbia à cause de ses enfants. De toute façon, il voulait être certain qu'elle n'y était pas. En y arrivant, il vit une très jolie femme aux longs cheveux noirs. C'était la mexicaine.

«Bonsoir, madame!» lui dit-il avec un sourire affable.

«Bonsoir, monsieur. Ne serez-vous pas le galant Léon?

«Oui, madame, lui-même en corps et âme. Me connaissez-vous, par hasard?»

«Pas personnellement, mais en écoutant tant parler d'un français charmant, avec une grande allure, ce ne pourrait être que vous! Enchanté Léon». Elle lui tendit la main. Léon était si anxieux de voir Geneviève qu'il ne lui demanda pas le nom.

«Geneviève n'est pas par-là? Je suis arrivé de Santiago et je voudrais la saluer.»

«Lors de l'arrivé de votre avion, Virginia et les petits sont restés ici car nous leur avons apporté un gâteau au chocolat. Je crois que Geneviève est allée voir l'atterrissage de l'avion. Elle est partie avec le petit français qui a un chien»

«Oui, c'est Chauvin. Merci Madame. Au revoir» Léon s'en alla vers le bâtiment principal. En y arrivant, il vit Chauvin qui venait à sa rencontre.

«Dis donc, le pote, tu as vu Geneviève. Je lui ai apporté un petit présent, mais elle n'est pas par là. » Pour les français, Geneviève était considérée comme un des leurs. C'est pour cela que pour Chauvin c'était normal que Léon lui ait apporté un cadeau.

«Je l'ai laissée tout près du hangar de la 'Marianne'. Je crois qu'elle a suivi votre interview avec la presse. Etant donné tout ce qu'elle fait pour nous, je crois qu'elle aurait dû y être. Ne le penses-tu pas?»

«Bien sûr, quoi! Elle était tout près de moi, mais stupidement je ne l'ai pas vue. Oh, mon Dieu!», pensa Léon. «Pourquoi elle n'a pas attendu? Pourquoi elle ne m'a pas appelé. Pourquoi elle ne s'est pas approchée de nous?»

«Ecoute, Léon, demain on est invité à un déjeuner à l'hôtel Séville, dans l'allée du Prado. C'est tout près du parc Central. On nous y emmènera en voiture. Les activités ici seront suspendues demain pour que nous puissions passer un bon temps au déjeuner. On dit que cet hôtel est chic.»

«D'accord, nous irons au déjeuner au Séville» Léon sourit. Décidément, l'idée de s'approcher à La Havane Coloniale lui plaisait beaucoup.

«On doit être ici à Columbia. D'ici, on nous mène à l'hôtel Séville en voiture.

En partant chez eux pour Buenavista où ils habitaient, pas si loin, Léon avait déjà une idée dans la tête.

* * *

Samedi matin, les français étaient déjà sur pieds, prompts comme au temps de la guerre, mais en cette occasion ils n'allaient pas risquer leur vie. Vers dix heures, ils partirent de chez eux pour prendre le tramway dans le coin de la rue prochaine située à une cinquantaine de mètres de leur maison. En tramway, ils seraient à Columbia en dix minutes environs. Ils étaient tous habillés en costume et cravate. Léon n'était pas parmi ses copains. L'idée qu'il avait eu c'était d'aller en son vélo bien qu'il aille en costume et cravate. Il était un bon cycliste, et en tant que mécanicien, son vélo n'était pas mal. En plus, Il avait ajouté un deuxième siège d'ouate au-dessus du garde-boue de la roue d'arrière.

Lorsqu'on arriva au campement de Columbia, Léon y était déjà. Tout y était calme. Quelque peu distant, on voyait les deux Farman F-60 «Goliath» près de leur hangar. En face de ces colosses déjà chevronnés, se trouvaient les quatre Farman F-40 gaillards, les Chouettes de l'Escadrille 25. Une demi-heure plus tard, vers onze heures les deux voitures ils partirent de Columbia pour l'hôtel Séville. Derrière eux, on vit Léon pédalant, tout heureux.

* * *

« Je m'en vais, Geneviève. Ton bain est prêt. Ne laisse pas que l'eau se refroidisse pour que tu ne t'enrhumes pas. Essaye de ne pas te mouiller la tête, si tu veux »

Virginia partit chez ses autres filles vers onze heures du matin, une heure après que Gregorio était venu chercher les enfants pour les emmener dans sa nouvelle maison où ils resteraient jusqu'au dimanche après-midi. Avant son départ, elle avait préparé le bain pour Geneviève qu'elle savait qui se débattait dans un état dépressif léger. Virginia était certaine que si sa fille restait seule, cela la remettrait d'aplomb, c'est à quoi aiderait un bain aromatisé avec des pétales de jasmin et des feuilles de basilic.

Elle avait pris la bassine où l'on baignait les enfants, et qu'on gardait sous le comptoir de gauche. Cette bassine était plus grande que celle que Geneviève avait quand elle vivait dans ce studio quelque temps avant. Quand il y avait beaucoup de monde dans les salles de bains de dehors, Geneviève se baignait dans la grande bassine dans le cabinet de service. En ces occasions, elle fermait la porte du cabinet de service si les enfants ou Virginia étaient dans la demeure. Parfois Virginia restait avec les enfants dehors dans le Patio du Solar, parlant avec des voisines, notamment avec Magalie, les enfants jouant avec d'autres petits garçons, car le Patio était pour eux comme une sorte de parc pour s'amuser.

En ces moments que Geneviève ne vivait plus avec Gregorio, elle faisait la toilette et la lessive dehors dans Le Patio de Solar, souvent accompagnée par son amie Magalie avec qui elle aimait causer de choses et d'autres. Geneviève n'était plus si timide et réservée. Elle mettait des chancletas en bois et un peignoir. Elle avait subi une sorte d'assimilation contextuelle.

Elle allait prendre le bain dans le cabinet et puisqu'il faisait frais, elle avait ajouté de l'eau de Cologne avec les pétales de jasmin et les feuilles de basilic que Virginia avait mis dans l'eau avant de partir. Elle avait gardé les persiennes de la fenêtre du cabinet ouvertes.

Ainsi, sa mère partie et se sachant seule, alors que le studio était rempli d'une odeur agréable, Geneviève avait ôté ses vêtements. Elle s'était rassurée que les persiennes des fenêtres étaient fermées. Qu'elle était belle quand elle était nue! Elle entra dans la bassine et s'y assit pendant quelques minutes. La bassine était un peu petite pour sa taille; c'est pourquoi, elle mit son cou sur une serviette aménagée sur la bordure arrondie de la bassine, alors qu'elle avait déjà sorti ses pieds par-dessus la bordure opposée de la bassine. Que ses orteils étaient fins et son empeigne si joliment arqué! Elle avait mis un mouchoir bleu foncé sur sa tête pour empêcher que ses cheveux se mouillent. Le mélange de l'odeur du jasmin, du basilic, et de la Cologne lui était agréable.

Il était presque midi. Geneviève s'était presque endormie dans la bassine à cause de l'eau aromatisée. Elle se mit debout pour finir son bain. Elle se savonna avec du savon de Castille dont elle aimait couvrir son corps tout entier avec de l'écume.

Après le bain, elle mit un peignoir pour vider la bassine et la garder sous le comptoir de droite.

Alors elle vida la bassine avec un seau parce que celle-ci était trop lourde remplie d'eau pour la porter sous le comptoir dans le cabinet. Puis, elle arrangea l'appartement à une pièce tout entier: elle essuya le sol du cabinet de service qui était un peu mouillé et ensuite eut l'idée de mettre le matelas à elle et Virginia au milieu de la pièce sur le tapis, et le couvrit avec une couverture rouge que Virginia avait achetée dans un magasin de la rue Muralla. Virginia disait qu'il fallait vanter Chango, déité yoruba, maître de la foudre et de la guerre, et dont la couleur rouge lui appartenait. En plus, le rouge était la couleur de la fureur et la fougue.

Elle se déshabilla et enleva le mouchoir de sa tête. Elle libéra ses cheveux de mulâtresse de traits asiatiques, et se coucha sur la couverture rouge. Les fenêtres fermées avaient les persiennes légèrement soulevaient Et sous la fragrance qui embaumait son alcôve improvisée, alors qu'elle était sensuellement nue, elle s'y endormit en pensant à Léon.

* * *

Au début du XX siècle, La Havane était une belle cité, fine en architecture, d'exquise forgerie baroque, avec une force immense de chromatisme dans ses murs comme celui de la façade de l'hôtel Séville, situé dans la pittoresque Allée du Prado, et qui était l'un des quatre grands hôtels de La Havane comme les hôtels Angleterre, Plazza et Saragosse, qu'on voyait aux environs du Parc Central.

Il était déjà midi quand les français arrivèrent à l'hôtel Séville. Léon les y attendait. Il avait gardé son vélo dans les locaux des gardians de l'hôtel. Quelques minutes plus tard, Madame Haveur y arrivait avec deux français qui faisaient partie de l'équipe qui remplacerait celle de ces autres français cofondateurs de la Compagnie Cubaine d'Aviation, l'équipe de Lucien.

Lorsque les français et d'autres cubains invités au déjeuner à l'hôtel Séville traversèrent l'arc élevé de son entrée, ils arrivèrent dans un grand couloir style « Les mil et une Nuit », exalté par des jolis carreaux de faïence de céramique, où l'agréable Patio de l'hôtel avec sa fontaine susurrante devenait le lieu idéal pour se détacher de la pression quotidienne. Dans le toit, il y avait un restaurant belvédère avec des grandes fenêtres qui entouraient le salon, permettant des vues spectaculaires de la mer, de la baie et de la Havane Coloniale.

« Mes chers amis », dit Anibal de Mesa « avant des monter au restaurant, on va rester ici, au patio, pour prendre une boisson agréable, surtout pour que vous vous remettiez de votre voyage en tramway puisque vous n'avez pas voulu venir dans les deux voitures que je vous avais offert. Il paraît que vous vouliez être encore en contact avec les gens communs du peuple, car votre départ pour la France est près»

«Ce serait dur de se détacher d'un peuple si grand et différent!», dit Guy de Roig.

«Surtout de ses femmes! Que dis-tu, Léon?»

«Je crois que tu le sais autant que moi, mon cher Camille!» répond Léon avec malice. «La seule façon de ne pas en être affolé, c'est rester loin d'elles sans les regarder, autrement tu te laisses enivrer volontiers plein de passion et de plaisir. Elles sont toutes fabuleuses!»

263

«Je vois qu'en plus de bons pilotes et mécaniciens, vous êtes de bons Casanova!», dit de Mesa en souriant. «Bon, en parlant d'ivresse, je vous conseille de prendre la boisson favorite de l'hôtel, fait avec du rhum, du jus d'ananas, de la grenadine et de la glace, ou autrement le prendre le délicieux Daiquiri de l'hôtel, fait avec du sucre raffiné, du citron, des cubes de glace, du rhum blanc et des gouttes de marasquins qu'on mélange dans un mixer pour avoir une boisson frappée exquise et rafraîchissante, et qui est aussi bon que celui du Bar «l'Ananas d'Argent», qu'on connaît maintenant comme le «Bar Floridita», qui se trouve dans la rue Obispo et Monserrate tout près du Parc Central ».

«Mais oui, je sais où ça. Le soir de gala au Payret, j'ai passé par là quand je me rendais et venais de chez une amie», dit Léon.

«Notre ami Léon s'est tellement habitué à la vie quotidienne de La Havane, qu'il fait même une visite nocturne à une amie!» finit par dire Anibal de Mesa alors que tout le monde s'était mis à rire. Léon, cependant, rougit légèrement.

«Chers amis, je viens d'arriver à Cuba pour ainsi dire, et j'ai constaté que les cubains sont très empreints d'amitié, d'une amitié qu'ils transmettent aux étrangers avec le cœur ouvert et chaleureux», dit Mme. Harveux. «Et une femme belle comme c'est la femme cubaine si attirante ayant ces qualités humaines remarquables est capable de bouleverser doucement n'importe quel homme, seulement avec leur regard, leur sourire ou leur allure!»

«Merci, Madame, de vos paroles d'éloge envers nos femmes», dit M. de Mesa. «C'est pour cette raison que j'ai invité quelques amies cubaines, qui avec vous, ma chère, vont sans doute nous faire plaisir avec leur présence si affectueuse!»

Après avoir pris leur verre et parler de choses et d'autres, on monta au toit où se tenait le restaurant Belvédère. En y arrivant, Léon se détacha du groupe pour s'approcher des fenêtres donnant vers le sud-est de La Havane Coloniale. On dirait qu'il cherchait un endroit donné!

«N'est-ce pas que c'est joli tous ces toits de tuiles rouges des maisons coloniales de La Havane?», demanda à Léon une des belles femmes qui s'était approchée de lui. Il s'agissait d'une belle brunette aux cheveux coupés à la mode avec des yeux vert olive. Elle portait une robe d'une fine soie rouge, comme rouge était la couleur de ses lèvres sensuelles et celle de ses ongles fins. Elle avait une agréable odeur exotique de Maja de Myrurgia. Léon resta ébloui par la beauté et la sensualité de cette femme. Il lui sourit.

«Oui, mademoiselle, je suis d'accord avec vous que c'est joli! J'aime beaucoup cette partie de La Havane. Elle est empreinte d'histoire. Tout le monde est proche les uns des autres. Tout le monde est prêt à vous aider. Cela leur plaît de vous servir volontiers»

«Je vois que tu aimes cette partie de notre ville. J'ai écouté mon ami Anibal parler sur ta visite nocturne à une amie. Il paraît qu'il s'agit d'une femme privilégiée.»

«Bon, elle l'est tellement. Elle est amie à nous tous. C'est une femme superbe! A part sa beauté, elle est une cuisinière magnifique et superbe. Avec sa beauté, sa sensualité et son art culinaire elle rend heureux n'importe quel homme!»

«Chez moi, nous avons une femme qui nous fait la cuisine. Ton prénom est Léon, n'est-ce pas?»

«Oui Et tu t'appelles comment déjà?»

«Carmen. Mes amies ne parlent que de toi! Tu sais Léon, pourvu que je devienne une femme privilégiée pour avoir ta visite, j'apprends à faire la cuisine sur le champ!»

«Carmen, tu es si belle et si élégante que tout homme meurt de plaisir de te rendre visite sans que tu sois une bonne cuisinière. Pour moi c'est plutôt un privilège être ton ami», lui dit Léon en donnant un baiser sur l'une des mains de Carmen. Il n'a pas pu éviter de sentir l'agréable odeur qui émanait de la main de cette belle femme.

«Votre parfum est vraiment séduisant, ma chère Carmen!»

Elle rougit légèrement en battant un éventail en étoffe de soie qu'elle avait à sa main droite lorsque quelqu'un les rejoignit.

«Je vous gêne, mes amis?»

«Pas du tout, Anibal», dit Carmen. «Je mourais d'envie de devenir une amie de Léon. Je suis sûre qu'il va me visiter bientôt. N'est-ce pas Léon?»

«Je le promets, parole d'homme!»

«Et ainsi tu me parleras un peu de tes exploits dans la guerre. J'ai même écouté parler de ce qui s'était passé au désert il y deux ans lors d'un accident du 'Goliath'. Je crois qu'on n'a pas peur de voler dans un avion qu'on sait qu'on ne meurt pas en cas d'accident. J'ai déjà volé au-dessus de La Havane dans un 'Goliath' tandis que tu étais à Santiago de Cuba »

«Bon, chers amis, je sais que votre conversation est intéressante, mais le déjeuner est prêt. Alors on se met à table.»

C'était un déjeuner succulent de la bonne cuisine cubaine, que c'était un produit de la cuisine espagnole où la bière et le rhum cubains, le vin espagnol et le cognac français se rencontrèrent aussi.

Dans la grande table aménagée pour l'occasion, Léon s'était assis en face de Carmen.

«Léon, je vois que tu ne bois pas trop. Tu n'as pris qu'un verre de vin rouge.»

«Tu as bien vu! Bien que je ne sois pas un grand buveur, aujourd'hui j'en fais presque totale abstinence parce que je suis venu avec mon vélo. Il m'attend en bas»

«Tu es venu en vélo? Quel émotionnant! Je rêve de me promener en vélo dans La Vieille Havane où la circulation véhiculaire n'est pas si encombrante»

«Je vous informe mademoiselle que notre ami Léon a ajouté un siège à son vélo, qui est plus commode qu'un coussin, en plus qu'il est un cycliste fabuleux», dit Guerchais assis à côté de Léon.

Presque vers trois heures de l'après-midi, les gens commençaient à quitter le restaurant. Carmen était déjà partie. Léon et Guerchais s'étaient approchés de la fenêtre.

«Dis, mon pote, comment s'appelle la femme qui parlait avec toi?»

«Carmen», dit Léon en regardant vers la baie. Tu sais, Geneviève habite par-là.»

«Qui aurait dit que c'était par-là que tu l'as vue un jour pour la première fois. Je vois pourquoi tu n'as pas assez insisté avec Carmen. Tu lui as plu.»

«Quelle est jolie, cette femme! Je ne sais pas si tu as senti son odeur! Tu ne peux pas t'imaginer l'effort que j'ai fait pour ne pas me jeter sur elle, mon mec!»

«Ton Amazone!» C'était suffisant pour Léon.

«Ecoute, je m'en vais chez elle. Je ne la vois pas depuis mon départ. Dis aux copains que je les revois chez nous. Qu'ils ne s'en soucient pas à mon compte. » Sur la table, il y avait des boites de cigares ouvertes, dont il prit deux cigares. Il descendit au rez-de-chaussée. Avant d'aller chercher son vélo, il acheta une boîte de bonbons dans une petite boutique trouvée dans le hall de l'hôtel. Dehors, il souleva le coussin du siège qu'il avait installé sur la roue d'arrière. Elle servait aussi de petite caisse dans laquelle il mit les deux cigares et les bonbons.

* * *

Après avoir pédalé depuis l'Hôtel Séville, ayant pris la rue Trocadero, puis la rue Villegas à droite jusqu'à la rue Sol, Léon entra dans le Patio du Solar. Il y avait des garçons qui jouaient au cache-cache et une belle jeune femme blanche qui pendait des pièces de vêtements dans une corde pour les faire sécher. La porte de «l'appartement» où Geneviève habitait avec ses enfants et sa mère était fermée. Il y frappa.

«Je crois qu'il n'y a personne là. Ça fait presque deux heures que Geneviève est partie», dit la femme. «Virginia m'a dit de dire à quiconque demande pour eux qu'elle est chez ses filles. Quant à Geneviève, elle est allée à l'Eglise de Regla. Peut-être elle sera de retour vers six heures du soir.

«Merci, ma chère dame!» dit Léon en partant.

Il descendit tout au long de la rue Sol jusqu'à l'avenue San Pedro où il tourna à droite pour pédaler une cinquantaine de mètres de plus jusqu'arriver au débarcadère du navire, le « bateau de mouche » qui le mènerait au quartier de Regla. Il monta dans la barque avec son vélo. Il était un peu excité pour avoir tant pédalé. Il se voyait content quand même. Il ne sut pas ce qui l'avait poussé à jeter des centimes américains dans la mer (on utilisait de préférence ces centimes dans le culte yoruba) On le regarda dans la barque avec étonnement parce ce n'était pas commun de voir un homme blanc si bien habillé jeter de l'argent dans la mer.

La barque mit une douzaine de minutes pour arriver au débarcadère de Regla. Léon en descendit et marcha sur le débarcadère qui avait été construit tout en bois. Vers la sortie, à droite, il y avait une caféterie où l'on achetait des cigarettes et du café. Léon eut envie d'en boire une tasse.

«Léon!», une femme l'appela. Léon crut la connaître.

«Oui, mademoiselle!». répondit-il.

«Tu n'es pas un pilote français?»

«Eh bien, oui. Est-ce qu'on se connait?»

«Bon un peu, oui. Je t'ai connu un soir au parc Central il y a plusieurs semaines. Je suis devenue amie à Camille»

«Mais oui, je m'en souviens maintenant! Tu t'appelles Mercedes, si je me souviens bien. Ça va?»

«Oui, ça va!», elle lui répondit en lui donnant un baiser sur la joue. «Et qu'est-ce tu fais par-là?»

«Je suis venu chercher une amie qui doit être dans l'église. Avant d'entrer dans l'église, je veux prendre une tasse de café. Tu m'accompagne? Je t'invite»

Léon et Mercedes burent une tasse de café chacun.

«La semaine dernière, je suis sortie avec ton ami. Il est venu me chercher ici. Puis on est allé se promener à La Havane. Il m'a dit que vous auriez un déjeuner à l'Hôtel Séville. Il m'y a invitée. Je lui ai dit que cette activité était plutôt pour ceux qui avaient une certaine relation avec la Compagnie d'Aviation. On ira peut-être demain au cinéma. Bon Léon, je te quitte. Je vais maintenant chez mes amies, celles qui étaient avec moi le jour que je t'ai connu. Au revoir» Elle l'embrassa encore une fois avant de partir. Cependant, Léon l'accompagna jusqu'au navire qui était sur le point de démarrer.

* * *

Depuis plus d'une heure, Geneviève était dans l'église dont le calme dedans la remettait. De temps à autre, elle s'agenouillait devant les différents autels des saints catholiques, ou devant le banc d'avant pour écouter la messe. L'un des choses qu'elle demandait, surtout à la Vierge Brune, c'était de revoir Léon qu'elle ne voyait pas depuis presque un mois. Il était déjà presque quatre heures. Elle avait faim parce qu'elle ne mangeait rien depuis le matin. Avant de partir, elle s'agenouilla de nouveau devant l'autel de La Vierge. En cette occasion elle demanda pour le bonheur, la santé et la prospérité de sa famille, y compris Gregorio à qui elle lui était reconnaissante de l'avoir tant aidée.

Elle sortit de l'église et acheta deux longues bougies de cire à un vendeur qui se trouvait près de la porte. Elle s'approchait du débarcadère quand soudain elle vit Léon qu'une belle femme embrassait. Ils parlaient avec trop d'intimité selon elle. Elle courut vers l'église en pleurant.

* * *

Léon marchait vers l'église. Il pensait que c'était trop tard pour voir Geneviève. Il s'assit dans un mur qui allongeait la petite ruelle qui aboutissait dans l'entrée de l'église. Il y resta une vingtaine de minutes. Il s'approcha de la porte et regarda vers l'enceinte de l'église. Il ne vit pas Geneviève. Peut-être elle ne vint pas à l'église, ou elle en partit déjà plutôt. Il se sentit un peu frustré, désorienté. Ainsi, il marchait vers débarcadère en regardant la chaussée.

«Olé, le moustachu!»

Léon leva la tête. C'était le cocher qui les avait conduits, lui et Geneviève jusqu'à l'interception de Trocadero et Sol il y a quelques semaines. Il était sur sa calèche.

«Alors, ça va?»

«Tu vois, j'ai du boulot!»

«Tu travailles aussi ici, à Regla?»

«Pas du tout. J'ai des clients qui voulaient venir ici en calèche.

Ils me payent bien. J'ai longé la baie. Et toi, qu'est-ce tu fais par-là?»

«Je suis venu chercher Geneviève, la femme qui était avec moi ce soir-là à la Vieille Havane. Il paraît qu'elle n'est pas venue ici».

«Mais si, elle y est venue. Le fait est qu'elle t'a vu avec une autre femme, mon vieux!»

«Comment ça?», demanda Léon surpris.

«Elle t'a vu quand tu te laissais embrasser par une très belle mulâtresse comme celle qui n'existe plus. Alors, ton autre belle môme qui pleurniche tout temps se mit à courir vers l'église. Je crois qu'elle y est parce que je ne l'en ai pas vue sortir. Tu vois, je suis vigilant parce que j'attends mes clients!»

La joie revient chez Léon.

«Merci, quoi! Dis, comment t'appelles-tu?» Léon soulevait déjà le coussin qui servait de couvercle de la caisse arrière de son vélo et en tira un cigare. «Tiens, prends ce cigare!»

«Moi, je m'appelle Nicolas. Et merci bien pour ce cigare»

Pour aller plus rapide, Léon parcourut la courte distance qui le séparait de l'église, monté sur son vélo qu'il laissa dehors, à côté de sa porte grande ouverte. Il entra. Le silence quotidien y régnait. Un prêtre faisait le sacrement de l'eucharistie. Avec son regard, il parcourut le grand salon d'un bout à l'autre. Parmi les dévots qui assistaient à la messe, Léon ne voyait pas Geneviève. Alors, il se décida à se déplacer au long du bas-côté de la partie gauche de l'église en regardant vers la nef. Elle n'y était pas non plus. Il en arriva au transept. Il regarda à gauche où il y avait une petite enceinte. C'était une chapelle. Il y entra. Il la vit. Elle était agenouillée devant un autel, priant. Il s'approcha doucement d'elle. En s'agenouillant un peu, il approcha sa tête de celle de cette femme qu'il désirait tant revoir.

«Geneviève!», il l'appela à voix basse pour ne pas gêner ceux qui étaient dans messe dans la grande enceinte de l'église.

«Oh, mon Dieu! Sans se lever, elle se retourna et passa ses deux bras autour du cou de Léon. Et ainsi, les bras autour de son cou, il la souleva. Elle pleurait encore.

«Ne pleure plus, je t'en prie. Tu vois, je suis ici, avec toi. Je suis venu te chercher»

«Tu es venu me chercher, mon amour! Je t'attendais depuis ton départ. Tu sais, j'avais demandé au fromager du Templete que tu reviennes à moi sauf et sain de ton vol à Santiago, et te voilà ici aujourd'hui avec moi» Ils parlaient à voix basse dans la chapelle. Ils s'embrassèrent.

Sans faire de bruit, Léon avec son bras droit autour de la ceinture de Geneviève, ils sortirent de l'église. Léon prit son vélo.

«Tu es venu dans ton vélo habillé comme ça?» Sous la clarté du jour, on apercevait qu'elle avait les yeux un peu gonflés par ses pleurs et son angoisse. Sa voix était entrecoupée. Elle souriait toutefois.

«Aujourd'hui, on a été invité à un déjeuner succulent dans l'Hôtel Séville. Je me suis habillé comme ça pour l'occasion. On était tous là. J'ai pris mon vélo parce que je pensais venir te voir. Quand je suis arrivé chez toi et que j'ai vu que la porte était fermée j'ai perdu l'espoir de te revoir aujourd'hui. De toute façon, j'ai frappé à la porte. C'est alors qu'une femme qui faisait sécher la lessive m'a dit que tu étais venue à l'église. Tu vois je suis arrivé à temps grâce à mon vélo»

Souvent, Geneviève avait vu Léon arriver à l'aérodrome de Columbia dans son vélo.

«Tu es venu seul?

«Oui, bien sûr! Mais pourquoi tu me demande si je suis venu

272

seul?»

«Qui était la belle femme qui t'embrassait au débarcadère? Je t'ai vu. J'ai cru que j'allais en mourir! Qui est-ce cette femme? Je n'avais jamais senti une crainte comme ça, de voir s'envoler ce qui est plus fort que moi»

«Oh, chérie, n'en souffre pas, tu veux! Elle s'appelle Mercedes. C'est une amie à nous, surtout à Camille. Je l'ai connue le jour où nous sommes allés au Templete. Quand je suis arrivé au Parc Central après t'avoir quittée, elle et deux autres jeunes femmes y parlaient avec mes copains après le gala au théâtre Payret» Léon disait tout cela à Geneviève parce qu'il l'avait trouvée un peu mélancolique et triste.

«Oh, mon Dieu!», exclama-t-elle. «Je te remercie du plus profond de mon cœur que tu me dises ces mots», dit-elle à cet homme qu'elle aimait déjà trop. Ils s'embrassèrent devant l'église en unissant leurs joues.

«Tu sais, j'étais sur le point de partir parce que je croyais déjà que tu n'étais pas venue. Tu te souviens du cocher qui nous avait emmenés jusqu'à la rue Trocadero, le jour où nous avions visité le Fromager du Templete»

«Oui, je m'en souviens. Pourquoi?»

«Et bien. C'est lui qui m'a dit que tu étais venue, et que tu m'avais vu avec Mercedes. Il était assis sur sa calèche tout près de débarcadère. Quand il m'a dit que tu étais par-là, l'espoir de te revoir aujourd'hui m'est venu à l'âme. Il s'appelle Nicolas.»

«Qu'est-ce qu'il faisait ici. Il te l'a dit?»

«Il y a amené des clients en longent le bord de la baie»

«Oh, Léon!» lui dit-elle en tirant la tête de celui-ci vers la sienne avec ses deux mains. Elle l'embrassa dans la bouche.

Dehors de l'église il y avait des vendeurs de différents produits. Une femme portant un panier plein de fleurs s'approcha. Elle avait été témoin d'un petit morceau de la passion d'un homme et une femme.

«Bonjour mon bel homme. N'allez-vous pas offrir des roses à votre belle déesse? Je suis sûre que la beauté de toute fleur est plus exaltée si une fiancée comme la vôtre, si jolie, la possède!»

«J'en conviens, ma chère dame!», dit Léon à la vendeuse à qui il acheta un bouquet de roses rouges qu'il offrit à Geneviève.

«Que tu es an amour, chéri», dit-elle dont l'allégresse dépassait les limites. En un bref laps de temps, elle avait retrouvé le calme spirituel et sa joie. Elle approcha le bouquet de fleurs à sa poitrine. Ce geste de Léon, que la coïncidence du destin avait aidé par la présence de la vendeuse de fleurs, sensibilisa davantage son cœur de femme. «Merci, Léon», lui dit-t-elle en le regardant dans les yeux.

«Je crois que tu devrais remercier plutôt cette dame qui nous est venue avec tant de fleurs dans son panier», dit-t-il en payant la vendeuse, à laquelle Geneviève donna le bouquet pour un moment. Elle ouvrit son petit sac d'où elle prit quelque argent. Elle en donna aussi à la vendeuse.

«Merci bien, mes enfants. Et que La Vierge de Regla vous tienne unis comme vous le méritez!»

Ils se mirent à marcher vers le débarcadère quand Geneviève vit un homme assis sur un petit mur qui longeait la ruelle Santuario jusqu'à l'interception de la rue Maceo. C'était un vendeur de bougies de cire de différentes mesures.

«Attends, Léon. Il me haut acheter deux bougies. Je crois que j'aurai du mal à porter le bouquet, son sac et les deux bougies, mais je vais me débrouiller» Elle savait que Léon aurait du mal à l'aider à cause de son vélo. De toute façon, elle acheta les bougies.

«J'ai déjà les bougies», dit-elle.

«Attends!», lui dit Léon en la voyant encombrée aves les bougies, le bouquet et le petit sac. «On va mettre le sac et les bougies dans la caisse que j'ai mis sur la roue arrière du vélo»

«Mais que vous êtes ingénieux, vous autres!» lui dit-elle en le regardant ouvrir la caisse.

«Tu vois, c'est une boîte de bonbons que j'ai achetée pour tes enfants dans le hall de l'Hôtel Séville, et ce cigare pour Virginia. A vrai dire, j'ai acheté deux cigares, mais j'en ai donné un à Nicolas, le cocher de la calèche»

Léon plaça les bougies et le sac de Geneviève dans la caisse de son vélo tandis que celle-ci le regarder faire avec une admiration immense en tenant le bouquet de fleurs dans sa main droite.

«Et maintenant, cette caisse sert de siège pour toi!»

«Tu dis que je vais monter dans ton vélo, assise sur ce siège en portant cette robe?», dit-elle en tenant la partie inférieure de sa robe avec ses deux mains pour montrer à Léon qu'elle ne pouvait pas y monter en califourchon.

«Mais tu peux t'y asseoir en travers avec tes jambes vers la droite. Tiens, on va descendre jusqu'au débarcadère pour que tu voies que c'est facile. Viens, monte!». En voyant Geneviève monter sur le siège arrière du vélo, on dirait une gamine en pleine adolescence qui s'amusait pleine de gaité. La vendeuse de fleurs et celui de bougies regardaient la scène avec sympathie. Ils descendirent par la ruelle Santuario, Geneviève tenant son bras gauche autour de la ceinture de Léon tout en riant et criant sans trop de bruit. Elle garda le bouquet de fleurs dans sa main droite. En arrivant au débarcadère, ils aperçurent Nicolas sur la calèche qui attendait encore pour ses clients, à gauche de l'entrée du débarcadère.

«Voilà les amoureux! Si cette nuit-là vous aviez apporté ce vélo, elle n'aurait pas été tant inquiétée pour ses enfants! En

275

vous voyant si heureux, j'espère qu'une fois de l'autre côté de la baie, ce vélo aboutisse dans un bon restaurant», dit le cocher amicalement.

Geneviève ne dit rien.

«Tu sais, quant à aller à un restaurant, ce serait un peu difficile!» lui répondit Léon avant d'aller aborder la chaloupe à passagers qui était sur le point de démarrer.

Léon et Geneviève s'installèrent sur la proue de l'embarcation. C'était une barque à vapeur tout en bois, d'une douzaine de mètres de longueur et une demie douzaine de mètres de largeur, comprenant une plateforme-terrasse sur sa proue et sa poupe d'une superficie de quelques mètres environ chacune. Cette embarcation était entourée de fenêtres ouvertes. On parvenait dans l'intérieur de l'embarcation par une entrée centrale de presque deux mètres de large, sans portes, et dont la partie supérieur de la coque était entourée d'un bord qui servait de passage latéral d'une quarantaine de centimètres de large qui servait tantôt pour prévenir un accident au moment de l'accostage dans le quai de l'embarcadère, car il y avait des passagers qui avaient tendances à tenir leurs bras par dehors des fenêtres, ou tantôt pour des passagers qui faisaient la traversée de la baie debout sur ce bord extérieur durant les heures d'embouteillage, en saisissant les encadrements des fenêtres qui servaient des piliers pour soutenir le toit de ce sorte de «bateau mouche» cubain. Dans son intérieur, il y avait un grand moteur dans son milieu, enfoncé dans la coque et deux logs bancs latéraux pour les passagers. Depuis le plafond, pendaient deux longues barres parallèles entre le moteur et les bancs pour ceux qui n'avaient pas de chance de s'assoir sur ceux-ci auxquels les femmes enceintes, les vieillards et les handicapés avaient priorité.

«Léon, pourquoi tu as dit à Nicolas le cocher que c'est difficile que nous allions manger quelque part. Moi, j'ai très faim!»

«Ma vie, je crois qu'il est cinq heures par-là, et tes enfants vont s'inquiéter, Virginia pourrait s'en affoler!»

«Ecoute! D'abord, mes enfants n'affolent jamais leur grand-mère. En plus, ils ne sont pas avec Virginia, mais avec Gregorio qui est venu les chercher ce matin pour les tenir jusqu'au dimanche vers l'après-midi. Ma mère va rester chez mes sœurs jusqu'au dimanche aussi», dit-elle malicieusement boudeuse.

«Ma chérie, ne te fâche pas! Je ne voulais pas dire que les petits Gustave et Amélie affolent Virginia! C'en est qu'ils pourraient se mettre à pleurer, tu vois, s'ils ne te voyaient pas»

«Je ne suis pas fâchée», lui dit-elle en l'embrassant.

«C'est-à-dire que nous resterons seuls jusqu'à demain?»

«Il paraît!», lui dit-elle. «Au moins que tu ne t'ennuies!»

«M'ennuyer, moi, qui ai attendu ce moment avec la plus grande envie du monde!» C'est lui qui l'embrassa alors.

Ils restèrent debout sur la proue de «La Lancha de Regla» en regardant comment celle-ci s'approchait du débarcadère da La Havane. Parfois, ils étaient légèrement mouillés par l'eau de la baie quand la quille de l'embarcation heurtait contre les vagues un peu hautes par ces jours des vents provenant du nord. Léon tenait son vélo par le guidon de sa main gauche alors qu'il avait son bras droit entourant la ceinture de Geneviève qui appuyée contre lui saisissait le bord de l'embarcation avec sa main droite pour tenir leur équilibre, car le roulis et le tangage du navire sous l'effet de la houle et d'un vent frais de travers de trente kilomètres à l'heure, alors qu'ils naviguaient dans la darse de la baie, pourraient leur provoquer du mal de mer.

«Tu as peur de voyager en bateau, chérie?»

«Non, pas du tout, mais aujourd'hui, en venant de La Havane, j'ai eu une petite nausée. Je croyais que j'allais vomir. Cependant, ce matin, pour mon petit déjeuner, je n'ai eu qu'un peu de café au lait et un petit morceau de pain avec du beurre. J'étais pressée pour venir à l'église. C'était la première fois que j'ai éprouvé ce malaise. Et maintenant, bien que je n'aie rien dans l'estomac depuis ce matin, ce balancement de l'embarcation est un peu plus fort et j'ai peur que ça me donne de la nausée de nouveau»

«Comment, Geneviève, tu ne manges rien depuis ce matin?»

«Je pensais tellement à toi et je me sentais si déprimée que je n'avais pas envie de manger quoi que ce soit. Mais maintenant que tu es là j'ai envie de manger quelque chose. Et toi, tu n'as pas faim?»

«Je vais te le démontrer dans le restaurant où nous allons manger. Où veux-tu manger? Je t'invite»

«Tu sais, j'ai du sang chinois dans mes veines. J'adore la cuisine chinoise. On m'a dit Il y un petit restaurant dans le quartier chinois de Cheng Leng, qui se fait appelé Luis Perez. Le restaurant se trouve dans l'intersection de la Rue Zanja et Rayo, près de la fabrique de cigares Partagas Oh, j'ai oublié! Je crois qu'on ne peut pas monter des vélos dans les tramway»

«Comment, tu mépris mon vélo ou tu ne me crois pas capable de t'y emmener vers n'importe où? Pourquoi tu crois que j'ai ajouté un deuxième siège à mon vélo? Ne me dis pas que tu croyais que c'est pour me promener avec la femme de Napoléon!»

«Mais comment tu vas m'emmener jusqu'au restaurant de Chun Long avec ton vélo avec ma robe? D'ici là, ce n'est pas une descente comme celle entre l'église et le débarcadère»

«Ne t'en fais pas et laisse-moi faire, chérie»

Déjà tout près du débarcadère de La Havane, Geneviève prit quelques monnaies d'une des poches de sa robe et les jeta dans l'eau de la baie. Quelques minutes plus tard, l'embarcation déjà accostée au quai, ils durent attendre que tout le monde en débarque pour quitter la proue et débarquer à leur tour. Une fois dans le trottoir, ils traversèrent l'Avenu Pedro à pied. Dans la rue Santa Clara, Geneviève monta sur le siège arrière du vélo, de la même façon qu'elle avait fait à Regla en gardant le bouquet de fleurs dans sa main droite. Le temps qu'il faisait aidait à ce que les fleurs se tiennent immaculées. Il était cinq heures dix de l'après-midi.

Ils montèrent par la rue Santa Clara pour tourner à droite dans l'intersection suivante, la rue Officio, tout au long de laquelle Léon pédala jusqu'à la rue Muralla deux pâtés de maisons en avant pour tourner à gauche. Ils voyagèrent une dizaine de pâtés de maisons par la rue Muralla jusqu'à la rue Dragones qui continuait en avant, pour continuer droit dans la rue Zanja, déjà dans le Quartier Chinois, pour arriver à son intersection avec la rue Rayo où se trouvait le restaurant de Cheng Leng.

Le Quartier Chinois de La Havane était quelque chose de plus, quelque chose de remarquable dans l'ensemble des rues courtes et étroites trouvées dans La Ville de La Havane. Depuis le début de son établissement par des émigrants notamment chinois, leur culture se mêla avec la culture cubaine. Partie de cette culture, c'était leur cuisine facile à préparer. *Il n'y avait pas de règles précises, juste des grandes possibilités offertes à l'imagination et à votre esprit créateur. L'essentiel était de la préparer en respectant l'harmonie entre les saveurs et les couleurs, les éléments essentiels consistant en sauce soya, sauce d'huître, huile de sésame, en sauce hoisin, en les cinq épices, étant un mélange de cinq épices moulues, à savoir le poivre anisé, l'anis étoile, le clou de girofle, la cannelle et le fenouil.

«Bonjour, monsieur et madame. Venez-vous manger» leur

demanda un chinois d'une trentaine d'années.

«Oui» répondit Geneviève avec gaieté.

On leur donna le menu.

Le patron du restaurant, en voyant que Geneviève avait un bouquet de roses, lui demanda:

Si vous voulez, madame, on peut garder vos fleurs dans la glacière de la maison pour les tenir fraîches»

«Merci. Vous êtes bien gentil!»

Ils s'assirent près d'une fenêtre donnant vers la rue Zanja. Le patron du restaurant avait ordonné à quelqu'un de garder le vélo de Léon dans la cour arrière du restaurant où l'on gardait les bicyclettes de ceux qui venaient manger au restaurant en vélo.

«D'où il te vient que tu aimes la cuisine chinoise, Geneviève? Lui demanda-t-il déjà assis à table.

«Mon père était d'origine chinoise. Je crois que c'est pourquoi j'adore cette cuisine. Ma mère me préparait des plats chinois quand nous habitions à Sagua la Grande. Nous y avions des voisins chinois. Ils nous aidaient à trouver des ingrédients pour préparer les plats. Nous cherchions toujours dans le marché des racines et des feuilles de gingembre, les champignons noirs, des pousses de bambous et des châtaignes d'eau. Nous utilisions des légumes de saison propres à leur pays pour cuisiner les plats chinois. Le gingembre était utilisé comme épice pour donner du goût. La racine était pelée puis coupée en tranches fines pour l'incorporer aux viandes ou aux poissons. J'aime bien les poissons. Les champignons séchés et parfumés avec les champignons chinois noirs, les châtaignes d'eau, qui étaient des racines de plantes aquatiques, donnaient un goût délicieux aux repas.

«Vous avez déjà choisi ce que vous allez manger, monsieur

et madame?», leur demanda un jeune chinois avec amabilité extrême.

Geneviève se sentait profondément heureuse en se voyant assise dans un restaurant invitée par l'homme qu'elle aimait très fortement.

«Comme entrée nous voulons de la soupe aux crevettes avec da la pâte de soja et des raviolis à la vapeur. Et comme plat fort, apportez, s'il vous plaît, un filet de morue cuit à la vapeur pour elle, et pour nous deux du riz frit cantonnais aux crevettes»

«J'ai une amie qui a mangé de ce riz frit avec des crevettes. Elle dit que c'est exquis. Qu'est-ce que c'est ce plat?»

«C'est du riz parfumé cuit à l'eau avec de la viande émincée de jambon ensemble avec des crevettes décortiquées. On y ajoute de l'oignon vert coupé en petits morceaux, du petit pois avec d'autres légumes. Il y a aussi de l'œuf battu, de la sauce de soya, du sel et du poivre. Qu'est-ce vous allez boire, de la bière, du vin ou du jus de fruit?»

«Apportez-nous du jus de fruit. Elle veut du jus d'ananas, et moi, je veux du jus d'orange»

Que Geneviève était heureuse! En mangeant, ils parlèrent de choses et d'autres.

«Tu ne manges pas beaucoup. Tu n'avais pas très faim? Tu n'aimes pas la cuisine chinoise, toi?»

«Mais si, mon chou, j'aime bien la cuisine chinoise, mais n'oublie pas que j'ai eu un déjeuner succulent cet après-midi à l'Hôtel Séville.»

«Ah, oui, c'est vrai! Tiens, goûte de mon plat. Il va te plaire. Il est délicieux!» dit-elle en approchant avec soin sa fourchette vers la bouche de Léon avec un petit morceau de jambon. Il ouvrit la bouche pour prendre le morceau de jambon.

«Mais oui, c'est bon!»

«Tu en veux davantage?»

«Bon, un autre morceau, et c'est tout. Je finis mon jus et c'est fini de mon côté»

«Moi, aussi, j'ai fini»

On apporta la carte.

«C'est agréable cette odeur ici. C'est du parfum?»

«Non, madame. C'est de l'encens chinois Feng-Shui. Ici, on le fait brûler dans un récipient pour que sa fumée remplisse le restaurant une odeur agréable»

«J'aime bien les bonnes odeurs. L'odeur ici me plaît beaucoup», dit Geneviève.

«Les encens Feng-Shui sont bons. Ils sont fabriqués dans la région de Canton avec une pâte d'encens semblable à celle des encens Japonais sur un bâtonnet de bambou très fin. C'est un art très ancien fait pour établir l'harmonie des hommes avec la nature. Il est fait avec du cèdre offrant une senteur verte et balsamique, de l'oliban des certaines boswellias offrant une senteur résineuse et chaleureuse, de l'orange offrant une senteur douce et sucrée et du jasmin offrant une senteur fraîche et fleurie.

«Comment vous apportez cet encens dans votre restaurant? Vous en apportez de la Chine?»

«Comment, mon cher ami! On achète ces produits séchés moulus, sauf l'oliban que c'est une résine qu'on met sur les produits séchés qu'on brûle l'encens dans du charbon de bois»

«Ma mère aime brûler de l'encens chez nous dans un récipient de céramique. Elle y fait brûler du charbon de bois, puis elle y ajoute l'encens».

«Chez Sarra on achète ce qu'il faut pour faire brûler le Feng-Shui»

«Oh, chéri, je sais où ça, la droguerie Sarra. C'est dans mon quartier. En retournant chez moi, on peut passer par là pour acheter ce qu'il faut pour faire le Feng-Shui. L'encens est relaxant et purificatoire. En plus, il me faudra de l'encens pour faire fuir les insectes et de la Cologne»

Mais oui, on ira chez Sarra, chérie.

Vers six heures et demie, après avoir payé et donné un pourboire, on apporta le vélo à Léon et le bouquet de fleurs à Geneviève, et ils quittaient le restaurant. Et Geneviève montée dans son siège sur le vélo, Léon commença à pédaler pour descendre par la rue Zanja qui devenait la rue Dragones, et celle-ci devenait la rue Muralla.

Cinq minutes plus tard, il tourna à droite dans la rue Villegas pour tourner à gauche dans la rue Sol où Geneviève habitait. Tout au long du trajet, il y avait beaucoup de gens dans les rues car c'étaient les samedis les jours les plus animés de gens de la semaine. Les magasins restaient ouverts plus longtemps et les bistrots, les bars, les restaurants et les cabarets ouvraient plus tôt. Cette quantité de gens dans les rues donnait de la gaité à l'ambiance. Léon tourna à gauche dans l'intersection avec la rue Compostela et pédala jusqu'au coin de la rue prochaine, Teniente Rey, où se trouvait la droguerie Sarra.

«Voulez-vous que je vous garde votre vélo, monsieur» demanda cordialement à Léon un garçon brun qui se trouvait dans la porte de la droguerie.

Dans cette partie de La Ville de la Havane, les samedis étaient les jours de la semaine les plus animés de gens qui se mêlaient avec les autos, les tramways, les calèches et les cyclistes dans les rues étroites de la ville si fréquentées. On voyait des garçons qui gardaient des autos, des calèches et des vélos appartenant à des gens qui entraient dans les bars, les cabarets, les théâtres, ou dans d'autres établissements commerciaux.

«Oui, merci. Nous n'en avons que pour quelques minutes», lui dit Léon avec sympathie en lui laissant son vélo et entra dans la droguerie avec Geneviève, toujours avec son bouquet de roses.

Dans l'intérieur de la droguerie il y avait des gens qui, comme d'habitudes, préféraient dans venir dans celle-ci par sa qualité et la diversité de produits qu'on y offrait.

Geneviève s'approcha du comptoir.

«Bonsoir madame! En quoi puis-je vous servir?», lui demanda un vendeur habillé d'une blouse blanche.

«Il me faut, s'il vous plaît, des produits pour faire un encens chinois. Est-ce qu'on peut avoir ici du cèdre, de l'oliban, de l'orange et du jasmin séchés moulu. On dit que c'est relaxant et purificatoire brûlé en encens»

«Bon, madame. Si vous voulez ajouter quelque chose de relaxant et purificatoire dans votre encens, il vous faut aussi de la lavande et du gardénia. Nous pouvons vous en préparer aussi»

«Est-ce que la fumée de cet encens peut faire fuir les moustiques?»

«En ce cas, on va préparer aussi du cyprès» dit le vendeur.

«Oh, merci!», dit Geneviève.

«Oh, regarde qui est là?», s'écria un garçon noir qui faisait des achats dans la droguerie et qui portait un chapeau. «Vous êtes le pilote français qui nous avez montré le petit avion noir à Columbia il y a quelques semaines. J'étais avec d'autres copains».

«Mon garçon, j'ai montré les avions à tant de garçons que je suis sûr que tu es l'un d'eux», dit Léon au garçon en plaçant une main sur le chapeau de celui-ci.

«Dis donc, quel plaisir de vous servir, monsieur», dit le vendeur à son tour. «On aime bien les français chez nous. Il paraît que les français adorent Cuba. Vous savez que les premières voitures qui ont roulé ici étaient françaises? Même, l'un des propriétaires de cette droguerie était parmi les pionniers qui ont conduit une auto»

«C'est intéressant, sans doute!» dit Léon

«Mais oui», dit une autre personne derrière le comptoir. Il était en costume. «En 1898, le représentant d'une usine de voitures françaises dans le pays causa du trouble dans les rues de La Havane avec la première auto qui roula par celles-là. Cette voiture s'appelait 'Parisienne'. La deuxième voiture qu'on a vue courir par La Havane appartenait à notre docteur Ernesto Sarra. C'était une auto Rochet-Schneider qu'on avait importée de Lyon. Par la suite, quelque temps après, le premier atelier de service d'auto était établi dans la rue Zulueta 28, près d'ici, et en 1903 on a réalisé la première course d'auto à La Havane sur l'initiative d'Honoré Damas Lainé, un français qui habitait dans la ville et qui a gagné la course lui-même, tenue entre Marianao et Guanajay»

«Je suis content que mes compatriotes aient contribué dans le développement de la culture cubaine. Les hommes sont très laborieux et entrepreneurs et les femmes très belles!»

«Je vois», dit le vendeur à la blouse blanche. «Madame, si vous voulez avoir da la vivacité dans l'ambiance de votre maison, je veux ajouter de la cannelle et du patchouli pour votre encens. C'est aphrodisiaque»

«Mais qu'est-ce que ça veut dire aphrodisiaque?»

«Cela veut dire que la fumée d'encens ayant de la cannelle et du patchouli séché vous rend plus amoureux et passionné!»

«Bon, si vous voulez, ajoutez de la cannelle et du patchouli dans l'encens de madame. Mais croyez-moi, mes chers amis, qu'elle n'a besoin de rien d'autre pour être plus amoureuse et passionnée!»

«Mais qu'est-ce tu dis là, Léon? Je crois que vous exagérez trop devant ces personnes», dit Geneviève honteuse et rougissante. «Ah, j'oubliais! Vous avez du Cologne 1800?»

«Oui, madame»

Elle acheta un flacon de Cologne 1800 et un savon artisanal de castille bon au lavage des cheveux. Après avoir payé le vendeur qui semblait très content d'avoir servi Léon et Geneviève. Ils sortir de la droguerie. Dehors, le garçon apporta le vélo:

«Tiens, merci», dit Léon au garçon en lui donnant quelque argent.

«Merci bien, Monsieur!», dit celui-ci, satisfait avec l'argent que Léon lui avait donné.

Léon monta sur le vélo et pédala sur la chaussée, tout près du bord du trottoir, à côté de Geneviève qui, portant le bouquet de fleurs dans une main et le paquet dans lequel elle avait les encens et la Cologne 1800 dans l'autre, préférait aller à pieds jusqu'à chez elle, à deux cents mètres environs. Ils plaisantaient tout au long du chemin. Pour eux, c'était un jour de joie pleine.

«On arrive!»

Il y avait trois personnes dans l'entrée du Solar. L'une d'elles était la femme qui faisait sécher des habits quand Léon était venu chercher Geneviève dans l'après-midi.

«Ça va, Magalie?», lui demanda Geneviève.

«Oui, ça va! Je vois que le bel homme t'a trouvée. Il était venu te chercher cet après-midi»

«Oui, c'est Léon. Tu sais, Magalie, je viens de manger dans le restaurant le Dragon au quartier chinois. J'y ai mangé de la morue cuit à la vapeur et du riz frit avec des crevettes!»

«Dis donc! Tu me mets l'eau à la bouche. N'est-ce pas que c'est délicieux tout ça? J'aime beaucoup le riz frit avec des crevettes. Tu sais, je meurs d'envie d'avoir un bel ami comme le tien qui m'invite à manger de la cuisine chinoise et me fasse cadeau d'un bouquet de Fleurs!»

«Ne t'en fait pas, ma chère dame. Etant une amie à Geneviève, la prochaine fois je t'invite à déguster de la cuisine chinoise avec nous. Qu'est-ce tu dis Geneviève?»

«J'en conviens, à condition qu'on paye à l'anglaise!» dit-elle sur le point d'ouvrir la porte de son appartement avant d'ajouter: «Et quant à un bouquet de fleurs, je te souhaite quelqu'un d'autre qui t'en fasse cadeau, ma vieille!» conclut-elle amicalement avec un léger sourire malin.

Ils entrèrent dans le studio. Léon avait laissé le vélo dehors après avoir pris le cigare qui restait, les bougies et le porte-monnaie de Geneviève, qu'il avait gardés dans la caisse-siège arrière du vélo. Dedans, alors qu'ils se savaient seuls, Léon s'approcha de Geneviève avec l'intention de l'embrasser.

«Mais, regarde-moi!», lui dit-elle un peu ahurie. «Je suis toute graisse! Imagine-toi, je porte cette robe depuis ce matin. Je crois qu'il me faut un bain tout de suite. Mais avant, je veux faire du café, allumer les bougies pour les mettre avec les roses devant l'autel de notre Patronne, ma protectrice comme dit Virginia et préparer l'encens pour le faire brûler».

Léon avait enlevé son veston et s'était assis dans le divan. Il se voyait un peu fourbu. Alors

Geneviève avait entrouvert la porte d'entrée, avait soulevé les persiennes des fenêtres et avait ouvert la porte du petit cabinet de service toute entière, ainsi que la fenêtre du cabinet de service pour que l'air passe à travers le studio. La fenêtre du plafond du cabinet et l'imposte de la porte d'entrée étaient ouvertes aussi.

Léon l'avait aidée à mettre un paravent devant la porte d'entrée entrouverte avant de s'assoir dans divan. Elle lui avait apporté des chanclettes en bois.

«Il faut que tu enlèves ta cravate» dit-elle en lui dénouant celle-ci. En buvant un peu de café chaud, tu te remets. Mais qu'est-ce tu fais, toi?» Léon essaya de l'embrasser de nouveau. «Tu ne parais pas si fatigué! Que tu es impulsif, tu sais! Est-ce que tu ne peux pas attendre un peu. Tu ne vois pas que nous avons tout le soir pour nous!», lui dit-elle apparemment suivant la leçon que Virginia lui avait apprise

«Le fait est que je désespère, ma belle! Je veux profiter de chaque minute de cette nuit!»

«Ne sois pas si anxieux et attends!» elle finit par dire avant de lui enlever les chaussures et lui mettre les pantoufles en bois. Elle s'en alla vers le cabinet de service pour faire du café.

Dix minutes plus tard, elle retourna avec une tasse de café chaud. Elle portait alors un peignoir. Léon était un peu endormi. Il but son café.

«Qu'il est bon! Tu sais, la brise qui vient du fond m'a donné du sommeil»

«Je reviens. Je vais préparer l'encens avec le charbon allumé que j'ai utilisé pour faire le café»

«Tu veux que je t'aide?»

«Non, merci. Repose-toi plutôt »

Elle mit du charbon allumé dans un récipient de céramique, puis elle y ajouta de ce qu'elle avait acheté chez Sarra, Tout de suite après, une odeur très agréable commença à envahir l'appartement à une pièce. Ensuite, elle alluma les deux bougies qu'elle mit sur l'autel de la Vierge Mulâtresse, La Patronne de Cuba, qui se trouvait dans un coin de la chambre et sur lequel il y avait un vase. Elle y mit des fleurs. Geneviève atteignit la lumière pour que la chambre ne soit éclairée que par la lumière des bougies. Elle quitta le divan pour aller au cabinet de service. Avant d'apporter le café à Léon, elle avait commencé à remplir la bassine en utilisant le tuyau en caoutchouc. Il y avait encore de l'eau dans le Solar. Elle versa aussi de l'eau chaude dans la bassine pour tiédir l'eau. Elle entra dans la bassine où elle s'assit. Elle trouva l'eau agréable. Elle s'y agenouilla et y resta quelques instants avant de commencer à savonner les poils copieux, un tant soit peu bouclés de son bas ventre. Puis, puis déjà debout, elle commença à remplir tout son corps d'écume du savon de castilla. Comme si elle voulait dépouiller son corps d'impureté, elle savonna ses épaules, sa poitrine voluptueuse, ses hanches de mulâtresse et son ventre d'Aphrodite. Tout son corps savonné, elle le frotta avec une éponge. Et l'imprudente écume caressa finalement ses jambes sveltes et fines comme celles d'une belle ballerine, avant qu'une portion de cette mousse écumeuse blanchâtre, effrontée, resta comme fixée sur son bas-ventre, laquelle, pourtant, fut incapable de cacher la délicate mais abondante chevelure de son mont de Vénus, comme flèche indiquant l'entrée royale de son labyrinthe tentateur, affolant et corrupteur. L'écume encore sur ses yeux s'aveuglait. Ainsi, après avoir frotté ses cheveux et y avoir passé une brosse, elle commençait à nettoyer son corps, lorsqu'elle sursauta.

«Mais qu'est-ce tu fais là?», dit-elle en voyant Léon devant elle. Elle couvrit ses seins instinctivement. Il était nu.

«J'ai peur que l'eau s'épuise tout de suite comme il arrivait à Santiago de Cuba!»

«Qu'est-ce tu dis là, petit salopard!», lui dit-elle en le voyant nu devant elle. Alors, elle commença à jeter de l'écume sur le visage et le corps de Léon qui l'attira vers lui et l'embrassa. Elle failli tomber. Il ne résista pas davantage. Il entra dans la bassine tout embrassé avec Geneviève heureuse et passionnée. Il embrassa ses seins voluptueux avec passion tandis qu'elle caressait les cheveux de celui-ci! Toutefois debout, il la fit sienne! Mais elle était si désireuse, et il lui plaisait vraiment qu'elle atteignit vite la gratification du plaisir sexuelle, Ils durent se cramponner l'un à l'autre, car ils crurent qu'ils allaient défaillir mutuellement. Ils atteignirent le zénith du plaire réciproquement en même temps, claire affirmation de leur chimie attirante qui s'était manifestée depuis le premier jour qu'ils s'étaient vus.

«Que tu es fou, mon amour! Tu m'as effrayée!», dit-elle encore entre les bras de Léon.

«Je ne pouvais pas attendre une minute de plus.»

«Lâche-moi un peu et laisse-moi te savonner» Elle le baigna tout entier entre embrassement mutuels. Et mutuellement, ils s'essuyèrent.

Sans dire un mot, leurs bras entourant la ceinture de chacun, ils quittèrent la bassine pour rentrer dans la chambre éclairée par la flamme ténue par les deux bougies de l'autel de la Vierge Cubaine, et embaumée par l'odeur suave et plaisante de l'encens. Ils s'assirent sur le divan. Ils n'étaient pas rendu compte que la porte d'entrée n'était pas entrouverte comme ils l'avaient laissée!

«Que tu étais exagéré quand tu as dit que l'eau pourrait s'épuiser. La première fois que j'ai vécu ici, dans le Solar, l'eau n'était pas tant disponible comme maintenant, mais on en a fait des arrangements de construction pour améliorer l'acquisition d'eau. En ce moment, nous avons de l'eau tous les jours. Je ne sais pas si tu es au courant que depuis deux ans il y a de l'eau courant toujours ici, à La Havane. C'est pourquoi presque tout le monde vient y habiter parce que l'eau ne manque jamais plus!»

«Non, ma chérie, je ne savais pas ça!»

«Il y a eu un grand cubain qui a fait tout ça, Francisco d'Albear. Je crois qu'on lui a décerné un prix dans une exposition internationale à Filadelfia en 1876 et une médaille d'or dans une exposition à Paris, en 1878?», parlait-elle de la sorte, toute nue dans les bras de Léon qui était nu aussi.

«C'est vrai?»

«Mais tu ne me crois pas? Malheureusement, il est mort après être tombé malade à cause d'une épidémie de la malaria. C'est triste qu'il soit mort avant de voir courir l'eau potable, grâce à son invention, ce qui nous a épargné tant de maladies comme la malaria et le choléra qui avait tué le peintre Vermail et sa femme»

«Tu sais, mon amour, selon un peintre italien, Léonarde D'Vinci, *l'eau est le sang de la nature*»

«Et je le crois. Tu veux encore du café?»

«Non, après chérie», lui dit Léon qui caressait déjà les seins de la femme, laquelle, à son tour, caressait le ventre de celui-ci avec sa main droite. La passion de se posséder l'un l'autre les envahissait déjà de nouveau. Il continua à la caresser, ce qui la remplissait entièrement d'émotion et de désir, et accentua sa libido, c'est-à-dire son énergie de pulsions sexuelles. L'envie d'être possédée encore une fois était si remarquable et profonde qu'elle se leva et alla au placard d'où elle prit un matelas, le sien et Virginia. Elle prit aussi la couverture rouge. Alors, elle plaça vite le matelas sur tapis, dans le sol, et sur celui-ci, la couverture, tandis que Léon la regardait faire tout cela. Elle se coucha allongée toute séduisante et désireuse sur ce lit séducteur improvisé. Y allongée, il l'embrassa dans la bouche, ses lèvres se confondant avec celles de son aimée déjà en pleine transe passionnelle. Après, ce fut le cou que les lèvres de Léon caressèrent, tandis qu'une de ses mains, comme celle d'un guitariste habile, faisait de la sienne sur le bas-ventre de son partenaire qui instinctivement gémissait de plaisir, alors que les doigts, inquiets, s'entrelaçaient avec les cheveux soyeux, mais pourtant crêpé du mont de Vénus, de cette Vénus toute candeur et sensualité, qui à son tour, à son insu, affolée, caressait le sexe emporté de son homme, tous les deux, l'un pour l'autre, fondus sous la tendre pénombre de l'alcôve, ayant comme témoin intime La Vierge Mulâtresse Choune, matrone maîtresse des femmes débridées et attractives.

Alors qu'il continuait à caressait le labyrinthe affolant sous le bas ventre de Geneviève, cette plaie rare profonde qui enivre tout homme.

« Que tu es ravissante, ma chérie ! Combien je rêvais d'un moment comme aujourd'hui, toi, entre mes, comme ça, nue, pour tes caresser comme ça !»

« Et moi, oh, mon amour, j'avais cru que j'avais déjà trouvé mon amour dans une grande ville ! Embrassez-moi, je t'en prie!»

Il l'embrassait passionnément dans la bouche tandis qu'il continuait à caresser son bas ventre avec sa main. Puis il se mit à embrasser son cou pour continuer sur les seins voluptueux de cette femme qui, de son côté, ne connaissait pas ce mouvement que son corps prenait, un mouvement étrange qu'elle ne voulait point arrêter. Elle commença à soupirer en brève cadences quand les lèvres de Léon caressaient son ventre tout autour du nombril tandis qu'elle flottait les cheveux de cet homme qui la rendait follement heureuse. Elle eut un léger mouvement instinctif quand Léon commença à baiser les poils de son pelvis.

De la sorte allongée tout au long de ce lit, un pressentiment bizarre envahit son esprit. Sans laisser de caresser les cheveux de son amant, sa respiration alors entrecoupée, elle ouvrit ses jambes en soulevant instinctivement les genoux! Un cri sourd jaillit de sa bouche. Elle sentait les lèvres de son amour se poser sur celles de sa plaie innée que les poils du mont de Vénus telle flèche indiquant la cachette du tout petit nain, gardien du labyrinthe affolant du bas ventre.

«Mais qu'est-ce que tu fais?», lui demanda-t-elle avec une voix inaudible, tel un soupir.

Combien fut l'émotion et le désir de Geneviève, et immense sa folie, quand cet étrange petit gardien, curieux, sortit de sa cachette, provoqué par les caresses imprudentes des lèvres de Léon dont les poils de la moustache s'entremêlaient avec ceux du mont de Vénus de la Vénus Geneviève dont le mouvement du corps était incontrôlable. A un moment donné, elle crut qu'elle perdait conscience. Elle sentit que son bas ventre devenait très chaud et des contractions musculaires rythmiques se produisirent dans son bas ventre et partout dans son corps. La peau de son visage et celle de sa poitrine deviennent rougeâtres. Elle gémit de plaisir, haleta et cria instinctivement. Tout à coup, son corps devint rigide. Sa respiration devint hachée et plus sonore comme un gémissement. Elle perdit sa conscience momentanément et une sorte de détachement avec la réalité se produit tandis que ses pupilles se dilatèrent.

«Embrassez-moi, de grâce, viens!

Il commença à monter depuis le bas ventre de Geneviève en donnant des baisers tout au long du trajet tandis qu'il caresser ses hanches et sa ceinture. Il s'arrêta sur les seins majestueusement voluptueux et vigoureux qu'il embrassa follement. Geneviève le tira par sa tête pour qu'il l'embrasse dans la bouche alors que voluptueusement elle avait gardé ses jambes un peu ouvertes, les genoux toujours légèrement soulevés. Et ainsi, il l'embrassa dans sa bouche tandis qu'instinctivement, il la faisait sienne. Et leur corps en mouvement rythmique inné, ils s'adonnèrent l'un l'autre au plaisir avec désir et passion immesurables, frénétiquement avec instinct déchaîné, tous les deux en gémissements inaudibles, croyaient-ils, sous le regard complice de la Patronne Mulâtresse des cubains, Ochoun, dans cette alcôve à demi-lumière et embaumée par une suave odeur de cannelle et de patchouli émanant de l'encens!

Ils restèrent embrassés, l'un contre l'autre en un bref silence méditative, satisfaits de s'être livrés à l'amour si passionnément sans contraintes ni préjudice, ce qui est possible quand on s'aime à fond.

«Que je t'aime, Léon! Tu m'as rendue si heureuse cette nuit. Pourquoi cela est si court? On se sent si bien! Je ne savais pas que cela était comme ça!»

«Tu sais, je te croyais unique depuis la première fois que je t'ai vue par la baie, quand tu allais à Regla avec tes petits et Virginia. Mais je ne m'imaginais pas que tu sois si fabuleuse. Tu m'affole! Moi, je n'avais jamais eu, jamais, une femme comme toi!»

«Ça veut dire que tu as eu d'autre femmes, beau canaille!»

«Mais chérie, je n'ai pas vingt ans! Et nos françaises sont très belles aussi! Mais toi, on t'a faite exprès pour m'affoler comme ça! Que tu as été charmante! Est-ce que les cubaines sont comme ça, comme toi?»

«Cela ne m'intéresse pas et à toi non plus, d'ailleurs! Ne sois pas si curieux, toi! Je crois que tu n'es qu'un coureur de jupons», dit-elle en le repoussant légèrement, mais en souriant. Lui aussi, il souriait.

«Oh, qu'est-ce que c'est? Regarde, regarde comment cette couverture est mouillée partout? Il faut que tu te lèves! Je vais refaire ce lit magique! Quant à la couverture, je dois l'emporter demain chez le chinois où il y a un atelier de blanchisserie. Je ne veux pas que Virginia voie cette couverture comme ça. Mais qu'elle est mouillée par tout! Je ne sais pas ce tu m'as fait, toi, diable! Elle ne finit presque pas de parler quand Léon l'embrassait déjà encore une fois.

Elle arrangea la pièce tandis que Léon prenait un autre bain en utilisant la bassine dans le petit cabinet de service. Par bonheur il y avait d'eau dans le Solar bien qu'il soit samedi.

«Il y a encore de l'eau pour moi la dans la bassine», dit-elle en entrant au cabinet de service quand Léon se savonnait déjà. «Je veux te savonner le dos, veux-tu?»

«Vas-y!»

Elle commença à savonner le dos de son partenaire, on dirait en le caressant. Un moment après, elle le savonnait partout.

«Mais dis donc! Tu t'emportes déjà? Comment ça?»

«Mais tu ne t'es pas encore rendu compte la femme voluptueuse que tu es, ma folle!» lui dit-il en l'embrassant encore une fois avant qu'elle lâche prise en s'agenouillant devant lui.

«Mais qu'est-ce que tu fais, toi! Oh, oh! En ce moment, ce fut Geneviève qui prenait l'initiative. Ensuite, il était si emporté, si enflammé, qu'il n'en tenait plus. Et toujours agenouillée, il l'a eue follement, enivré par tant d'amour passionnel. Et fini leur bain, un bain de frénésie, un bain voluptueux, ils quittèrent le cabinet des amoureux.

«Tu n'as pas faim, Léon? Parce que moi, je meurs de faim!»

«Tu en parles! J'en crève!»

«Je vais faire une omelette au saucisson avec du pain. Et pour boire, nous aurons une citronnade»

«Mais fais vite que je n'y tiens plus!»

Les deux amoureux, Léon ayant sa serviette de toilette en jupe et Geneviève la sienne en robe couvrant ses seins et ses hanches, ils prirent leur souper improvisé assis sur le divan, devant lequel Geneviève avait mis une petite table. Elle y avait placé deux assiettes avec les deux omelettes au saucisson avec du pain et deux verres avec de la citronnade. Ils mangèrent leur souper à leur aise.

«C'était délicieux», dit-il.

«Mais ce n'était pas grand-chose!»

Elle emporta le couvert au cabinet. Elle en revint quelques minutes plus tard. Léon n'était plus dans le divan. Il s'était endormi sur les matelas dans le sol. Il avait eu un jour vraiment épuisant, mais réconfortant. Elle le regarda endormi avec amour et tendresse. Elle le rejoignit en se couchant à son côté, derrière son dos. Elle passa son bras droit autour la ceinture de Léon après l'avoir embrassé sur le dos.

Elle se réveilla en sursautant. On frappait à la porte. Elle s'était endormie à côté de Léon. On voyait par la fenêtre du cabinet qu'il faisait jour déjà. Léon s'était réveillé aussi. Elle alla à la porte.

«Qui est là?», demanda-t-elle à voix basse.

«C'est moi, Magalie.»

Geneviève ouvrit la porte pour voir sa voisine portant une carafe.

«Qu'est-ce qui arrive, Magalie? Qu'est-ce que c'est ça?», lui demanda-t-elle.

«C'est du café au lait. J'ai cru que tu n'avais pas le temps d'en préparer», dit-elle à Geneviève avec malice. «Ecoute chérie, la prochaine fois, ne crie pas si haut. Presque tout le voisinage t'a écoutée gémir de folie! Qu'est-ce que tu dis là?»

«C'est vrai? Oh, Dieu, quelle honte!», dit Geneviève rougie.

«Bon, pas tellement comme ça! Le fait est que je suis sortie dans le Patio et tu avais la porte entrouverte. Il paraît que tu n'avais pas eu le temps de la fermer! Je l'ai fermée, mon amie!»

«Bon, merci pour le café au lait. Ça nous fera du bien. Si on apprend que j'ai crié en faisant ça, je serais la dupe du Solar!»

«Ne t'en fais pas, ma vieille. Parole de femme que je la ferme!»

«Tu sais quelle heure il est? On s'est endormis et c'est toi qui nous as réveillés en frappant la porte. Je t'en remercie. J'ai eu peur que Virginia et mes enfants me voient comme ça avec Léon.»

«Il est neuf heures par là. Dis, qu'est-ce que tu as fait pour t'envoyer un type comme ça?»

«Mais ne parle pas comme ça. Tout ça est sérieux! On s'aime bien. Et merci bien pour le café au lait, pour fermer la porte. Tu as été chic!»

Quand elle rejoignit Léon, il avait déjà mis son pantalon et ses chaussures.

«Qui avait frappé? Je croyais que c'était Virginia»

«C'était mon amie Magalie. Elle nous a apporté du café au lait. Je crois que ça nous vient du ciel car je n'ai plus de lait condensé!»

Ils allèrent au cabinet où Geneviève versa du café au lait dans un verre pour Léon. Elle lui donna un morceau de pain. Elle en remplit un autre verre aussi pour elle.

«Je prends mon café au lait, et je m'en vais chérie. Mon frère et mes copains doivent être préoccupés sur mon compte. Je les ai quittés hier quand nous étions au restaurant 'Belvédère' de l'hôtel Séville»

«Moi aussi, je suis pressée. Je dois aller à la blanchisserie du chinois. Ce n'est pas loin»

Ils prirent leur petit déjeuner puis ils finirent par s'habiller. Geneviève fit un colis où elle avait la couverture rouge et quelques autres choses à laver. Ils quittèrent l'appartement. Dans le Patio du Solar, il y avait déjà quelques enfants qui jouaient. Magalie en était dans l'entrée.

«Bonjour, Magalie», lui dit Léon. «Merci pour le café au lait»

«C'était un plaisir. J'espère qu'il vous a plu!», dit-elle avec un sourire solidaire.

La Blanchisserie se trouvait dans la rue Villegas entre Muralla et Teniente Rey. Comme le colis de Geneviève n'était pas si grand, elle put monter sur le siège arrière du vélo de Léon.

«On y est chérie. Est-ce qu'on se voit demain à Columbia?», finit Léon par lui demander.

«Oui, mais, écoute, mon amour, il faudrait qu'on se tienne un peu à distance. Bien que Gregorio ait une nouvelle copine, qui est souvent par-là, j'ai peur que notre relation le blesse. Il pourrait penser que notre relation a commencé quand je faisais un ménage avec lui. En plus, là-bas les autres pourraient avoir une mauvaise opinion à mon compte, y compris monsieur Lucien. Tu comprends?»

«Oui, ma jolie chatte. Mais un jour, il faudra faire savoir qu'on s'aime, et que tu es à moi.»

Combien écouter Léon lui dire qu'elle était à lui la rendait si heureuse! Elle l'embrassa devant la blanchisserie en ignorant les passants à cette heure du matin.

«Bientôt, je quitterai Cuba, mais j'y reviendrai te chercher», finit-il par dire avant de partir chercher la rue Muralla pour tourner à droite dans celle-ci, qui devenait la rue Dragones, puis l'Avenue Zanja.

* * *

Par la constante préoccupation de Lucien Coupet pour maintenir les avions en parfait état afin d'éviter le moindre incident qui puisse affecter le fonctionnement de la compagnie et le prestige de la Maison Farman alors que leur départ était imminent, Léon, Jousse et Chauvin maintenait les aéroplanes et leurs moteurs à point. Nonobstant, les F-40 et F-60 se tenaient en si bon état que cela permettait à Léon de se donner de temps à autre l'opportunité de se fuir jusqu'à la cantine en donnant le prétexte qu'il avait soif, ou pour boire un peu de café. Cela ne voulait pas dire que ses concitoyens ne savaient rien sur l'affinité sentimentale entre la belle Geneviève et lui. Le fait était qu'il ne voulait pas causer d'inconvénients à la femme qu'il aimait déjà. Pour lui, il n'y avait d'autres femmes qu'elle. Souvent, il y avait des jeunes femmes de certain niveau social qui venaient aux terrains de Columbia pour voir Léon et se faire photographier avec lui. Parmi celles-ci, on disait qu'il était le plus sympathique des français de la compagnie aérienne. La nuit de la Gala au Payret, Léon avait laissé tomber l'une de ces dames-ci pour aller voir Geneviève dans le quartier de La Vieille Havane

Léon était très courtois et galant envers les femmes, à la fois qu'il était très respectueux. Il traitait toute femme avec une galanterie remarquable, mais il ne voulait vraiment pas nuire à l'image de Geneviève, ni faire croire qu'il se moquait d'elle. Il l'aimait déjà trop pour lui faire du mal et nuire à son prestige. Tout le monde savait que Gregorio avait amenée Geneviève à l'aérodrome de Columbia pour qu'elle travaille dans la cantine. Mais l'amour qui ne dit pas quand il vient, ni pour qui il se décide, avait affaibli Léon tout à fait en face des enchantements de cette femme. Il avait de la peine quand il se rencontrait avec Gregorio, mais la présence de Geneviève avec son sourire et son regard l'avait captivé et subjugué.

Une fois, Léon l'avait invitée pour aller à Sagua la Grande. «Et mes enfants? J'ai peur de les laisser seuls, même avec Virginia!», lui avait-elle répondu.

Il sentait une grande passion envers elle qui s'était déjà livrée à lui. Tout avait commencé le 4 Décembre de l'année précédente. Une grande peine à l'égard de Gregorio continuait à le tourmenter profondément parce qu'il savait comment celui-ci l'avait aimée aussi. En plus, il avait commencé à aimer leurs enfants. Pourtant, la peine qu'il avait à l'égard de Gregorio s'était dissipée depuis la nuit intime qu'il avait passée avec Geneviève quand elle était devenue vraiment sienne en âme et corps. En plus, il avait connu la Mexicaine, la nouvelle femme de Gregorio, le jour de son arrivé de Santiago de Cuba lors du retour du «Goliath à La Havane».

Dans cette réflexion, le jour du départ arrivait. Il voulait que ce jour n'arrive jamais. Il y avait déjà des jours de ses intimités avec Geneviève dont une fois, il avait constaté que la ceinture n'était pas la même. Ses seins étaient, d'ailleurs, un petit peu plus grands. Quant à Gregorio, il venait peu à la cantine parce qu'il restait à travailler dans son bureau à la Manzana de Gomez où se trouvait le Bureau Commercial de la Compagnie Cubaine d'Aviation.

Parfois, Léon s'était senti un peu mal. Il s'était demandé pourquoi l'amour n'annonçait pas sa venue, et pourquoi c'était elle la femme sur laquelle il était tombé amoureux. Parfois, il sentait sa poitrine opprimée en sachant qu'une famille s'était séparée par sa faute, ou plutôt par la faute du destin. Il était sûr que si Geneviève avait aimé Gregorio comme celui-ci paraissait l'aimer, il n'aurait pas entretenu l'amour d'une autre femme, la Mexicaine. Léon aimait Geneviève. Mais il aurait préféré que tout se soit tenu autrement, que tout le monde soit heureux autour de lui. Par malheur, hélas, il n'était pas le maître de son cœur et de sa passion en face d'une femme comme Geneviève.

Bientôt, il devait partir et laisser derrière tant de chaleur humaine et d'amour disgracieux! Il savait que les petits Gustave et Amélie lui manqueraient beaucoup, si affectueux et espiègles. Cuba n'était pas sa terre; cependant, il avait l'impression qu'il laissait quelque chose, quelque chose qu'il ne parvenait pas à s'expliquer ni comprendre. Il y avait des jours où il ne riait pas comme d'habitude; il se voyait plutôt un peu triste. Il éprouvait de l'affection envers Gregorio . Léon avait appris que celui-ci avait définitivement une autre femme. C'était, bien sûr, la belle Mexicaine. A vrai dire, Geneviève n'avait jamais fait Gregorio heureux parce qu'elle ne l'avait jamais aimé. C'était son rêve de prospérité et d'échapper à la pauvreté ce qui l'avait contrainte à le suivre vers La Havane et de faire un ménage avec lui. Et par la suite, c'étaient ses enfants et la société qui l'avaient obligée à rester auprès de celui-ci, envers qui elle éprouvait une gratitude sans borne.

* * *

«D'où viens-tu Geneviève? Tu te vois aussi pâle que le mouchoir jaune que tu portes sur ta tête », lui demanda Magalie quand celle-ci entrait dans le 'Solar havanais'. Geneviève semblait fatiguée.

«Je viens de Regla. J'ai profité que Virginia était allée avec les enfants pour voir leur père à la Manzana de Gomez. Il voulait donner un gâteau aux enfants et quelque argent. Depuis que je ne travaille plus à Columbia, on manque de l'argent ici» dit Geneviève alors qu'elle s'asseyait sur un tabouret situé entre le modeste appartement où elle vivait avec ses enfants et Virginia et celui de Magalie. Elle y habitait seule depuis qu'elle était venue de Bejucal, une municipalité au Sud-ouest de La Havane. Elle travaillait dans un bar au Quartier de Luyano. C'était l'un des métiers que les jeunes femmes qui venaient à La Havane pouvaient trouver. Ainsi, elle aidait sa famille. La vie était vraiment difficile pour toute femme qui venait chercher du travail à la capitale du pays. C'était l'endroit désirable et désiré pour réaliser un rêve. La prostitution était, dans une certaine, un moyen d'émancipation pour une grande partie des jeunes femmes des provinces et de la campagne. L'autre emploi, c'était celui de bonne à tout faire. Magalie se débrouillait assez bien dans son travail au bar. Elle était une belle jeune femme brunette aux yeux châtains. De temps à autre, un ami à elle restait chez elle la nuit. Communément, des femmes comme elle risquaient trop pour faire leur vie, car c'était l'alcool le moyen prophylactique qu'elles trouvaient pour éviter des maladies vénériennes _curieusement un vocable provenant de Vénus, la déesse de l'amour_ comme la gonorrhée et la syphilis. Ces maladies avec celle de la tuberculose étaient la cause de la mort de beaucoup de personnes. Malheureusement, on attribuait la fontaine de ses maladies aux femmes, surtout les maladies vénériennes.

«Tu te sens mal, toi? Peut-être tu as faim? Tu veux que je te prépare une omelette avec du pain, Geneviève? Je te vois trop pâle!»

«Non, merci. Je viens de vomir en débarquant de la chaloupe de Regla. J'avais mangé du pain avec du saucisson frit avec du pain dans une cafétéria à Regla»

«Voilà! Tu as pris le mal de mer ave le roulis et le tangage du canot!»

«Peut-être, mais j'ai vomis ce matin aussi. J'étais sur le point d'aller chercher du travail comme bonne à tout faire. Virginia m'a fait une infusion d'anisette. L'anisette m'a beaucoup aidée à me remettre»

«Ne serait-tu pas enceinte, Geneviève. Je te connais déjà depuis quelques ans et je me suis rendu compte que tes seins ont un peu grandi ainsi que tes hanches!» Virginia t'en a dit quelque chose?»

«Bon, l'autre jour elle m'a demandé pourquoi je suis en train de grossir alors nous avons moins de nourriture chez nous.»

«Je crois que Virginia est dans la ville et cependant elle ne voit pas les maisons! Maintenant, je te prépare un jus d'orange. Mais avant tu vas manger des choux caraïbes que je viens de faire cuire. Quand tu auras pris tout ça, je t'amène Lucretia ici, ma marraine. C'est une sage-femme. Elle te dira si tu es enceinte ou pas. Je crois que tu auras un petit français»

«Mais, Magalie, voilà comment tu exagères!»

«Ne viens pas me dire que tes deux enfants te sont venus du ciel en cigogne!» En couchant avec un homme, il te met dedans une maladie ou un enfant, voilà, c'est tout!» finit Magalie en entrant chez elle avec Geneviève.

* * *

Il était presque dix heures du matin d'un dimanche ensoleillé de Juin. Habitant aux proximités du littoral de La Havane, on sentait encore agréable la fraîcheur habituelle du printemps caribéen cubain, et cette fraîcheur s'accentuait davantage par la pluie qui était tombée la veille pendant presque toute la nuit. Ce jour, le patio du Solar se voyait plus désolé que d'habitude. Ses résidents avaient joui qu'il ait plu pendant qu'ils dormaient. Ils restèrent au lit plus longtemps que d'habitude parce que les samedis étaient les jours que les cubains de cette ville, qui devenait de plus en plus cosmopolite, attendaient pour décharger leur énergie réprimée durant la semaine où l'on travaillait une certaine quantité d'heures depuis très tôt le matin. A Cuba, l'hétérogénéité raciale sans conflits se voyait quotidiennement dans la vie laborieuse, étant donné que le syndicalisme cubain était encore en tant soit peu insipide pour ainsi dire. Tous les samedis, La Havane, déjà pleine de bars et de cabarets, surtout dans cette partie de racines coloniales, était un mélange de brouhaha, de festival et de folie. En outre, on voyait un peu cette sorte d'enthousiasme humain dans d'autres quartiers comme celui de Luyano, Cerro, Buenavista, et Vibora. Cependant, on préférait celui de la partie coloniale parce qu'on y trouvait des sites remarquables comme le Grand Théâtre situé dans le Centre Galicien de La Havane de style néobaroque et le théâtre Payret, les Hôtels Séville, Plaza et Angleterre, ce dernier avec son trottoir du Louvre; les restaurants Floridite, Zaragozana; La Place d'Arme, La Place Vieille, la Place du Christ, la Place de Saint François et la Place de la Cathédral; la forteresse de Saint Charles de La Cabagne, le Château des Trois Rois du Morro, le Château de la Royale Force et celui de Saint Salvador de la Punta; l'Allée du Prado et L'Allée de Paula, sans laisser de mentionner les rues Obispo, Mercaderes, Muralla, Monserrate, Zanja où la culture chinoise florissait de plus en plus. On pouvait apercevoir dans cette partie de La Havane, La Maison de manufacture de cigares et de cigarettes Partagas et d'autres manufactures similaires dans la production du tabac, avec des établissements consacrés à la déjà remarquable industrie de la chaussure cubaine, due à l'essor de l'élevage et reproduction du bétail à Cuba. On préférait grosso modo La Havane Coloniale et ses périphéries parce que les samedis celles-ci n'étaient rien d'autre que rhum, tabac et musique. Mais cette Havane n'était que vanité et ennui sans sa reine, la femme cubaine, surtout la mulâtresse, belle et, à son insu, toujours voluptueuse.

Pour Geneviève, les samedis, et n'importe quel autre jour, ne signifiaient pas grand-chose depuis quelques semaines. Depuis le départ des chers français, la monotonie et l'attente l'avaient envahie totalement. Elle ne trouvait la paix spirituelle qu'avec la présence de ses enfants, Virginia et son amie Magalie, qui en tant que femme mondaine, malgré sa jeunesse, car elle n'avait que 23 ans, lui était une compagnie inattendue pendant les après-midis, tantôt parce que ses enfants faisaient la grasse matinée, tantôt parce que Virginia s'était fait embauchée comme bonne à tout faire, et tantôt, surtout, parce que Magalie se réveillait vers ce temps-ci. Celle-ci rentrait de son travail dans le bar vers deux heures du matin. Par bonheur, il y avait plusieurs calèches qui servaient à transporter des clients du bar. L'un des cochers, un mulâtre costaud provenant de la province de Matanzas, était devenu ami intime de Magalie. Il la ramenait chez elle les jours où elle travaillait au bar jusqu'à si tard. C'était quotidien la gratification qu'il en recevait. Pour lui, c'était quelque chose de désir et de plaisir; pour elle, ce n'était peut-être que son fardeau de tous les jours, qu'elle faisait avec stoïcisme et une tristesse profonde interne qu'elle cachait dramatiquement. On la croyait une femme impudique parce qu'on ne voyait pas combien elle en pleurait souvent. Elle était venue à La Havane cherchant le moyen d'aider à sa famille. Son père était un cultivateur de tabac. Etant sa seule fille, Il lui avait appris comment faire des cigares qu'il vendait dans le village, à Bejucal, un arrondissement à quelques dizaines de kilomètres de La Havane. Comme ce métier ne donnait suffisamment pas d'argent pour la famille, étant donné la quantité des cigares qu'elle manufacturait avec son père, qui devait passer trop de temps à la culture des plantations du tabac au champ, elle avait décidé de venir à La Havane. Elle avait cru que ce serait facile de trouver un emploi dans la manufacture Partagas ou dans n'importe quelle autre manufacture des cigares où elle gagnerait une meilleure revenue. Une fois dans la capitale, elle s'était rendu compte que pour les femmes, surtout celles venant des provinces, pour la plupart, ne pouvaient travailler que comme bonne à tout faire ou femme mondaine. Son père croyait qu'elle se débrouillait en manufacturant des cigares chez Partagas ou chez quelle qu'autre manufacture de tabac. Magalie avait été élevée sous la morale catholique de l'époque, pleine de restrictions envers la femme, notamment vivant dans un pays où la culture ibérique avait une influence catholique très enracinée, et où, par conséquence, le péché des plaisirs de la chair était trop blâmé.

«Qu'est-ce que tu fais là, Geneviève?»

«Mes enfants sont chez Gregorio. Virginia les y a emmenés hier. Ella a profité pour aller visiter mes sœurs qui habitent à Santa Maria del Rosario. Elles habitent toutes les deux dans le même quartier. Et toi, tu n'as pas travaillé hier au bar?», lui demanda Geneviève. Elle savait que Magalie se couchait trop tard chaque nuit à cause de son travail nocturne. Une fois, après sa rupture avec Gregorio, elle lui avait demandé si elle ne voulait pas travailler avec elle. D'après Magalie, Geneviève aurait beaucoup de clients à cause de ses atouts et sa sensualité. C'était la première fois que Magalie avait vu sa voisine sérieuse quand elle lui avait fait une telle proposition. C'était l'unique et la dernière fois que cette proposition avait été faite à Geneviève.

«Si, j'y ai travaillé hier, mais heureusement mon ami le cocher n'est pas resté ici.»

«Tu n'aimes pas que le cocher reste avec toi? Tu ne l'aimes pas?»

«Ce n'est pas une question d'amour, mais de fatigue. Tu ne pourrais pas t'imaginer comment mon travail est fatiguant et déchirant. Tu ne peux pas imaginer combien il faut subir les exigences des hommes, souvent ivres!»

«Et dire qu'une fois tu m'as proposé ce travail!»

«Je te demande pardon, ma chère. Je croyais t'aider. Voilà

pourquoi tu aimes bien Léon et pourquoi il t'aime autant. Combien je prie Dieu qu'il revienne à toi! Au moins, tu connais ce que c'est l'amour et ses nuances!»

«Tu n'es jamais tombée amoureuse?», demanda Geneviève à son amie. «Mais tu pleures, Magalie! Est-ce que je t'ai blessée?»

«Mais non, pas du tout! Je suis une femme et j'ai besoin de trouver l'amour d'un homme. Le fait est que je n'ai pas le temps d'en chercher. Et avec mon travail comme une esclave sexuelle, aucun bon homme n'aurait jamais envie de tomber amoureux d'une mondaine dont le travail n'est que pour assouvir l'appétit sexuel insatiable des hommes»

«Et ton ami le cocher, il n'aime pas?»

«Je ne crois pas. Chaque fois que je couche avec un homme, je ne vois qu'un client. Aujourd'hui je me suis réveillée trop pour aller à Regla pour rendre visite à Yemaya, la Noire»

«Je t'y accompagne, tu veux?»

«On y va, Geneviève! On va le passer formidablement»

«Bon, je m'habille à la hâte et on y va»

«Oui, mais d'abord, on va manger quelque chose. Avec ta grossesse, il faut que ton ventre soit plein».

Vers 11 onze heures du matin, Geneviève et Magalie partirent ensemble après avoir pris du café au lait et du pain avec du beurre. Il faisait beau ce matin au début du mois de mai, le soleil radiant et chaud presque à son zénith. Magalie avait pris une ombrelle rose.

«Bien que cette ombrelle ne soit pas si grande, elle va nous aider à éviter un peu les rayons du soleil», dit-elle.

En 1921, la crise économique s'apercevait clairement, car on voyait moins d'étrangers dans les rues de La Havane, sauf des marins américains qui les fréquentaient cherchant des bars. Il y avait des garçons qui leur demandaient de l'argent.

Les deux amies marchèrent à pied jusqu'au débarcadère de l'Avenue San Pedro. La mer était calme, ce qui permit que Geneviève fasse la traversée sans inconvénient assise tout près de la sortie arrière du canot. Elle portait une jupe bleu foncé et une blouse de soie bleue claire. Le mouchoir qu'elle portait sur sa tête était de la même étoffe de soie bleue claire. Magalie, de son côté, portait une robe jaune. Celle-ci avait des cheveux non pas si longs châtains. Curieusement, les deux amies avaient mis le même rouge à lèvre, ce qui fut bizarre chez Geneviève, car celle-ci mettait rarement du rouge à lèvres. Ces deux cubaines, l'une blanche, l'autre mulâtresse, étaient jolies. Elles étaient chaussées à la mode, à talons hauts. Dans une des visites de Geneviève à la Manzana de Gomez, elle avait acheté des jolies chaussures dans la pelleterie la plus fameuse de La Havane. Elle y avait acheté aussi des chaussures pour Gregorio, Virginia et ses enfants.

Dans la barque à vapeur, Magalie était restée debout auprès de Geneviève en regardant comment La Havane s'éloignait peu à peu au fur et à mesure qu'on s'approchait de Regla, lorsqu'un homme blanc portant une chemise typique cubaine avec un cigare à la bouche s'était rapproché d'elle. Elle profita pour lui demander du feu. Magalie fumait. Elle avait sorti un paquet de cigarettes Partagas qu'elle avait dans son petit sac et en prit une. L'homme pris son cigare et l'approcha de la cigarette de Magalie qu'elle avait déjà dans la bouche. Elle alluma sa cigarette.

«Oh, vous fumez! Toute cette fumée m'accable!», dit Geneviève en se levant de sa place pour aller s'assoir de l'autre côté de la barque.

«Oh, pardonne-moi, ma chérie! Je ne savais pas que tu n'aimes pas qu'on fume tout près de toi!»

«Ce n'est pas ça, Magalie. C'est qu'il y a des jours que je ne tiens pas qu'on fume près de moi. En plus, ce bon homme paraît une cheminée!»

«Mais qu'est-ce qu'elle va faire quand presque tout le monde fume par-là?», dit l'homme en voyant Geneviève battant ses mains pour essayer d'éloigner la fumée.

«On va s'en débrouiller», dit Magalie en jetant sa cigarette dans la baie à travers l'une des fenêtres ouvertes du canot.

Geneviève et Magalie restèrent dans l'église presque une heure où elles avaient assisté à la messe de midi. Quand elles étaient entrées dans la grande salle où l'on faisait la messe, celle-ci était déjà commencée. La salle était pleine. Quand elles en sortirent, en dehors il y avait pas mal de camelots qui vendaient de choses variées. Geneviève y vit la fleuriste à laquelle Léon lui avait acheté un bouquet de roses. Elle s'en approcha.

«Par hasard, je ne vous connais pas, ma fille? Ne m'avez-vous jamais acheté des fleurs?», demanda la vendeuse de fleurs à Geneviève en voyant que celle-ci la regardait.

«Mais si, ma bonne dame! Il y a quelques mois mon ami vous a acheté un bouquet de fleurs»

«Votre visage m'est un peu connu, mais je ne me souviens pas des détails. Nous avons beaucoup de gens qui viennent ici tous les jours. J'en suis désolée!»

«Mais ne vous en faites pas, vous voulez! De toute façon, je suis contente de vous revoir. J'étais très heureuse ce jour-là! Pour moi, ce jour est déjà inoubliable!», lui dit Geneviève un peu mélancolique.

«Tenez, je vous fais cadeau de ces deux roses», dit la vendeuse en mettent une rose entre les cheveux de Magalie et entre ceux de Geneviève qui avait enlevé son mouchoir.

«Oh, merci bien me chère dame! Que vous êtes gentille avec nous!». Elles marchèrent vers la rue Maceo.

«Geneviève, on va au quartier. On va déjeuner quelque part. Je sais que tu n'as presque pas d'argent, mais je t'invite. On y va.»

Les deux femmes, portant chacune une rose entre leurs cheveux, ce qui les rendait plus jolies, tournèrent à la gauche pour se diriger vers le centre du quartier de Regla. Alors qu'elles s'y approchaient, les gens les regardaient tenant l'une la main de l'autre, Magalie avec l'ombrelle ouverte dans sa main droite, le protégeant contre les rayons du soleil de l'après-midi. Elles donnaient par là une image d'une amitié sans bornes entre une femme blanche et une mulâtresse du début du siècle, chacune d'une beauté et sveltesse remarquables. Les hommes sur lesquels elles exerçaient une véritable fascination les regardaient avec admiration, et les femmes avec envie de les imiter si joyeuses et joviales.

«Tiens Geneviève, on va s'assoir dans ce parc pour quelques minutes. La chaleur est devenue très forte et on voit qu'il y a une ombre agréable sous ses arbres.»

«Tu parles! Je commençais à étouffer! Le parcourt à pied depuis chez nous jusqu'au débarcadère et celui qu'on vient de faire jusqu'ici m'ont gonflé un peu les pieds», dit Geneviève en s'approchant avec Magalie d'un banc en bois du parc qui se trouvait sous un arbre touffu. «Je vais y enlever mes chaussures.»

«Et moi, je vais faire la même chose!»

Assises à leur aise sur le banc, à l'ombre de l'arbre, toutes les deux déchaussées avec leurs jambes allongées, elles jouissaient de la brise venant du littoral, que les arbres rendaient plus agréable vers ce temps de l'après-midi.

Quel délice d'être ici, Geneviève, à l'ombre des arbres par ce temps si chaud!»

«Cette brise venant de la mer m'endorme. Je serais ici comme ça des heures entières. Tiens, regarde! On vend de la glace frappée à saveur», dit Geneviève en voyant un camelot qui vendait de la glace frappée. Elle se redressa sur le banc en remarquant que Magalie s'était mise debout tenant ses chaussures dans les mains.

«Tiens, il vient par-là! On va acheter de la glace frappée. Je voudrais en avoir une à la menthe», dit Magalie alors que le vendeur s'approchait d'elles en poussant une sorte de véhicule en bois, muni d'un toit que quatre bois en pilier tenaient, et de trois roues en fer, deux grandes à chaque côté du véhicule, et une petite en brouette, tenue dans son axe par deux barres en fer.

Geneviève avait mis ses chaussures sur le banc, à son côté. Elle s'était mise debout, ses pieds nus.

«Vous avez de la menthe, n'est-ce pas?», demanda Magalie au vendeur.

«Mais oui, madame, pour vous en faire plaisir! Et vous, mulâtresse jolie, quel est votre choix?», demanda le vendeur à Geneviève en lui montrant plusieurs bouteilles à rhum qui contenaient un liquide épais sucré de saveur variée.

«Vous en avez à l'anis?»

«Evidemment! J'ai tout ce qu'il faut pour vous rendre heureuses et vous faire jouir davantage de cette brise sous ces arbres en savourant de ma glace frappée à saveur»

Le vendeur, un homme noir costaud vers sa quarantaine, qui ne se débrouillait pas mal, fit adroitement à la hâte deux coupes en papier épais qu'il remplit de la glace frappée. Il ajouta dans l'une de la menthe et dans l'autre de l'anis.

«C'est combien ça, mon petit noir?», demanda jovialement Magalie au vendeur qui ne cessait pas de sourire en montrant une denture impeccable comme ivoire.

«Cinq centimes chacune, ma reine». dit-il.

«Tiens, prends cette monnaie de vingt centimes et garde le pourboire»

«Merci! Quand vous aurez pris votre glace frappée, je vous en ferai cadeau d'une autre. Je vous invite à déguster de ma glace frappée au tamarin»

Tandis que Geneviève et Magalie prenaient leur glace frappée assise de nouveau au banc, le vendeur leur prépara de la glace frappée au tamarin. Quelques minutes plus tard, le vendeur s'entretenait avec d'autres clients tandis que les deux amies dégustaient avec placidité leur deuxième coupe avec de la glace frappée au tamarin en jouissant d'une brise que les arbres du parc rendaient plus agréable à ceux qui profitaient de leur ombre.

Geneviève et Magalie restaient déjà au parc de Regla pendant une demi-heure.

«Tu n'as pas faim Geneviève? Moi, j'en crève déjà! Et en tenant compte de ta grossesse, tu n'as besoin de me répondre. En plus, il n'y a qu'à regarder à tes yeux pour voir que toi aussi, tu meurs de faim. Viens, on va jusqu'à la rue Marti pour demander à quelqu'un où il y a une auberge à manger par-là.»

«On y va! J'ai l'impression que j'ai un vide dedans moi. Mes jambes tremblent déjà. Un peu plus et je défaillis»

Elles se rendirent jusqu'à la rue Marti.

«Attention Geneviève!», dit Magalie en saisissant celle-ci par le bras gauche. Geneviève était si affamée qu'elle ne regardait que devant elle. Elle n'avait pas vu une calèche qui venait au gallot par sa gauche en se dirigeant vers le littoral.

«Nicolas!», cria Magalie en apercevant que le cocher de la calèche était son ami, le mulâtre. Il arrêta le véhicule. Il en descendit.

« Mais qu'est-ce tu fais par-là ? Par hasard tu as profité que le bar n'ouvre pas aujourd'hui pour te promener à Regla ?»

« Mais comment ça qu'on n'ouvre pas le bar aujourd'hui ? Tu es sûr de ce que tu dis ?»

« Comment ! Tu ne sais pas que l'averse d'hier a endommagé le toit du bar et que la pluie a mouillé tous les fauteuils et les tables. En plus, l'eau a inondé le plancher. Imagine-toi que le piano était ouvert et il s'est abîmé un peu. »

« Tu parles ! Cela a l'air pour quelques jours ! Moi, je veux en profiter ! J'en ai vraiment besoin et envie !»

« Dis donc ! Ne viens pas me dire que tu es amie à la fiancée du français », s'écria le cocher en apercevant Geneviève avec Magalie.

« Tu connais Geneviève déjà ?»

« Mais oui, on se connait !», dit Geneviève à son tour. « Un jour, alors qu'il était très tard, Léon et moi, nous sommes montés dans la calèche. Cette nuit-là, je désespérais parce que j'avais laissé mes enfants endormis avec Virginia. J'ai eu peur qu'ils se réveillent et ne me trouvent pas. Il a été très gentil. Un autre jour, nous l'avons rencontré ici, au débarcadère. »

« Tu t'appelles Geneviève, n'est-ce pas?»

«Mais oui, mon bon homme! Je vois que tu as une bonne mémoire»

«Mais, est-ce que le français t'a laissé te promener seule avec la quantité de loups qu'il y a par-là?»

«Mais ne t'en fais pas, mon ami. Elle est avec moi et j'en prends soin! On est ma copine. En plus, Léon est un bon pote!», dit Magalie.

«Léon est parti chez lui il y a des mois. Il me manque beaucoup!»

«Mais il revient, n'est-ce pas?»

«Il m'a dit qu'il reviendrait me voir»

«En attendant, dans ses entrailles, un petit morceau de lui grandit. Geneviève est enceinte bien qu'il ne le paraisse pas.»

«C'est joli ce que tu me dis là. Et qu'est-ce vous faites par ici aujourd'hui?»

«On est venu à l'église de Yemaya. Puis, on est venu faire un tour au quartier et manger quelque chose. A propos, tu ne sais pas où il y a un auberge-restaurant par-là? On meurt de faim. Tu sais, la grossesse de Geneviève la rend plus affamé»

«Allez, monter. Je vous mène chez Pepe, le galicien. Il a construit un petit restaurant où il mélange la cuisine galicienne avec la cuisine cubaine. Ses filles sont nées à Cuba. Celles-ci s'occupent d'aider à servir les clients. Sa femme fait la cuisine. On y mange bien»

«C'est ce que j'espère parce que Geneviève est une cuisinière excellente! Mais toi, tu n'étais pas pressé?»

«Oui, parce que la messe est sur le point de finir. C'est le moment où il y a plus de clients à transporter.»

Nicolas emmena les deux amies chez le galicien.

«Tu restes avec nous, Nicolas? Tu nous fais compagnie?»

«Je voudrais bien, mais j'ai des clients qui me payent bien. Ils doivent m'attendre car il est possible qu'on ait déjà fini la messe. En plus, j'en ai pour l'autre messe. Dans une heure à peu près, je viens vous chercher. Peut-être vous voudrez que je vous emmène chez vous, dans le Solar.»

«Seras-tu si bon!», s'écria Magalie.

«Nous emmener chez nous en calèche depuis ici! Oh, quelle merveille ce serait, tout autour de la baie!», s'écria Geneviève.

La cour où le galicien avait construit le restaurant se trouvait sous des arbres, ce qui permettait que les clients y mangent à leur aise sous la brise en dégustant de la cuisine galicienne et cubaine.

Magalie et Geneviève commandèrent un ragoût asturien de haricot blancs avec du jambon, du lard, du saucisson et des légumes. C'était la spécialité de la maison qu'elles dégustèrent avec délice. Ce plat était si succulent et copieux, elles n'en mangèrent aucune autre chose. Elles n'en commandèrent d'autre qu'une boisson frappée à la papaye.

«Vous avez bien mangé, j'espère?», demanda l'une des filles de l'asturien.

«Mais bien sûr!», exclama Geneviève. «Ce ragoût a été excellent, trop copieux. J'en aurais pour une semaine entière.»

«Mais vous n'avez pas trop mangé, mademoiselle? Le ragoût ne vous a pas plu? », demanda la jeune femme à Magalie.

«Mais si, il m'a beaucoup plu, c'est qu'il y avait trop à manger. Puis, je ne mange pas trop. J'ai peur de grossir. J'ai peur que mes habits me soient trop à étroit.»

«Voilà votre boisson frappée à la papaye, mesdemoiselles», dit l'autre fille de l'asturien en apportant la boisson frappée. «J'espère qu'elle vous plaira? J'en ai goûté et elle est délicieuse et pas trop sucrée.

Les deux sœurs s'assirent. Elles mourraient d'envie de s'assoir auprès de Geneviève et Magalie dans la même table, surtout auprès de cette dernière qu'elles savaient était une femme élégante, fine et mondaine, qui était capable de mesurer ce qu'elle mangeait pour tenir sa taille. En plus, il n'était guère commun que deux femmes viennent manger seules à la maison avec tant de contenance.

«Vous êtes des femmes très distinguées! Et très élégantes par-dessus le marché! », exclama l'une des femmes en regardant Magalie. A dire vrai, ce n'était pas une question de distinction ou d'élégance chez Magalie et Geneviève, mais plutôt par la façon dont elles se débrouillaient seules dans une société où cette conduite sociale féminine n'était pas du tout commune. Pour les deux filles du galicien la conduite de ces deux belles clientes était partie de leur rêve d'émancipation vis-à-vis de l'autorité de l'homme.

«Est-ce qu'on peut fumer ici, mes amis?», demanda Magalie aux jeunes femmes amicalement en sachant ce que c'est le travail de serveuse pour des clients.

«Mais oui!», dit l'une des serveuses avec étonnement et admiration en apprenant que Magalie fumait. «Elle fume en plus!», pensa-t-elle.

«Geneviève, ça te gène si je fume ici?», demanda Magalie.» Si tu veux, je peux aller là, dans un coin de la cour»

«Ne t'en fais pas, chérie!», lui dit Geneviève en souriant. «Là-bas, dans la barque, c'était la fumée du cigare de cet homme-là qui me donnait la nausée, quoi! D'ailleurs, tu n'éparses pas trop de fumer quand tu fumes!»

«Vous ne fumez pas, mademoiselle?», Demanda l'autre fille du galicien à Geneviève.

«Oh, mademoiselle, moi! Cela a fini il y longtemps parce que moi, j'ai deux enfants qui sont restés avec leur père. Non, mon amie, je ne fume pas. Vous savez, nous faisons presque le même travail que vous.»

«Comment ça? Vous êtes serveuses, vous aussi?»

«Mais oui, nous sommes des serveuses et on nous paye pour ce travail », dit Magalie.

«Oh, vous travaillez!»

«Et c'est loin de chez vous?»

«Assez loin, si vous voulez?»

«Et votre époux vous laisse travailler?» demanda-t-on

«Moi, je suis libre, vous savez. Et quant à Geneviève, elle se débrouille pour laisser ses enfants avec leur père!»

«Combien vous êtes distinguées!»

«Mais en ce qui concerne la distinction, mon amie Geneviève est bien haute après avoir volé dans les avions français par au-dessus de La Havane avec Marianita, la Première Dame, la femme du Président Menocal»

«Papa, papa», dit l'une des femmes en courant vers l'intérieur de la maison où se trouvait la cuisine. Quelques minutes plus tard, elle en retournait avec son père qu'elle tirait par une main.

«Bon après-midi, mesdames», dit Pepe, le galicien.

« Pa' c'est la dame qui a volé dans un avion !», dit sa fille en montrant Geneviève alors que d'autres clients qui mangeaient chez Pepe étaient déjà tout oreille, curieux d'en savoir davantage.

« Mais oui, Geneviève appartient au club des premières femmes qui ont vu la terre depuis le ciel, mes amis, cette dame que vous voyez assise chez vous aujourd'hui !», finit par dire Magalie en voyant que des hommes et des femmes avaient déjà entouré la table où se trouvaient Magalie et Geneviève.

« C'est vrai ça, mademoiselle ?», demanda un homme qui portait une chemise typique et un chapeau panaméen.

«Oui, mais Magalie a exagéré un peu. Gregorio, le père de mes enfants, est le propriétaire de la cantine à Columbia où les pilotes et mécaniciens français des avions 'Goliath' et 'David', les chouettes comme on appelle ces derniers aussi, mangent», racontait Geneviève avec détails sur la Compagnie Cubaine d'Aviation et sur ses créateurs authentiques qui avaient même risqué leur vie pour mener à bien ce rêve cubain d'avoir sa propre compagnie aérienne de poste et de passagers, ce qui démontrait que Cuba se situait peu à peu déjà à l'avant-garde avec les pays industrialisés en ce qui concerne l'essor socio-économique par rapport à la plupart des autres pays, car il y avait deux facteurs qui avaient aidé Cuba à atteindre ce niveau de développement: d'un côté c'était le fleurissement de son industrie sucrière et du tabac, et de l'autre, c'était la débâcle économique et financière dans laquelle se débattaient les pays les plus développés de l'Europe, y compris le déclin de leur urbanisation et le déplacement de vastes populations par le chômage de l'après-guerre.

«Et dis, ma fille, qu'est-ce que tu sentais quand tu te voyais si haut? Tu n'avais pas peur que cet avion tombe par terre depuis si haut?», demanda Pepe le galicien à Geneviève qu'il regardait déjà avec admiration et sympathie.

«C'est quelque chose d'étrange. Tu oublies que tu pourrais mourir si l'avion tombe. Le fait que tu peux te déplacer dans l'intérieur de l'avion ou même qu'on y est assis te donne l'impression que tu es sans danger. C'est comme quand on est dans sa propre maison dont les parois te tiennent à l'abri. On ne pense pas qu'on a quitté le sol. Pendant le vol, il a des moments de rigolades. Je me rappelle quand je volais à côté de Marianita, la femme du Président Menocal, alors qu'on survolait le 'Cimetière de Colon'. Tout le monde dans le 'Goliath' s'est mis à rire en apprenant que des petits carrés qu'on voyait en bas à travers les fenêtres de l'avion étaient les tombes du cimetière.»

«Et si le moteur de l'avion s'arrête ou que l'hélice laisse de tourner?», demanda l'homme à la chemise typique et au chapeau panaméen.

«Les pilotes et les mécaniciens sont très bons et adroits! Les messiers Lucien, Léon, Camille, Guy, Guerchais et Chauvin avec son petit chien qu'il menait quand il avait l'occasion de voyager dans le 'Goliath' étaient des excellents pilotes et techniciens qui avaient créé la compagnie d'aviation avec les avions français.

Eux tous, ils avaient lutté dans la guerre, surtout Lucien, Léon, Camille et Guy qui avaient lutté avec les petits avions noirs. On appelait ces avions les 'chouettes'. Après la guerre, ils s'étaient perdus dans le désert pendant deux semaines sans rien manger alors qu'ils volaient vers un pays au désert.

«On dit que le soleil au désert est plus fort que le feu, n'est-ce pas papa?»

«Un peu, oui, mais les maures y vivent quand même!», répondit le galicien.

«Geneviève, est-ce que tu n'as pas volé aussi dans un de ces petits avions noirs?», lui demanda l'une des filles de Pepe en l'appelant par le prénom.

«Mais si! Une fois j'ai volé au-dessus de La Havane avec Guy, Guy de Roig. Mais moi, je préférais le 'Goliath' où l'on vole tout enfermé dans son intérieur tandis qu'on a l'impression qu'on est dans l'air en volant dans une des 'Chouettes noires'. Moi, je croyais mourir de peur! Parfois, j'ai cru avoir du vestige. Je me demande comment mes amis français aient pu combattre, même pendant la nuit, avec ses avions si petits qu'on disait comme des 'chouettes »

«Qu'ils ont été courageux, nos amis de France!», dit Magalie avec admiration.

«Tu sais Léon m'a dit que Camille avait été blessé une fois dans la guerre. Quant à Léon, il a failli mourir en deux occasions! La première fois, il combattait comme fantassin. La deuxième fois, il combattait avec une 'Chouette' que son frère pilotait. Lucien, lui, d'après ce que Léon m'en dit, il était comme ces hommes qui sont invincibles!»

«Ma chérie», dit Magalie «Combien tu dois être fière d'avoir été si près de ces hommes comme Léon et les autres français!»

«Tu sais Magalie que Léon a inventé un alambic quand ils

étaient perdus dans le désert?»

«Non, tu ne m'as pas raconté ça!»

«Le 'Goliath' était tombé dans la mer dans une zone désertique où il n'y avait pas d'eau potable à boire, seulement l'eau de la mer. Alors il s'est débrouillé pour faire un alambic en prenant le débris du 'Goliath'»

«C'est-à-dire que le 'Goliath' peut tomber par terre?», dit l'homme à la chemise typique et au chapeau panaméen.

«Mais il est tombé dans la mer!», dit l'une des filles du galicien. «Papa, qu'est-ce que c'est qu'un alambic?», demanda-t-elle.

«C'est ce qu'on utilise dans une distillerie pour faire de l'alcool, ma fille», lui dit-il.

«C'est le même processus qu'on fait pour obtenir le rhum ou l'eau-de-vie.», dit l'homme à la chemise typique et au chapeau panaméen. «On met l'eau à bouillir pour la transformer en vapeur. Enfin, c'est un appareil composé d'une chaudière où l'on met du jus ou le vesou qu'on soumit au chauffage et d'où la vapeur se dégage à travers le chapiteau, puis elle passe par un tube à col-de-cygne pour gagner le réfrigérant formé par un serpentin qui est refroidi par l'eau. Alors la vapeur devient de l'eau de nouveau, mais distillée ou purifiée. Je suppose que votre ami a mis l'eau sellée à bouillir pour la transformer en vapeur. Cette vapeur refroidie de nouveau est devenue de l'eau purifiée, c'est-à-dire sans sel».

«Je crois qu'on a rien compris, mon ami», dit Magalie

«Tout cela est bien compliqué, n'est pas?», demanda Geneviève à son tour.

«Mais comment ça se fait que vous sachiez tant de choses comme ça?», finit Magalie par demander à l'homme à la chemise typique et au chapeau panaméen.

«Je travaille dans la distillerie Santa Cruz du Nord»

«Est-ce que vous buvez du rhum au travail?», lui demanda Geneviève.

«On y boit, mais si le patron ne gagne pas assez d'argent avec la distillerie, on vous met à la porte. Alors, j'essaie de n'en boire qu'un coup quand je commence le travail et un autre coup en partant. De toute façon, nous, on peut y acheter du rhum bon marché»

«Tiens, Geneviève, voilà Nicolas qui arrive. Je crois qu'il est temps de rentrer»

«Oui, on y va. Bon mes amis, on vous laisse!»

«Avant on boit du café. Viens Nicolas, je t'invite à boire du café. On n'a pas de temps pour que tu puisses manger. Je suis désolée, mais il nous faut rentrer»

«Ce que tu dis, Magalie. Tu ordonnes et je fais, voilà!», dit Nicolas.

«Et moi, je meurs d'envie de faire le voyage en bordant la baie en calèche. Cela doit être beau!» dit Geneviève.

«Alors, ma fille, tu nous apportes du café pour trois, et on s'en va après vous avoir payé, bien sûr!»

«En apportez plutôt pour quatre, s'il vous plaît, et passez-moi l'addition. Je paye pour elles. Pour moi c'a été un grand honneur vous avoir connues, mes amies. Je m'appelle Fernando. Je sais déjà que vous êtes Geneviève et Magalie. Est-ce qu'on peut se revoir?», demanda-t-il en regardant Magalie.

«Mais comment vous allez faire ça, de payer pour ce que nous avons mangé?»

«Mais Geneviève, ne décevez jamais un gentilhomme quand il montre un geste si courtois envers des dames! Après le café, je vous donne mon adresse!»

On apporta du café. Geneviève et Magalie burent le café debout. Nicolas et Fernando en burent aussi. Et après que

Magalie avait dit à Fernando, l'homme à la chemise typique et au chapeau panaméen, où elle habitait, elle et Geneviève montèrent dans la calèche. Les filles du galicien et Fernando les avaient accompagnées jusqu'à la calèche dont la jument avait profité pour manger de l'herbe qui poussait dans le gazon du trottoir.

«Vous reviendrez manger chez nous, n'est-ce pas, Magalie?»

«Bien sûr! Mais comment vous vous appelez déjà?», demanda-t-elle à celle-ci alors déjà assise dans la calèche.

«Moi, je m'appelle Juana et ma sœur s'appelle Olga. Sachez que c'était un plaisir que vous ayez mangé chez nous», dit-elle.

«Vous avoir écouté, Geneviève, nous a vraiment plu. C'est beau tout ce que tu nous as raconté. Je crois que ta vie est déjà pleine de jolies choses!», finit Olga par dire.

«Bon, au revoir et on promet qu'on revient bientôt si Dieu nous le laisse. On y va, Nicolas?»

«Oui, ma chère patronne Magalie!»

Le soleil était encore fort. Magalie ouvrit son ombrelle pour couvrir leur visage contre les rayons du soleil; cependant, la brise venant de la mer, quelque chose qui était rare au mois de mai quand le vent vient communément de l'Est, les rafraîchissait agréablement. Elles firent le voyage de retour à La Havane Coloniale en bordant la baie tandis qu'elles parlaient avec Nicolas. Les deux amies se voyaient très heureuses d'avoir passé ensemble un après-midi si plaisant. Il était presque six heures quand elles arrivèrent au Solar à l'entrée duquel Il y avait deux hommes causant tandis qu'ils fumaient. A son intérieur, on voyait des enfants qui jouent au cache-cache.

«Regarde comment des reines viennent en calèche et habillées de la sorte!», dit l'un des hommes, un homme noir habillé en chemise et pantalon blancs et qui portait des souliers blanc et marron. Il les aida à en descendre. C'était la première fois qu'on le voyait par là.

«Bonjour, Geneviève!», dit l'autre, un mulâtre en la regardant un peu passionné. Celle-ci était toujours belle avec sa silhouette bien qu'elle ait déjà quelques mois de grossesse.

«Bonsoir parce qu'il se fait en peu tard, tu ne le crois pas?», lui répondit-t-elle aimablement en lui souriant. Elle ne savait pas comment il s'appelait.

«On vient de Regla en calèche. On a fait le voyage en bordant la baie. C'est beau combien d'arbres il y a par-là, au quartier de la 'Vierge du Chemin'!», dit Magalie à son tour.

«Je crois que traverser la baie en barque n'est pas si cher»

«Une femme comme Magalie peut venir de Regla même en 'Goliath' parce que son talent s'en impose!», dit Nicolas à l'homme noir habillé en blanc et aux souliers à deux couleurs en descendent de sa calèche.

«Que Magalie est privilégiée d'avoir un ami avec une calèche!», dit-t-il en voyant Nicolas. Il ne s'attendait pas que le cocher soit ami à Magalie, quelque chose qui lui était, paraît-il, inconvénient et inopportun.

«Je crois qu'elle est assez privilégiée si on tient compte de la quantité d'amis qu'elle a. Mais en tout cas, c'est moi le privilégié d'avoir une amie comme Magalie, si elle me considère comme tel!», dit Nicolas en s'adressant à l'inconnu habillé en blanc.

«Je vois que Magalie est capable de bouleverser la pensée des hommes et de les subjuguer!», dit Geneviève à son tour en souriant parce qu'elle s'était rendu compte que Magalie plaisait aux deux hommes.

«Voilà qui parle!», dit Magalie avec malice. «Je n'ai vu aucun homme qui ne s'affole en te voyant, me chère».

«Il ne faut pas aller trop loin pour en voir un qui se meurt seulement avec sa présence et son regard!», dit le mulâtre sans laisser de regarder Geneviève.

«Je vois que tu as retrouvé ta bonne humeur! Maintenant, je crois que tu as une mine resplendissante»

«Maman, tu es déjà rentrée! Je croyais tu resterais chez mes sœurs jusqu'à plus tard», dit Geneviève à Virginia qui venait de sortir de leur appartement. «Je suis allée à l'église de Regla avec Magalie. On a passé un temps splendide ensemble»

«Oh, merci Magalie de tirer Geneviève de l'état où elle se trouvait! Imagine-toi qu'elle n'a pas voulu m'accompagner chez ses sœurs. Viens, je veux te montrer quelque chose que tes sœurs t'ont envoyé»

«Moi, aussi, je rentre. Tu viens Nicolas?», demanda Magalie à Nicolas.

«Laisse-moi emmener ma jument au couvent de Belen. Il y a une étable à son arrière, qu'on a aménagée pour les bêtes qui tirent les calèches à noces. Je reviens plus tard».

«Comme tu veux», répondit-elle alors que l'homme noir habillé en blanc regardait la scène, un peu envieux.

«On dit que tu fumes, Magalie. Tu veux une cigarette?» lui demanda l'homme noir habillé en blanc qui lui déplaisait déjà un peu et auquel Nicolas lui jeta un coup d'œil inamical.

«Non, merci. J'en ai!»

Les deux hommes restèrent encore à l'entrée du Solar tandis que les enfants continuaient à jouer dans son intérieur.

* * *

Nicolas, portant un sac à panier avec du pain, du jambon, du lait condensé et d'autres produits, retourna une demi-heure plus tard pour rencontrer l'homme noir habillé en blanc avec ses souliers à deux couleurs à l'entrée du Solar encore. L'autre homme était déjà parti.

«On dirait que tu es venu en avion, mon mec», dit-il à Nicolas.

«Pas tellement! Mais quand les pirates rôdent par là pour s'emparer du trésor d'autrui, il faut être aux aguets, tu ne crois pas!», dit Nicolas en entrant dans le Solar alors que l'homme noir habillé en blanc le regardait faire sans répondre.

Nicolas et Magalie restèrent seuls dans le modeste appartement jusqu'au lundi vers sept heures du matin quand Nicolas partit. Il alla chercher sa jument pour commencer son travail quotidien de transporter des clients. Vers sept heures, il passa par le quartier de Luyano. Il alla au bar où Magalie travaillait. Il était encore fermé. On lui dit qu'on l'ouvrirait dans deux jours. Il en était content. Il ne voulait tellement pas que Magalie travaille au bar. Il l'aimait déjà. Il savait que Magalie s'y connaissait bien en ce qui concernait la manufacture des cigares. Il connaissait beaucoup de personnes qui aimaient fumer des cigares. Il avait pensé proposer à Magalie de construire un petit boutique-atelier pour vendre des cigares et du café. Quand il avait amené Magalie et Geneviève de Regla, il avait appris que Geneviève était une bonne cuisinière et qu'elle ne travaillait plus. Celle-ci pourrait les aider dans le boutique-atelier. Avec sa calèche, il pourrait chercher des feuilles de tabac chez le père de Magalie, à Bejucal. De toute façon, tôt ou tard, le père de Magalie saurait que sa fille ne travaillait pas dans la manufacture Partagas, mais dans un bar comme serveuse et plaisante.

Il était huit heures du soir quand il arriva au Solar. La porte de l'appartement de Magalie était fermée. Il y frappa. Il attendit quelques minutes. Il frappa encore, mais plus fort. Personne ne répondait. En écoutant quelqu'un frappait intensément dans la porte de Magalie, Virginia sortit de chez elle.

«Qu'est-ce qui se passe, Maman?», lui demanda Geneviève qui était sortie après celle-ci.

«C'est l'ami de Magalie qui frappe à la porte de l'appartement Magalie, mais elle ne réponde pas»

«Peut-être elle n'est pas là. Il se peut qu'elle soit allée au travail», dit Geneviève.

«Non, le bar est fermé jusqu'après demain. Elle m'a dit qu'elle m'attendrait pour que je l'informe de la situation et qu'elle ne sortirait pas avant mon arrivée. En plus, elle n'a pas mis le cadenas!»

Geneviève était rentrée pour aller jusqu'au fond de son appartement. Quelques minutes plus tard, elle revint.

«J'ai regardé à travers la fenêtre du fond, dans la pièce de service, et j'ai vu que celle de son studio est grande ouverte. Sa lumière est allumée. Depuis ma fenêtre je l'ai appelée, mais elle n'a pas répondu. J'ai peur que quelque chose lui soit arrivée. Je crois qu'elle n'est pas là, autrement, elle aurait répondu»

D'autres personnes étaient venues voir ce qui se passait. Nicolas avait un rare pressentiment.

«Pourquoi tu t'en fais comme ça. Nicolas?», lui demanda Geneviève qui commençait à être influencée par le pressentiment de celui-ci. «Magalie doit être quelque part. Peut-être elle est allée acheter quelque chose chez l'épicier pour acheter un paquet de cigarettes»

«Je lui en avais acheté un paquet hier, qu'elle a ouvert ce matin quand nous avons fini de prendre le petit déjeuner. Est-ce que je peux entrer chez vous, Geneviève, pour sauter par ta fenêtre et entrer par la sienne?»

«Evidemment! Vas-y!» lui dit Virginia. Nicolas passa à travers l'appartement de Geneviève sans bruit pour ne pas réveiller les enfants qui dormaient. Il sortit par la fenêtre d'arrière de chez

Geneviève et entra chez Magalie par derrière.. Il la vit nue, allongée immobile sur le lit dont le drap blanc était teint en sang. Nicolas jeta un cri en se précipitant vers le lit.

«Magalie! Magalie! Oh, Dieu, pourquoi elle, pourquoi? », demanda Nicolas en regardant vers le haut. «Pourquoi, pourquoi?». Il sanglotait. Il se rendit compte alors combien il aimait Magalie qui gisait sur le lit, son corps tout ensanglanté. Le mulâtre qui était la veille avec l'homme noir habillé en blanc chaussant des souliers blanc et marron ébranla la porte d'entrée. Il en resta au seuil en voyant Magalie sur le lit et Nicolas agenouillé avec le visage caché par le drap plein de sang.

«Oh, Dieu, qui a fait ça?», demanda-t-il.

«Magalie, Magalie! Pourquoi elle est comme ça, mon Dieu?», demanda Geneviève en pleurant. Elle s'était jetée sur le lit. «Magalie, Magalie, réveille-toi, je t'en prie! Pourquoi tu ne bouges pas, pourquoi? Tu n'es pas morte! Tu ne peux pas être morte. Qui t'a fait ça, qui, qui, dis, je t'en supplie! Parle-moi que tu n'es pas morte!»

Il y avait déjà quelques autres personnes dans l'appartement. Virginia s'était approchée du lit. Elle toucha le front de Magalie. Celle-ci avait une blessure au ventre par où elle saignait encore. Elle avait du sang dans les cheveux et dans la bouche. Virginia constata que Magalie était tiède. Elle toucha à son cou pour se rendre compte qu'elle n'était pas morte. Elle respirait.

«Elle est vivante, elle est vivante! Elle est en train de respirer», s'écria Virginia. Nicolas se mit debout d'un bond. Geneviève en fit autant.

«Il faut agir vite. On l'emmène à la Maison de Secours Médicaux», dit le mulâtre ami à l'homme noir habillé en blanc. On enveloppa Magalie avec un drap propre que Virginia avait apporté. On n'avait pas le temps de l'habiller. Il fallait faire vite.

Magalie était inconsciente. Le mulâtre aida Nicolas à la porter jusqu'à la calèche de celui-ci, où ils la montèrent. Geneviève ne cessait pas de pleurer. Magalie respirait à peine, immobile. Elle avait perdu trop de sang. Il y avait des gens dans le Solar et dans la rue, près de son l'entrée, dont la grille restait ouverte. Ils avaient été avertis par les cris de Geneviève qui n'avait jamais vu une scène pareille. Virginia, par contre, restait calme et immuable. Pendant la guerre cubaine contre l'Espagne qui était finie à la fin du XVIIIème, Virginia avait vu pas mal de scènes de la sorte, surtout parce que l'arme principale des «mambis», les combattant cubains, était la machette. La guerre avait été vraiment sanglante. Tant de sang dans la chambre de Magalie et son emportement jusqu'à la calèche enveloppée dans un drap qui se teignait déjà de sang lui avait rappelé des scènes de cette guerre-ci. Mais elle, Virginia, assista à cette tragédie, dont Magalie était la victime, avec du sang froid.

«Tu crois qu'elle meure, maman?», demanda Geneviève à Virginia entre sanglots et hoquets.

«Je crois qu'elle a perdu trop de sang. La blessure qu'elle a au ventre ne me plaît guère du tout. Je veux prier auprès de mon autel à Yemaya pour son salut et qu'elle se remette!»

«Mais qui aurait fait une chose pareille? Tu crois que c'est un abakua qui a fait ça, maman?»

«Pourquoi un abakua aurait fait quelque chose comme ça? En tout cas, on m'a dit que Magalie n'avait aucun compromis. Elle ne s'était engagée avec personne et elle vivait seule»

«Elle m'a dit que Nicolas est le seul homme qui la visitait dernièrement» ajouta Geneviève en essayant d'essuyer ses larmes tandis que la calèche s'éloignait au gallot vers la Maison de secours médicaux la plus proche. Le mulâtre restait agenouillé au milieu de la calèche en tenant Magalie qui était allongée sur le siège, enveloppé avec le drap. Elle était inconsciente. En conduisant la calèche au plus vite, Nicolas, le cœur comprimé, désespéré, se tournait de temps à autre vers l'arrière pour regarder Magalie qui avait les yeux fermés. Il vit qu'elle ne bougeait pas malgré le balancement de la calèche par le galop de la jument.

«Oh, Dieu, je t'en prie, ne laisse pas qu'elle meure! Je t'en supplie du plus profond de mon âme! Maman, pourquoi on lui a fait ça?»

«Magalie n'est pas une femme à maquereau. Elle est trop indépendante et fière de soi-même. Ce n'est pas une femme à soumettre. Peut-être cela est la cause de sa tragédie.

Magalie fut transférée à l'hôpital municipal où elle fut gardée pour quelques jours en état grave. Elle avait une blessure profonde dans son ventre, faite avec couteau. Le couteau avait atteint le foie. La quantité de sang qu'elle avait perdu l'avait affaiblie. Elle avait reçu un coup sur la tête qui lui avait provoquée une autre blessure par où elle avait saigné aussi comme par sa bouche. Elle avait perdu deux dents.

Magalie ne mourut pas. Elle l'avait échappé belle !

* * *

Deux mois plus tard, la silhouette de Geneviève n'était déjà plus la même. Son ventre avait grandi. Geneviève et Virginia étaient allées à Sagua la Grande avec les enfants où elles restèrent jusqu'à la fin du mois d'août. Un jour, elle reçut une carte postale de Léon via New York. Léon était allé habiter au Canada. Le cœur de Geneviève s'était rempli de joie et d'espoir.

* * *

Magalie n'habitait plus au Solar. L'assaut qu'elle avait subi l'avait ébranlée. Elle n'avait raconté à personne ce qui lui était arrivé, même pas à son ami Nicolas. Magalie était retournée chez ses parents. Nicolas et elle s'était mis d'accord pour ventre des cigares à La Havane. Le père de Magalie continuait à cultiver du tabac, ce qui permettrait à Magalie de manufacturer des cigares. En utilisant sa calèche, Nicolas transporterait les cigares vers La Havane. Il connaissait des hommes qui aimaient à fumer des cigares. Ceux-ci préféraient fumer des cigares qui coûtent moins cher sans qu'ils soient, pour autant, de moindre qualité. Nicolas avait appris à faire des cigares. Entre Magalie et lui, ils faisaient suffisamment d'argent en faisant des cigares. Quelques autres personnes les avaient rejoints dans la production des cigares. Magalie et Nicolas avaient pensé à la création d'une boutique où l'on vendrait des cigares et du café. Ils avaient pensé à Geneviève pour s'occuper de la boutique en tenant compte de son expérience dans la cantine de Columbia. Quant à Magalie, elle ne voulait pas retourner à La Havane. Elle était trop traumatisée. L'assaut qu'elle avait subi à La Havane restait un mystère. La mort de l'homme noir qui était fréquemment habillé en blanc et chaussant des souliers à deux couleurs était aussi un mystère. Deux semaines après la tragédie que Magalie avait vécue, il avait été trouvé mort dans le trottoir à quelques rues du Solar. On l'avait poignardé. Nicolas et le mulâtre qui l'avait aidé à emporter Magalie à la Maison de secours médicaux avaient toujours soupçonné que c'était lui qui avait attaqué et blessé Magalie si gravement. Il était un ouvert abuseur des femmes. On disait qu'il était proxénète.

* * *

330

Au début du mois de septembre de l'année 1921, la nostalgie envahissait le foyer de Geneviève au Solar de La Havane. Les petits se demandaient pourquoi le ventre de leur mère était si grand. Là-dessus, Geneviève ne savait pas comment leur expliquer qu'elle attendait un enfant. Souvent, lorsqu'ils jouaient avec d'autres gamins dans le Patio du Solar, ils regardaient vers le ciel en essayant de voir un grand oiseau apportant un enfant. Virginia leur avait dit c'était une cigogne qui emmenait les enfants du ciel.

Depuis un certain temps, jour après jour, Geneviève attendait le facteur avec qui elle s'était déjà familiarisée. C'était un noir, un ancien «mambis» dans la guerre d'indépendance qui avait combattu sous les ordres du Général noir Quintin Bandera. Toujours, quand elle écoutait le son aigu du sifflet du facteur, elle accourait vite vers la sortie de l'entrée du Solar.

«Bonjour Geneviève, il n'y a rien pour toi aujourd'hui non plus, j'en suis désolé.», lui dit-il. C'était presque la même phrase qu'il disait à Geneviève depuis déjà quelque temps.

«Peut-être la prochaine fois, Anacleto», lui répondit-elle. Souvent elle restait debout à l'entrée du Solar pour quelques minutes en voyant le facteur s'éloigner et avertir de sa présence avec son sifflement quotidien.

«Peut-être la prochaine fois j'aurais de ses nouvelles», pensat-elle. Elle avait tellement peur de mettre son enfant au monde sans savoir de l'homme qui lui avait laissé tant de lui en elle et dans l'être qui était sur le point de voir le jour. Ce jour-ci, elle demeura debout là, à l'entrée du Solar, un peu plus de temps, angoissée, en regardant les gens passer par le trottoir. En ce moment-ci, elle se rappelait de ce jour-là, quand Léon était venu la voir et qu'ils étaient allés à l'église de Regla. Il lui avait acheté un bouquet de roses. Ils avaient rencontré Nicolas dans sa calèche. Et dire que Léon ne savait pas que Nicolas était l'ami de Magalie, mon Dieu! Combien elle était reconnaissante au Seigneur que Magalie se soit sauvée. Ayant vu l'état dans lequel elle se trouvait nue sur le lit, toute ensanglantée, seulement Dieu pouvait faire le miracle de ne pas laisser qu'elle meure. En ce moment-ci, Magalie lui manquait. Elle savait qu'elle et Nicolas se débrouillaient dans l'affaire des cigares. Elle ne savait pas si elle pourrait les y aider. De temps à autre, Nicolas venait la visiter. Le trauma que Magalie avait subi avait été si tragique et si bouleversant qu'elle refusait de venir à La Havane. Comme son amie Magalie disait que l'enfant qu'elle attendait était une fille, celle-là avait tricoté un petit costume rose que Nicolas lui avait apporté le dernier jour qu'il était venu la voir au Solar.

Il faisait beau en ce Septembre-ci. En 1921, Cuba restait encore un pays d'un grand essor économique malgré la baisse du prix du sucre. On continuait quand même la production sucrière à bon train. Quant au commerce du tabac et du rhum, c'était aussi un secteur de l'économie cubaine qui apportait de la richesse au pays et aidait à son développement social.

Geneviève portait une robe jaune. Ses cheveux étaient libérés, tombant sur ses épaules. Son ventre n'était pas si volumineux.

«Oh», se plaignit-elle brusquement. Elle posa ses deux mains sur son ventre. Elle eut l'impression que quelque chose y allait sortir. C'était quelque chose pareille à ce qui lui arrivait quand elle avait envie d'uriner ou de déféquer, mais en même temps. Elle eut l'impression qu'elle n'avait pas le moyen de faire sortir ce qui descendait. Elle avait eu la même sensation quand elle avait accouché la petit Gustavo et la petite Amelia. Elle rentra en tenant ses deux mains sur son ventre. Virginia la vit entrer pâle. Elle sut que Geneviève était au temps d'accoucher, que celle-ci était sur point d'avoir son enfant.

«Maman, ça descend! Mon enfant vient!»

«Viens, ma fille, viens te coucher», lui dit Virginia qui put un oreiller sous les pieds de sa fille en essayant qu'elle tienne l'enfant en place. «Je vais chercher Lucretia, c'est la sage-femme du quartier. J'arrive à la hâte. Tiens pour un instant, Geneviève!»

Heureusement, Lucretia était disponible ce jour-ci. Celle-ci se débrouilla adroitement en aidant Geneviève dans l'accouchement de son enfant. Tout le monde dans le quartier connaissait Lucretia. En la voyant entrer dans le Solar, les adultes qui s'y trouvaient savaient que Geneviève allait accoucher. Elle y était la seule femme qui était enceinte. Quelques minutes plus tard, on écouta un enfant nouveau-né crier.

Et entre la nostalgie et l'angoisse qui l'envahissaient depuis le départ de Léon, ce qui était seulement dissipé par la présence de Magalie, et entre l'espoir et l'envie de voir l'homme qu'elle aimait le plus, le 4 Septembre de cette année-ci, Geneviève accoucha d'un enfant. C'était une fille qu'elle la baptisa avec le prénom de Rosa.

* * *

Il n'y a pas d'évidences montrant si Léon sut que Geneviève était tombée enceinte; cependant, l'une des cartes postales qu'il lui avait envoyée de la France nous fait tomber dans le doute. Beba, comme nous appelons amoureusement Geneviève, souffrait beaucoup de l'absence de Léon après son départ; mais sa fille Rosa en avait souffert le plus, cette fleur immaculée qu'elle fut une fois, et qui aujourd'hui perd déjà sa fraîcheur, qui n'avait jamais pu apaiser tant de tristesse dans son regard.

Conclusion

Nous savons pour la plupart le signifié du mot amour et ses nuances. Cependant, ce mot acquiert un signifié plus profond lorsqu'il exprime le sentiment affectif entre ceux qui engendrent un autre être humain à partir d'une relation d'*intimité, passion* et de *compromis* réciproque d'après le psychologue et psychomètre *états-unien* Robert J. Stembert, auteur de cette théorie triangulaire sur l'amour. .

Malheureusement, quand l'être qui donne ou détermine le sexe, que c'est le père, est absent, même déjà depuis le ventre de la mère, l'embryon ou le fétu sent son absence, et le développement prénatal de la créature est plutôt influencé du point de vue émotionnel, parce que la mère souffre de désolation et solitude, état d'anime qui est beaucoup plus profond quand on aime ce père absent. Combien de tristesse il n'aurait pu y avoir tout au long de l'enfance et de l'adolescence de Rosa qui ne put jamais avoir même un embrassement de son père, beaucoup moins sentir l'odeur de sa peau, ni voir la couleur de ses yeux! Qu'aurait-elle pu répondre à ses petites amies de l'école ou du quartier quand on lui demandait: «Comment est ton papa?» ou «Comment s'appelle-t-il?» ou «Il te gronde beaucoup?» ou «Il te laisse jouer?» ou «Quel cadeau il t'a tonné pour ton anniversaire?».

Avec combien d'amour Rose a gardé une photo de son père aimé, mais absent, qu'elle avait encadrée, peut-être pour définir son visage davantage, comme en voulant l'approcher davantage au sien! Et ainsi elle grandit et devint une femme. Et ainsi elle vieillit! Ceux qui l'ont connue, n'ont jamais découvert la couleur de son sourire, ni l'allégresse de ses yeux. On la rappelle toujours déconfite.

Comment Rose aurait pu se sentir en grandissant ensemble avec ses autres frères dont la peau est différente à la sienne, déjà des petits garçons quand elle naquit, surtout quand Gustavo, le père de ses frères n'avait pas voulu lui donner son nom de famille par préjudice!

D'après Mayra Colado, arrière-petite-fille de Geneviève, et de Léon Coupet : «*Rose, ma mère, est née le 4 Septembre 1921, mais comme Gustavo (Gregorio) Montalvo était au courant de la relation de ma grand-mère Geneviève avec Léon, il avait refusé de lui donner son nom de famille (à Rose), et par conséquent, Geneviève était obligée d'attendre que le gouvernement fasse proroge d'inscription de natalité afin de pouvoir l'inscrire; c'est pourquoi la date de naissance de Rose apparaît comme le 4 Septembre 1922. La famille de Geneviève habitait dans le quartier de Pogolotti en ces temps-là. A cause de cette situation embarrassante, elle fut obligée d'aller vivre avec Virginia dans plusieurs bidonvilles des quartiers de La Havane, des localités lesquels sont actuellement Centre Havane et La Havane Ancienne, où Mami (Rose) est née*»

Rose était la grand-mère de mon fils Delfos, Geneviève, son arrière-grand-mère, la première personne qui le porta entre ses bras lors de sa naissance. Geneviève était toujours douce, bonne et aimable. J'ai vécu chez Geneviève dans municipalité du Cotorro, vers l'Ouest de La Havane alors qu'elle avait quatre-vingt-quatorze ans.

Quoiqu'on puisse apercevoir l'origine raciale chez Rosa par rapport au reste de la famille, par bonté de Dieu, l'amour qu'elle a reçu de ses frères au cours de sa vie, a été immense!

Beba, (Geneviève) comme on l'appelait communément, déjà une femme dont la fraîcheur, la beauté et l'enchantement de la jeunesse et d'une femme adulte l'avaient quittée, toujours aimée et admirée par quiconque l'a connue, alors qu'elle arrivait presque à l'âge de cent ans, encore en attendant comme toute une *Pénélope* pour son *Ulysse* sans retour, n'avait jamais cessé de rêver de ce temps-là quand l'amour avait touché à son cœur. Combien de peine dans son âme pour ne pas pouvoir dire à sa triste fille: «Viens ma fille, ton père est là, qui est venu te voir. Viens l'embrasser!»

Et ainsi, un jour, toujours sans avoir des nouvelles de l'homme qu'elle avait si profondément aimé, le 11 juin 1993, alors qu'elle avait déjà 98 ans, Geneviève mourut doucement entourée de ses descendants, dont sa fille, le fruit de ce bel amour, mais hélas, triste. Elle gît en paix dans le cimetière du quartier Las Delicias dans la municipalité du Cotorro, à l'Est de la Havane, où elle avait passé les dernières années de sa vie, et où je l'avais connue des années auparavant.

Epilogue

Et ainsi, en attendant, Geneviève partit un jour, «déjà sans son visage ni sa peau de cet hier-là», qui avaient tant subjugué son aimé héro, qu'elle aimait et désirait tant, de qui elle avait gardé dans son ventre, et avait amené au monde, le fruit de son entier abandon, qui était l'amour qu'elle avait trouvé dans sa grande cité.

Elle était cette belle femme-là qui avait affolé, avec sa douceur et son regard, avec son sourire et son attractif de mulâtresse de province, deux hommes de race et de culture différentes, mais qui en avait aimé seulement un, l'impossible par inconvénient du destin, celui qui laissait une partie de soi aux Caraïbes, qu'aujourd'hui fleurit dans de nouvelles générations, lesquelles continuent à lui garder une place dans leur cœur et leurs souvenirs, qui, toutefois pour peu de temps qui dura cet idylle si beau et passionnant, était le grand amour de l'autrefois belle, tendre et douce Geneviève. Voudrait-on que Dieu les ait unis encore une fois dans quelque part, près des autres inoubliables «dompteurs» des «Goliath», qui semèrent de l'amour aussi dans la terre cubaine, avec allégresse et joie! Avec combien de respect et gratitude nous les remercions de nous avoir donné un petit morceau de leur culture, et un grand morceau de leur amitié. Toi, Lucien Coupet, de Grand Officier de la Légion d'Honneur en particulier, nous te remercions doublement d'être venu avec tant de gloire dans ce morceau du Caraïbe, et que Dieu te bénisse où que tu te soie envolé.

Et toi Léon, dont une partie de son sang est resté à Cuba, que tu étais géant!

Et que dire de Camille Jousse! Quant à lui, laissons que d'autres en parlent, que disent des mots sur cet autre Grand des Grands!

Camille Georges Jousse était né le 12 avril 1887 dans village de Marigny-Champigny, une localité voisine de la ville d'Etampes, toutes les deux sous-préfectures du Département d'Essonne dans la Région de l'Ile-de-France. Pris plutôt comme un Etampois, Il s'était engagé à 18 ans dans la marine nationale comme mécanicien. Il y était resté jusqu'à 1910. Ainsi doté d'une solide expérience professionnelle acquise durant les années de service, il s'était fait embaucher comme mécanicien en moteur d'avion dans la société des avions Henri et Maurice Farman. Après la guerre, il avait été détaché par la Maison Farman comme chef mécanicien et navigant pour l'établissement des lignes aérienne à l'Ile de Cuba, où il avait retrouvé son ami, pilote et directeur Lucien Coupet qu'il avait connu au cours de la guerre dans l'escadrille F.25.

Après son départ de la plus grande île du Caraïbe, Camille était rentré en France. Le 1er février 1922, il était embauché dans les usines Latécoère de Toulouse Montaudran comme spécialiste de moteur d'avion et en était devenu le chef mécanicien. Depuis lors, Camille allait continuer à appartenir à la grande aventure de l'Aéropostale, aux côtés des plus grands noms de l'histoire de l'aviation y compris un autre Etampois Marcel Bouilloux Laffont.

De la sorte, en 1923, il remporta le grand prix des avions de transport et participa pendant les deux années suivantes aux essais en vol et à la mise au point des avions prototypes

Farman. En 1926, il effectua le voyage Paris-Téhéran avec le pilote Capitaine Challe sur un avion Breguet équipé d'un moteur Farman.

En 1929, le raid Paris- Saïgon, qu'il accompli en qualité de mécanicien navigant, avec les pilotes Paillard et Joseph Le Brix, failli être sa dernière aventure, car l'appareil s'écrasa à 197 kilomètres de Rangoon en Birmanie. Il sortit grièvement blessé au cours de l'atterrissage forcé qu'on fit obligé de faire dans le golfe de Mataban. On sauva la plupart du courrier. Camille, Paillard et Joseph Le Brix rallièrent Saïgon en bateau.

En 1930, l'Almanach de l'aviation écrit sur cet homme glorieux en citant ses propres mots: « *Camille Jousse, le compagnon du capitaine Challe, nous contait la vie des aviateurs de raid. Orages et tempêtes de neige, brouillard, variations de température, hélices cassées dans la boue des mauvais terrains, enlisements dans les marécages, rien ne leur manque. Mais au retour, on oublie toutes les misères, les vêtements traversés par la pluie, les coffres à vivres plein d'eau, les pieds dans la vase. Le mécanicien d'avion ne doit pas seulement travailler comme un artisan consciencieux, 'car' il doit être aussi le compagnon dans la plus large signification morale de ce mot. Il lui faut en somme cet amour du métier, si rare aujourd'hui et qui fait l'ouvrier aussi grand que le chef.* »

Des années plus tard, il fit un exploit aéronautique. Après la débâcle financière de son compatriote Bouilloux Lafont et la liquidation de la Compagnie Générale Aéropostale, le trimoteur Arc-en-Ciel, reconstruit garce à une souscription populaire, s'envolait pour l'Amérique du Sud. A son bord, on trouvait Camille Jousse aux côtés de Jean Mermoz, Pierre Carretier, second pilote, Louis Mailloux, navigateur, le mécanicien Mariault, le radio Jean Manuel et René Couzinet. Cet équipage qui devint célèbre dans le monde entier, pulvérisa le record de traversée de l'Atlantique du Sud de 3 200 kilomètres parcourus en 14 heures et 30 minutes, volant à une moyenne de 227 km/h. pour rompre ct record, l'Arc-en-Ciel parcourut une distance de 13 045 kilomètres en 57 heures et 56 minutes, volant à une vitesse de 225 km/h. Ayant décollé de ville d'Istres, à 60 kilomètres de Marseille, dans le département de Bouches-du-Rhône, il survola Casablanca, Cap Juby, Port-Etienne, Saint-Louis, Natal, Bahia, Rio de Janeiro, Porto Alegre et Buenos Aires.

En retournant en France sans difficulté, l'Arc-en-Ciel arriva à la ville de Bourget, le 21 mai à 19 heures et 35 minutes, où l'équipage était accueilli par une immense foule parisienne.

Après cet exploit, Camille décida prendre une pause en ce qui concernait les vols transatlantiques et commença à travailler dans la Compagnie Air Afrique. Pourtant, ce répit fut interrompu par un nouveau conflit de guerre. L'Allemagne, alors plus forte que jamais du point de vue militaire, menaçait la France encore une fois. Dû au fait que l'ancien ennemi de la France était déjà en guerre avec celle-ci, Lucien avait été choisi pour travailler dans préparation des avions militaires sur le front. Par malheur, il ne put pas aider à mener à bien ce dessein parce que la France avait été occupée par les allemands.

Il avait été aussi un héros de la deuxième guerre mondiale. Alors que la France était occupée par l'Allemagne et qu'il travaillait dans l'Atelier Industriel de l'Air lequel continuait à travailler pour l'occupant allemand, avec Jean Arripé, membre du groupe de résistance du commandant Grandier-Vazeille, dans lequel se trouvait aussi le capitaine Delmas, il avait organisé, avec d'autres membres de la résistance, les passages des spécialistes de l'aéronautique et des pilotes français vers l'Angleterre à travers l'Espagne.

Vers la fin de 1943, le commandant Grandier-Vazeille était

arrêté, ce qui faisait que la surveillance allemande se fasse plus étroite et l'étau se resserre davantage autour du groupe. Cependant, ces hommes de la résistance sous la France occupée se tenait secrètement « à outrance » comme naguère, à Verdun. Pour faire sortir des spécialistes de l'aéronautique et des pilotes français vers l'extérieur, on essayer de faire semblant qu'ils accomplissaient la besogne de travail à l'usine. Cependant, ils conspiraient contre l'occupant. Après avoir tant défendu Verdun, qu'ils avaient préférée plutôt détruite qu'occupée, Camille, comme ses camarades, ne tenait pas voir la France sous les bottes des Nazis.

Le 21 novembre 1943, il avait été arrêté par la Gestapo et envoyé en Allemagne en janvier 1944. Il avait été déporté dans le camp de concentration et d'extermination de Buchenwald, construit dans la Forêt de l'Ettersberg, où l'on dit que Goethe avait rêvé de sa dulcinée.

« Buchenwald fut l'un des plus grands camps de concentration et d'extermination créés par les Nazis. Il fut construit en 1937 dans une zone boisée sur le flanc nord de l'Ettersberg, à environ 8 kilomètres au nord-ouest de Wlemar, en Allemagne du centre est. La ville de Welmar était un haut lieu de culture allemande. Johann Wolfgang Von Goethe, l'un des plus grands poètes allemands, y avait vécu. Ce fut à Welmar que fut proclamée la République en 1919. Pendant le régime nazi, le nom de Welmar commença à être associé avec le camp de concentration de Buchenwald »

Les prisonniers étaient confinés dans la partie nord du camp, connue sous le nom de camp principal, tandis que les baraquements des gardes SS et le complexe administratif du camp étaient dans la partie sud. Le camp principal était entouré d'une clôture de fils de fer barbelé électrifiés, de miradors et d'une série de guérites équipées de mitrailleuses activées automatiquement. La prison, connue aussi sous le nom Bunker, était située à l'entrée du camp principal. Les SS abattirent des prisonniers dans les étables et en pendirent d'autres dans la zone du four crématoire.

A partir de 1941, un programme d'expérience et de recherches médicales sur des prisonniers sans leur consentement avait mis en place dans des baraquements spéciaux de la partie nord du camp principal. Celles-ci, utilisant des virus et des maladies contagieuses, telles que le typhus, provoquaient des centaines de morts. En 1944, un médecin SS, le Docteur Carl Vaemet, avait initié une série d'expériences dont il prétendait même qu'elles « guériraient » les prisonniers homosexuels.

Teillant, un autre camarade du réseau de Camille Jousse dans l'usine avait été arrêté aussi par la Gestapo et l'avait rejoint au camp ténébreux de Buchenwald au mois de mai suivant.

Leur séjour dans ce camp était dur. La famine était violente. Il y en avait qui en mourraient tous les jours. Pour beaucoup, la mort était la consolation.

Arrivant la guerre à sa fin, des SS avaient commencé à évacuer le camp. Des milliers de prisonniers, usés, affamés, épuisés et à bout de forces, tout à fait dénutris, avaient été jetés dans les routes. Les 25 000 prisonniers qui restaient dans les camps avaient organisé la résistance. Les 200 SS qui restaient dans le camp avaient été faits prisonniers par les déportés qui libéraient ainsi Bouchenwald. Lorsque les premiers américains arrivaient dans le camp libéré, les déportés français leur avaient livré les 200 prisonniers SS qu'ils gardaient.

Hélas! Camille ni Taillant n'étaient pas parmi ces 25 000 prisonniers qui n'avaient pas été évacués. Le vent de victoire n'était pas arrivé jusqu'à la route qui longeait la frontière de

Tchèque où Camille complètement épuisé, presque sans haleine de vie, ne pouvant plus marcher malgré l'aide de ses camarades de captivité, s'arrêtait enfin le 22 avril 1945.

Selon Louis Cavailles, l'un de ses compagnons de captivité: « Le 22 avril, Camille ne pouvait plus marcher. Nous étions obligés de le porter. Il n'arrivait même plus à bouger les jambes et ne pouvait non plus parler. En arrivant dans une prairie où le SS avait décidé que nous devions passer la nuit, un SS s'approchait pour le tuer. En le voyant arriver, je forçais un peu plus la marche alors qu'il s'en prenait à moi. Je souffrais, mais j'avais sauvé Camille, au moins pour ce soir. Comme d'habitude, nous avions passé la nuit assis dans l'eau. Vers minuit, nous avions été rassemblés sur la route rapidement. Quant à Camille, ne pouvant pratiquement plus bouger, il nous fallait l'abandonner. Nous avions décidé de le porter jusqu'à la route où nous allions le déposer. »

Il avait froid, son regard tantôt vers les visages de ses camarades, tantôt vers le ciel qu'il savait que c'était le patrimoine de tous, tant c'était le foyer de Dieu. Malgré sa faiblesse et qu'il ne pouvait bouger aucun de ses membres, par un instinct intrinsèque, il se tenait à la vie. Cependant, il savait que c'était l'adieu. En un bref laps de temps, sa pensé avait volé vers le passé, un passé d'exploit et un petit peu d'aventure. Il pensait, ou plutôt, il rêvait de tous ces étampois qui avaient tant fait pour les pays, bien qu'il soit né dans la ville voisine de Marigny-Champigny.

Il rêvait de Verdun et de ceux qui en étaient morts dans le conflit. N'en étaient pas les français de nos jours les mêmes que ces poilus qui avaient renoncé à tout, pourvu de ne pas laisser que les allemands prennent Verdun et par la suite, Paris? Dans son esprit étaient venus des souvenirs qui s'en iraient avec lui. Il pensait à l'escadrille F.25 laquelle avait tant harcelé les troupes allemandes. Il pensait à Lucien et à Léon, surtout à dernier qui avait failli mourir trois fois dans la guerre dernière, et pour qui il avait éprouvé une grande sympathie et admiration. Avec les frères Coupet, il avait connu ce que c'était la fureur du soleil au désert. Combien de temps n'avait-il pas pensé au mouton rôti au sable du désert saharien durant sa captivité dans le camp ténébreux de Buchenwald! Et l'alambic qui avait sauvé leur vie. Si le « Goliath n'était pas parvenu à les emmener jusqu'à Dakar, il lui avait fourni l'alambic qui leur avait donné de l'eau bénite! Combien voulait-il sentir encore une fois l'encombrement du dos d'un chameau et la soif du désert!

Oh, La Havane et ces cigarettes lesquelles l'avaient si ébloui! Il avait tant envie d'en allumer une et laisser son esprit s'envoler loin de cet enfer allemand! Et ces jours de festival dans l'Aérodrome de Columbia où il y avait tous les jours tant de cubains qui venaient les voir, surtout les garçons qui enviaient tant les enfants de Geneviève! Oh, Geneviève, si belle et aimable qui avait tant enivré Léon! Il regardait vers le ciel voulant voir passer une des « chouettes» de son ancienne Escadrille, lui branlant son arme vers l'envahisseur.

Ceux qui l'emportaient vers un endroit où ils pourraient le laisser avec l'espoir dans le cœur que le SS en ait pitié s'arrêtèrent. Camille laissa de rêver. Il n'avait plus froid, et un sentiment de conformité, ou plutôt de consentement le réconforta. Il savait que c'était tout! « Cet ouvrier de l'air » avait de l'adieu dans son regard triste, qui s'éteignait déjà.

« Aussitôt après l'avoir déposé sur le sol, un SS le tuait d'une balle dans la tête. Il n'était pas encore minuit.

Avant de fermer définitivement ses yeux, Camille les aura peut-être levés vers le ciel allemand, pour y voir, dans le vol d'un avion américain, la promesse de la libération tant attendue ». Il avait 58 ans et dix jours lors de sa mort ce 22 avril 1945.

Et dire que ces hommes, Lucien, Léon et Camille avaient vécu à Cuba! Des citoyens français héros de guerres, des héros du raid Paris-Dakar et des pionniers de la création de l'aviation civile cubaine. Camille, oh, le grand Camille, combattant de deux guerres, et mort par une balle allemande alors qu'il avait connu la rigueur d'un camp de concentration, Buchenwald, où 56,000 personnes étaient mortes!

Gloire éternelle pour vous trois, et pour les autres, y compris Rathbert Guillemot.

Amen

L'intention de ce travail fait avec tant d'empressement, donc sujet à révision et enrichissement, n'est pas sur la vie de Lucien Coupet, à mon avis, la personne la plus importante des principales figures qui apparaissent, dans ce projet culturel, y compris Camille Jousse, étant donné qu'on aurait eu besoin de plus de surface de papier pour écrire sur cet homme qui était né dans la localité française de Issoudun, à qui on donna l'Ordre de la Légion d'Honneur de la République Française, selon de l'information trouvées dans ses mémoires qui me sont arrivées à travers les écrits de Louis Bonte, sur cet *«homme très simple, de grand bon sens, d'humeur généralement calme»*.

Geneviève Sandras-Dextreit dans son bulletin N° 1 de l'année 2004 «Un Paris-Dakar Aérien en 1919. El Goliath», m'a apporté encore des donnés pour faire ce travail.

François Jousset m'a fourni des données qui n'en sont pas moins importantes sur Camille Jousse, «Chevalier de la Légion d'Honneur, Médaille militaire, Croix de guerre 1914-1919, 5 citations dont une à l'Ordre de l'Escadre et quatre à l'Ordre de l'Armée, Communiqué officiel pour le 100ème bombardement, Médaille de la ville de Paris, Grande Plaquette d'argent de la Ligue aéronautique de France pour les bombardements effectués, Prix Michelin de Septembre 1916»

Je remercie Denis Albin pour m'avoir tant renseigné avec ses recherches sur l'Escadrille F.25 et le rôle de celle-ci dans la Première Guerre Mondiale.

Lucien Coupet m'a offert un trésor très cher dans ses mémoires que m'avaient été envoyées par Philippe Gras, adjoint au chef du service des Collections, responsable du Centre de Documentation., Musée de l'Air et de l'Espace du Ministère de la Défense de la République Française.

Quant au Lieutenant Rathbert Guillemot, il m'a apporté de l'information directe à travers son récit racontant sa participation dans l'expédition aérienne Paris-Dakar «L'aventure du Goliath».

Bien qu'on puisse considérer l'expédition du «Goliath» en tant qu'un exploit aérien, il n'en est pas moins vrai que la partie la plus intéressante, pour ainsi dire, commença à partir de l'amerrissage du Farman F-60, le «Goliath», dans une petite plage du désert de la Mauritanie.

Cet écrit, si bien il nous aide à voler un peu vers un passé culturel français cubain du premier quart du XXème siècle, bien qu'on puisse lire un brin d'information sur Camille Jousse lors de sa déportation dans l'Allemagne au cours de la deuxième Guerre Mondiale, il a été écrit surtout pour faire savoir l'histoire de Léon et Geneviève, et pour que la fille et la petite fille de la «Cuisinière de la Cantine» de l'Aérodrome de Columbia, Colisée des «Goliath» et des «Chouettes», connaissent au moins un tant soit peu sur Léon Coupet, dont j'ai pu obtenir très peu d'information dû à des facteurs objectifs en dehors de ma volonté. Ce travail, fait avec respect, amour et un peu d'imagination quant à l'endroit où et comment Rose fut fécondée, a été écrit pour qu'on connaisse sur la partie non reconnue de l'extension de la famille de Léon Coupet à Cuba. De là que ce travail, si l'on veut de type ethnographique, ait besoin de révision et enrichissement comme j'ai dit au début de cet épilogue.

www.ingramcontent.com/pod-product-compliance
Lightning Source LLC
Chambersburg PA
CBHW072307020726
47501CB00002B/429